LAURENCE SHAMES
Sunburn
oder Stille Tage in Key West

Buch

Vincente Delgatto, der große New Yorker Mafia-Pate, sehnt sich nach Ruhe. Er beschließt, seinen Sohn Joey in Florida zu besuchen, um dort etwas auszuspannen und über den Tod seiner Frau hinwegzukommen. Vincente träumt vom Gärtnern und davon, mit seinem alten Kumpel Andy in der Sonne zu sitzen – bis Joey ihn auf die Idee bringt, seine Memoiren zu verfassen: die Mafia von innen betrachtet gewissermaßen, und zugleich ein Versuch, mit sich selbst ins reine zu kommen. Gemeinsam mit einem Ghostwriter, dem Lokalreporter Arty Magnus vom *Key West Sentinel*, kramt Vincente in Erinnerungen, die sicherheitshalber erst nach seinem Tod veröffentlicht werden sollen. Doch trotz aller Vorsichtsmaßnahmen läßt sich die Sache nicht ganz geheimhalten. Zumal auch noch Vincentes zweiter Sohn Gino in Florida auftaucht, am Arm eine üppig ausgestattete rothaarige Hundepflegerin, in die sich Arty sofort verliebt. Gino ist im Gegensatz zu Joey selbst im Mafiageschäft tätig, und durch ihn erfährt dann auch die New Yorker Patenschaft von Vincentes Plaudereien. Und ist gar nicht amüsiert...

Autor

Laurence Shames (Jahrgang 1951) hat bisher fünf Romane veröffentlicht, die von der Kritik begeistert aufgenommen und in zehn Sprachen übersetzt wurden. Er lebt abwechselnd auf Key West, Florida, und Shelter Island, New York.

LAURENCE SHAMES

Sunburn
oder Stille Tage in Key West

Roman

Aus dem Amerikanischen
von Jaqueline Csuss

GOLDMANN

Die Originalausgabe erschien 1995 unter dem Titel
»Sunburn« bei Hyperion, New York

Umwelthinweis:
Alle bedruckten Materialien dieses Taschenbuches
sind chlorfrei und umweltschonend.
Das Papier enthält Recycling-Anteile.

Der Goldmann Verlag
ist ein Unternehmen der Verlagsgruppe Bertelsmann

Genehmigte Taschenbuchausgabe 10/98
Copyright © der Originalausgabe 1995 by Laurence Shames
Copyright © der deutschsprachigen Ausgabe
by Europa Verlag GmbH, München, Wien 1996
Umschlaggestaltung: Design Team München
Umschlagfoto: Gil Elvgren
Satz: DTP Service Apel, Hannover
Druck: Elsnerdruck, Berlin
Verlagsnummer: 43457
AB · Herstellung: Heidrun Nawrot
Made in Germany
ISBN 3-442-43457-2

1 3 5 7 9 10 8 6 4 2

*Für meine Mutter,
weil sie aus mir einen
romantischen Menschen gemacht hat.*

*Für meinen Vater,
weil er mir beigebracht hat,
wie man einen Witz erzählt.*

ERSTER TEIL

1

»Reue?« fragte Vincente Delgatto. »Verflucht, ja. Bereuen tu' ich jede Menge.«

Der alte Mann blähte seine eingefallenen Wangen auf, dann stieß er die Luft durch die kaffeefleckigen Zähne. Der Laut, der dabei entstand, war kein Seufzen, kein Lachen, eher ein halb resigniertes Grunzen, das seine Schärfe aber behalten hatte, ein Zischen. Er griff nach oben, um seine Krawatte zurechtzurücken. Das war eine alte Gewohnheit, eine Geste, die seine Haltung unterstrich und ihm half, seine Gedanken zusammenzuhalten. Die Hände hatten die Kehle beinahe erreicht, als ihm einfiel, daß er keine Krawatte trug.

Er saß am Swimmingpool in Key West, im Garten seines unehelichen Sohnes, Joey Goldman. Es war Januar, kurz vor Einbruch der Dunkelheit, und es hatte fünfundzwanzig Grad. Eine Brise bewegte die Wedel der Palmen, ließ sie trocken rascheln wie Maracas. Das war kein amerikanisches Geräusch, es war ein Inselgeräusch, karibisch, erinnerte Vincente an alte Zeiten in Havanna, an verrauchte Clubs in New York, als lateinamerikanische Musik der letzte Schrei war und die Frauen spitze Büstenhalter und Hüte mit Obst aus Wachs trugen. Einen Augenblick lang sah er sich als jungen Mann, elegant, geschmeidig, mit Joeys längst verstorbener Mutter, seiner bevorzugten Geliebten, Rumba tanzen.

»Scheiße, ja«, wiederholte er. »Ich hab' genug zu bereuen.«

Er trank einen Schluck Wein, ließ den Blick nach Westen wandern, in den grünen Himmel hinein. Daheim in Queens sah der Himmel nie so aus – grün, gelb, mit rosa Zacken, die in die Höhe ragten wie die Krone der Freiheitsstatue.

»Aber es is' doch seltsam«, nahm er den Faden wieder auf. »In den Liedern und Filmen gibt's immer so 'n alten Scheißer, sieht aus wie angeschwemmtes Treibgut, seine Tage sind gezählt, er hat keine Haare mehr und keine Zähne, trägt 'ne Windelhose, und der prahlt dann damit, daß er nichts bereut, und wenn er noch mal die Chance hätt', er würd's genauso wieder machen. Das ist doch ein . . . ein, wie nennt man das . . . ?«

»Ein Klischee?« half ihm Sandra Dugan, Joeys Frau.

»Ja, genau. Danke Sandra. 'n Klischee. Ganz automatisch würde so 'n alter Furz so was sagen. Ich meine, da lebt man, wird siebzig oder achtzig und hat im Leben mindestens eine Million Gelegenheiten, um was zu verscheißen – du verzeihst, Sandra –, und dann würd' man alles noch mal so machen?«

»Manche Menschen vielleicht doch«, warf Joey ein.

»Scheißdreck«, sagte sein Vater. »'s gibt nur zwei Gründe, warum jemand so was behaupten kann. Entweder ist er so stur, daß er 'n Fehler nicht zugibt. Oder er ist längst jenseits von Gut und Böse, mit'm Gedächtnis wie 'n Sieb, und erinnert sich an nichts, weiß nicht mehr, was er getan hat oder hätte tun sollen. Ich, hey, ich erinnere mich. Sei's ans Gute oder ans Schlechte, ich hab' nichts vergessen.«

»Eben«, sagte Joey. »Und deshalb sag ich dir: Schreib's auf, Pop.«

Der alte Mann schüttelte bereits den Kopf, bevor sein Sohn richtig den Mund aufgemacht hatte. Er hatte ein langes Gesicht, Vincente, mit einer großen, platt gedrückten Nase und vollen Lippen, die durch die eingefallenen Wangen noch voller wirkten. Seine schwarzen Augen waren seit jeher tiefliegend gewesen, doch jetzt im Alter schienen sie sich immer weiter in ihre knöchernen Höhlen zurückzuziehen: Sie lagen im Schatten seiner Brauen und Lider und Falten eingebettet wie in ein Nest, und es bedurfte einiger Anstrengung, sie zu erreichen.

»Vergiß es, Joey«, sagte er. »Nimm's mir nicht übel, aber das ist so ziemlich die beschissenste Idee, die mir je untergekommen ist. Leute wie wir schreiben nichts auf. Stimmt's, Andy?«

»Hm?« murmelte Andy d'Ambrosia, der Dandy. Er war nicht viel älter als Vincente, vielleicht drei, vier Jahre, aber er lebte seit rund einem Jahrzehnt in Key West, und das angenehme Leben in Florida war an seiner einstigen Wachsamkeit nicht spurlos vorübergegangen. Hinzu kam, daß er ein paar Jahre vorher beinahe gestorben war. Auf den Stufen zum Gerichtsgebäude des Eastern District von New York war er mit einem schweren Infarkt zusammengebrochen, und im Krankenhaus war sein Herz für vielleicht eine halbe Minute stillgestanden. Die gerade Linie auf dem EKG hatte ihm als Argument gedient, um sich aus einem Beruf zurückzuziehen, der normalerweise keinen Ruhestand vorsah.

»Sachen aufschreiben«, wiederholte Vincente. »Leute wie wir tun das nicht, stimmt's?«

»Leute wie wir«, erwiderte Andy, »können ja oft kaum lesen, wie soll'n sie dann was aufschreiben?« Er unterstrich seine Frage mit nach oben gekehrten Handflächen, die er gleich wieder auf den alten Chihuahua sinken ließ, der eingerollt auf seinem Schoß schlief.

»Okay, okay«, sagte Vincente ungeduldig. »Aber davon abgesehen schreiben wir nichts auf, aus'm einfachen Grund, weil wir nichts aufschreiben.«

»Das is' wahr«, meinte Andy und streichelte den Hund. Der Hund war von Geburt an grau gewesen, und nun, im Alter von dreizehn Jahren, wurde er auf eine gespenstische Art weiß. Er war weiß an den Spitzen seiner übergroßen Ohren, und er war weiß um seine Knopfaugen, die ihrerseits durch grauen Star immer mehr hinter einem milchigen Schleier verschwanden. Ständig gingen dem Hund weiße Haare von der Länge einer Wimper aus, und Andy, ohne sich dessen bewußt zu sein, klaubte sie ständig von seinen tollen pfefferminzgrünen, lavendelfarbenen und azurblauen Hemden aus Seide oder Leinen.

»Außerdem«, fuhr Vincente fort, »schreibt man erst was auf, kann's jeder lesen . . .«

»Genau *darum* geht es doch«, warf Sandra ein.

»Wem geht's darum?« meinte Vincente. Seine Stimme erinnerte an ein Poltern, das jedoch nicht lauter wurde, wenn er sich aufregte, sondern tiefer, die Luft auf eine Weise bewegte, wie man es eher spürt als hört.

»Und was die Reue angeht«, sagte nun Andy der Dandy. Seit er einmal tot gewesen und dann wieder auferstanden war, sah er die Dinge nicht mehr in derselben Reihenfolge wie andere Menschen, für ihn liefen Zeit und Gedanke und Gespräch nicht mehr nur in eine Richtung. »Was nützt das schon? Der eine Kerl: Hätte ich ihn vielleicht doch nicht umlegen sollen? Und der andere: Hätte ich ihn vielleicht eher umlegen sollen?«

Vincente bedeutete seinem alten Freund mit gehobener Braue zu schweigen. Über bestimmte Dinge sprach man nicht, nicht einmal im Scherz, auch nicht im Kreis der Familie. Diskretion – das war etwas, was niemand mehr zu verstehen schien. Verschwiegenheit – wann war das eigentlich zu einer schlechten Eigenschaft geworden? Früher hatte man es als heilige Pflicht angesehen.

Geheimnisse wurden gewahrt, gehütet wie ein Schatz. Das erforderte Mut, Disziplin. Zu schweigen hatte etwas Militärisches, es kostete Mühe, und die Tatsache, daß man sich die Mühe machte, legte den Grundstein für persönlichen Stolz, für Würde. Verstand das denn niemand? Man wahrte Geheimnisse doch nicht aus Spaß, sondern weil es eine Pflicht war. Vincente hatte sein Leben lang darunter gelitten, es hatte ihm Mühe und Qualen bereitet, und daran hatte sich bis ins hohe Alter nichts geändert. Er dachte an die Anstrengung und den eisernen Stolz, die damit einhergingen, und tief drinnen spürte er ein leichtes Brennen.

»Nein, nein, Joey«, sagte er schließlich, »vergiß es. Dinge aufschreiben.« Wieder stieß er dieses zischende Grunzen aus. »Vergiß es.«

Joey Goldman verzog den Mund, senkte den Blick auf seine Fingernägel. Wenn es um die Familie ging, dachte er, passierte unweigerlich immer dasselbe. Man versucht, das Richtige zu tun, will helfen. Am Ende war es immer das Falsche, am Ende blieb immer ein Durcheinander. Er erhob sich weit genug, um über den Tisch zu langen und die Weingläser nachzufüllen. Er wußte, welche Frage als nächstes zu kommen hatte: Pop, dann sag mir doch, *was* du vorhast. Und ebenso wußte er, daß er sie nicht stellen würde, dafür war sie zu grob, zu direkt. Also stand er auf und schlenderte über den feuchten Fliesenboden, der den Swimmingpool umgab, um den Propangas-Griller anzumachen.

Nach drei Jahren in den Keys war Joey ein waschechter Bewohner Floridas geworden. Er kochte und aß im Freien, nahm seine Sonnenbrille niemals ab und hätte beinahe schwimmen gelernt. Und im Gegensatz zu früher, als er im Norden lebte, bekam er nur noch selten diesen Krampf im Magen, es sei denn, es ging um die Familie.

2

»Jeder von uns hat 'n Buch im Kopf«, sagte Joey Goldman. »Das hab' ich irgendwo gelesen, vielleicht auch im Fernsehen gehört, keine Ahnung. Aber ich denke, das stimmt, meinst du nicht?«

»Ein gutes Buch?« erwiderte Arty Magnus. »Nein, das stimmt nicht. Das ist eine dieser lahmen und verblödeten demokratischen Lügen.«

Gegen fünf Uhr nachmittags am nächsten Tag befanden sie sich im Eclipse Saloon, die Ellbogen tief in der vinylbezogenen Polsterung, die um die U-förmige Bar herumlief. Rund um sie begann sich das Lokal zu füllen und nach Zigarettenqualm und Sonnencreme zu riechen. Touristen, die meinten, auf authentischere Weise betrunken zu sein, wenn sie ihre Drinks in Tuchfühlung mit den Einheimischen nahmen, saßen Schulter an Schulter mit den ausgestopften Fischen an den Wänden.

»Das glaub' ich nicht«, meinte Joey. »Ein Mensch erlebt doch die verrücktesten Geschichten, und er macht sich irre Gedanken.«

»Joey«, sagte Magnus. »Darf ich dich was fragen? Im Kindergarten, hast du da mit den Fingern gemalt?«

Joey nickte.

»Du hast die Farbe auf deine Finger gedrückt und sie verschmiert. Das hat sich gut angefühlt, nicht? Du hast was zum Ausdruck gebracht . . .«

»Ich verstehe schon«, unterbrach ihn Joey. »Aber das ist nicht das gleiche.«

»Und, war dein Gemälde was wert? War es gut? Wollte es irgendwer außer deiner Mutter sehen?«

»Ja, aber ein erwachsener Mensch«, beharrte Joey, »jemand, der viel erlebt hat. Das is' was anderes.«

»Ach ja? Da bin ich nicht so sicher. Nehmen wir diese Stadt. In jeder Bar findest du so 'n Idioten, der meint, er hat 'ne tolle Geschichte, 'n richtiges Epos. Ich kenne keinen Ort, wo so viele völlig langweilige Typen rumlaufen, die meinen, sie müßten großartige Exzentriker, echte Charaktere sein, nur weil sie hier leben.«

Joey nippte an seinem Orangensaft mit Rum, nestelte am Bügel der Sonnenbrille, der aus seiner Hemdtasche baumelte, und überlegte, ob er das Thema weiter verfolgen oder fallenlassen sollte. Er beschloß, es zum Teufel zu schicken, nicht mehr davon zu reden, doch sein Mund machte sich selbständig: »Der, an den ich denke, ist nicht von hier. Er ist aus New York.«

»Ah«, meinte Magnus. »Noch so 'n Ort, wo die Leute meinen, er macht sie automatisch interessant.«

»Er ist mein Vater«, sagte Joey. Er hatte leise gesprochen. In der Geräuschkulisse der Bar gingen seine Worte beinahe unter.

Arty Magnus runzelte die Stirn, fuhr sich mit der Hand, in der er seine Flasche Bier gehalten hatte und die nun kalt war, über die hohe Stirn und durch das krause Haar. Magnus war Redakteur beim *Sentinel* von Key West, und wie die meisten Journalisten verließ er sich darauf, jemanden mit ein paar gut gewählten Worten in die Schranken weisen zu können, aber es beschämte ihn, schien ihm ein Mangel an Aufmerksamkeit und schlampige Arbeit, beleidigend zu sein, ohne es zu wollen. »Scheiße«, sagte er. »Tut mir leid.«

Joey zuckte gleichgültig mit den Schultern. »Hey, ich denke bloß laut. Alles nicht so schlimm. Mach' mir Sorgen um meinen Alten, 's is' alles.«

Magnus hielt den Mund, das schien das Sicherste und zugleich ein Ausdruck von Anteilnahme. Nach einem kurzen Moment fuhr Joey fort:

»Seine Frau ist vor ein paar Wochen gestorben.«
»Deine Mutter? Jesus, Joey...«
»War nicht meine Mutter.«
»Also Stiefmutter.«
»Ach was. Bloß seine Frau. Ist 'ne lange Geschichte. Aber jetzt, nach siebenundvierzig Jahren, steht er ganz allein da. Sobald er von hier fortgeht, zurück in den Norden, kehrt er in 'n menschenleeres Haus zurück.«

»Das muß schwer sein«, sagte Magnus. Er lebte allein, er kannte dieses kaum hörbare Summen, sobald man den Schlüssel umgedreht hat, das leise Quietschen des Türknopfs an der Eingangstür, hinter der niemand wartete. »Arbeitet er noch? Ist er Rentner?«

»Naja, Rentner gerade nicht«, antwortete Joey. »Aber in letzter Zeit hat er... nun, ich denke, man kann es berufliche Rückschläge nennen. Mein Alter ist es gewöhnt, Macht zu haben, 'ne Menge Macht. Und jetzt... jetzt wendet sich vieles gegen ihn.«

Arty Magnus trank einen Schluck Bier, blinzelte mit seinen nußbraunen Augen, dann spreizte er seine langen Finger auf dem Tresen aus. Mehrere Gedanken gingen ihm durch den Kopf, doch zunächst dachte er darüber nach, wie wenig er in Wirklichkeit über Joey Goldman wußte, geschweige denn über seine Familie. Wer war dieser Kerl, dessen verwitweter Vater offenbar nicht mit seiner Mutter verheiratet gewesen war, der einst als Habenichts in die Stadt gekommen war, als Keiler für einen Immobilienmakler gejobbt und es als gerade dreißigjähriger Grünschnabel binnen weniger Jahre geschafft hatte, sich einen Namen als einer der großen Immobilienmakler der Stadt zu machen? Sie hatten gemeinsame Freunde, Arty und Joey, ab und zu kamen sie alle auf einen Drink zusammen. Aber eng befreundet waren sie nicht, und das Leben vor Key West war kein Thema, über das flüchtige Bekannte in Key West miteinander sprachen. Nach Key West waren sie gekommen, um das frühere Leben abzuwaschen.

Als nächstes stellte sich Arty Magnus den Schmerz vor und diese Hilflosigkeit, mit denen man seinen Eltern zusehen mußte, wie sie alt und schwach und launisch und einsam wurden, wie sie, von Krankheiten eingeholt und von der Zeit im Stich gelassen, nutzlos wurden in den Augen der Welt und schließlich in den eigenen Augen. Er brachte den Mut auf, Joey am Arm zu berühren. »Es ist schwer«, sagte er. »Wirklich schwer. Aber das ist der Lauf der Welt.«

»Ja«, erwiderte Joey. »Ich weiß, ich weiß. Deshalb dachte ich, ein Buch könnt' ...«

»Joey, hör mal«, meinte der Redakteur. »Ich möchte dich nicht entmutigen. Dein Vater will sich noch einmal an alles erinnern, will alles aufschreiben – das ist doch gut, ich meine, wenn er ein Buch daraus machen will, warum nicht? Aber unter uns, Joey, ein Buch ist nun mal was anderes. Das ist kein Gepinsel mit Fingerfarben. Es ist nicht bloß eine Ansammlung von Erinnerungen.«

Joey legte zwei Finger um sein Glas, half dem Kondenswasser, nach unten zu fließen. »Ja, du hast sicher recht«, sagte er. »Ich meine, du hast da Erfahrung, nicht?«

Es war eine unschuldige Frage, ohne böse Absicht gestellt, aber sie traf Arty Magnus' wundesten Punkt mit der Zielsicherheit des Luftstrahls, mit dem der Zahnarzt das Loch im Zahn sucht. Nein, er hatte kein Buch geschrieben, obwohl er sich zeit seines Lebens vorgenommen hatte, eines zu schreiben. Auf dem College wollte er eines schreiben, dann an der Universität. Er hatte mehrere Dutzend Notizbücher mit Ideen, Entwürfen, Beobachtungen gefüllt. Als er in New York lebte, wollte er eines schreiben, und vor sechs Jahren, als er nach Key West übersiedelte, war einer der Gründe die unterdessen schal gewordene und halb ironische Überzeugung gewesen, *das* wäre der Ort, wo er ein Buch schreiben würde. Doch auch hier war es nicht dazu gekommen.

Statt dessen hatte er eine Menge anderer Dinge getan, denn an Einfallsreichtum für Ersatzhandlungen hatte es ihm nie gefehlt.

Er hatte dazu beigetragen, den *Sentinel* von einem fünftrangigen Blatt zu einem drittrangigen zu machen. Er hatte Segeln gelernt. Er war ein einigermaßen guter Sportangler geworden und zur eigenen Überraschung ein leidenschaftlicher Gärtner. Aber nun war er einundvierzig Jahre alt, aus seinen braunen Korkenzieherlocken begannen silberne Drähte wie Lamettafäden hervorzulugen, und seit einiger Zeit begann ihm zu dämmern, daß all diese klugen Ersatzhandlungen sein halbes Leben aufgebraucht hatten.

Joey beobachtete ihn aus den Augenwinkeln und wußte, daß er etwas Falsches gesagt hatte. »Hey«, trat er den Rückzug an. »Spielt doch keine Rolle.«

Sie tranken. Hinter der unterdessen voll besetzten Bar war Cliff, der Bartender, in seinem Element. In jeder Hand einen Cocktailshaker, nahm er von einem dicken Mann in limonengrünem Militärhemd eine Bestellung auf und unterhielt sich gleichzeitig mit einer Rothaarigen, deren Frisur aussah, als wäre sie aus Gips. Arty Magnus starrte geradeaus und wartete ab, daß der Schmerz nachließ, der sich bei der Erwähnung seiner schriftstellerischen Ambitionen unweigerlich einstellte. Dann beschloß er, der Schmerz würde schneller nachlassen, wenn er sich ablenkte und den Journalisten spielte.

»Joey, meinst du, dein Vater hat tatsächlich 'ne Story?«

»Ja«, erwiderte Joey. »Ich denk' schon.«

Arty nickte unverbindlich und versuchte, sich ein Bild von Joey Goldmans Vater zu machen. Wie er wohl hieß? Abe Goldman? Sol Goldman? Ein kleiner alter Jude, Artys eigenem Vater nicht unähnlich, ein pensionierter Buchhalter, herzlich, anständig, ohne die geringste Ausstrahlung, ein alter Mann, der sich gerne in endlosen Anekdoten verlor und Witze erzählte, deren Pointe er vergessen hatte, der in diesem Moment entweder Rommé spielte, mit seiner Verstopfung beschäftigt war oder am Vero Beach zusah, wie die Marktbuden abgebaut wurden.

»Warum eigentlich?« fragte Arty. »Warum sollte gerade er 'ne Geschichte haben?«

Aber nun wurde Joey unsicher. Seine dunkelblauen Augen bildeten einen überraschenden Kontrast zu seinem schwarzen Haar, und wenn er unsicher war, wurden sie schmal und verschwanden hinter den langen Wimpern wie unter Baldachinen. »Was weiß ich. Vielleicht hat er gar keine.«

Arty Magnus, Journalist wider Willen, hatte eine Hundertachtziggrad-Wende gemacht, denn auf einmal meinte er, es könnte vielleicht doch etwas dahinterstecken. »Was hat er denn gemacht? Kriegserlebnisse? Hm?«

»Weiß nicht, Arty. Ist ja auch egal, wahrscheinlich nur 'n blöder Einfall.«

»Nein, nein, Joey«, versuchte es Arty. »Wenn da wirklich was dahintersteckt . . .«

Joey Goldman stieß einen Seufzer aus. Er krümmte sich über dem gepolsterten Tresen zusammen, verschränkte die Finger und warf unruhige Blicke über beide Schultern. Er schürzte die Lippen, zeigte für einen kurzen Moment ein nervöses und flüchtiges Lächeln, das bereits wieder verflogen war, bevor man es richtig wahrgenommen hatte. »Arty, ist das jetzt, äh, ich mein', bleibt das unter uns?«

»Klar doch«, sagte Arty, doch für Joeys Geschmack hatte er es zu leichtfertig dahingesagt. Joey hob einen Finger, und sein Gesicht nahm einen Ausdruck an, den Arty noch nie gesehen hatte. Nicht, daß er bedrohlich gewesen wäre, aber er war von einer Entschlossenheit und einem feierlichen Stolz geprägt, die Verantwortung und Trauer zugleich ausdrückten. Das kleine Grübchen in Joeys Kinn wurde schärfer, seine Haut schien durch den Tagesbart plötzlich verdunkelt zu sein.

»Kein Scheiß jetzt«, sagte er, »ich mein's ernst. Bleibt das unter uns?«

Magnus, etwas ernüchtert und peinlich berührt, versicherte: »Ja, Joey, klar doch.«

Joey Goldman richtete sich auf, zog kurz sein Hemd gerade und ruckte an seinem Hals. Er legte die Hände flach auf den Tresen, beugte sich näher zu Arty Magnus und flüsterte: »Mein Vater ist der Pate.«

Aus dem Cocktailshaker tönte das matschige Geräusch mehrerer gefrorener Daiquiris. Die Klimaanlage summte. Überall waren Gespräche im Gang, und hie und da war das Klicken eines Feuerzeugs zu hören.

»Wie bitte?«

»Du hast schon richtig gehört.«

»Das gibt's doch nicht.«

Doch Joey sah Arty bloß an, und Arty erkannte, daß er keinen Witz machte. Er trank sein Bier aus, behielt die leere Flasche noch eine Sekunde an den Lippen und versuchte nachzudenken. Dann sagte er: »Goldman?«

»Wie wär's mit Delgatto«, erwiderte Joey. »Vincente Delgatto.«

»Ach du Scheiße«, stieß Magnus hervor.

Joey zog eine Braue hoch. Die momentane Härte war

aus seinem Gesicht gewichen, hatte einer Grimasse Platz gemacht – einem sich selbst verhöhnenden Ausdruck, der jedoch im Laufe der Jahre an Schärfe verloren hatte. Er hatte sich mit seiner nicht gerade üblichen Herkunft so sehr abgefunden, daß sie ihm selbst unterdessen kaum noch merkwürdig vorkam. »Also, was meinst du?« fragte er. »Kann man draus ein Buch machen?«

»Jesus«, seufzte Magnus.

»Naja, tu mir einen Gefallen«, meinte Joey. »Dieses Gespräch hat nie stattgefunden, okay? Is 'ne saudumme Idee.«

»Sie ist nicht dumm ...«

»Aber unmöglich. Sie geht gegen alles, woran der Alte glaubt. Er würd' sich nie darauf einlassen. 's is' bloß Kneipengerede.«

»Aber ...«

»Quatsch. Ich hätt' erst gar nicht damit anfangen sollen. Hab' mir nur gedacht, du arbeitest für 'ne Zeitung, kennst sicher wen, der Bücher schreibt.«

Magnus stellte seine Flasche ab und versetzte ihr auf dem aufgeweichten Untersatz eine Drehung. Der Lärm in der Bar drang auf ihn ein, legte sich um ihn wie Watteböllchen, wirkte als Puffer und nagelte ihn zugleich fest. »Leute, die Bücher schreiben«, sagte er. »Ja, ein paar von denen kenne ich.«

3

»Okay, was Religiöses willst du nicht, okay, muß ja nicht religiös sein. Aber trotzdem, irgendwas muß da her. Ein Vogelbad, 'n kleiner Eros, 'n Brunnen, irgendwas. So isses, wie soll ich sagen ... nackt.«

Sandra Dugan nickte, lächelte höflich, äußerte sich jedoch mit keinem Wort zu den Dekorationsvorschlägen ihres Schwiegervaters. Sie standen auf der Terrasse, die tatsächlich einen beinahe extrem kargen Eindruck machte. Eine Fläche aus weißen Steinplatten endete bei den blaßblauen Fliesen, die den Pool einfaßten. Auf der anderen Seite waren ein paar einfache Liegen gruppiert, und unter einem breiten Sonnenschirm drängten sich ein bescheidener Tisch aus Gußeisen samt Stühlen. Auf die Steinplatten folgte auch kein Rasen, nur weißer Kies, und überall dort, wo sie genug Erde fanden, um Wurzeln zu schlagen, sprossen Palmen. Hecken aus Aralien und Oleander faßten das Grundstück ein, und hier und da wuchsen Kräuter und Blumen in Tontöpfen, die Sandra an die französische Riviera erinnerten, wo sie selbst noch nie gewesen war.

»Und dort drüben«, sagte der Pate soeben, »in den leeren Winkel stellst du 'ne gemütliche Bank hin, läßt dir 'n Spalier bauen, oder besser 'ne Laube. Da pflanzt du dann wilden Wein. Wunderbar. Du sitzt auf der Bank, schaust zu den Reben rauf. Fabelhaft.«

Sandra nickte. Sie überlegte, ob Vincente sie verstehen würde, wenn sie ihm erklärte, daß sie sich am liebsten die Luft ansah. Für jemanden, der in den engen und wabenartigen Apartments in Queens aufgewachsen war, war Luft die große Neuheit, sozusagen der letzte Schrei in Design und Ausstattung. Luft. Keine Grasbüschel, keine Vorhänge und keine Zierdeckchen. Keine Stehlampen, Beistelltischchen, Souvenir-Aschenbecher, aus denen die Kippen quollen. Keine seltsam geformten Gläser mit spiralförmigen rosa Stielen, keine Krüge mit gefärbtem Wasser, keine Heizkörperabdeckung in kleinen Achtecken ...

»Oder gleich hier«, fuhr Vincente fort. »Wo du aus 'm

Haus kommst. Es hat nix Spannendes, nix, was ins Aug' sticht. Aber wenn du 'n kleinen Bogen hinbaust, ich mein' . . .«

Sie hörten, wie die Eingangstür aufging.

»Das ist Joey«, sagte Sandra.

»Genau«, stellte sein Vater fest, »red mal mit Joey, entscheidet ihr, was für Statuen ihr wollt.«

Später, sie waren bereits im Bett, sagte Sandra: »Joey, du weißt, ich beklage mich nur ungern, aber jetzt sind es schon fast zwei Wochen, und dein Vater macht mich langsam verrückt.«

Joey unterdrückte seinen ersten Impuls, für die Familie einzutreten, egal warum. Obwohl er seit knapp drei Jahren verheiratet war, mußte er sich gelegentlich immer noch in Erinnerung rufen, wer die wahre Verbündete in seinem Leben war. Er atmete langsam aus, strich seiner Frau zärtlich durch das kurze blonde Haar.

»Ich weiß ja, daß er es gut meint«, fuhr sie fort, »aber er hat seine eigene Art. So als wüßte er am besten, was man haben möchte und was nicht. Er ist lieb, aber er spielt den Boß.«

»Macht der Gewohnheit«, sagte Joey. »Er ist der Boß.«

»In meinem Haus nicht«, erwiderte Sandra.

Joey ließ sich in das Kissen zurücksinken und dachte darüber nach. Er mußte seiner Frau recht geben, und zugleich war es eine atemberaubende Erkenntnis: Hier waren sie die Erwachsenen, es war ihr Heim, es gehörte ihnen, und sie waren es, die darüber bestimmten. Gut, ab und zu führte der Alte seine geheimen Geschäfte von ihrem Telefon aus, besetzte gelegentlich das Arbeitszimmer, um jemanden aus New York oder Miami zu empfangen, aber es war immer noch ihr Haus, es lag außerhalb der Machtsphäre seines Vaters, ähnlich einer

Botschaft, die nicht zum Hoheitsgebiet des Landes gehört, in dem sie sich befindet.

»Joey, versuch doch, mich zu verstehen. Ich laß' mir nicht gerne sagen, ich brauche mehr Möbel. Ich mag es nicht, wenn mir jemand einen Teppich einreden will. Es ist mein Eßzimmer. Ich will keinen dämlichen Kristallüster ...«

»Sandra«, unterbrach sie Joey. »In ein paar Tagen kommt Gino. Das wird dich ein wenig entlasten.«

Im Halbdunkel glänzten ihre grünen Augen schwach silbrig. »Gino? Eine Entlastung? Das wär ja ganz was Neues.«

Auch hier mußte er Sandra recht geben. Wann war Gino, Joeys älterer, ehelicher Halbbruder, jemals eine Entlastung gewesen? Nicht, daß Joey wüßte. Gino war ein Intrigant, der nicht intelligent genug war, um seine krummen Touren glatt über die Bühne zu bringen. Er zog andere mit hinein. Als er das letzte Mal in Key West war, hätte Joey seinetwegen beinahe ins Gras gebissen. Der mißratene Coup hatte zwar dazu geführt, daß Joey für seine neue, bürgerliche und absolut legale Existenz das erforderliche Kleingeld aufbringen konnte – aber das war sicher nicht das Verdienst seines großen Bruders gewesen.

»Ich meine doch nur«, sagte Joey, »daß Pop dann noch jemanden hat, mit dem er sich unterhalten kann.«

Draußen raschelten die Palmwedel, die Brise bewegte die dünnen Vorhänge der offenen Schlafzimmerfenster. Das Mondlicht fiel herein. In der Luft lag ein Geruch von Jasmin und kühlem Sand.

»Worüber denn?« wollte Sandra wissen.

»Hm?«

»Gino! Weshalb kommt er eigentlich? Hat er in Florida wieder irgendwelche Geschäfte vor?«

»Sandra, hey, seine Mutter ist grad' gestorben. Er will 'ne Zeit bei seinem Vater sein. Ist das so schwer zu verstehen?«

Joey hatte nicht laut gesprochen, er hatte sich auch nicht auf dem Ellbogen aufgestützt, aber in seine Stimme hatte sich ein rauher Ton geschlichen, der Sandra zu verstehen gab, daß er bezüglich Ginos Besuch ähnliche Bedenken hatte wie sie. Er gab ihr außerdem zu verstehen, daß es mit Joeys Beherrschung beinahe vorbei war, daß der Reflex, sich für seine Familie einzusetzen, nur noch eines Funkens bedurfte, um ausgelöst zu werden. Sandra schmiegte sich an die Schulter ihres Mannes. Wenn eine Ehe funktioniert, dann nicht zuletzt, weil zwei Menschen gelernt haben, den Moment zu erkennen, an dem genug gesagt worden ist.

Doch während Sandra ihren Kummer losgeworden war und nun still neben ihm lag, arbeitete es in Joey weiter. Er blinzelte zur Decke, holte tief Luft, stieß sie mit geblähten Wangen wieder aus. »Sandra«, sagte er. »Merkst du nicht, warum dich Pop all diese Dinge fragt? Ich mein', über Teppiche, Statuen, Möbel . . .«

»Er *fragt* mich nicht, Joey. Er sagt mir klipp und klar, was . . .«

»Er will uns was kaufen, 'ne Art Einstandsgeschenk für das Haus. Er versucht herauszufinden, was du willst . . . Ich kenn' ihn doch. Früher hat er mich beiseite gezogen und mir Geld gegeben. Aber Geld, verstehst du, ist zwar auch 'n Geschenk, aber auch 'ne Kontrolle, soll dich erinnern, zu wem du gehen mußt, um es zu kriegen. Jetzt will er's anders machen. Er will für uns beide was tun. Für unser Haus. Es ist seine Art, zu sagen, okay, ihr habt jetzt euer eigenes Leben.«

Es herrschte Stille. Die Palmen warfen zuckende Schatten auf die Schlafzimmervorhänge.

»Jetzt komm' ich mir vor wie ein undankbarer Trampel.«

»Aber nein, dafür gibt's keinen Grund. Pop macht's einem nicht leicht. Ich mein', jemand anders würde sagen: ›Du, ich möchte dir ein Geschenk machen‹, woraufhin der andere ›Vielen Dank‹ sagt, und das war's dann. Nicht so mein Alter. Bei dem is' alles komplizierter. Er denkt wahrscheinlich, seine Art ist eleganter, würdevoller. Wiegt mehr. Als würd' er 'ne andere Sprache sprechen, 'ne Sprache aus einer anderen Zeit. Um sie zu verstehen, muß man ihn lang kennen.«

Nun schwieg er. Er schürzte die Lippen und dachte darüber nach, was er Sandra soeben erklärt hatte und daß er es zugleich sich selbst erklärt hatte, allerdings unvollständig. Er schob seinen Arm unter den blonden Kopf seiner Frau, dann fügte er hinzu: »Und im Zweifelsfalle muß man zu seinen Gunsten entscheiden. Ich meine, was ich sagen möchte, ist, man muß ihn lieben.«

4

Die Redaktion des *Sentinel* von Key West war, wie überhaupt alles an der Zeitung, billig, schäbig und schlampig.

Sie befand sich in der zweiten Etage eines modernen Gebäudes, das in einem heruntergekommenen Häuserblock der berüchtigten Duval Street lag. Um in die Redaktion zu gelangen, mußte man sich durch einen schmalen Korridor an zwei T-Shirt-Buden vorbeiquetschen, dann einen engen Treppenaufgang hochgehen, wo es fast immer nach abgestandenem Urin oder Erbrochenem stank. Hinter einer Tür, von deren Milchglasscheibe die Buchstaben abblätterten, erstreckten sich die winzigen Redaktionsräume. Auf dem alten Holzfußboden, der vollgesogen war von Feuchtigkeit, hatte man das unbestimmte Gefühl, auf einen Schwamm zu treten. Licht kam aus Neonleuchten von der Größe einer Eierschachtel, das die Augen nervös machte. Manche der privilegierteren Kabuffs hatten Fenster, manche der privilegierteren Fenster waren mit vorsintflutlichen Klimaanlagen ausgestattet. Diese Klimaanlagen kühlten längst nicht mehr, statt dessen gaben sie tröpfchenweise Kondenswasser ab, das auf den modrigen Boden fiel, und bliesen die Luft unverändert heiß zurück. Einen Nutzen hatten sie jedoch: Ihr pulsierendes, polterndes Dröhnen war auf seine, wenn auch seltsame Weise beruhigend, denn es übertönte die plärrende Musik, die aufgemotzten Motorräder und die besoffenen Lacher von der Straße.

Es war etwa acht Uhr abends, als Arty Magnus vom Eclipse Saloon zurückkehrte. Niemand arbeitete spät, weil dafür bei einer Zeitung wie dem *Sentinel* keine Notwendigkeit bestand. Er ging zu seinem Schreibtisch, schaltete die Klimaanlage und seinen veralteten Computer an und riß die Packung Salzbrezeln auf, die er sich zum Abendessen mitgebracht hatte. Er stieg in die Datenbank ein, tippte den Namen DELGATTO, VINCENTE und begann zu essen.

Die Datenbank reichte zehn Jahre zurück, der älteste Eintrag über Delgatto war ein Artikel in der *New York Times* vom 20. Dezember 1985.

Frankie Scalera, in die Jahre gekommener Boß der Pugliese-Familie und während eines Jahrzehnts der oberste Boß der New Yorker Mafia, war demnach kürzlich umgelegt worden, wobei die Experten für organisiertes Verbrechen Analysen anstellten, wie die Strukturen der Mafia nach Scalera wohl aussehen würden. Man war sich generell einig, daß Nino Carti der neue Pate sein würde, ein eingebildeter Ganove von brutalem Charisma. Carti fehlte Finesse, aber er war jung, kräftig gebaut und ein Großmaul; in den Worten einer FBI-Quelle repräsentierte er »den letzten Hoffnungsschimmer der Mafia, sich zu verjüngen«. Cartis rechte Hand würde Tommy Mondello sein, der von den Beobachtern als unglückliche Wahl bezeichnet wurde. Mondello war weder intelligent, noch war er ehrgeizig. Ein Staatsanwalt tat ihn mit den Worten ab, ein »besserer Leibwächter« zu sein, dessen hauptsächliche Qualifikation darin bestünde, Cartis Führungsanspruch nicht gefährlich zu werden.

Viel interessanter war nach Ansicht der Experten die Beförderung Vincente Delgattos zum *Consigliere*.

Delgatto war damals dreiundsechzig – um beinahe zwei Jahrzehnte älter als seine neuen Vorgesetzten –, und es herrschte große Ratlosigkeit, was mit diesem Ungleichgewicht bezweckt wurde. Ein Ermittlungsbeamter sah in der Wahl Delgattos nichts anderes, als »es den alten Herren recht machen zu wollen«, und behauptete, er sei bestenfalls ein Aushängeschild ohne wirkliche Macht. Ein anderer Experte meinte jedoch, auch wenn Delgattos Position in erster Linie symbolischen Charakter habe, so sei das Symbol nicht unwesentlich. Es bedeute, daß die »sizilianische Mafia nicht bereit ist, die alten Traditionen, also gegenseitigen Respekt und relative Zurückhaltung, zur Gänze aufzugeben und in einem Sumpf willkürlicher Gewaltausübung nach dem Motto: Friß-oder-stirb zu versinken«.

Diese Debatte stellte sich jedoch als rein akademisch heraus, da die Mafia während der nächsten drei Jahre Nino Carti war und Punktum.

Arty Magnus kaute mit dem Rücken zur tropfenden Klimaanlage Brezel, arbeitete sich durch Hunderte Carti-Einträge und erinnerte sich an den Personenkult, der in den späten achtziger Jahren so vehement betrieben worden war. Carti traf alle Entscheidungen; Carti beanspruchte alle Schlagzeilen für sich. Carti war eine Einmannshow.

Der Ruhm des schillernden Paten war jedoch zugleich sein Untergang. 1989 hatten die Beamten des FBI und der New Yorker Ermittlungsbehörden eine erstklassige Sondereinheit zusammengestellt, deren einziger Auftrag darin bestand, gegen dieses Großmaul von Gangster, dessen fortgesetzter Verbleib in Freiheit zu einer Blamage ausartete, eine todsichere Anklage aufzubauen. »Wir wollen ihn hinter Gittern sehen«, sagte ein namentlich nicht genannter Staatsanwalt, als die Anklageschrift endlich vorlag und 116 Anklagepunkte enthielt. »Er hat dafür gesorgt, daß die Maschinerie ohne ihn kaum noch funktioniert. Wenn es uns also gelingt, ihn auszuschalten, wäre das zugleich unsere beste Chance, das gesamte Unternehmen zu zerstören.«

Cartis Kommentar vor versammelter Presse: »Ich wünsche der Staatsanwaltschaft viel Glück.«

Dann, Anfang des Jahres 1991, als das Noch-Großmaul von einem Paten nach wie vor auf seinen Prozeß wartete, geschah das Undenkbare. Am besten traf es die *Daily News* mit ihrem besonderen Talent für Prägnanz und der folgenden Schlagzeile auf der Titelseite: MONDELLO VERPFEIFT CARTI. Die so gut wie unsichtbare rechte Hand Cartis, ausschließlich wegen seiner dummen und beinahe hündischen Loyalität für diesen Posten ausgewählt, hatte sich die Anklagepunkte wegen Mordes und Erpressung, die auch ihn betrafen, zu Herzen genommen und beschlossen, mit der Staatsanwaltschaft einen Handel einzugehen.

Während der nächsten Monate beherrschten die Sprecher der Anklage und der Verteidigung die New Yorker Lokalnachrichten, doch sobald klar war, daß Nino Carti den Rest seines Lebens hinter Gittern verbringen würde, lenkten die Journalisten ihre Aufmerksamkeit neuerlich auf die angeschlagene Verfassung der Mafia und ihre ungewisse Zukunft. Die Datenbank zeigte nun einen scharfen Anstieg an Einträgen zu DELGATTO, VINCENTE. Arty Magnus aß seine Brezel, rieb sich die schmerzenden Augen und stocherte tiefer.

WER IST DER NÄCHSTE? fragte die *Post* am 18. September 1991, dem Tag nach Nino Cartis Verurteilung. Der Artikel deutete an, daß nun an der Spitze der Mafia ein nie dagewesenes Machtvakuum herrschte. Vincente Delgatto, neunundsechzig Jahre alt, war der hochrangigste, nicht im Gefängnis sitzende Exponent der Pugliese-Familie, wobei allerdings die in dem Artikel genannten Informanten bezweifelten, daß er je die feierliche familieninterne Zeremonie erleben würde, bei der ein Pate auf den Thron gehoben wird. »Er ist ein kompetenter Verwalter«, stellte ein Beobachter fest, »aber er ist ein alter Mann mit veralteten Vorstellungen, der niemandem mehr angst macht. Seine Zeit ist vorbei.« Ein anderer Experte warnte: »Es gibt noch vier Mafia-Familien in New York, und wenn sie die momentane Situation ausnutzen, um den Pugliese die Macht zu entreißen, wird das ziemlich übel.«

Doch der Bandenkrieg, den die *Post* voraussagte, fand nicht statt – nun, zumindest vorläufig nicht –, und ein Artikel, der wenige Wochen später in der *New York Times* erschien, zählte mögliche Gründe dafür auf. Die Staatsanwälte jubilierten über die großzügigen Auslegungsmöglichkeiten, die sie sich von RICO versprachen, einem 1970 verabschiedeten Gesetz, mit dem sie Carti zu Fall gebracht hatten. Nachdem sie die Mafia als »kriminelle Vereinigung« definiert hatten, konnten die Behörden nun gegen jeden gerichtlich vorgehen, der dieser Organisation vorstand. Ein FBI-Beamter brüstete sich mit den Worten: »Unter den momentanen Voraussetzungen ist das wie ein Schießstand. Die erste Ente, die den Kopf raussteckt, wird festgenagelt.«

Der desolate Zustand, in dem sich die Mafia befand, wurde immer deutlicher. Hierarchien zerfielen; Zuständigkeitsbereiche verschwammen zunehmend. Und die nicht vorhandene Führung kam der Mafia teuer zu stehen. SIZILIANER VERLIEREN IM TEXTILVIERTEL TERRITORIUM AN CHINESISCHE BANDEN, berichtete die *Times* im März 92. IRISCHE GANGSTER LASSEN IN DEN DOCKS DIE MUSKELN SPIELEN, stand im April in der *Post*.

Dann, im Mai, stach *Newsday* die Konkurrenz aus und überraschte die Experten mit einem Bericht, wonach Vincente Delgatto, unterdessen siebzig geworden, bei einem beinahe unbemerkt gebliebenen Treffen in einem Klub in Queens zum *capo di tutti capi* gemacht worden sei.

Die Einzelheiten der Zeremonie wurden natürlich nicht genannt. Aber der anonyme Informant des Blattes bot die folgende Analyse: »Die Mafia braucht einen Boß. Delgatto weiß das, alle wissen das. Etwas ist jedoch anders: Der typische Pate wurde immer von Gier, Blutrünstigkeit und seinem Ego angetrieben. Nicht so Delgatto. Er scheint das Amt aus reinem Pflichtgefühl angenommen zu haben. Es ist ein mieser Job geworden.«

Dieser Kommentar lieferte dem Reporter das Stichwort, um dem neuen Capo einen Namen zu geben: »Der Pate wider Willen«.

Arty Magnus wandte den Blick vom Bildschirm und sprach die Worte laut vor sich hin. In dem menschenleeren Büro klang seine Stimme etwas sonderbar. Das ist gute Zeitungsarbeit, dachte er: Als erster an die Story rankommen und ihr sogleich den richtigen Dreh verpassen. Der Pate wider Willen. Wirklich gut.

Er blinzelte, seine Augenlider fühlten sich rauh und beinahe klebrig an, und ihm wurde bewußt, daß er hundemüde war. Er blickte auf die Uhr, es war fast Mitternacht.

Plötzlich fühlte er sich nervös und zugleich ausgelaugt: Mitternacht im Neonlicht vor einem grünen Computerschirm, nichts im Magen außer drei Dosen Bier und einer Tüte Salzbrezeln. Er gähnte, stand vom Tisch auf und streckte sich. Er schaltete die Geräte ab, ging zur Tür und auf dem Weg nach unten lachte er insgeheim über sich selbst und die weise, wohlmeinende und herablassende Art, mit der er versucht hatte, Joey Goldman klarzumachen, daß die Chance seines Vaters, eine Story zu haben, so viel wert sei wie ein Schneeball im Fegefeuer.

Der Redakteur löste die Kette von seinem alten Fahrrad mit den dicken Reifen und schwang sich auf den Sattel.

Der Pate wider Willen. Der Spitzname ging ihm nicht aus dem Kopf, und nun erfand er seinerseits eine Phrase, eine Verhöhnung seiner selbst, ein verzerrtes Echo: Der Schriftsteller wider Willen. Er dachte, er könnte darüber kichern, doch aus seiner Kehle kam nichts, was einem Lachen glich. Er radelte die Duval Street entlang. Verzerrte und jammernde Musik kam aus den zumeist leeren Bars; hie und da sah er ein Pärchen gehen, das aneinander gelehnt schnurrte und kicherte. Es waren Touristen, die sich viel zu sehr anstrengten, Spaß zu haben, und in ihrer Anstrengung lag etwas freudloses, doch Arty rang sich zu dem Gedanken durch, daß sie vielleicht, aber nur sehr vielleicht, erfolgreich waren.

Die Worte »wider Willen« ließen ihn nicht mehr los. Müde fuhr er heim, dabei in den Gedanken versunken, daß er womöglich so etwas wie ein Mensch wider Willen war.

5

Zwei Tage später, an einem strahlenden Samstag, tauchte Gino Delgatto in Joey Goldmans Garageneinfahrt auf, eine Tussi an seiner Seite.

Das durfte nicht verwundern: Gino ging nie ohne Tussi auf Reisen, stellte sie aus wie ein Brite einen Regenschirm, wäre ohne sie so verloren gewesen wie ein Musiker auf Tournee ohne den Trost seines Cellos. In bestimmten Dingen unterschieden sich Ginos Tussis zwar voneinander, in anderen waren sie alle gleich. Die Farbe der Haare mochte blond oder rot oder schwarz sein, entscheidend war die Frisur, sie mußte von der Art sein, die am Friseurtag makellos aussah und dann im Laufe der Woche strähniger und wilder wurde. Form und Farbe der Augen spielten auch keine Rolle, wichtig war, daß sie von unecht wirkenden Wimpern umrahmt waren und sich darüber Brauen erhoben, deren zurechtgezupfte Schlankheit jene einer Sardelle übertraf. Die Oberweite war in jedem Fall beeindruckend, und der übrige Torso, vom Busen abwärts, erinnerte fast immer an eine übertrieben betonte Perspektivzeichnung: schmale Hüften, flacher Hintern, und von da an im großen und ganzen mit dem Schwanz einer Meerjungfrau vergleichbar.

Von dieser besonderen Tussi war zunächst nicht viel zu sehen. Sie trug eine große runde Sonnenbrille, die ihr Gesicht von der Stirnmitte bis unterhalb der Backenknochen bedeckte, und einen enormen Sonnenhut, der, als sie sich auf das Haus zubewegte, seine eigene Finsternis bildete.

Was Gino betraf, so hatte er unnötigerweise an Gewicht zugenommen. Vom Sitzen im Flugzeug war der glänzende Stoff seiner Hose zwischen den feisten Oberschenkeln zerknittert, beim Gehen sah es aus, als würde ihm der Stoff den Arsch hinaufkriechen. Er zwinkerte im grellen Sonnenlicht, aber es konnte ja auch sein, daß er lächelte. Fettpölsterchen umgaben seine ausdruckslosen schwarzen Augen, seine vollen Lippen verzogen sich, und in seinen dicken Wangen staute sich das überschüssige Fleisch.

Es war nicht verwunderlich, daß er eine Tussi mitbrachte, andererseits hatte er nichts dergleichen angekündigt, und während Joey, Sandra und Vincente in der Tür standen, deutete eine kaum merkliche Verspannung in ihren Gesichtern an, daß sie doch ein wenig verwundert waren.

Sandra dachte: Seine Mutter ist gerade gestorben, er ist gekommen, um seinen Vater zu sehen. Dieser Hornochse.

Vincente dachte: Gino ist mein Erstgeborener. Ich liebe ihn, aber er erinnert mich an meine Jugend, an meine schlechtesten und bedauernswertesten Eigenschaften.

Joey dachte: Mein großer Bruder. Er erträgt es nicht, daß mein Haus groß genug ist, um ihm ein eigenes Zimmer anzubieten, also hat er vorgesorgt, daß er ja nicht hier wohnen muß.

Die Begrüßung fand auf dem Rasen statt, unter dem roten Jasminbaum. Gino küßte seinen Vater auf beide Wangen, reichte Joey die Hand, umarmte Sandra, die das nicht wollte. Dann machte er einen Schritt zurück, blickte zum Himmel hoch und breitete in einer spöttisch-herzlichen Geste die Arme aus. Es war die Geste des Conferenciers in der Hotelbar, der seinem Publikum sagen möchte, ist das Leben nicht wunderbar, denn nun stand endlich er auf der Bühne. »Florida«, sagte er. »Herrlich.«

Er ließ die Arme sinken und packte sein Lächeln wieder ein. So viel zu Florida. »Kommt schon, gehen wir rein. Muß pinkeln wie 'n Rennpferd.«

Er machte einen Schritt auf das Haus zu, bemerkte aber sogleich die peinlich berührten Blicke und Begrüßungsansätze zwischen seiner Familie und seiner Reisegefährtin. »Ach ja«, warf er hin. »Das ist Debbi. Ihr werdet sie mögen. Die Kleine ist in Ordnung.«

Im Haus watschelte Gino in Richtung Toilette davon und schien mit Absicht nichts sehen zu wollen. Doch Debbi sah alles, drehte den Kopf von einer Seite zur anderen, ihr Riesenhut folgte ihren Bewegungen wie eine Radarschüssel. »Das ist ja wunderhübsch«, sagte sie, während sie die Jalousien bewunderte, die Deckenventilatoren, die weißen, spärlich auf dem bloßen Holzboden verteilten Korbmöbel. »So luftig.«

Sandra beschloß, sie zu mögen.

»Darf ich Ihnen etwas anbieten?« fragte Joey. »Habt ihr schon zu Mittag gegessen?«

Gino, der soeben durch den Flur zurückkam und mit einer Hand noch mit dem Verschluß seiner Hose beschäftigt war, antwortete an ihrer Stelle: »Nein, Joey, gar nichts. Wollten nur hallo sagen. Wir müssen ins Hotel, duschen.«

»Wo wohnt ihr denn?« fragte Sandra.

Gino freute die Frage, denn das war die Gelegenheit, allen klarzumachen, daß für ihn nur ein Hotel in Frage kam: »Flagler Hotel. Mit Blick aufs Meer, 's beste.«

Sandra und Joey warfen sich einen raschen Blick zu. Als Gino zuletzt in Key West gewesen war, hatte er einen betrügerisch gemieteten Thunderbird einfach verloren; mit der goldenen Kreditkarte, die ihm nicht gehörte, im Flagler Hotel eine Rechnung von elftausend Dollar angehäuft und sich schließlich mitten in der Nacht übers Meer aus dem Staub gemacht. Allerdings war das Kommen und Gehen im Hotelgeschäft enorm, glich einem Universum vergessener Gesichter, und mit Sicherheit hatte Gino diesmal ein anderes Stück Plastik und einen anderen Namen.

»Also, ihr kommt später nach, und wir essen zusammen zu Abend«, sagte der große Bruder. »Ihr seid meine Gäste.«

»Wir dachten, wir essen alle hier«, widersprach Joey.

»Quatsch«, meinte Gino. »Sandra soll auch mal aus der Küche rauskommen, was?«

»Wir kochen nicht in der Küche«, korrigierte Joey. »Ich grille auf der Terrasse.«

Aber Gino hatte die Antwort gar nicht erst abgewartet. Er war bereits auf dem Weg zur Tür. Von ihm ging ein Ruck und ein Luftzug aus wie von einem Lastwagen, der auf der Autobahn vorbeidonnert. Er fetzte an Debbi vorbei, und sie heftete sich an seine Fersen. Doch dann blieb sie stehen, wandte sich um und ging auf Vincente zu. Sie nahm zum ersten Mal ihre Sonnenbrille ab. Ihre Augen waren von einem Grün, das beinahe blau war, und obwohl sich ihr Haar unter dem Sonnenhut verbarg, wußte der alte Mann, daß sie ein Rotschopf war. Joeys Mutter war rothaarig gewesen.

»Mr. Delgatto«, sagte Debbi. »Ich möchte Ihnen nur sagen, daß es mir sehr leid getan hat, als ich vom Tod Ihrer Frau erfuhr.«

Der Pate nahm ihre Hand in beide Hände und schüttelte sie herzlich. »Ich danke Ihnen, das ist sehr liebenswürdig.«

Gino startete den gemieteten T-Bird. Joey, der in der Tür stand, sagte: »Hübscher Wagen. Der Führerschein und die Kreditkarte – passen die diesmal zusammen?«

Die erhobenen Daumen seines Bruders sollten wohl beruhigend wirken. Sobald die Tussi eingestiegen war, legte er den Rückwärtsgang ein, trat das Gaspedal durch und spritzte den Kies auf Joeys Rasen.

»Kinder«, sagte Vincente. »Hast nie welche gehabt, was, Andy?«

»Nein«, erwiderte Andy der Dandy. »Meine Frau. Lag an ihren Innereien. Nein, nein.«

»Und die Freundinnen? Keine Unfälle?«

Sie befanden sich am Strand an der gegenüberliegenden Straßenseite der Paradiso Wohnanlage, in der Andy lebte. Sie saßen in Liegestühlen und blickten auf das Meer hinaus. Wenn man über die Vergangenheit sprechen wollte, war das der richtige Ort, denn das Meer glich einem riesigen Becken aus Vergeben und Vergessen, und wie den Steinen nahm es den Erinnerungen ihre scharfen Kanten. Hier konnte sich ein alter Mann an Dinge erinnern, sie akzeptieren, ja, sogar liebevoll damit umgehen und weniger Schmerz dabei empfinden, als er befürchtet hatte.

»Vor 'ner Million Jahren«, sagte Andy, »klar, da hab' ich mir den einen oder anderen Seitensprung genehmigt. Aber, weißt du, 's war nie so wie zwischen dir und Thelma. Ich war nicht in sie verliebt, sie nicht in mich. Von Kindern war nie die Rede. Aber weißt du was, Vincente? Damals, okay, da tat ich, was 'n Mann eben so tut, aber in Wahrheit war ich daheim bei meiner Frau viel glücklicher.«

»Ich nicht«, gestand der Pate. »Sollt' so was nicht sagen, wo Rosa noch nicht mal richtig kalt ist. War ja nicht ihre Schuld. Sie war 'ne gute Seele, hat sich immer bemüht. Aber zu Hause glücklich? Nein. Zu Hause hab' ich mich zu Tode gelangweilt. Die vielen Heiligen, die Kerzen, der Nähkorb, der ständig rumstand. Ich beneide dich, Andy.«

Wenn man um etwas beneidet wird, ist es schwer, die richtige Antwort zu finden, daher blickte Andy der Dandy nur weiterhin auf den Ozean. Die Sonne stand sehr niedrig, der Dunst machte es erträglich, sie anzusehen, und vom Wasser ging ein Leuchten aus wie von graugrünem Aluminium. Geistesabwesend streichelte Andy den altersschwachen Chihuahua auf seinem Schoß, während von seinem blauen, mit Silberfäden durchzogenen Seidenhemd die kurzen weißen Hundehaare fielen.

»Der Scheißköter«, sagte er endlich. »Scheiß Don Giovanni ist das einzige, was in meinem Leben so was wie Kinder war. Na, von mir aus. Dieses Einkilostück Scheiße ist schon genug Ärger. Kann mir gar nicht vorstellen . . .«

»Eben«, unterbrach ihn Vincente. »Kinder bedeuten jede Menge Ärger. Aber da kommt was dazu, was du dir nicht erklären kannst. 'ne Menge Unerklärliches.«

Er hielt inne. Eine dünne Wolke glitt über die Sonne, die Sonne schien durch sie hindurchzufallen wie ein leuchtendes 25-Centstück durch den Schlitz einer Maschine.

»Nimm meine beiden Jungs. Joey – du hast recht, Andy, seine Mutter hab' ich wirklich geliebt. Sie ist die Frau, mit der ich mein Leben hätte verbringen sollen. Aber, blödes Rindvieh, das ich bin, hab' ich's nicht getan. Joey will das sein, was ich nicht bin. Unsere Sache, damit will er nichts zu tun haben – und ich kann's ihm nicht verübeln, sie ist ranzig geworden. Er hat 'ne phantastische Frau, er ist ihr treu, das macht ihn glücklich. Was ich sagen will, alles, was ich je getan hab', alles, was ich bin, er will das Gegenteil.«

Andy streichelte den Hund, der in seinem Schoß wie Espenlaub zitterte. Vincente hatte seine schwarzen Schuhe an und stocherte damit im Sand herum, als wollte er heimlich seine Zehen im groben Korallensand vergraben.

»Und dann Gino«, fuhr er fort. »Gino meint, er tut, was ich von ihm erwarte, wahrscheinlich glaubt er, er ist wie ich. Aber ich muß dir was gestehen: Ich schau' mir Gino an und bekomm 'n Krampf im Magen. Ich schau' in den Spiegel, und was seh' ich? 'n alten Mann. Meine Haut ist mir zu groß geworden, meine Ohren hängen mir vom Kopf. Ich bin häßlich. *Brutto.* Mir macht's nichts aus. Hab' viel erlebt, viel gefühlt, ich weiß, wie ich so geworden bin. Ich schau' mir Gino an und weiß nicht, was ich da sehe. Er denkt nicht, er fühlt nicht, das Leben, das ihm geschenkt wurde, das hat er genommen, ohne auch nur mal nach draußen zu schauen. Entweder isser nicht wirklich so wie ich, oder ich hab' mir jahrelang was vorgemacht. Verstehst du, was ich sagen will?«

»Ja, Vincente, ich versteh' dich«, antwortete Andy. »Das ist dieses, wie nennt man das, dieses Zeug, das in beide Richtungen gleichzeitig abläuft, Paragramm oder Paragon oder so ähnlich. Joey ist nach außen hin nicht so wie du, aber in seinen Knochen, da isser's. Er hat Rückgrat, er hat was Unabhängiges. Aber Gino, die Oberfläche ist schon da, aber geh mal drunter – und dann? Du fällst durch den Boden, flutschst durch sein Arschloch raus, was weiß ich.«

»Andy, er ist immer noch mein Sohn.«

»Tut mir leid, Vincente, war nur . . .«

»Und die Tragik dabei?« fuhr der Pate fort. »Es ist meine Schuld. Ich meine, ich bin schuld, daß meine beiden Jungs, daß sie sich von innen nach außen kehren müssen, diese Krämpfe haben, ob sie so sein wollen wie ich oder nicht. Wenn sie besser Bescheid wüßten, warum ich manche Dinge getan hab'...«

»Vincente«, sagte Andy. »Ich mein', was weiß denn ich, nicht wahr? Aber Söhne, ich bin nicht sicher, ob Söhne je verstehen.«

Der Pate wollte keinen Trost annehmen. »Nimm Joey«, fuhr er fort. »Tief drinnen denkt er wahrscheinlich, ich bin 'n Weiberheld und 'n Schläger. Okay, die alten Zeiten, da liegt er gar nicht so falsch. Aber Gott ist mein Zeuge, das ist nicht die ganze Geschichte. Wir hatten Gründe, warum wir was taten. Joey kennt die Gründe nicht. Gino kennt die Gründe nicht.«

Andy sagte eine Zeit lang nichts, er sah dem Sonnenuntergang zu. Für ihn war das ein ganz besonderer Augenblick. Er genoß den Moment, in dem sich die abgeflachte orange Kugel in den Horizont hineinpreßte, es schien ihm wie ein Sieg, ein Omen, wenn auch ohne besonderen Inhalt, sobald der Himmel leer war und er sich am richtigen Ort befand, um zu bestätigen, daß der Tag zu Ende, die Sonne ins Meer gesunken war. Er sah zu, bis sie zur Hälfte verschwunden war und aussah wie ein dicker Mann, der bis zum Bauch im Wasser watete. Dann sagte er: »Also, Vincente, dann erklär ihnen die Gründe.«

Der Pate stieß einen zischenden Laut aus. Mit Ausnahme einer skeptisch erhobenen Braue saß er regungslos in seinem Liegestuhl, doch Andy schien es, als würde er herumwirbeln, könnte nicht still sitzen, als würde er in seinem Inneren von Fingern und Fäusten gestoßen und herumgeschubst.

Andys Hund war eingeschlafen, von seinem Schoß

ging ein leise pfeifendes Schnarchen aus. »Das willst du doch«, sagte der Freund der Familie leise. »'s muß 'n Weg geben, Vincente. 'n Weg zu sagen, was du denkst, ohne die Geheimnisse zu verraten.«

6

Ben Hawkins, der einzige Schwarze, der im New Yorker Büro des FBI mit organisiertem Verbrechen zu tun hatte, trug einen konservativen eleganten Anzug, weil er zur Arbeit immer einen konservativen eleganten Anzug trug, doch das hieß nicht, daß er mit Freude im Dienst war. Es war ein Sonntag im Januar, neun Uhr morgens, draußen hatte es minus acht Grad. An den Fensterscheiben klebte schmutziger Frost. Aus den Schornsteinen des Chemiewerks *Consolidated Edison* strömte lavendelfarbener Dampf und wurde sofort von einem aus Kanada kommenden, arktischen Sturm erfaßt und fortgetragen. Hawkins gehörte der Abteilung seit sechzehn Jahren an, im Laufe der Zeit war das krause Haar an seinen Schläfen ergraut, und er wußte, daß es keinen Grund gab, diese Besprechung am Sonntagmorgen abzuhalten, es sei denn, sein Vorgesetzter, Harvey Manheim, hatte eine Rüge von oberster Stelle erhalten und sah es nun als seine Pflicht an, die Rüge weiterzuleiten.

Manheim kam ins Büro geschlendert, nickte kurz, warf vereinzelte »Hallos« unter die fünfzehn oder achtzehn Agenten, die sich eingefunden hatten. Er hatte leicht hervortretende Augen und einen Mund, der an den tief in den Scharnieren hängenden Mund einer Bauchrednerpuppe erinnerte. Er trug ein Tweedjackett und Hosen aus Kordsamt, und in einer Hand hielt er, wie immer, seine nicht angezündete Pfeife. Er nahm seinen Platz hinter dem kleinen Pult am Kopf des Raumes ein, zwischen zwei Staffeleien, auf denen die Organisationsdiagramme der vier New Yorker Mafia-Familien befestigt waren. »Meine Herren«, begann er, »ich danke Ihnen, daß Sie gekommen sind. Wir sind hier, um den neuesten Stand der Dinge zu besprechen.«

Draußen rüttelte ein eisiger Polarwind an den Fenstern. Ein Agent namens Frank Padrino konnte es sich nicht verkneifen zu murmeln: »Was gibt's denn Neues zu besprechen, Harvey?« Das hätte er nicht sagen sollen. Er lieferte dem Vorgesetzten das gewünschte Stichwort.

»Was es Neues gibt?« äffte ihn Manheim nach. »Es gibt nichts Neues. Das ist der springende Punkt. Wie lange ist Vincente Delgatto nun am Drücker? Bald drei Jahre. Und was liegt gegen ihn vor? Nichts.«

»Er hat sich nichts zuschulden kommen lassen«, erklang eine Stimme aus dem hinteren Teil des Zimmers.

»Er hat überhaupt nichts gemacht«, warf ein anderer Agent ein. »Als ob in der Mafia ein Stillhalteabkommen herrscht.«

Manheim ignorierte die Bemerkungen. »Und erinnern Sie sich vielleicht«, fuhr er fort, »an die großen Töne, die wir vor der Presse anschlugen, als Carti in den Knast marschierte – daß wir von nun an jeden ihrer Anführer anklagen können?«

Ben Hawkins rutschte auf seinem Stuhl hin und her. Er war groß, nicht dick, aber breit gebaut, mit unklaren Gesichtszügen, einer schmalen Nase und mandelförmigen Augen, die sein ganzes Gesicht einzunehmen schienen. »Von uns hat das keiner gesagt, Harvey«, warf er ein. »Sie haben das gesagt.«

Der Vorgesetzte erhob in Professorenmanier einen Finger: »Das Bureau hat das gesagt. Und jetzt liegt es am Bureau, dazu zu stehen.«

Er hielt kurz inne, damit sich die Wirkung dieser institutionellen Moral voll entfalten konnte. Dann zeigte er mit dem Finger auf Padrino, der den breiten Nacken und die plattgedrückte Nase eines in die Jahre gekommen Footballspielers hatte und die Mafia besser kannte als die Mafia sich selbst. »Frank, was tut sich zur Zeit, dieses Stillhalteabkommen, wenn Sie so wollen – was bedeutet es?«

Padrino schürzte die Lippen, legte einen Finger an sein Kinn. »Niemand weiß wirklich, wie mächtig Delgatto ist«, sagte er. »Er ist der Pate, gewiß, aber was heißt das schon heutzutage? Die Fabrettis mit Emilio Carbone sind die einzige andere Familie mit einem legitimen Boß. Die offiziellen Bosse, Altersgenossen von Delgatto, sind fast alle im Knast. Ein paar von ihnen haben kapiert, daß sie dort sterben werden. Warum sollten also die jüngeren Ganoven diesen alten Mann akzeptieren, der ihnen noch dazu aufgenötigt wurde?«

Manheim gefiel, was er da zu hören bekam, denn es gab der Diskussion die von ihm gewünschte Richtung. »Heißt das, daß sie gegen ihn vorgehen werden?«

»Ich habe gesagt, vielleicht«, korrigierte ihn Padrino. »Momentan dürfte Delgatto zu schwach sein, um zu führen, und zu stark, um gestürzt zu werden. Momentan warten alle noch ab.«

»Nicht die anderen Banden«, erklärte Manheim. »Die Asiaten, die Latinos. Sie wittern doch schon die Schwäche.«

»Ja«, stimmte ihm Padrino zu. »Das ist richtig.«

Der Vorgesetzte umfaßte das Pult und spielte mit der kalten Pfeife. »Um so mehr Grund, daß wir eingreifen. Und zwar jetzt«, sagte er. »Und nicht erst, wenn das Blutbad voll im Gang ist.«

Ben Hawkins hatte kleine Ohren, Ohren, die wie alles

an ihm ebenso grau wie auch braun waren, etwa die Farbe einer Baumrinde. Diese Ohren hatten ein besonders empfindliches Gehör für die politischen Nuancen einer Besprechung wie dieser entwickelt. Er wußte fast immer, wann eine Schlußfolgerung einstudiert war, wann sie bereits vor dem Beweismaterial bestanden hatte, das angeblich zu ihr führte. »Wie sollen wir eingreifen, Harvey?«

»Indem wir einen Machtkampf auslösen«, schlug Manheim vor, »indem wir Delgatto dingfest machen. Den Staatsanwälten geben wir eine Woche bis zehn Tage Zeit, die Paragraphen vorzubereiten. Wir können ihn jederzeit verhaften. Eine Kaution von sechs Millionen dürfte kein Problem sein.«

»Weswegen soll er verhaftet werden?« fragte ein anderer Agent.

»RICO-Konspiration«, antwortete Manheim.

Er sagte das mit der Bemühung um felsenfeste Überzeugung, dennoch war der entschuldigende Begleitton nicht zu überhören, und seinen Worten folgte nun jenes peinlich berührte Schweigen, wie man es kennt, wenn jemand in aller Öffentlichkeit einen lauten Furz läßt. Ein langer Augenblick verging. Durch den Raum ging ein kalter Luftzug wie Eisflocken, die quer über ein Fenstersims geblasen werden.

»Ist das alles?« fragte Ben Hawkins. »RICO-Konspiration? Schuldig aufgrund von Mitgliedschaft in einer kriminellen Vereinigung? Hab' ich an dem Tag gefehlt, oder erinnere ich mich richtig, daß das als verfassungswidrig erklärt wurde?«

Manheim schwieg.

Frank Padrino sagte: »Verdammt, Harvey, diese Fälle halten nicht. Ein gefundenes Fressen für jeden Anwalt.«

Manheim kreuzte die Beine, sein scharnierter Mund

kaute die Worte heraus: »Meine Herren, unsereins diskutiert nicht, unsereins sorgt für Recht und Ordnung. Sie müssen keine persönliche Vorliebe für Rico haben . . .«

»Die Geschworenen aber sehr wohl«, unterbrach ihn Hawkins. »Und sie pfeifen auf Rico.«

»Scheiße ist das«, sagte Padrino. »Hätte Mondello nicht gesungen, hätte nicht einmal Carti wegen Rico verurteilt werden können, dabei war er schuldig wie die Sünde selbst. Jetzt haben wir Delgatto. Er ist ein kleiner alter Mann, sieht aus wie das tapfere Schneiderlein. Ihm nachzuweisen, daß er in den letzten vierzig Jahren persönlich ein Verbrechen begangen hat, dürfte harte Arbeit sein. Da macht eine Jury nicht mit. Wir würden uns lächerlich machen.«

Manheim fuhr sich mit einer Hand durch sein schütteres Haar und beschloß, es auf die farblose und heuchlerische Tour zu versuchen, die dem mittleren Manager erlaubt ist. »Hört mir mal zu«, sagte er. »Unter uns gesagt, mein Stil ist das ja auch nicht. Aber ich hab' den Bezirksstaatsanwalt im Nacken. Er war in letzter Zeit zu selten in den Schlagzeilen, leidet unter Entzugserscheinungen. Er will, daß wir einen Weg finden, wie wir an Delgatto rankommen. So einfach ist das. Und ich sag' euch noch was: Für diejenigen, die einen Weg finden und dafür sorgen, daß er funktioniert, gibt's einen Karrierebonus.«

Ehrfürchtiges Schweigen folgte. Karrierebonus. Das Wort hatte etwas Magisches, es wärmte den Raum wie die Glühdrähte eines Toasters. Die jüngeren Agenten zuckten auf ihren Stühlen zusammen, als wäre von Sex die Rede. Einer von ihnen, ein Vierkantgesicht namens Mark Sutton, der gerade sechs Monate bei der Abteilung war, öffnete den Mund, wobei die Worte nicht gesprochen, sondern aus der Tiefe seiner vor Ehrgeiz blubbernden und köchelnden Seele hervorzutriefen schienen: »Es muß einen Weg geben.«

»Darauf können Sie wetten«, lobte ihn Manheim.

»Rico ist es jedenfalls nicht«, warf Ben Hawkins ein. »Rico hält nicht.«

»Dann finden wir einen besseren Weg«, schlug Sutton vor. Er sagte es mit dem schrillen, ärgerlichen Selbstvertrauen der Jungen, und Hawkins, dessen Gesicht unfreiwillig zuckte, nahm sich einen Moment Zeit, um ihn sich genauer anzusehen. Die Frisur des jungen Agenten war zu perfekt, sie schien mit Haarspray behandelt, wie die Frisur eines Sportreporters. Seine Gesichtszüge waren so glatt und gleichmäßig wie auf einem Werbeplakat der Army und strömten etwa ebensoviel Menschlichkeit aus. Er war nicht groß – tatsächlich sah er so aus, als hätte er die erforderliche Mindestgröße des Bureaus nur mit Mühe geschafft –, aber er war in Topform. Die Muskelpacken zwischen seinen Schultern und am Hals sprachen Bände.

»Einen besseren Weg«, nickte Harvey Manheim. Er beugte sich über das Pult und fixierte Sutton. Da hatte er ihn, seinen Handlanger. »Genau. Mal sehen, was uns einfällt.«

»Kleines Detail am Rande, das Sie vielleicht wissen sollten«, ergänzte Frank Padrino mit gleichgültiger Stimme. »Delgatto ist in Florida. Die Kollegen in Miami haben ihn gesehen, vor ein paar Wochen am Flughafen.«

Ein skeptisch besorgter Blick huschte über Harvey Manheims Gesicht. Erfuhr er das als letzter? Wenn ja, konnte ihm das schaden? »Was zum Teufel macht er dort?«

Padrino zuckte die Achseln. »Seine Frau ist vor kurzem gestorben. Vielleicht ruht er sich bloß aus.«

Manheim runzelte die Stirn. Man konnte einen Mann

nicht auf die Anklagebank zitieren, nur weil er sich ausruhte oder trauerte. Er hatte Schwierigkeiten, in der Offensive zu bleiben. »Also – Florida, Flushing, ist mir scheißegal. Ich will die Hintergründe wissen, wir müssen was in der Hand haben, sobald er in den Norden zurückkommt, damit wir ihn uns schnappen können. Frank, Sie arbeiten mit Sutton . . .«

»Mensch, Harvey«, widersprach Padrino. »Ich bin endlich so weit, an die Fabrettis ranzukommen . . .«

»Na gut, na gut«, erwiderte Manheim. »Dann Ben. Sie und Mark arbeiten in dieser Sache zusammen.«

Das geschah so schnell, daß Hawkins gerade mit den Augen blinzeln konnte. Er war dreiundfünfzig Jahre alt, bewegte sich langsam auf die Pensionierung zu, und in seiner Akte stand, daß er wiederholt hervorragende Arbeit geleistet hatte. Er mußte niemanden mehr beeindrucken. Dennoch würde es schwierig, um nicht zu sagen, unmöglich sein, wenn er jetzt als nächster versuchte, den Job abzulehnen. Er warf Frank Padrino einen finsteren Blick zu, dann sah er angewidert zu dem kleinen Schleimscheißer Sutton hin. Ein Fall, an den ich nicht glaube, dachte der langjährige FBI-Agent, mit einem aufdringlichen kleinen Streber als Partner. Und dafür hab' ich mir am Sonntag morgen einen frisch gebügelten Anzug angezogen?

7

Zur selben Zeit, als die Besprechung in Queens zu Ende ging, war der Pate in Key West damit beschäftigt, Balsaminen zu pflanzen.

Auf dem weißen Kies auf den Knien hockend, lehnte er sich in das schmale Blumenbeet hinein, seine dünnen, schlaffen Hinterbacken in den ausgebeulten Hosen ragten in die Luft. Er trug keine Handschuhe. Viele Leute, dachte er, behaupten, sie mochten die Gartenarbeit, aber in Wirklichkeit bevorzugten sie mit einem Ginglas in den sauberen Händen den Anblick ihrer Blumen. Wie konnte man mit Handschuhen im Garten arbeiten? Wie sollte man irgend etwas spüren? Wie konnte man wissen, wie kräftig ein Stämmchen war, wieviel Erde von der Wurzelknolle abzuschütteln war?

Vincente grub ein kleines Loch, kratzte es aus wie ein Terrier und kam zu dem Schluß, daß sich bei den heutigen Immobilienpreisen nur noch die Reichen und Feinen einen Garten leisten konnten. War nicht immer so gewesen. In Sizilien hatte jeder einen Garten. Ja, sogar in Queens hatte früher jeder ein bißchen Erde gehabt. Wer gab sich heute noch für Gartenarbeit her? Illegale Einwanderer zumeist, die lustlos in anderer Leute Erde herumgruben, unterbezahlt waren und für irgendwelche Banker und Börsenheinis mit sauberen Händen die Drecksarbeit machten. Dieselben Banker und Börsenspekulanten, die auf jemanden wie Vincente herabsahen. Warum? Nicht, weil er die Gesetze übertrat. O nein, das rief eher einen Verbrüderungswunsch und eine neidische Bewunderung hervor. Nein, auf die Sizilianer sahen sie herab, weil die Sizilianer ihre Hände schmutzig machten und ihr Geld mit stinkenden Dingen verdienten. Fisch. Müll. Man stelle sich einen weißen, angelsächsischen Banker vor, wie er um vier Uhr morgens an der Fulton Street auftaucht, um sich glitschige Gummistiefel anzuziehen und im Kühlraum zwanzig Tonnen Kabeljau zu verarbeiten. Oder den jüdischen Börsenspekulanten, wie er einen Berg aus Essensresten, Müllsäcken und Möwenscheiße besteigt, um seine Kaffeesätze und Lammfleischknochen auf den Müllplatz zu bringen. Nein,

nein, das waren Jobs für die Spaghettifresser, die Südländer. Jobs für Leute, die keine zwanzig Jahre zur Schule gingen und denen es keine Angst machte, ehrlichen Gestank in die Nasen zu bekommen, und denen die Vorstellung gefiel, bis zu den Ellbogen im stinkenden, verkommenen, von Würmern befallenen Gewühl, also bis zu den Ellbogen im Dreck zu versinken.

Obwohl, so dachte Vincente, man konnte dieses Key-West-Zeug nicht wirklich Dreck nennen. In Key West gab es keine Erde, höchstens Korallenkalkstein, rauhen grauen Stein, der kaum etwas wog und Löcher hatte. Wenn man Erde wollte, ging man in den Laden und kaufte sie sackweise. Importiert. Ein Luxusartikel. Sogar in Queens gab es Erde ... Der Pate drehte vorsichtig an der blutroten Pflanze und nahm sie sanft aus dem winzigen Kunststofftopf. Dann stellte er sie in das Loch, das er gegraben hatte, und rückte sie mit der flachen Hand gerade. Er blickte sich um. Er mußte noch etwa ein Dutzend kleiner Töpfchen mit Balsaminen einpflanzen, dafür waren noch etwa acht Fuß Beet da, und es blieb ihm nur ein Viertel Sack Erde.

Immer noch auf den Knien, wandte er den Kopf und rief quer über den Pool: »Erde, Joey. Wir brauchen mehr Erde.«

Sein Sohn saß unter dem Sonnenschirm auf der Veranda, aß Melone und las den *Sentinel* vom Sonntag, da er nie sicher sein konnte, ob seine Annoncen für die Paradise-Wohnanlage nicht bis zur Unkenntlichkeit falsch abgetippt waren. »Komm frühstücken, Pop«, sagt er. »Erde besorgen wir später.«

Vincente überlegte. Er ließ sich nur ungern bei der Arbeit unterbrechen, das ging gegen seine Prinzipien. Andererseits genügte der Gedanke an eine Pause, um ihm bewußt zu machen, daß seine Knie vom Kies weh taten und in seinem Kreuz ein stechender Schmerz hockte. Also gut, er würde eine Pause machen. Er wollte aufstehen, doch nun bemerkte er mit Beschämung und einiger Verwunderung, daß das kein einfaches und kein anmutiges Vorhaben sein würde. Er tat so, als wollte er noch Ordnung schaffen, und stapelte die leeren Blumentöpfe übereinander. Sein Sohn sollte nicht merken, daß ihn schwindelte, oder sehen, wie lange es dauerte, bis er endlich auf den Beinen war. Er schindete Zeit. Schließlich stand er auf. Er klopfte den Staub von den Kleidern und schlenderte betont gelassen um den Pool herum, um eine Tasse Kaffee zu trinken.

Auf den ersten Blick ließ die Baumschule von Key West den Paten unbeeindruckt.

»Oben im Norden«, sagte er, »haben die Baumschulen viel mehr anzubieten. Zeug zum Verzieren, Pergolas. Kleine Brunnen, du weißt schon, solche, bei denen das Wasser aus 'm Fischkopf sprudelt, pinkelnde Engel, so 'n Zeug.«

»Hier haben sie vor allem Pflanzen«, erklärte Joey. »Junge Bäume, manchmal wachsen sie direkt aus einer Kokosnuß heraus. Und Flamingos gibt's auch. Die Beine sind aus Metallstäben, die man in die Erde steckt.«

»Flamingos?« fragte der Pate. »Möchte Sandra Flamingos?«

Joey beschloß, die Frage zu überhören, und führte seinen Vater durch die Reihen wuchernder Palmen und Farne. Im Vorbeigehen streichelten Hibiskusblüten ihre Oberarme, Miniaturorangen parfümierten die Luft mit Zitrusduft. Es gab kein Dach in der Baumschule, nur ein feinmaschiges schwarzes Netz, um die Vögel abzuhalten und die Glut der Sonne und das gleißende Licht zu dämpfen. Es gab auch keinen Fußboden. Der nackte

Boden war mit Holz- und Borkenspänen bestreut, die sich unter den Füßen weich und heimelig anfühlten, so daß man sich gut vorstellen konnte, warum Käfer und Mäuse mit Vorliebe in verfaultem Holz lebten.

Am Ende des Gangs, zwischen dem Palmendünger und dem Schneckenköder, stießen sie auf Arty Magnus.

Er trug olivgrüne Shorts, seine nackten Füße steckten in zerrissenen Turnschuhen. Er hatte lange und drahtige Beine, ein wenig wie Froschschenkel, mit leicht nach außen gedrehten und von der Gartenarbeit rotgeriebenen Knien. In seinem Kraushaar hatten sich kleine Blätter verfangen.

»Joey«, sagte er. Es sollte herzlich klingen, doch er war nicht bei der Sache. Etwas fraß an seinen Jasminblättern, und er befand sich in einem Zustand der Bestürzung, wie ihn jeder Gärtner kennt. Es war weniger Angst als vielmehr die fatalistische Verzweiflung, das Wissen um einen bösartigen Schmarotzer, der in diesem Moment mit unstillbarem Appetit und eisernem Willen seine geliebten Exotika bis auf die nackten jämmerlichen Zweige auffraß.

»Hallo, Arty«, sagte Joey. »Wie geht's denn so?«

Der Redakteur wollte etwas Belangloses sagen und weitergehen, doch dann bemerkte er den alten Mann, von Joeys Schultern halb verborgen. Der Pate. Der Pate wider Willen. In einer Baumschule in Florida an einem Sonntag morgen, ein alter Mann wie jeder andere, leicht gebeugt, wahrscheinlich gelangweilt, umgeben von Laubhaufen und großen Säcken, unter denen er zusammenbrechen würde, sollte er versuchen, sie zu heben. Arty Magnus ertappte sich, wie er ihn anstarrte. Er versuchte, seinen Blick abzuwenden, bewegte den Kopf, doch seine Augen blieben auf den Alten geheftet wie eine Kompaßnadel. Die Situation begann peinlich zu werden, dann scharrte Joey mit den Füßen im weichen Boden: »Arty, ich möchte dir meinen Vater vorstellen. Pop, das ist Arty Magnus.«

Kein Name, bemerkte der Redakteur. Inkognito. Nicht einmal in Key West, wo es theoretisch keine Mafia gab und in der Tat kein Mensch Zeitung las. Er streckte die Hand aus, und nun war es Vincente, der ihn genauer und länger ansah, als es die Höflichkeit erlaubte. Er prüfte Artys Hand, bevor er sie schüttelte, wobei ihm nicht entging, daß die feinen dunklen Dreckspuren Linien und Runzeln hervorhoben wie Tinte den Abdruck eines Fingers.

»Freut mich«, nickte Vincente.

»Die Freude ist ganz meinerseits«, erwiderte Arty.

Füße scharrten in der Baumrinde.

»Wir sind wegen Erde da«, erklärte der Pate. »Und Sie?«

»Gift«, sagte der Redakteur.

Der alte Mann stand mit dem Rücken zu einem Ficus. Er verschränkte die Finger wie bei einem Begräbnis und nickte traurig. »Ja, manchmal muß man die Biester umbringen. Manchmal isses die einzige Möglichkeit.«

Auf dem Weg zu Joeys Haus bemerkte Vincente: »Dein Bekannter, seine Hände – er buddelt im Dreck.«

»Na klar, arbeitet ja für die Presse.«

»Nein, ich mein's ernst«, sagte der Pate. »'n Mensch, der so im Garten arbeitet, das gefällt mir. Leben, Tod, man übernimmt die Verantwortung. Man weiß, was weg muß, was bleiben kann. Er weiß was ... Was macht er bei der Zeitung?«

»Redakteur für die Lokalnachrichten«, antwortete Joey. »Teilt den Reportern die Jobs zu. Manche Sachen schreibt er selbst. Über den Stadtrat, Politik.«

»Aha.«

In Joeys Viertel waren die Häuserblocks kurz, und an jeder Straßenecke standen Stoptafeln. Es war schwierig, schneller als 25 Kilometer die Stunde zu fahren, und auf diesen verschlafenen Straßen soff Joeys neuer El Dorado Cabrio, Jahrgang 1973, auf acht Häuserblocks über dreieinhalb Liter. Doch das Licht, gefiltert durch die Mahagonibäume, war angenehm. Es war an der Zeit, das Wachstum der Delonix zu überprüfen und den Torfmull zu erneuern.

»In Wirklichkeit will er aber ganz was anderes machen«, sagte Joey zwei Häuserblocks weiter.

»Wer?«

»Arty. Der Gärtner . . . in Wirklichkeit will er Bücher schreiben.«

Der Pate sah zum offenen Beifahrerfenster hinaus.

»Ja«, fuhr Joey fort. »Und ich wett', er wär' gut. Keine Angst, mit bloßen Händen im Dreck zu graben, du verstehst mich?«

Auf einer der seltenen großen Wiesen in Key West wurde Badminton gespielt. Vincente beobachtete den langsamen und idiotischen Flug des Federballs am wolkenlosen Himmel.

»Weißt du was«, schlug Joey vor, »laden wir ihn doch zum Essen ein. Ein bißchen quatschen, über Gartenarbeit reden. Wie würdest du das finden, Pop?«

Es gibt ihn, diesen Moment, wenn eine Idee Gestalt annimmt oder in Vergessenheit gerät, wenn sie ihren Kopf hervorstreckt wie bei einer Geburt oder spurlos verschwindet. Vincente stützte seinen runzeligen Ellbogen auf dem heißen Fensterrahmen ab. Ein tiefer Atemzug pfiff leise durch seine Nase, während er sich langsam seinem unehelichen Sohn zuwandte. In seinem Gesicht stand Erleichterung und das Spiel mit dem Gedanken zu kapitulieren, teilweise anzuerkennen, daß er womöglich das Alter erreicht hatte, wenn manchmal, in bestimmten Dingen, bestimmte Leute möglicherweise besser Bescheid wußten als er. »Okay«, sagte er. »Warum nicht?«

8

Es war kurz vor Mittag, als sich Gino von der Tussi herunterwälzte. Er blinzelte zur Decke seines Deluxe-Zimmers im Flagler Hotel, rieb sich die verschwitzte Brust mit dem Laken ab und wandte ihr den behaarten Rücken zu, um nach dem Telefonhörer zu greifen und das Zimmer-Service anzurufen. »Was willste frühstükken?« fragte er.

»Du bist so romantisch«, sagte Debbi. »So zärtlich.«
»Eier, Omelette, was denn?«
Sie antwortete nicht gleich. Ihr Körper fühlte sich taub an, der Kopf lag schwer auf dem Kissen, und ihr war übel. Ihr begann langsam zu dämmern, daß sie vielleicht besser doch nicht nach Florida mitgekommen wäre, daß sie vielleicht doch nicht ganz so unbekümmert war, wie sie gedacht hatte, und daß Gino in kleinen Dosen ja ganz nett war, ein Abendessen ab und zu, ein Abend hie und da, aber mit Gino zu reisen, das war eindeutig zu viel und eindeutig zu wenig.

»Komm schon«, knurrte er. »Die sind in der Leitung.« In den Hörer fügte er hinzu: »Moment noch, Frau Gräfin kann sich nicht entscheiden.«

Debbi hatte den Blick auf den hellen Streifen Sonnenlicht gerichtet, der dort hereinfiel, wo die Verdunkelungsvorhänge übereinanderlagen. Er war überwältigend, dieser Lichtschlitz, er tat den Augen weh. Sie stellte sich die körnige Hitze auf dem Strand vor, das grüne Glitzern des Meers, die plötzliche Kühle einer vorüberziehenden Wolke. Es hätte ein Tag heller Freude sein sollen.

»Ich nehm den Family-Cocktail«, sagte sie.

Mit Familiennamen hieß sie Martini. Family-Cocktail war ihr persönlicher kleiner Scherz.

»Bißchen früh, was?« sagte Gino.

»Und 'n Muffin«, ergänzte Debbi. Es war schwierig, dem Wort Muffin einen widerspenstigen Ton zu verleihen, sie versuchte es dennoch.

Beim Frühstück teilte ihr Gino mit, daß sie nach Miami fahren würden.

»Aber wir sind doch erst angekommen«, sagte Debbi.

»Genau«, erwiderte Gino und stach in das Eidotter. »Und jetzt fahren wir dorthin. Was dagegen?«

Debbi hatte den Hotelbademantel angezogen. Über dem Kragen waren auf ihrem Hals mehrere reizende Sommersprossen zu sehen. Ihr rotes Haar war auf einer Seite flachgedrückt, auf der anderen zerwühlt. »Ich dachte, du bist hier, um deinen Vater zu besuchen.«

Gino mampfte eine halbe Toastscheibe. Beim Sprechen rann ihm die geschmolzene Butter aus dem Mund und hinterließ an den Mundwinkeln einen fettigen gelben Glanz. »Wir kommen gleich wieder retour. Muß jemand treffen. Dich laß' ich in'm Einkaufszentrum, wird dir gefallen.«

Debbi nippte von ihrem Drink. Der Gin hatte einen eigenartigen Geschmack, doch das lag wohl eher an der Zahnpasta als an der Tageszeit. »Ich will in kein Einkaufszentrum. Ins Einkaufszentrum kann ich auch daheim. Ich bleib hier und geh zum Strand.«

»Am Strand kriegst du 'n Sonnenbrand.«

»Ich mag Sonnenbrand. Wegen 'm Sonnenbrand bin ich hergekommen. Sonnenbrand, Gino – und nicht wegen 'm dämlichen Einkaufszentrum.«

»Ich will dich aber dabeihaben.«

»Wozu denn?« fragte sie. Sie spielte mit ihrem Muffin, die braunen Brösel lösten sich wie losgetretene Steinchen, die einen Hügel hinabrollen. »Du redest nicht mit mir. Du redest mit überhaupt niemand.«

»Halt's Maul, Debbi, 'n halber Drink und schon biste angesäuselt.«

Sie war keineswegs angesäuselt, und sie hielt an ihrer Ansicht fest. Gino sprach nicht mit anderen, er machte bestenfalls Geräusche mit dem Gesicht. Auch gestern abend, als er seine Familie zu diesem angeberischen Luxusdinner einlud, war es da vielleicht zu einem Gespräch gekommen? *Wie sind die Shrimps, Pop? Mehr Champagner?* Oder hatte er irgendein Interesse für Joey, für Sandra, ihr Leben in dieser Stadt gezeigt? Oder auch nur ein Wort im Gedenken an seine liebe verstorbene Mutter? Nein. Keine Silbe. Sie selbst war kaum zu Wort gekommen, Gino hatte sie dauernd unterbrochen. Sandra war nett gewesen, hatte zumindest Interesse gezeigt, sie gefragt, ob sie einen Job hätte. Debbi hatte kaum den Hundesalon erwähnt, als Gino dazwischenbellte, um mehr Wein zu bestellen. Das war Gino, typisch. Ein Abendessen mit ihm bestand aus rülpsendem Schmatzen und Schlürfen und großartigen Gesten in Richtung Kellner. Alle hatten sich unwohl gefühlt, und Gino war der einzige gewesen, dem das offenbar nicht aufgefallen war. Gino mußte man bloß einen Hummerlatz umbinden, und er war glücklich. Das Seltsame dabei und wohl auch einzige, woran sie festhalten konnte, um sich selbst zu überzeugen, daß sie nicht einem völlig gefühllosen Aas aufgesessen war, war Ginos zwar auf seine Weise zum Ausdruck gebrachter, jedoch ehrlich gemeinter Wunsch, sich mit Menschen zu umgeben. Er wußte nur nicht, was er mit ihnen anfangen sollte, sobald er sie um sich hatte.

Sie knabberte an ihrem Muffin, spülte es mit Gin herunter und sprach, ohne es wirklich zu wollen: »Gino, ich versteh' dich einfach nicht.«

Er tunkte soeben mit der letzten Toastscheibe die Dotterreste auf. Damit ihm die gelbe Sauce nicht auf seine behaarte Brust tropfte, hielt er den Kopf hoch. Jedenfalls war das nicht der Moment, um einer halbbesoffenen Braut was zu erklären. »Da gibt's nichts zu verstehen«, knurrte er.

Zum ersten Mal an diesem Tag lächelte Debbi Martini. Es war kein glückliches Lächeln, aber es enthielt das stille Vergnügen, etwas richtig verstanden zu haben. Gino sah das Lächeln und traute ihm nicht, verstand instinktiv, daß es auf seine Kosten ging, obwohl ihm nicht in den Sinn kam, daß er soeben gegen jede Gewohnheit und Neigung etwas sehr Wahres und Weises gesagt hatte.

9

»Arty, mehr Pasta?« fragte Joey Goldman.

Als er ihm die riesige Porzellanschüssel reichte, stiegen die letzten Dampfschwaden nach oben und wurden von den langsam rotierenden Flügeln des Deckenventilators zerschnitten. Nach kurzem Zögern stellte sich Arty Magnus der Herausforderung, und mit seinen großen, an Dreck gewöhnten Händen nahm er die Schüssel entgegen.

»Guter Esser«, murmelte Vincente zufrieden. »Der Kerl is 'n guter Esser.«

»Sieht gar nicht so aus.« Gino beobachtete den Gast mißbilligend. »Aber okay, von mir aus. Die Dünnen können manchmal...«

»Er ist nicht dünn«, meinte Debbi. »Er ist schlank.«

»Laßt ihn essen«, sagte Sandra. »Joey, füll sein Glas nach.«

Der Redakteur schwieg, aber während er sich an den unerschöpflichen Berg Nudeln mit Muscheln machte, beschäftigte ihn vage der Gedanke, daß er hier unter lauter Fremden saß, ganz zu schweigen von der Mafia, die ungeniert seine Eßgewohnheiten und seinen Körperbau analysierten, sich über ihn unterhielten, als wäre er gar nicht da – und es schien ihn nicht einmal besonders zu stören. Als er sich die erste Gabel von seiner dritten Portion in den Mund schob, wußte er auch den Grund. Es erinnerte ihn an seine eigene Familie, seine jüdische Familie, die, wenn sie sich beim Essen genug Zeit nahm, um bei Tisch etwas zu sagen, ihre Bemerkungen für gewöhnlich auf Beobachtungen über Magenkapazitäten und den Stoffwechsel der anderen Anwesenden beschränkte. Juden und Italiener: Sachverständige der Welt in Eßgewohnheiten, Richter über Appetit.

Der Gast spießte mit der Gabel eine Muschel auf, umwickelte sie mit Pasta und verschluckte das Ganze mit einem Anflug von theatralischem Genuß. Was das Essen anbelangte, wußte er, was an diesem Tisch von ihm erwartet wurde.

Was alles andere anbelangte, hatte er keine Ahnung, was von ihm erwartet wurde.

Was er wußte, war, daß es viele Dinge gab, die er nicht fragen oder sagen durfte. Aber was *sollte* er dann sagen? Und warum war er überhaupt eingeladen worden? Um über Gartenarbeit zu plaudern, hatte Joey gesagt, als er ihn angerufen hatte. Dem alten Mann über das echte Key West erzählen. Nun ja, warum auch nicht? Aber in der Zwischenzeit hatte es als Vorspeise gegrillte Melanzani gegeben, dazu mehrere Flaschen Valpolicella, und bis jetzt war die Gartenarbeit mit keinem Wort, die Stadt nur nebenbei erwähnt worden. Soeben wurden die Teller abgeräumt, Joey und Sandra arbeiteten sich um den Tisch herum, es klapperte und klirrte. Arty wollte aufstehen und helfen, doch Joey drückte ihn sanft an den Schultern in seinen Stuhl zurück.

Also blieb er sitzen und trank seinen Wein. Er erlaubte sich, Debbis Glas nachzufüllen, das nicht lange voll zu bleiben schien. Gino packte eine Zigarre aus, steckte sie unangezündet in den Mund und lehnte sich in seinem Stuhl zurück, wodurch sein Hemd an den Knöpfen spannte und kleine Ovale aus Brusthaaren offenbarte. Der Pate wischte sich mit der Ecke seiner Serviette langsam und bedächtig die Lippen ab, machte eine Handbewegung zum Hals hin, um sich die nicht vorhandene Krawatte zurechtzurücken. Dann richtete er das Wort an Arty: »Sie sind also im Zeitungsgeschäft – macht das Spaß?«

Nach dem Small talk und dem Gemurmel fühlte sich der Redakteur ein wenig überrumpelt, plötzlich eine richtige Frage beantworten zu müssen, und noch dazu eine empfindliche. »Nicht wirklich«, stammelte er. »Nein.«

Der Pate nickte, dachte nach. In seinem Rücken erstreckte sich die nackte weiße Wand, nur von den Fenstern mit ihren heruntergelassenen Jalousien unterbrochen. Durch die dünnen Streifen fiel gefiltertes, noch junges Mondlicht auf den Boden. »Warum tun Sie's dann?«

Arty konnte ein plötzliches nervöses Kichern nicht zurückhalten. Da er es am anderen Ende seiner Gehörgänge hören konnte, wurde ihm bewußt, daß er ein wenig betrunkener war, als er gedacht hatte. Etwas anderes wurde ihm auch bewußt: Er sah Vincente an, blickte hinter die Falten und Runzeln, die, je nachdem, ob man den Mut hatte, wirklich hinzusehen, seine Augen verbargen oder weiter in deren Tiefe lockten, und auf einmal verstand er, daß die Macht dieses Mannes, seine Autorität, darin bestand, daß er sich nicht täuschen ließ, wenigstens nicht lange. Er beförderte die Wahrheit ans Licht wie Salz die Flüssigkeit einer Frucht. Arty fühlte sich eingeschüchtert und beruhigt zugleich, verspürte eine Art Freiheitsgefühl. »Ich lebe davon.«

»Sie sind gebildet«, sagte Vincente. »Intelligent. Wenn Sie die Arbeit nicht mögen, machen Sie was andres.«

Arty trank etwas Wein. Nebelhaft erinnerte er sich, daß er als Kind gelernt hatte, die Wahrheit zu sagen, und daß er, sofern er das tat, nicht bestraft würde. Das war eine dieser katastrophalen Kindheitslehren, die man als Erwachsener wieder verlernen mußte, um im Herzen ein Gefühl von Kälte und Trauer zurückzubehalten. In der polternden Stimme des Paten und in den unerschrockenen Tunneln seiner Augen lag die brutale Bestätigung dieser Lehre, die trotzige Forderung, daß diese Regel in seiner Welt noch etwas galt. »Ja«, gestand der Gast. »Das könnte ich wohl.«

»Es ist nicht so leicht umzusteigen«, warf Debbi Martini ein. »Sogar bei meinem Job . . .«

»Dein Job«, fuhr Gino dazwischen, »ist Kötern die Zehennägel schneiden. Außerdem biste nicht gebildet.«

Sie errötete. Es war schwer zu sagen, ob aus Ärger, infolge des Alkohols oder eines akut werdenden Sonnenbrands.

»Geheimnisse«, wandte sich Vincente an Arty. »Im Zeitungsgeschäft müßt ihr sicher 'ne Menge Geheimnisse für euch behalten.«

»Gelegentlich schon«, gab Arty zu.

»Mal angenommen, jemand sagt Ihnen was im Vertrauen. Das ist dann 'ne, wie nennt man das, 'ne Frage von Ethik, nicht? Sie dürfen's nicht weitersagen?«

»Stimmt«, versicherte der Redakteur.

Der Pate nickte, überlegte. Langsam beugte er sich vor, nahm die Weinflasche und schenkte Arty nach. Sich selbst goß er nur wenig ein, dann erhob er das Glas zu einem stillen Toast. Es dauerte eine Weile, bis er sich wieder in seinen Stuhl zurückgelehnt hatte, und als er so weit war, fixierte er den Gast mit einem Blick, der unter seinen mächtigen Brauen halb verborgen blieb. »Also, Arty«, kam es wie ein leises Poltern aus seinem Mund. »Je was weitererzählt?«

Der Redakteur hatte das Gefühl, an den Stuhl genagelt zu sein, als wären seine Handgelenke und Knöchel mit Lederriemen festgebunden. Er starrte in den Schacht dieser Augen. Es gab keinen Zweifel, daß er beurteilt wurde, und dennoch fiel ihm die Antwort nicht schwer. »Nein«, sagte er. »Nie.«

Vincente erwiderte das Starren noch einen Augenblick, schien Artys Worte in der Tiefe seiner Altmännerohren aufzubewahren, als wartete er ein Echo ab, das den Redakteur trotz allem als Lügner entlarven würde. Zufriedengestellt, ließ seine Wachsamkeit jedoch nicht nach, sondern verdoppelte sich. Und nun kam einer dieser berauschenden Momente, der alles verändert, der die Zeit ein für alle Mal in Vorher und Nachher spaltet. Der Pate war nur als Vincente vorgestellt worden, Gino nur als Gino, der gewichtige Name Delgatto war mit keiner Silbe erwähnt worden. Der Abend war eine Scharade der Unschuld gewesen, eine Aneinanderreihung von Nichtgesagtem. Nun bereitete der Pate der Farce ein Ende, indem er Arty das schmeichelhafte und zugleich gefährliche Geschenk seiner Aufrichtigkeit bereitete.

»Mein Geschäft ist ähnlich«, schnarrte er. »Jede Menge Geheimnisse. Besteht aus lauter Geheimnissen, mein Geschäft. Viele Dinge, über die man nicht spricht. Viele Dinge, über die man sprechen möchte, aber nicht darf.«

»Muß schwer sein«, meinte Arty.

Vincente sah ihn scharf an, entschied, daß er ihn verstanden hatte.

»Ich kann kein Geheimnis für mich behalten«, gestand Debbi.

»Deshalb erzählt dir auch niemand was«, fuhr ihr Gino über den Mund.

Joey und Sandra kamen aus der Küche. Joey trug ein Tablett mit einer Espressokanne und Tassen und einem Teller Kekse mit Pinienkernen. Sandra hielt in beiden Händen eine riesige Schüssel Obstsalat: Ananas, Papaya, Mango, Mandarinen. Aber die kleine Abendgesellschaft hatte sich von ihnen entfernt, Worte und Blicke hatten eine andere Richtung eingeschlagen; ihr eigener Eßraum schien ihnen plötzlich fremd, als hätte jemand während ihrer Abwesenheit die Möbel umgestellt. Kaffee wurde getrunken, die Nachspeise gekostet, aber die Unterhaltung stockte, Stühle waren unbequem geworden, und es kam wie eine Erlösung, als Gino seine Tasse hinknallte und bellte: »Wer möchte 'ne Zigarre?«

Arty Magnus hatte seit dem College keine Zigarre geraucht. Nach der letzten waren seine Nebenhöhlen entzündet gewesen, und er hatte zwei Tage unter Sodbrennen gelitten. Doch nun stand er mutig mit den anderen Männern auf und folgte ihnen durch den großen und kargen Flur auf die Terrasse. Der Mond schien hell, und obwohl man die Farben nicht richtig ausmachen konnte, ließen sich die roten von den rosa Balsaminen unterscheiden. Die Luft war still, im Pool schwamm ein zweiter Mond.

Im Schutz seiner dicken, zu einer Schale geformten Hände hielt Gino den anderen sein Feuerzeug hin. In diesem Teilen der Flamme lag etwas Urtümliches.

Sandra konnte durch das Küchenfenster vier rote Punkte sehen, die im silbernen Mondlicht aufleuchteten, es waren die Zigarrenspitzen des Paten, seiner beiden völlig verschiedenen Söhne und des sympathischen neuen Bekannten, der im Begriff war, in ihren Kreis aufgenommen zu werden.

10

»Der Köter hat Verstopfung«, klagte Andy der Dandy.
»Wer nicht?« erwiderte der Pate.
Es war die Zeit kurz vor Sonnenuntergang, und sie befanden sich auf dem Smathers Beach. Vincentes schwarze Halbschuhe und Andys weiße Turnschuhe scharrten in dem porösen Kalkstein, der Sand sein sollte. Etwa acht oder neun Kilometer vom Ufer entfernt zogen mehrere Segelboote über die grüne Wasserfläche, und noch weiter draußen, bereits jenseits des Riffs, folgten die Umrisse eines Frachters dem Golfstrom.

Andy sah jedoch nicht aufs Wasser, er beobachtete die Anstrengungen seines im Korallensand zusammengekrümmten Chihuahuas. Der Hund hockte auf den Hinterbeinen, sein Rücken formte einen Bogen, und er strengte sich so sehr an, sein Geschäft zu machen, daß er am ganzen Körper zitterte. Sein winziger weißer Rattenschwanz ging hoffnungsfroh auf und nieder, das kleine rosa Knöpfchen seines Arschlochs drückte nach außen wie eine unmittelbar vor der Blüte stehende Knospe. Doch nichts geschah, und durch die Milchglasscheiben seiner Augen starrte der geplagte Hund zu seinem Herrn hoch, schien ihn um Hilfe anzuflehen, die kein Sterblicher gewähren konnte.

»Scheißalter.« Andy der Dandy schüttelte langsam den Kopf. Sein weißes Haar mit Schimmern von Bronze und Rosa spiegelte das Sonnenlicht in unterschiedlichen Farbtönen wider. »Nicht mal wichsen tut der arme Kerl mehr. Früher hat er sich die Eier geleckt. Einmal, zweimal die Woche hat er sich an ein Tischbein geklammert oder versucht, eins von seinen Quietschspielzeugen zu vögeln. Weißt du, er hatte so was wie Schneid. Aber jetzt? Zwei Happen Hundefraß am Tag, 'ne Tablette fürs Herz, Tropfen in die Augen. Seine große Freude? Er darf auf 'n Teppich pinkeln, ich schrei' ihn deshalb nicht mehr an. Das ist vielleicht 'n Scheißleben, was?«

Vincente antwortete nicht. Er hatte den Blick auf den geisterhaften Frachter gerichtet, auf die müde Sonne, die wie auf Seilen befestigt langsam im Meer versank. »*Omertà*, Andy«, sagte er. »Das ehrenwerte Schweigen. Meinst du, 's zählt noch was? Meinst du, 's hat heutzutag noch irgend 'ne verfluchte Bedeutung?«

Andy schaltete sofort. Seit seinem kurzen Tod fiel es ihm schwer, auf Sendung zu bleiben, doch Überleitungen waren ihm nie leichter gefallen. »Du meinst, seit dieser Arschkriecher von 'nem Valachi sein Herz ausgeschüttet hat? Noch dazu im Fernsehen? Erinnerst du dich an die kleinen Schwarzweißgeräte, wurden erst scharf, wenn die Sendung vorbei war? Was bleibt denn, worüber man noch schweigen soll? Ich frag' mich, ob's wen gibt, der vierzig Jahre lang im Koma war und keine Ahnung hat, daß es die Mafia gibt? Die Filme, die Bücher. Jetzt les' ich, Edgar Hoover war angeblich so 'ne verrückte Nazi-Schwuchtel. Soll 'n Kick für ihn gewesen sein, einen Helm aufzusetzen, sich von wem fesseln zu lassen, der ihn Edna nennen mußte. Also wem soll man noch glauben?«

»Es geht nicht drum, wem du glauben kannst«, sagte der Pate. »Es geht drum, das Richtige zu tun.«

»Behauptet ja niemand das Gegenteil. Aber darf ich dir was sagen, Vincente? Du und ich, wir sind alt geworden, ich meine, wenn wir das Kind beim Namen nennen, der Köter kann nicht mehr kacken, und wir können uns nicht mehr die Eier lecken. Naja, ich wenigstens nicht. Aber das Altwerden hat auch was Gutes, man braucht nicht mehr so tun als ob. Warum soll ich mir noch 'n Blatt vor den Mund nehmen? Hier isses, nimm's oder laß es bleiben, leck mich am Arsch. So wie dieser Scheißdreck von wegen Ehrenkodex. Klar, du hast dran geglaubt, ich hab' dran geglaubt, aber wie viele von den anderen? Für sie war's doch höchstens eine Ausrede ...«

»Woran die anderen glauben«, meinte Vincente, »spielt keine Rolle.«

Andy schwieg. Don Giovanni gab die Hoffnung auf, daß sich in seinem Darm noch was rühren würde. Der Hund erhob sich mühsam aus seiner arthritischen Hocke, trat mit schwachen Beinchen ein wenig Korallensand los, und mußte sich gleich wieder geschlagen geben, denn nicht einmal den nicht vorhandenen Haufen konnte er mehr einbuddeln. Seine blassen Barthaare hingen ihm jämmerlich von der Schnauze, ein insgesamt erbärmlicher Anblick. »Ja«, nickte der Dandy schließlich, »ich schätze, da muß ich dir recht geben.«

Die Sonne hatte den Horizont erreicht, sie verschmolz mit ihm und schuf das Bild einer plattgedrückten Flamme. Die Lufttemperatur entsprach der der Haut, und wären nicht diese leicht salzigen, vom Wasser aufsteigenden Dunstfäden gewesen, man hätte vergessen können, daß es sie gab. »Angenehm hier, was?« sagte nun der Pate in einem Ton, als hätte er es erst in diesem Moment entdeckt.

»Sehr.«

»Irgendwie friedlich. Einfach. Man denkt, scheiß drauf, ist doch egal, ob 'n alter Mann ein paar Dinge ausspricht, seine Seele erleichtert.«

Andy der Dandy schwieg, beobachtete nur, wie die Sonne langsam in die Straits glitt, und genoß diesen kleinen Sieg, immer noch am Leben und an diesem Ort zu sein, um es zu sehen.

Der Pate sagte: »Warum tue ich es dann nicht? Warum habe ich das Gefühl, da draußen is 'n Scheißkerl« – er hielt inne und klopfte sich auf die schmächtige Brust – »oder vielleicht da drin, der's mir nicht erlauben wird?«

Am nächsten Morgen saß Arty Magnus an seinem Schreibtisch, den Rücken der tröpfelnden, dröhnenden Klimaanlage zugewandt, die Füße bequem zwischen Telefonapparat und Computer aufgestützt. Er las den *Sentinel* vom Tag, zählte die Druckfehler, unpassenden Pronomina, seine Seele von einem Gähnen übermannt, das ihr die leere und graue Eintönigkeit der bloßen Fakten, die einschläfernde Monotonie sogenannter Nachrichten abnötigte. Wie war das möglich, daß auf einer Welt, die so nuanciert war, Nuancen in der Zeitung so rar waren wie Katzen, die schwammen, daß in einer vor Humor strotzenden Stadt, die gelegentlichen Versuche der Zeitung, Leichtigkeit an den Tag zu legen, jämmerlich auf dem Boden aufklatschten wie ein rohes Kalbsschnitzel?

Darüber nachzudenken reichte aus, um Arty schläfrig zu machen. Er stand auf, um sich noch einen Kaffee zu holen.

Auf dem Weg zurück vom Kaffeeautomaten beschloß er, dem Fernschreiber der *Associated Press* ein wenig Gesellschaft zu leisten. Das Gerät war alt, urzeitlich, ein klobiges Arbeitstier auf einem häßlichen Podest, aber

Arty mochte es, wie es plapperte und die gelben Endlospapierrollen mit seinem unerschöpflichen Monolog vollkritzelte. Für einen Aufmacher wie den *Sentinel* war es der einzige Draht zur trüben Welt nördlich vom Meilenstein zwanzig. Es brachte die epochalen Nachrichten vom Sitz der Vereinten Nationen, aus Tokio und Washington D. C., berichtete von ominösen Staatsstreichen, Naturkatastrophen, dem Untergang des Abendlandes, was dann, auf vier Zeilen reduziert, neben den Polizeiberichten in der Spalte SONSTIGE NACHRICHTEN landete.

Arty trank seinen Kaffee in kleinen Schlucken und sah zu, wie sich das gelbe Papier mit Tinte füllte.

PARIS:
WIRTSCHAFTSGIPFEL GESCHEITERT

MOSKAU:
RUSSEN SPRECHEN VON ETHNISCHER SÄUBERUNG

NEW YORK:
CAPO DER MAFIA IN BROOKLYN ERMORDET

Das las Arty.

Demnach hatte Emilio Carbone, neunundfünfzig Jahre alt und Oberhaupt der Fabrettis, in einem Fischlokal in Sheepshead Beach Calamares zu Abend gegessen, als drei bezahlte Killer in aller Ruhe durch die Schwingtüren der Küche kamen und ihn erschossen. Rudy Catini, sechsundfünfzig und die rechte Hand des Capo, wurde ebenfalls getötet. Das Lokal war voll besetzt gewesen, doch niemand schien die Killer richtig gesehen zu haben. Ein Experte vom FBI meinte, der Umstand, daß die Morde in aller Öffentlichkeit verübt worden seien, könne nur zweierlei bedeuten: Entweder sei der Anschlag von den anderen Familien gutgeheißen worden, oder er sei die Aktion einer abtrünnigen Splittergruppe, die damit eine Einschüchterungstaktik verfolgte. Jedenfalls, so die Quelle, sei er »ein Zeichen von Schwäche, ein zusätzlicher Beweis für den desolaten Zustand, in dem sich die Mafia befindet.«

Arty trank Kaffee und fragte sich, ob Vincente bereits davon wußte. Oder ob Vincente irgendwann zwischen Blumenpflanzen und Unkrautjäten, zwischen Strandspaziergängen und Mahlzeiten im Kreis der Familie das Urteil über Carbone gefällt hatte. Woher wollte er wissen, an welchen Fäden der alte Mann zog, wie eiskalt er war, wie er in Wirklichkeit vorging? Wie war das wohl, überlegte Arty, den Hörer vom Telefon zu nehmen, als wollte man Pizza bestellen, und statt dessen die Order zu erteilen, einen Menschen umzulegen?

Er war wieder in seinem Büro, als eine dreiviertel Stunde später Marge Fogarty, die silberhaarige Korrektorin und Hüterin der aus drei Knöpfen bestehenden Telefonanalage bei ihm anrief, um ihm mitzuteilen, daß ein Mann ihn sprechen, jedoch seinen Namen nicht nennen wollte.

Arty legte den Bleistift weg. Er wußte, daß es der Pate war, wußte es mit dieser gelassenen Gewißheit, die einem Baseballspieler manchmal voraussagt, mit welchem Drall der Ball daherkommen würde, oder einem Berufszocker, wann ein As fallen würde. Er nahm den Hörer auf und sprach erst, als er sicher war, daß die neugierige Marge nicht mehr in der Leitung war.

»Hallo?«

»Arty, ich muß mit Ihnen reden. Haben Sie kurz Zeit?«

Der Redakteur, von Natur aus zögerlich, antwortete

nicht gleich. Er spielte ein Spiel mit sich selbst. Er wußte, daß er zusagen würde, aber etwas warnte ihn, sich Zeit zu lassen, abzuwägen, ob seine Zusage freiwillig oder er bereits drauf und dran war, in einen unerklärlichen gefährlichen Bann zu geraten. Es war wichtig, das spürte er, das jetzt zu klären, denn ließe er sich darauf ein, würde sich dieser Bann nur vertiefen, zu einer Atmosphäre, einer Wirklichkeit, einer Schwerkraft werden, die man irgendwann vergaß, die aber dennoch ständig an einem zog. Er überzeugte sich selbst, daß er nein sagen könnte, und sagte dann: »Selbstverständlich.«

»In der Baumschule«, sagte der Pate. »Wir mögen beide Pflanzen. Wie wär's, wenn wir uns dort treffen, 'n wenig reden?«

11

Arty Magnus sperrte sein altes Fahrrad ab, wischte sich den Schweiß aus dem Nacken, fuhr mit einer Hand durch das feuchte und krause Haar.

Es war ein Wochentag, vormittags, die Baumschule war kaum besucht und strahlte jene geschäftige Atmosphäre aus, die hinter einer Bühne herrscht, wenn nur die Profis am Werk sind. Ab und zu liefen Arbeiter mit Heckenscheren, Kellen, Sprühflaschen vorbei. Vereinzelte Käufer trugen Bäume vor sich her, was bizarr wirkte, da man nur ihre Füße sehen konnte und somit den Eindruck hatte, einer wandelnden Delonix zu begegnen. Unter dem Vogelnetz war das Licht angenehm und kühl. Ein Bereich der Gärtnerei, der soeben besprengt wurde, war in einen lavendelfarbenen Nebel gehüllt.

In der Mitte eines Ganges aus Maulbeerfeigenbäumen

und Bougainvillea saß der Pate auf einer Holzbank. Er trug einen grauen, für das Klima viel zu warmen Anzug. Um seinen eingefallenen Hals war säuberlich eine breite Krawatte aus dunkelroter Seide gebunden. Er saß beinahe regungslos da, seine blaugeäderten und von Altersflecken übersäten Hände ruhten auf einem Gehstock aus Ebenholz, dessen Griff mit einem muschelförmigen Silberknopf verziert war. Als er Arty erblickte, klopfte er neben sich leicht auf die Bank, eine großväterliche Geste, mit der man einem Kind zu verstehen gab, sich doch hinzusetzen, ein wenig Gesellschaft zu leisten.

Arty nahm Platz. Der Pate zeichnete mit der Hand einen Bogen in die Luft, der die Grünpflanzen einfangen sollte und sog tief den Blumenduft und den Torfgeruch ein. »Ich liebe das«, sagte er. »Florida verändert einen, finden Sie nicht? Als ich das erste Mal hier war, war es für meinen Geschmack zu gewöhnlich. Jetzt isses perfekt.«

Dann herrschte Schweigen. Lange. Ein Arbeiter schlenderte mit einer Schaufel vorbei und ließ Arty an Emilio Carbone denken.

Schließlich sagte Vincente: »Sie wissen, wer ich bin.«

Es war keine Frage, und Arty nickte bloß.

»Sie wissen, warum ich Sie sprechen will?«

Arty schüttelte den Kopf.

Der Pate starrte ihn an und schien nicht sicher zu sein, ob ihn da jemand zum Narren halten wollte. »Ich denke doch«, schnarrte er, »aber okay, ergibt ja alles 'n Sinn. Sie wollen ein Buch schreiben, aber Sie haben Angst, dann kommt plötzlich 'ne Chance, beißt Sie in 'n Arsch, und Sie tun, als merken Sie nichts. Deshalb sind Sie ja immer noch bei der Zeitung.«

Arty schwieg. Hatte er das Gefühl, beleidigt worden zu sein? Jedenfalls hatte er bereits den einen klaren

Moment verpaßt, um sich zu revanchieren. Er sah zu den Palmenschößlingen hin, spürte auf einmal ein groteskes Mitgefühl mit ihrem Bemühen, sich dem Licht entgegenzustrecken, mit ihrer dem Wind ausgesetzten Nacktheit und ihrer Geduld mit den Launen des Regens.

»Ich möchte Sie bitten, mit mir zu arbeiten«, fuhr der Pate fort. »Meine Geschichte erzählen. Als mein, wie nennt man das, mein Ghostwriter.«

Artys Füße wetzten im Mulch. Ein Pilzgeruch stieg von der Stelle auf, wo er den Boden aufgescharrt hatte. Sein Mund ging auf, doch es kam nur ein ersticktes Ahh heraus, ein Laut wie beim Arzt.

»Haben Sie Angst?«

Arty nickte.

»Vor mir? Oder dem Buch?«

»Beidem.«

»Verständlich«, nickte der Pate und griff nach seiner Krawatte. Sie hätte nicht gerader oder ordentlicher sein können, dennoch spielte er damit, glättete sie nach unten in seine zugeknöpfte Weste hinein. Er wandte sich dem jüngeren Mann zu, legte den Ebenholzstock quer über den Schoß. »Arty, ich will Ihnen erklären, wie ich meine Geschäfte mache. Ich setz' niemanden unter Druck, zieh' niemanden hinein, der nicht hineingezogen werden will. Wenn Sie Nein sagen wollen, tun Sie's. Ich trag es Ihnen nicht nach. Ehrenwort.«

Arty blickte durch das Netz aus Brauen und Falten in die Höhlen von Vincentes Augen. »Ich glaube Ihnen«, sagte er.

Vincente hob einen Finger: »Sie können mir aber noch was glauben: Wenn wir ins Geschäft kommen, ist das 'n heiliges Abkommen. Es lebt, so lange wir leben. Das muß Ihnen klar sein. Das ist keine Sache, aus der Sie wieder aussteigen können, aus der Sie 'n Anwalt rausboxt. Irgendwelche Zweifel, dann gehen Sie auf Nummer Sicher, sagen Sie nein.«

Artys Handflächen waren feucht, er rieb sie an seinen Hosenbeinen ab.

Ein Mann kam mit einer Schubkarre voll Gift durch den Gang auf sie zu. Der Dunstschauer hörte in einem Bereich der Baumschule auf und setzte in einem anderen ein. Die Stelle, wo die Bewässerung nun begann, strömte einen frischen grünen Duft aus.

»Also, ich hab' mir das so gedacht«, fuhr der Pate fort. »Fünftausend im Monat, so lang es dauert. Ihren Job behalten Sie, ist besser so. Wichtig ist, keiner darf was von dem Buch wissen – niemand. Außer meinen Söhnen, ich denke, sie haben ein Recht, es zu erfahren. Und mein Freund Andy, er kommt sowieso dahinter. Aber sonst niemand. Unser Geheimnis, Arty. Verstehen Sie?«

»Aber ein Buch ist doch kein ...«

Vincentes Hand war wieder mit seiner Krawatte beschäftigt. »Kein Wort kommt raus, bis ich tot bin. Mal ehrlich, das wird nicht mehr lang dauern. Danach, Arty, gehört es Ihnen, Sie tun damit, was Sie wollen.« Er zögerte, grunzte zischend. »Na, wenn's nur annähernd so wird, wie alles, was ich in meinem beschissenen Leben gemacht habe, wird's am Ende nicht viel wert sein. Aber Sie, vielleicht machen Sie was Gutes draus, eine verfluchte Goldgrube, wer weiß.«

Eine Wolke zog über die Sonne. Das gesprenkelte Licht unter dem schwarzen Maschendrahtnetz wurde grau und farblos, ein kühler Lufthauch ließ die Wedel der in Töpfen angesetzten Babypalmen rasseln.

»In ein paar Stunden«, erklärte der Pate, »flieg' ich nach New York. Weiß nicht, für wie lang, 'ne Woche, 'n Monat. Denken Sie so lang drüber nach. Wollen Sie das für mich tun?«

Arty nickte und rief sich ins Gedächtnis, daß er immer noch nein sagen konnte.

Vincente drehte sich langsam zur Seite, um ihm ins Gesicht zu schauen. Unter den Wollhosen wurde der Umriß seines dünnen, abgewinkelten Beins sichtbar. »Arty«, sage er leise. »Ich hab' das Gefühl, da drinnen wie zugeschnürt zu sein, als müßt' ich in Scheiße und Galle und Geheimnissen ersticken. Da sind so viele Dinge, die ich nicht richtig finde. Sie sollen mir helfen, diese Scheiße loszuwerden, verstehen Sie?«

Der Ghostwriter nickte, schluckte. Die Sonne erschien wieder, erleuchtete zwanzig verschiedene Grüntöne: wächserne, staubige, bläuliche, silberne.

Der Pate wandte sich ab, saß mit nach vorne gerichtetem Gesicht da, die Hände ruhten auf dem Gehstock. »Geh'n Sie jetzt«, sagte er. »Ich will hier noch ein wenig sitzen, Dinge riechen, den Leuten bei der Arbeit zusehen.« Er hob eine Hand, gerade hoch genug, um mit einer kleinen Geste das Blätterwerk, die Jutesäcke und die von der Feuchtigkeit fleckigen Tontöpfe einzufangen. »Hier bin ich wirklich gern«, bekräftigte er. »Ging' es nach mir, würd' ich hier viel Zeit verbringen, ja, hier würde ich sitzen.«

ZWEITER TEIL

12

Der Pate fuhr zurück.

Er winkte abwehrend mit den Händen, lehnte sich weit zurück und machte dabei ein Gesicht, als wäre ihm soeben ein scheußlicher Gestank in die Nase gestiegen. »Arty, nein«, sagte er. »Kein Recorder.«

»Aber Vincente«, beschwichtigte Arty Magnus, »das erleichtert die Arbeit ganz . . .«

»Arty, nein. Ein Recorder, glauben Sie mir, das ist wie 'ne entsicherte Kanone.«

Arty blickte auf seinen ausgeschalteten Panasonic-Recorder. Er war winzig, billig, von Klebeband zusammengehalten und mit Batterien betrieben, die nicht größer waren als Fieberzäpfchen. Er konnte beim besten Willen keine tödliche Waffe darin erkennen. Doch dann rief er sich ins Gedächtnis, daß es keine Rolle spielte, wie etwas aus seiner Sicht aussah: Er war jetzt Ghostwriter. Er mußte lernen, mit den Augen eines anderen zu sehen, mit der Stimme eines anderen zu sprechen, die Konturen und Spielregeln und Schrecknisse der Welt eines anderen zu beschreiben. »Okay, Vincente, kein Recorder.«

Es war Anfang Februar. Der Pate war am Tag zuvor nach Key West zurückgekehrt. Sein Aufenthalt in New York hatte etwa zwei Wochen gedauert, wobei jede seiner Bewegungen vom FBI überwacht worden war. Allerdings war die Ermordung Emilio Carbones zur obersten Priorität des Bureaus geworden, und es hatte sich kein Hinweis gefunden, Vincente mit dem Mord in Verbindung zu bringen, und davon abgesehen auch sonst nichts, was der Karriere eines Staatsanwalts oder Agenten gedient hätte. Somit unbehelligt geblieben, hatte der Pate ein Flugzeug gechartert und war nach Florida zurückgeflogen.

Er hatte Arty in seinem Büro angerufen und bloß gesagt: »Nun?«

Arty hatte beschlossen, ihm ebenso knapp zu antworten. Weder erwähnte er die teuflische Unentschlossenheit, die ihn gequält hatte, noch die Schlaflosigkeit, den Mangel an Appetit und Konzentrationsfähigkeit, auch nicht die weichen Knie oder das Schwindelgefühl, als ginge er auf das Ende eines Zehnmeterbretts zu, zwar in dem Bewußtsein, daß es zwei Wege nach unten gab, von denen einer aber mit einem Mal unmöglich schien und ihn auf alle Zeiten zum Waschlappen abstempeln würde. Er hatte bloß gesagt: »Wann fangen wir an?«

Es war also die Stunde der Dämmerung, sie saßen auf Joey Goldmans Veranda, jeder ein Weinglas neben sich und dazu einen Teller Oliven und Sellerie. Der Pool strömte einen Chlorgeruch aus, der dem schweren vergänglichen Duft der Blumen, die ihre Blüten für die Nacht schlossen, ein scharfes Aroma verlieh. Eine Libelle flog vorüber, ihre Flügel glänzten stumpfsilbrig, und in der stillen Luft konnte man ihr papiernes Rascheln gerade noch hören.

Arty legte den Recorder in die Segeltuchtasche zurück, ließ ihn mit einem Anflug von Verlegenheit verschwinden, als handelte es sich um ein Sexspielzeug, das nicht gut angekommen ist. »Okay«, wiederholte er und holte anstelle des Recorders ein fleckiges Notizheft in blauem Kartonumschlag hervor, in dessen spiralförmigen Rükken ein billiger Kugelschreiber steckte. »Ich mach' mir also Notizen.«

Doch auch diese Idee schien beim Paten keine Begeisterung auszulösen. Seine Hand langte nach oben, um die nicht vorhandene Krawatte zurechtzurücken, und kratzte statt dessen den sehnigen Hals. »Notizen? Muß das sein?«

Der Ghostwriter erstickte den aufkommenden Ärger. »Vincente, Sie dürfen das nicht falsch verstehen. Was wir hier vorhaben, kann ein, sogar zwei Jahre dauern und sich zu einem Achthundertseitenschmöker entwickeln. Ich kann mich unmöglich an soviel erinnern...«

»In meinem Geschäft«, meinte Vincente, »haben wir uns erinnert. Manchmal haben wir uns jahrzehntelang erinnert.«

»Tut mir leid«, meinte Arty. »Aber so intelligent bin ich nicht.«

Der Pate schwieg einen Moment, nahm einen Schluck Wein, blickte seinem neuen Geschäftspartner in die weit auseinanderliegenden haselnußbraunen Augen und fragte sich, ob der Kerl schon jetzt versuchte, ein Klugscheißer zu sein. Nein, beschloß er, er sucht nur nach einem Weg, seinen Job zu tun. Dagegen ließ sich nichts einwenden. Der alte Mann machte eine beschwichtigende Geste, indem er ihm den Teller mit Oliven und Sellerie reichte. »Naja«, lenkte er ein, »'s Problem dabei war, daß verschiedene Kerle sich verschieden gut erinnerten. Führte dann zu Mißverständnissen, und irgendwer blieb auf der Strecke. Notizen – hätten wir uns was aufgeschrieben, vielleicht wär 'n paar von den Kerlen noch am Leben.«

Arty drängte den alten Mann nicht, er aß eine Olive.

»'s einzige, was mich stört«, fuhrt Vincente fort, »Sie machen sich Notizen, die stehen dann da wie Beweismaterial. Wüßte zwar nicht wofür, aber was, wenn sie wer in die Hände kriegt, wenn sie auf 'ne verrückte

Weise unter Strafandrohung rausgerückt werden müssen?«

Arty hatte einen Olivenkern im Mund und wußte nicht, wohin damit. Er bemühte sich, die Gefahren in Vincentes Welt zu erfassen, suchte nach Worten, um diese Dschungelwachsamkeit zu beschreiben, dieses verbohrte, ansonsten nur im Krieg übliche Mißtrauen, das diese Welt zu bestimmen schien. Er fischte den Kern aus dem Mund, legte ihn auf den Tellerrand, in der Hoffnung, damit das Richtige zu tun. »Sie können nicht unter Strafandrohung angefordert werden«, erklärte er. »Erster Zusatzartikel zur Verfassung. Niemand kann mich zwingen, sie auszuhändigen. Ich würde sie nicht aushändigen.«

»Lernt man das an der Uni?« wollte Vincente wissen.

Nun war Arty an der Reihe zu überlegen, ob sich der alte Mann über ihn lustig machen wollte. Vielleicht hatte er ja wirklich ein wenig zu sehr nach Yale geklungen, ein wenig zu selbstgerecht und schrill, mit einer Gewißheit, die keinen Widerspruch zuließ. Er nickte bloß.

Doch als der Pate wieder sprach, war in seinem Ton von Sarkasmus nichts zu merken. »Das gefällt mir, 'ne Uni, die einem beibringt, nicht gleich nachzugeben, daß man das Maul nicht gleich aufreißen muß, nur weil die Scheißregierung ... Was, wenn sie gestohlen werden?«

»Hm?«

»Die Notizen. Was, wenn sie wer klaut?«

Arty suchte nach einer Antwort. »Ich habe eine grauenhafte Klaue« sagte er, »außerdem hab' ich mir im Laufe der Jahre so eine Art eigene Kurzschrift angewöhnt ...« Er unterbrach sich, weil ihm bewußt wurde, daß seine Antwort nichts mit der Frage zu tun hatte. »Vincente«, versuchte er es, »darf ich mal was sagen?«

Der Pate faltete seine Hände und nickte.

Arty beugte sich über das Metalltischchen. Er trug Khakishorts, und seine nackten Schienbeine stießen gegen die Tischkante. »Sie wollen ein Buch schreiben«, sagte er. »Früher oder später wird das eine sehr öffentliche Angelegenheit. Bekommt ein Eigenleben. Altes Klischee: Ein Buch ist wie ein Kind, eines Tages können Sie es nicht mehr kontrollieren. Verstehen Sie, was ich sagen will?«

Vincente nickte. Er hatte Söhne, er wußte, was es hieß, den Sprößlingen zuzusehen, wie sie ungehorsam wurden und manchmal nicht wiederzuerkennen waren.

»Also gut«, nahm Arty den Faden wieder auf. »Alles, was Sie bis jetzt gesagt haben, an dem hängt noch diese alte Gewohnheit, diese Besessenheit, aus den Dingen ein Geheimnis zu machen. Und ich finde, Sie müssen sich im klaren sein, daß uns diese Sache, wenn wir sie wirklich durchziehen, irgendwann aus den Händen gleitet, das muß auch so sein, und bei allem Respekt, aber es gibt keine Garantie, daß Sie den Moment dafür selbst bestimmen werden. Sind Sie sicher, daß Sie das riskieren wollen?«

Grillen zirpten. Aus dem Haus hörte man Wasser in den Spaghettitopf rinnen.

Vincente beantwortete die Frage, indem er weitersprach, als wäre sie nie gestellt worden. »Noch was. Die Spielregeln, die müssen wir noch festlegen. Zuallererst, ich verpfeif' niemand. Ich mach mich auf niemandes Kosten wichtig. Was ich will, ist nicht Klatsch, nicht, der hat den umgelegt, und der oder der hat den Wagen gelenkt. Nein. Mir geht's um die Traditionen, die Gründe. Ich will also vor allem über mich selbst reden. Vielleicht noch über ein paar andere. Alte wie ich, Tote. Vielleicht über die, die im Knast sind. Das heißt, 'ne Menge Dinge können sich mittendrin ändern. Wenn einer 'n Abgang macht, kann ich über ihn sprechen. Ein anderer wird begnadigt, ist wieder auf der Straße, den nehmen wir raus. Aus der Geschichte. Verstehen Sie, es muß offenbleiben.«

Arty Magnus hatte begonnen, ein paar Eintragungen in sein Heft zu machen. Doch nun hielt er inne, um sich am Ohr zu kratzen, dann behielt er seine Kugelschreiberhand auf halbem Weg in der Luft. Der Pate sah ihn an.

»Geh' ich Ihnen auf die Nerven?« fragte er.

Der Ghostwriter spürte kurz dieses undefinierbare Freiheitsgefühl und hatte die Antwort bereits auf den Lippen.

Der Pate nahm ihm die Entscheidung ab, indem er fortfuhr: »Arty, Sie können's mir ruhig sagen. Was weiß denn so einer wie ich vom Bücherschreiben? Mach' ich's unmöglich?«

Arty Magnus überlegte. Die sprunghaften, völlig chaotischen, vermutlich posthum erscheinenden und mündlich überlieferten Memoiren eines paranoiden Einzelgängers, der in verschlüsselten fragmentarischen Äußerungen sprach und sein ganzes Leben dem Verwischen von Spuren gewidmet hatte. War das unmöglich? Unmöglicher als das Dutzend anderer Bücher, das er irgendwann schreiben wollte und dann nie geschrieben hatte?

»Nein«, widersprach er, »unmöglich nicht. Nur etwas schwierig.«

Vincente stieß ein zischendes Grunzen aus, nahm einen Selleriespeer zur Hand und richtete ihn auf den anderen Mann. »Woll'n Sie aussteigen, Arty? Ich frag' Sie zum letzten Mal.«

Der Ghostwriter war zwischen Widerstreben und Faszination hin- und hergerissen, beinahe panisch, weil dieser Widerspruch an ihm zog und zerrte. Doch dann rief er sich neuerlich ins Gedächtnis, daß er immer noch den Rückzug antreten konnte, denn immerhin hatte jedes Zehnmeterbrett auch Treppen. Niemand sah ihm zu. Niemand würde es je erfahren.

»Nein«, sagt er. »Ich will nicht aussteigen. Ich hab' gesagt, ich mach' mit, also machen wir uns an die Arbeit.«

Der Pate lächelte. Es war nicht wirklich ein Lächeln, aber mehr, als Arty bislang an ihm zu sehen bekommen hatte. Die vollen Lippen öffneten sich leicht über den langen Zähnen, die von einem halben Jahrhundert ständigen Kaffee- und Rotweinkonsums verfärbt waren, das dünne Fleisch der runzeligen Wangen bauschte sich zu sichelförmigen Falten. Seine hohen und schmalen Schultern entspannten sich sichtbar, und sein Hals schien im Inneren des offenen Hemdkragens eine bequemere Stellung gefunden zu haben. »Dann haben wir also angefangen«, stellte er fest.

»Ja«, erwiderte Arty. »Wir haben angefangen.«

Das Lächeln des Paten wurde nicht breiter, dafür aber weicher, verwandelte sich in das müde, pergamentene, jedoch dankbare Lächeln eines Menschen, der den schlimmsten Teil eines Fieberanfalls hinter sich weiß. »Sie haben was aufgeschrieben?«

»Nur ein paar Zeilen«, nickte Arty.

Vincente nickte ebenfalls. Ein paar Zeilen, nichts in Wirklichkeit, dennoch war etwas Erstaunliches geschehen: Sein Leben, dieser ewige Strom der Verschwiegenheit, war umgekehrt worden. Auf seine Weise schien es so erstaunlich wie ein Fluß, der plötzlich rückwärts fließt. »Es geht mir besser, Arty. Ich danke Ihnen.«

Scheinbar aus dem Nichts holte er einen mit Hundertdollarscheinen gefüllten Briefumschlag hervor und legte ihn vorsichtig neben den Teller mit Sellerie und Oliven auf den Tisch.

13

Mark Sutton trug Hemden, die ihm ein wenig zu eng waren, um die Muskeln seines Oberkörpers zur Geltung zu bringen. Dazu bevorzugte er breite Krawatten, die er mit einem großen Knoten knüpfte, um die Mächtigkeit seines Nackens zu betonen. Im Moment stand er mit hervortretenden Venen und leicht gespreizten kurzen Beinen vor Ben Hawkins' Schreibtisch. »Was will der Alte von uns?« fragte er.

Hawkins war mit der Maniküre seiner Fingernägel beschäftigt, soeben konzentrierte er sich darauf, die Nagelhaut mit dem stumpfen Ende der Nagelfeile in das Nagelbett zurückzuschieben. Er sah gelangweilt hoch.

»Er will uns wegen Carbone den Arsch aufreißen.«

»Carbone?« Suttons Stimme wurde höher, sie ging in den schrillen Tenor des zu Unrecht Beschuldigten über: »Unser Mann ist Delgatto. Was zum Teufel hat Carbone...«

Hawkins ließ sich nicht aus der Ruhe bringen, bearbeitete weiter seine Fingernägel. »Mark«, sagte er sanft. »Wie alt sind Sie eigentlich?«

Sutton wetzte mit den Füßen und gestand mit dem dafür angebrachten Schamgefühl, er sei siebenundzwanzig.

Damit schien, was Hawkins betraf, das Gespräch beendet. Er stand ohne große Eile auf, schlüpfte in sein Jackett und ging den Weg zu Harvey Manheims Büro voraus.

Frank Padrino war bereits da. Er machte einen fiebrigen Eindruck, seine flachgedrückten Ohren waren an den Spitzen feuerrot. Seit einer Woche herrschte in New York ein Wechselbad aus Schneegestöber und Tauwetter, eine Woche Matsch also. Alle hatten irgendwelche Erkältungen.

»Es ist jetzt fast drei Wochen her, Leute«, begann Manheim, nachdem alle Platz genommen hatten. Bei ihm war es der Rachen. Er war heiser, und sobald er etwas betonen wollte, kratzte seine Stimme wie ein Reibeisen. »Und wie weit sind wir mit dem Carbone-Anschlag? Was haben wir bis jetzt? Wir haben einen Bezirksstaatsanwalt im Genick, der so tut, als könnte er wirklich nicht verstehen, warum wir den Fall noch nicht geklärt haben. Wir haben die Boulevardblätter, die berichten, daß wir nichts zu berichten haben. Und auf mich wird die Scheiße für die ganze Abteilung abgeladen. Also, was gibt's?«

Mark Sutton schniefte. Aha, dachte Ben Hawkins, sogar die jungen Muskelmänner bekamen Erkältungen.

Dann sprach Frank Padrino durch seine verstopfte Nase: »Wir wissen, wer den Auftrag gegeben hat. Aldo Messina. Es ist ein Machtkampf mit den Fabrettis.«

»Das ist Ihre Theorie«, korrigierte Manheim. »Aber Messina war an der Schießerei nicht beteiligt. Er war bei einem Boxkampf in Atlantic City. Die ganze Welt hat ihn dort gesehen.«

Padrino hustete in seine Faust. »Dann beweisen wir eben, daß die Fährte zu ihm führt.«

»Ach ja?« bellte Manheim. »Wann denn?«

»Harvey, hören Sie«, sagte Padrino. »Die Killer rechnen mit einer Belohnung. Die Belohnung wird nicht reichen. Das tut sie nie. Sie werden sauer. Früher oder später . . .«

Die Pfeife, mit der der Vorgesetzte auf dem Metalltisch trommelte, machte ein schneidend dünnes, häßliches Geräusch, ein Geräusch wie der Schmerz eines Geschwürs. »Früher oder später ist mir zuwenig. Wo ist Delgatto?«

»Wir haben Delgatto zwei Wochen nicht aus den Augen gelassen«, informierte ihn Mark Sutton.

»Sind sozusagen bei ihm eingezogen«, fügte Hawkins hinzu. »Nicht der geringste Hinweis . . .«

Manheim krächzte weiter, als hätte er nichts gehört. »Und wo ist der Alte jetzt?«

»Er ist wieder in Florida«, sagte Hawkins. »Wo er war, als der Anschlag . . .«

Manheim faltete seine Hände und beugte sich weit vor. »Ist es nicht seltsam und äußerst bequem, daß gerade dann, wenn jeder ein Alibi braucht, der alte Delgatto dafür sorgt, fünfzehnhundert Meilen weit weg gesehen zu werden . . .«

»Harvey«, setzte Hawkins neuerlich an. »Er hat Familie da unten – einen unehelichen Sohn, der mit der Mafia nichts zu tun hat. Sein ehelicher Sohn, Gino, ist zwar verwickelt, aber er war ebenfalls dort. Wie gesagt, die Frau des Alten . . .«

»Himmelarsch noch einmal, verschont mich mit seiner Frau«, fluchte Manheim, dessen Stimme nun wie ein miserabel gespieltes Horn krächzte. »Ich glaube, daß Delgatto dahintersteckt. Ich glaube, daß er den Auftrag erteilt hat. Ich glaube, daß wir hier nicht mehr von RICO reden, sondern von vorsätzlichem Mord.«

»Weit hergeholt«, meinte Frank Padrino. »Carbones Tod. Welchen Vorteil hätte Delgatto davon?«

»Carbone hat sich breitgemacht«, beharrte Manheim. »Gastgewerbe, Fernfahrer, Gewerkschaften . . .«

Frank Padrino schüttelte den Kopf. »Harvey, das paßt nicht zusammen. Klar hatte Delgatto seine Hühnchen mit Carbone zu rupfen, aber Carbone war eine bekannte Größe, sie konnten zusammenarbeiten. Messina ist jünger, ehrgeiziger, verrückter. Unterm Strich ist er für Delgatto das viel größere Problem.«

Harvey Manheim verpaßte seinem Stuhl eine halbe Drehung und sah durch die schmutziggrauen Fensterscheiben auf die rußenden Schornsteine, die rostenden Stahlskelette der ächzenden Brücken. Als er sich wieder zurückschwang, zeigte sein Gesicht einen düsteren, gequälten Ausdruck. »Frage, Leute: Warum besprechen wir hier eigentlich Delgattos Problem? Ich will über meine Probleme reden. Davon habe ich zwei: Delgatto ist das eine, Carbone das andere.«

Mark Sutton kaute an der Unterlippe, zugleich machte sich in seiner Leistengegend ein freudiges Zucken bemerkbar. Hinter seinen Augen blitzte etwas, und plötzlich lag der Weg vor ihm. Hinzu gesellte sich die Vorstellung von Beförderungen, Empfehlungen, dem Händedruck des obersten Chefs. »Wenn es also eine Möglichkeit gäbe, wie wir die beiden Probleme zusammenbringen...«, setzte er an.

»Dann hätte ich nur noch eins«, stimmte Manheim zu. »Und wäre das nicht fein.«

»Aber Harvey...«, sagte Frank Padrino.

Der Vorgesetzte unterbrach ihn: »Frank, Sie wollen der Sache mit den Fabrettis nachgehen, kein Problem, Sie setzen Ihre Leute darauf an.« Er fixierte Mark Sutton mit einem wäßrigen Blick. »Aber das Bureau geht von der Vermutung aus, daß Vincente Delgatto mit der Ermordung Emilio Carbones in Verbindung steht. Ben, Mark, Ihre Aufgabe ist es, diese Verbindung herauszufinden. Verstanden?«

Ben Hawkins zog skeptisch an den Zipfeln seiner piekfeinen Schottenweste. Plötzlich spürte er selbst ein Stechen im Rachen, ein Jucken in den Augen. Ach was, dachte er, es könnte Schlimmeres passieren, als dem Winter eine Zeitlang zu entkommen. Die Vorstellung, wieder einmal so richtig die Sonne auf der Haut zu spüren, fand er angenehm. »Das soll wohl heißen, Sie schicken uns nach Florida.«

Manheim zögerte. Es brachte ihn fast um, seine Untergebenen im Warmen zu wissen, während er sich den Arsch abfror, zu wissen, daß sie salzige Brisen einatmen würden, während er am Nasenspray der Marke Dristan schnüffelte. »Ja«, sagte er schließlich mit dick verschleimter Stimme und voller Ressentiment. »Ich schicke euch nach Florida.«

14

Gino und seine Tussi hatten Key West einen Tag vor Vincente verlassen, am Morgen jenes Tages, wie es der Zufall wollte, an dem Emilio Carbone in Brooklyn ins Gras biß.

Debbi war mit einem gesprenkelten Sonnenbrand, zwölf Key-Limonen in einer Plastiktüte und dem langsam reif werdenden Wunsch losgefahren, ihrem Boyfriend den Laufpaß zu geben. Gino hatte die Reise mit einem nicht abgeschlossenen Florida-Geschäft angetreten, im Bauch eine nagende Wut, weil ein Handel rückgängig gemacht worden war, jedoch ahnungslos und somit unbesorgt, daß wieder einmal ein schmalhüftiges Busenwunder drauf und dran war, ihn auf die Abschußliste zu setzen.

Nun, drei Tage nach der Rückkehr des Paten, waren die beiden auch zurück. Sie waren über Miami gekommen, weil Gino wieder irgendeinen Kerl treffen mußte. Er hatte Debbi in einem Café in South Beach gelassen. Sie hatte an einem Negroni genippt und den Models nachgeschaut, ihre dünnen Beine übereinandergeschlagen und verschiedene Stellungen für ihre Hände ausprobiert und dabei so getan, als sei sie auch ein Model, während die echten Models mit ihren für die Tropen rasierten Hirtenhunden an ihr vorbeischlenderten.

Nach ihrer Ankunft in Key West kamen sie kurz vor Sonnenuntergang im Flagler Hotel an, duschten, bestellten beim Zimmer-Service Cocktails, die sie auf dem Balkon mit Blick aufs Meer tranken, um dann unangekündigt bei Joey Goldman aufzukreuzen.

Joey sah sich gerade die Abendnachrichten an. Er erfuhr, daß die Konjunktur ein wenig besser, aber auch ein wenig schlechter geworden sei. Als ob er das nicht wüßte: Der Immobilienmarkt befand sich in einer Flaute, seine Annoncen standen Woche für Woche in der Zeitung, niemand kaufte. Es war Sandras Sparte, dem Reinigungs- und Mietgeschäft, zu verdanken, daß sie immer noch ein stabiles Einkommen hatten. Kurzes Haar, einfache Kleidung, eine angenehme Stimme, bodenständige Ideen. Zum Glück hatte er eine praktisch denkende Frau.

Joey war überrascht, als er die Türglocke hörte. Er schwang seine nackten Füße vom Korbhocker und ging aufmachen. Im dämmrigen Licht verstopfte sein Halbbruder den Rahmen der Eingangstür wie ein Mastochse, neben dem Debbi an den Rand gequetscht wirkte wie ein Kätzchen, das sich in den Stall verirrt hatte.

»Gino«, begrüßte ihn Joey. »Ich wußte gar nicht, daß du in der Stadt bist.«

»Eben«, lautete Ginos Erklärung. »Hier bin ich. Is' Pop da?« Er lehnte sich näher herein. Joey roch Aftershave, Bourbon und Streichkäse.

»Auf der Terrasse, spricht mit wem.«

»Ach ja. Mit wem denn?«

»Typ, den du kennengelernt hast«, sagte Joey, der zur Seite trat, während Gino an ihm vorbei ins Wohnzimmer trampelte, Debbi auf den Fersen. »Arty, der Zeitungsmensch.«

Aber Gino interessierte sich wenig für den Zeitungsmenschen. »Von mir aus. Ich muß mit Pop reden.«

»Pop will mit uns reden«, sagte Joey.

»Über was denn?«

»Ich glaube, ich weiß es, aber er soll's dir selbst sagen, er will's uns gemeinsam sagen. Hallo, Debbi.«

»Hi, Joey«, grüßte die Tussi. Die Reise hatte ihr Haar plattgedrückt, das diesmal völlig gerade und in der Mitte gescheitelt war und ihr Gesicht entlang des Kiefers einrahmte wie seinerzeit die Frisuren der Mädchen an der High-School. Von der Sonnenbräune ihres letzten Besuchs waren nur vereinzelte rosa Flecken übrig, wo ihr die Haut abgegangen war. In der Hoffnung auf ein wenig Gesellschaft, ein Pläuschchen, fragte sie: »Ist Sandra da?«

»Tut mir leid«, antwortete Joey. »Sie ist bei 'ner Benefiz-Veranstaltung. Wegen einem unserer Arbeiter. Hat sich schlimm verbrannt, braucht eine neue Haut, noch mehr Operationen.«

Gino interessierte sich auch nicht für den Mann, der sich verbrannt hatte. Er lenkte seinen Bauch in Richtung Terrasse und trottete ihm nach. Joey und Debbi, denen nichts Besseres einfiel, folgten ihm.

Draußen, am Metalltischchen, das von dezent im Gebüsch verborgenen Flutlichtern in ein sanftes Licht getaucht war, saßen der Pate und sein Ghostwriter.

»Also, Arty«, sagte er soeben. »Ich verlaß' mich drauf, daß Sie's gut ausdrücken, irgendwie elegant, daß Sie's zurechtfeilen. Soll den Leuten unter die Haut gehen. Aber vor allem soll'n sie kapieren, daß Sizilien, die Leute, die ganze Insel – also, daß Sizilien vom ersten Tag an in den Arsch gefickt worden ist.«

Arty kritzelte folgsam *Sizilien, in den Arsch gefickt* in sein Heft, als Gino durch den Türrahmen barst wie ein fetter Sprinter, der mit letzter Kraft auf die Ziellinie zustolpert. »Hi, Pop. Muß dringend mit dir reden.«

Vincente hielt inne, blinzelte, streckte die Hand nach dem niedrigen Metalltischchen aus, als suchte er einen Halt, und strich langsam wie mit einem Rechen über die kühle Tischplatte. Er war, wenn nicht gelassen, so doch auf dem besten Weg zu einer gelassenen Gemütsruhe, denn er hatte begonnen, den Gram aus seinem verstopften Herzen abzuschöpfen, ranzig gewordene Erinnerungen aus dem Durcheinander seines Gehirns auszusortieren. Und hier war nun Gino, aufgeblasen, penetrant, laut, entschlossen, den Fluß wieder umzukehren, durch Augen und Ohren seines Vaters noch mehr Unrat zu drükken. Der alte Mann konnte den plötzlichen Unmut in seiner Stimme nicht ganz verbergen.

»Gino. Seit wann biste zurück?«

»Noch nicht lang. Hast 'n Moment Zeit, Pop?«

»Begrüß erst Arty«, wies Vincente ihn zurecht. Es beschämte ihn, daß er seinem sechsunddreißigjährigen Sohn immer noch Manieren beibringen mußte.

Gino sagte ein mürrisches Hallo, dann stand er bloß da, beugte sich neugierig vor, unter den Armen verschwitzt, von einem Fuß auf den anderen tretend. Joey und Debbi standen in der Tür, gegen den Rahmen gelehnt, als benötigten sie in dem Wirbel, den Ginos Anwesenheit verursachte, dringend einen Halt.

»Ich will mit dir und deinem Bruder reden«, kündigte der Pate an.

»Aber, Pop, was ich mit dir besprechen muß, ist wichtig, vielleicht können wir allein . . .«

Vincente hatte begonnen, sich langsam und würdevoll zu erheben. Auf halbem Wege sagte er: »Gino, er ist dein

Bruder. Wir sind in seinem Haus zu Gast. Du schließt ihn nicht aus. Außerdem hab' ich euch beiden was zu sagen.« Er richtete sich weiter auf, und erst als er stand, konnte er an der bulligen Masse seines Sohns vorbeisehen. »Oh, hallo, Debbi.«

Sie öffnete den Mund, um ihm zu antworten, als Gino herumwirbelte und ihr befahl: »Du bleibst hier bei Arty.«

Dann stampfte er auf den Türrahmen zu. Joey und Debbi flogen wie zwei Bowlingkegel in entgegengesetzte Richtungen davon. Joey zog sich ins Haus zurück. Vincente entschuldigte sich und folgte ihm mit langsamen Schritten.

In der plötzlichen und entwaffnenden Abwesenheit des Vaters und seiner Söhne wurde die Welt seltsam friedlich. Debbi ließ sich in den Stuhl des Paten fallen, eine Weile sagten sie und Arty gar nichts, verweilten in einer Stille, die befangen und zugleich köstlich war, eine Ruhe nach dem Sturm, der von Gino ausging wie das erhitzte Pochen rund um eine Eiterbeule. Ein Luftzug fuhr durch die Hecken, brachte den Geruch nach Kokosnußschalen und Seetang mit, bewegte das Gebüsch, in dem die Flutlichtlampen verborgen waren, und ließ Schatten um den Pool tanzen.

Debbi setzte schließlich ein etwas schiefes, halbes Lächeln auf: »So, jetzt sind nur noch die unwichtigen Leute übrig.«

»Sieht ganz so aus«, stimmte Arty zu. Er hätte mehr gesagt, wäre ihm etwas eingefallen, aber gerade jetzt fiel ihm nichts ein, und Debbi meinte aus seiner Wortkargheit herauszuhören, daß sie ihn womöglich beleidigt hatte.

»Sie sollte ich wohl nicht zu dieser Kategorie zählen«, versuchte sie zu beschwichtigen.

»Sie paßt mir schon, die Kategorie.«

»Aber Sie sind ein Freund von Mr. Delgatto.«

»Bin ich deshalb wichtig?«

Debbi neigte ihren Kopf etwas zur Seite, schürzte die Lippen und hob belustigt eine ihrer gezupften roten Brauen.

Arty fuhr fort: »Sie sind die Freundin von gleich zwei Mr. Delgattos.«

Daran wollte die Freundin aber gerade jetzt nicht erinnert werden. Ihre grünen Augen zogen sich einen Moment zurück, dann wechselte sie das Thema: »Arbeiten Sie immer noch bei der Zeitung?«

Arty bemerkte, daß ihr Blick auf dem fleckigen blauen Heft auf dem Metalltischchen lag. Niemand konnte den Moment bestimmen, an dem ein Buch öffentlich wurde, und es machte ihn nervös, daß es ihr aufgefallen war. »Heute abend nicht«, sagte er. Dann wechselte er das Thema: »Und Sie, Debbi. Was tun Sie, wenn Sie in New York sind?«

Verblüfft, daß sich jemand dafür interessierte, hob sie schützend eine Hand vor die Brust. Im Kontrast zu ihrem mit Sommersprossen übersäten Hals wirkten ihre langen rosa Fingernägel elegant und lächerlich zugleich. »Ich? Sie werden lachen.«

»Mal sehen«, meinte Arty.

Sie zögerte. Palmwedel raschelten, winzige Wellen liefen über den Pool, reflektierten das Licht wie Fischgräten. »Ich arbeite in einem Hundesalon«, gestand sie.

Arty lachte nicht, und nun war Debbi gänzlich verblüfft.

Sie sah ihn einen Moment lang prüfend an und wurde dann von dem Verlangen erfaßt, ihn zum Lachen zu bringen, ihn in die Rippen zu stoßen, seine Füße zu kitzeln, irgend etwas zu tun, um den erwarteten Spott zu hören. »Ich schamponiere ihr Fell, stutze ihre Ponies zurecht. Pudeln muß ich manchmal die Pfotennägel lackieren.«

Arty lachte noch immer nicht, also lachte Debbi Martini an seiner Stelle. »Ein dämlicher Job.«

Arty überlegte. »Mögen Sie Hunde?«

»Ich liebe Hunde.«

»Dann haben Sie mir was voraus. Ich für meinen Teil liebe die Zeitungen nicht.«

Debbi kaufte ihm den Vergleich nicht ab. »Ja, ja. Nur, um für 'ne Zeitung zu arbeiten, muß man ziemlich gebildet sein.«

»Wollen wir wetten?« fragte Arty, und nun lachte er.

Sie sah ihm beim Lachen zu, es entspannte sie wie ein heißes Bad. Sein Augen machten kleine Runzeln, die schlanken Schultern gingen auf und nieder, er schien auf einmal weniger unnahbar, weniger ernst, weniger von dem, wofür sie ihn gehalten hatte. In ihrer Erleichterung lehnte sie sich näher zu ihm hin und war selbst überrascht, als sie ihm anvertraute: »Ich wollte Tierärztin werden.«

Er erwiderte nichts, hörte bloß auf zu lächeln und sah sie an.

»Ich war nicht gescheit genug.«

»Wer hat das gesagt?«

Sie stieß einen leisen, verächtlichen Ton aus und machte mit ihren bemalten Händen eine wegwerfende Geste. »Na, alle. Mein Vater, die Nonnen. Vor allem aber meine Zeugnisse.«

»Aha«, sagte Arty. Gegen Zeugnisse ließ sich schwer etwas einwenden.

Doch nun wurde Debbi übermütig und beschloß, ihren eigenen Einwand anzubringen: »Ich hätt' natürlich besser abschneiden können, wenn ich öfter zur Schule gegangen wäre.«

»Und warum haben Sie's dann nicht getan?«

Sie rutschte in ihrem Stuhl hin und her, durch ihre Bewegung ging vom Metallrahmen ein leiser Klang aus. »Schwierigkeiten daheim«, meinte sie leichthin. »Langweilige Geschichte.«

Sie winkte ab, spürte, wie sie sich zurückzog. Sie starrte zum Pool hin und zu den niedrig am Himmel stehenden Sternen, die unmittelbar über der Araliahecke leuchteten.

»Was die da drin wohl zu bereden haben«, sagte sie.

Arty Magnus zuckte die Achseln. »Muß was sehr Wichtiges sein.«

Er hatte mit ausdruckslosem Gesicht gesprochen, wollte sie eigentlich nicht auf die Probe stellen, dennoch lief es darauf hinaus. Sie würde entweder verstehen oder nicht, würde selbst entscheiden, ob sie sich zur Komplizin seines Sarkasmus und somit seiner insgeheimen Subversion machen wollte oder lieber auf Nummer Sicher ging und nicht reagierte.

Sie zögerte nur einen Augenblick, dann verschränkte sie die Arme über ihrer Mittelpartie, verlieh ihrem Kinn eine draufgängerische und übermütige Schräglage und sah ihm in die Augen. Etwas wie ein Lächeln huschte über ihr Gesicht. Die Palmen raschelten und rasselten wie Maracas, Licht und Schatten strömten wellenförmig aus dem beleuchteten Blätterwerk, und aus dem Haus kamen scharfe, streitende Stimmen, die in der milden Luft im Freien untergingen wie Skorpione im Swimmingpool.

»Gino«, hatte Vincente begonnen, »so wie du aussiehst, liegt dir was schwer auf den Eiern, also mach schon, red du zuerst. Bin ganz Ohr.«

Die drei hatten sich in Joey Goldmans Arbeitszimmer zurückgezogen. Es war ein großer und nur spärlich möblierter Raum. Dort, wo im Norden üblicherweise der Kamin stand, befand sich eine Glasziegelwand. Leuchten, die in die Wand eingelassen waren, ersetzten die alten Seidenschirmlampen, anstelle der konventionellen Ledersitzgarnitur waren die Lehnstühle mit weißem Baumwollstoff bezogen. Dennoch war es ein ernster, ein männlicher Raum, es gab einen Globus, und es gab Schnaps. Gino hatte Bourbon verlangt, und Joey reichte ihm ein Glas, das zur Hälfte voll war. Dann zog sich der jüngere Bruder zurück, setzte sich auf die Armlehne eines Sofas und überließ dem ungeduldigen Gino das Wort.

Aber Gino fiel das alles andere als leicht. Er ließ den Kopf sinken und ging nun mit einem mächtigen Doppelkinn und unruhig wie ein Stier auf und ab. »Okay, Pop«, setzte er an. »Die Sache ist die: Seit ich hier bin, hier in Florida, also oben in Miami und hier in Key West, ich bin nämlich ein paar Mal hin- und hergefahren . . .«

Mit seinem Glas deutet er seine Hin- und Herfahrten auf der Route 1 an, dann trank er einen Schluck. Sein Vater stützte die Ellbogen auf Joeys steinerne Schreibtischplatte, legte das Kinn auf die gefalteten Hände und wartete.

»Weißt du«, fuhr Gino fort, wobei er mit den Füßen scharrte, »ich komm' her, um dich zu besuchen, und da denk' ich mir, hey, warum kümmer' ich mich nicht 'n wenig ums Geschäft, mach' ein paar Dollar, verstehst du. Ähm, was ich sagen will . . .«

Er sprach nicht weiter, kratzte sich am Hals, spürte eine grausame innere Hilflosigkeit, weil ihm sein grobes Mundwerk die Sprache in Fetzen riß, die Worte zur Bedeutungslosigkeit zerfranste wie ein an den Seiten eingerissenes Klebeband, das nur noch faserige Streifen abgibt.

»Also, dieses Geschäft in Miami«, mühte er sich weiter ab. »Pop, ich glaub', du wirst stolz auf mich sein, ich hab's Richtige gemacht, die Familie verteidigt . . .«

Vincente sah nicht stolz drein. »Gino«, wollte er wissen. »Von was für'm Scheißgeschäft in Miami redest du überhaupt?«

Der Sohn starrte seinen Vater an, sah, wie sich die buschigen Brauen wie Schatten über die tiefliegenden Augen senkten, und nun schlich sich auch noch Panik in seine Stimme, zerhackte und verstümmelte sie noch mehr. »Miami. Du weißt schon. Cholly Ponte.«

Die Stimme des Paten wurde nicht lauter, nur polternder und schien in die Wände zu sickern und von dort bis unter den Fliesenboden zu dringen. »Cholly Ponte is 'n Boß. Du redest mit Cholly Ponte, ohne mich vorher zu fragen?«

Ginos Gesichtsausdruck fiel in sich zusammen, verlor seinen Glanz und wurde schief wie eine eingedrückte Radkappe. »Pop, du hast 'ne Menge um die Ohren, und da wollt' ich dich nicht nerven.«

»Du nervst mich aber. Du nervst mich sogar sehr.«

Gino trank von seinem Bourbon, machte unruhig einen Schritt in eine Richtung, einen halben in die andere, maß die Falle, die er sich gerade selbst stellte. Plötzlich war er wütend.

»Pop, das ist nicht fair«, legte er los, »ich meine, du

bist jetzt sauer auf mich, nach all der Scheiße, die ich in Miami für die Familie abgekriegt habe. Die ha'm mich beleidigt, 'n Scheißspiel mit mir getrieben, ich kann's ihnen nich 'mal heimzahlen ...«

»Gino«, unterbrach ihn sein Vater. »Verschon mich mit deinem Gejeiere. Stell den Drink ab, und sag mir, was da für 'n Mist abläuft. Joey, bring 'n Stuhl für deinen Bruder.«

Die in die Wand versetzten Leuchten warfen Lichtscheiben auf den Boden, unterteilten das Zimmer wie ein Zirkuszelt in runde Abschnitte mit dunklen Zwischenräumen. Joey rückte einen Stuhl in den hellen Ring unmittelbar vor seinem Vater und sorgte dafür, daß er schleunigst wieder in den Schutz der Dunkelheit zurückgelangte.

»Okay«, ächzte Gino, während er sich hinsetzte. »Okay.« Er holte tief Luft, warf einen sehnsüchtigen Blick auf sein Whiskeyglas. Es glühte in köstlicher Bernsteinfarbe. Er sagte sich, sobald er dieses Gespräch überstanden hatte, würde er es sich zu Gemüte führen. »Cholly Ponte hat dieses Geschäft, geklaute Autos, meistens Mietautos, schafft sie nach Südamerika.«

»Weiß ich«, sagte Vincente.

»Ja, aber damit er die Autos aufs Schiff kriegt, braucht er die Hafenarbeiter von Miami.«

»Auch das weiß ich«, sagte der Pate.

»Also denk' ich mir«, erklärte Gino, »hey, wenn er die Brüder benutzt, muß er uns ...«

»Gino, das ist 'ne Ortsgruppe von Miami, die Gewerkschaft gehört uns nicht mehr.«

Der bullige Mann zupfte an seinem Hemdkragen, der ihm in die Fleischrollen an seinem Hals schnitt. Sehnsüchtig sah er zu seinem Bourbon hin. »Seit wann?«

»Du weißt verdammt gut, seit wann«, wies ihn sein

Vater zurecht. »Seit 'm Jahr oder so, seit meinem Handel mit Emilio Carbone. Wir behalten die Internationale, die Fabrettis kriegen die Ortsgruppen.«

Gino kaute an seiner Unterlippe, den Blick in den Schoß gerichtet. Er wußte, es gab etwas, das er nicht sagen sollte, und er wußte, daß er im Begriff war, es zu sagen. »Das war kein Handel, Pop, das war 'n billiger Ausverkauf.«

Der Sohn machte sich auf den Schlag gefaßt. Eine Bemerkung wie diese hätte ihm früher eine scharfe Rückhand quer über die Wange eingebracht, zwar nicht fest genug, um Spuren zu hinterlassen, aber so kunstfertig plaziert, daß sein Auge tränte, wobei dieser unfreiwillige Spritzer Teil des Rituals war und die geforderte Kapitulation bedeutete. Doch diesmal schlug ihn Vincente nicht, ja, er wurde nicht einmal sichtbar wütend, runzelte bloß die Stirn und sagte mit äußerster Langsamkeit: »Gino. Großer Mann. Hornochse. Jetzt sagst du deinem Vater, was 'n Handel ist und was nich'?«

Seltsamerweise war Gino erbost, gedemütigt, weil er keine Prügel bekommen hatte. *Mein Dad macht aus deinem Dad Kleinholz.* Dieser Spott aus seiner Kindheit war für ihn zum ersten Grundsatz seines lebenslangen Glaubensbekenntnisses geworden. Es erschütterte ihn in den Grundfesten, bereitete ihm innerliche Qualen, daß sein Vater davon absah, Arschtritte zu verteilen. Er warf sein dickes Kinn vor und provozierte den alten Mann weiter: »Ein Handel, Pop, ist, wennste was gibst und was dafür kriegst. Was haben wir denn für die Ortsgruppen gekriegt, außer 'm feuchten Händedruck?«

Vincentes Mund war schlaff, die Runzeln an den Rändern seiner Augen wirkten wächsern. Seine Stimme war leise, sie kratzte wie die Schritte eines Tänzers auf Sand. »Etwas mehr Frieden«, sagte er.

Es folgte Schweigen. Für Gino hätte er genausogut chinesisch sprechen können. Für Joey, der still in seinem Winkel saß, kaum noch atmete, schienen die Worte mehr als deutlich, und es war einerseits seltsam und andererseits ganz natürlich, daß die Auffassungen der beiden Brüder auseinandergingen. Ein Vater brachte seinen Söhnen im Grunde nichts bei. Sein Leben hinterließ Lektionen in der Luft wie Brocken, die man den Möwen zuwirft, und unterschiedliche Mäuler fingen unterschiedliche Krumen auf.

Nach einem kurzen Augenblick setzte Gino neuerlich zum Angriff an. »Also, dieser Cholly Ponte sagt mir, er zahlt schon nach New York Tribut, an die Fabrettis, und er muß nicht doppelt zahlen.«

»Da hat er recht«, nickte Vincente.

»Möglich«, meinte Gino. »Aber ich find', der Handel mit Carbone ist mit Carbone gestorben.«

Vincente schüttelte den Kopf, und an beiden Seiten seines drahtigen Halses hoben und senkten sich die Sehnen. »Der Handel ist zwischen den Familien.«

Gino winkte bloß ab. »Messina, die Drecksau, ich seh' nicht, was ihn das angeht.«

Vincente hatte dem nichts hinzuzufügen. Er saß sehr still.

»Hör zu, Pop«, drängte Gino. »Ich sag' dir, was ich vorhab', und dafür will ich deinen Segen. Ich will Ponte klarmachen, daß die Dinge so sind wie früher, daß er wieder an uns zahlt.«

Der Pate legte beide Hände flach vor sich hin und beugte sich näher zu seinem Sohn, seine Augen lagen dadurch im Schatten. »Gino, bist du taub, oder was? Der Handel steht. Laß die Pfoten davon.«

Gino preßte die Lippen aufeinander. Er senkte den Blick, sah, wie sich seine dicke Faust auf dem Oberschenkel verspannte und wieder entspannte, spürte den ölig glitschigen Schweiß auf den Handflächen, war aber dann selbst völlig verblüfft, als seine Hand nach oben flog und wieder herunterkrachte und auf dem kühlen Stein der Tischplatte ein klatschendes Geräusch verursachte. In seiner Hand spürte er einen stechenden Schmerz. Als er sprach, rangen in seiner Stimme Wut und Hilflosigkeit, versetzten sie in eine würgende Pattstellung, ein spitzes und schrilles Aufheulen. »Pop, du läßt zu, daß uns die Leute verscheißern, 'n Respekt vor uns verlieren, daß sie sich nehmen, was uns gehört . . .«

Vincente hob nur einen Finger und sprach in einem Ton, der aus der Unterwelt nach oben zu poltern schien. »Uns?« fragte er. »Gino, hör zu. Wenn du lang genug am Leben bleibst, und wenn dann noch was übrig ist, um das sich wer kümmern muß, dann bist du's vielleicht, der sich drum kümmert. Aber der Tag ist noch nicht gekommen. Du tust also, was ich dir sage. Du hältst dich von Miami fern. Gehst Cholly Ponte aus 'm Weg. Und die beschissene Gewerkschaft schlägst du dir aus 'm Kopf. Hast du mich verstanden, Gino?«

Gino antwortete nicht. Er saß da wie ein begossener Pudel, dumpf vor sich hin brütend, wobei er das schmerzende Kribbeln in seiner Hand als seltsamen Trost empfand. Das Stechen war ein Beweis, daß etwas passiert, ein Kontakt entstanden war, daß er an der Macht seines Vaters gekratzt hatte. Mit der schmerzenden Hand griff er nach seinem Glas und trank den Bourbon aus. War ja wirklich jammerschade, wenn das seinem Alten nicht in den Kram paßte.

Das Schweigen hielt bereits zu lange an, zu lange sogar für eine Familienangelegenheit, und schließlich erklang aus dem Schatten Joey Goldmans Stimme: »Pop, du wolltest doch was mit uns besprechen.«

Vincente hob eine buschige gesprenkelte Braue, und über sein Gesicht lief der Ansatz eines Lächelns, dem jedoch jede Freude abhanden gekommen war. Beinahe hätte er es vergessen. Eigentlich hatte er vorgehabt, diesen Abend mit Arty zu verbringen, auszumisten, Dreck wegzuschaffen, und nicht neuen aufgeladen zu bekommen. Der Atem pfiff durch die Nase des alten Mannes, kam wie ein zischendes Grunzen hervor. »'n andermal«, sagte er. »Ich sag's euch 'n andermal. Für heute hab' ich mich genug geärgert.«

16

Am nächsten Morgen zog eine Kaltfront vorüber, einer dieser unerwünschten Hinweise, daß nicht einmal Key West vom unerfreulichen und bitterkalten Kontinent ganz verschont blieb und abscheuliche Menschen und schlechte Nachrichten und lausiges Wetter vom Festland auf die Keys herunterplumpsen konnten wie der Dung eines Riesen. Der Wind drehte sich, bis er wieder im Begriff war, nach Norden zu ziehen, und brachte unterdessen ungewohnte Gerüche nach Föhren und Granitstein ins Land. Düstere und launische Wolken rasten über den Himmel, Palmwedel und Blätter wurden von den Bäumen gerissen und landeten im aufgewühlten Wasser der Swimmingpools.

Der Pate, erschöpft von den Gesprächen des Vorabends, blieb im Bett, bis Joey und Sandra zur Arbeit gegangen waren. Dann stand er auf, wusch sich und kleidete sich an. Während er seinen Kaffee trank, sah er zum Fenster hinaus. Die Kühle und die graue Stimmung erinnerten ihn, daß er mehrere Anrufe zu machen hatte. Er ging in Joeys Arbeitszimmer und nahm hinter dem

Schreibtisch aus Kalkstein Platz. Üblicherweise bei jedem Telefon mißtrauisch, fühlte sich Vincente hier sicher. Er war in Florida, nicht in New York. Sein Sohn Joey war ein angesehener Geschäftsmann mit tadellosem Leumund. Kein Richter würde einem Antrag stattgeben, sein Telefon abzuhören. Davon abgesehen, was hatte Vincente Großartiges zu besprechen? Es ging um Kleinigkeiten, Verwaltungskram. Dinge, bei denen beschwichtigende Worte und ein paar Dollar für Frieden sorgen konnten. Von einem von der Mafia kontrollierten Laden im Textilviertel würde es heißen: *Unser Mann kriegt sechs-fünfzig und einen Wagen?*, worauf der Pate sagen würde: *Dann gebt dem Mann sechsfünfzig und einen Wagen.* Und zur Manipulation eines Bauprojekts in der Bronx: *Setzt den Stahlpreis um drei Prozent runter, ihr holt euch das bei den Zementpreisen zurück.*

Schiedsrichter der Gier – das war es, worauf sich sein Job reduzierte. Den Dieben annehmbare Grenzen setzen. Er nahm den Hörer ab, um einem Supermarktchef gut zuzureden, für eine bestimmte Geflügelsorte mehr Platz in den Regalen zu schaffen.

»Ich hab' geglaubt, der Lieferant steht auf unserer schwarzen Liste«, sagte der Kerl vom Supermarkt.

»Er spielt nun doch mit«, erwiderte Vincente. »Verwendet unsere Fernfahrer. Also laß ihn von der Angel.«

»Die Metzger stört es, daß er keine von der Gewerkschaft nimmt.«

Vincente antwortete nicht gleich. Ein Tropfgeräusch aus dem Badezimmer im Flur, das ihm zuvor nicht aufgefallen war, hatte ihn abgelenkt. »Eins nach'm anderen«, sagte er schließlich.

»Die Schlachter«, nervte der Typ weiter, »haben große Hackbeile. Ich mag's nicht, wenn denen was nicht paßt.«

Vincente hörte schon wieder das Tropfgeräusch. Es schien ihm auf einmal wichtiger als Hühner. »Das mit der Gewerkschaft«, beschwichtigte er, »das schau' ich mir an.«

Er legte den Hörer auf, ging den Flur hinunter. Tatsächlich, der Wasserhahn des Waschbeckens im Badezimmer tropfte, gerade bildete sich ein Tropfen wie auf der Nasenspitze eines alten Mannes. Der Pate sah dem Tropfen einen Moment lang zu, er wollte sicher sein, daß er fallen würde. Als er fiel, erfaßte ihn eine insgeheime Freude, ein stilles Vergnügen, hervorgerufen aus einem einfachen Grund. Er war allein im Haus seines Sohnes, und es war ihm nicht entgangen, daß er langsam zur Last wurde, zu einer Plage, einem Nehmer. Endlich bot sich eine Kleinigkeit, um sich erkenntlich zu zeigen, eine ehrliche, nützliche Aufgabe, die ein Mann mit seinen Händen erledigen konnte.

In einer beinahe anbetenden Bewegung fiel er vor dem Waschbecken auf die Knie. Er öffnete den Schrank, entfernte Handtücher, Toilettenpapier und Reinigungsmittel. Die Sachen stellte er ordentlich neben sich auf den kühlen Fliesenboden, dann schaute er hinter das Abflußrohr, das sich nach unten und dann wieder nach oben schwang wie ein Saxophon, und erblickte die ovalen Hebel für die Zuflußventile. Er würde sie schließen, dann würde er die Werkzeuge holen, um den Wasserhahn auseinanderzunehmen. Die Dichtung würde er entfernen und aufbewahren, um sie Joey zu zeigen. Gemeinsam würden sie zum Eisenhändler fahren, um eine neue zu besorgen. Das stellte er sich schön vor: Vater und Sohn gemeinsam im Eisenwarengeschäft.

Vincente beugte sich weiter in den Schrank hinein. Sein Nacken schmerzte, als er ihn streckte, die Bodenfliesen drückten hart und kalt gegen seine Knie. Um den

Hebel des Ventils zu erreichen, mußte er sich verrenken, was ihm seine Schulter mit einem stechenden Schmerz vergalt. Aber endlich hielt er das Ding in der Hand. Er versuchte, daran zu drehen, doch es ließ sich nicht bewegen.

Er brachte seine Knie in eine andere Position, ging in eine noch niedrigere Hocke und versuchte es von neuem. In diesem Moment setzte das Pochen in seinem Kopf ein. Es begann mit einem warmen, nicht einmal unangenehmen Pulsieren im Nacken, kroch dann weiter nach oben zu der knochigen Stelle gleich hinter den Ohren, jener Stelle, die sich immer noch an die Röteln erinnerte, die er als Kind gehabt hatte. Er rang nun stärker mit dem unbeweglichen Ventilhebel, durch seine Zähne kam ein leises Stöhnen. Das Pochen wanderte an beiden Seiten seines Kopfes nach oben, bewegte sich beinahe tröstlich aufwärts wie heiße Finger, die seinen Schädel entlangfuhren. Unter dem Becken war kaum Licht, weshalb Vincente den roten Rost und die grünen Korrosionsstellen nicht sehen konnte, die sich in die alten Windungen des Ventils gefressen hatten. Er wußte nur, daß es sich drehen sollte, daß ein Mann in der Lage sein mußte, es zu drehen.

Er hatte zu schwitzen begonnen, in seinen Beinen setzte ein Krampf ein. Sein Kopf schwamm und drehte sich. Für einen Moment kam er unter dem Schrank hervor, um Kraft zu sammeln, sah sich blinzelnd in dem gefliesten Badezimmer um, erblickte jedoch nur eine gleißende Lichtröhre. Er kroch wieder unter das Becken, streckte seinen Hals und griff nach dem Hebel wie nach der Gurgel eines Todfeindes. Das Pochen hockte unterdessen in seiner Stirn und drückte hinter seinen Augenhöhlen nach außen. Er versuchte es ein letztes Mal, stieß dabei ein verzweifeltes Wimmern aus, und dann, wobei ihm nicht bewußt war, wie, hatten seine Hände den Halt verloren, und er hockte nicht mehr auf den Knien, sondern lag rücklings auf dem Fliesenboden. Er sah ein weiß gleißendes Licht, verschmiert mit ätzendem Gelb, so häßlich, daß er dankbar war, als ihm endlich die Augen zufielen.

Einen Moment lang war er verwirrt, doch das verging, und dann fühlte sich der Pate auf seltsame Weise tödlich glücklich. Er schwebte gewichtslos, spürte eine Freiheit, die so wunderbar war, daß er dafür hätte sterben können. Hinter seinen Lidern jagten Farben wie Wolkenfetzen vorbei, die er anprobierte wie Krawatten. Eine Farbe, die er besonders mochte, hielt er fest. Es war ein rötliches Violett, durchzogen von schwarzen Fäden, eine Farbe, die er sofort erkannte. So hatten die gepreßten Trauben ausgesehen, wenn sein Vater vor sechzig Jahren im Keller Wein gemacht hatte. Er konnte die Maische riechen – den Geruch nach Moschus und Holz, viel stärker als der fertige Wein –, und dann lächelte er, oder er glaubte zu lächeln, als er sich erinnerte, wofür die ausgepreßten Früchte gedacht waren. Im Garten hinter dem Haus hatten sie einen Feigenbaum gehabt, einen Feigenbaum, der in Queens Feigen trug. Dieser Baum, der um Tausende Meilen fehl am Platz war, hatte im Winter nur dann eine Überlebenschance, wenn man ihn pflegte und abdeckte. Die ausgepreßten Trauben wurden wie eine Wolldecke um den Baum gelegt, wo sie noch einmal zu einer wunderschönen rötlich-violetten Matte aus Stämmchen und Häuten und Moder reiften. Teerpappe, Asche, ausgedientes Linoleum, das Ganze mit alten Reifen beschwert, kamen darüber und wurden zu einem Konus geformt, der gelegentlich dampfte. Und im Sommer reiften die Feigen, außen klebrig vom austretenden Saft, innen warm wie menschliche Schenkel. Und Basilikum, riesige Sträuße davon, und Tomaten, rot wie Feuerwehrautos, sogar im Kern ...

Der Pate rührte sich. Dumpfes Licht sickerte durch seine Lider. Seine Ohren summten, obwohl das Pochen in seinem Kopf nachgelassen, sich zu einem gleichbleibenden Schmerz verflacht hatte. Er wußte wieder, wo er war, erinnerte sich, daß rund sechs Jahrzehnte, sogar ein wenig mehr, vergangen waren. Er mußte Arty von dem Feigenbaum, den Traubenmatten, erzählen. Er dachte: Vergiß nicht, Arty von dem Feigenbaum zu erzählen.

Er öffnete die Augen. Er sah das Porzellan des Waschbeckens, den offenen Schrank und den undichten Wasserhahn, den er nicht zu reparieren vermochte. Soeben, wie um ihn zu verhöhnen, fiel ein Tropfen herab.

Er ruhte sich ein wenig aus, dachte, daß es keinen Grund gab, auf dem kalten Boden neben der Toilette liegenzubleiben. Schließlich richtete er sich auf, stellte die Sachen in den Schrank zurück, verschloß ihn. Er wollte keine Unordnung hinterlassen, niemand sollte von seiner Ohnmacht erfahren, oder daß er vergeblich versucht hatte, eine einfache Arbeit zu verrichten. Er wartete noch ein wenig ab, dann stand er langsam auf und ging auf wackeligen Beinen ins Bett.

17

»Tag, Andy«, kam eine Stimme über seine linke Schulter.

Der wiederauferstandene Mafioso, den verstopfungsgeplagten und vor sich hindämmernden Chihuahua wie immer auf dem Schoß, machte nur langsam und widerwillig Anstalten, den Kopf zu wenden. Er saß am Strand in seinem Liegestuhl, es war kurz vor Sonnenuntergang, und er hatte keine Lust auf Gesellschaft. Die Kaltfront war vorübergezogen. Zurückgeblieben waren ein kristallklarer blauer Himmel und ein frischer Wind, der die gekräuselten Wellenkämme ins Meer zurücktrieb.

Aber er wandte den Kopf, wenn auch ungern. Hinter ihm standen zwei Männer, einer von ihnen ein alter Bekannter aus New York. Sein Name war Hawkins, und vor etwas mehr als einem Jahrzehnt hatte er zu den aggressivsten und gewieftesten Bullen gezählt, der beinahe auf eigene Faust den sogenannten I-Beam-Fall aufgebaut und Andy d'Ambrosia unter Strafandrohung vorgeladen hatte, damit er beim Prozeß gegen seine Bosse aussagte. Andy war die Stufen zum Gerichtshaus hochgegangen, innerlich den Wortlaut des Aussageverweigerungsrechts aufsagend, als ihn der Druck am Herzen gepackt und kurzfristig ins Jenseits befördert hatte.

»Ja, wen haben wir denn da«, knurrte er, und ohne ein weiteres Wort wandte er sich wieder dem grünen Ozean und dem untergehenden Feuerball zu.

Die beiden Besucher kamen um den Liegestuhl herum und standen vor ihm im Korallengries, den man hier als Sand bezeichnete. Andy benötigte einen Moment, um den anderen Kerl in Augenschein zu nehmen: untersetzt, weiß, ein Muskelpaket in einem kurzärmeligen Hemd und kurzen Jogginghosen. Zu Hawkins, der schwarz war, groß und beinahe schlaksig, sagte er: »Gratuliere, Ben. Wußte gar nicht, daß Sie 'n Sohn haben.«

Mark Suttons mit Haarspray befestigte Frisur blieb so unbeweglich wie ein Haus im Wind, aber sein sauberes, langweiliges Gesicht verzog sich in beleidigter Würde. Er bewegte den Mund, doch bevor er sprechen konnte, kippte er vornüber und wurde von einem heftigen Niesen erschüttert.

»*Salud*«, sagte Ben. »Sie sollten sich wärmer anziehen.«

Das Niesen hatte den Hund geweckt. Don Giovanni

wimmerte, und Andy streichelte ihn in seinen gewohnten Halbschlaf zurück.

»Das ist Agent Sutton«, erklärte Hawkins.

Andy verzichtete darauf, bekannt gemacht zu werden. »Diese Wintergrippen«, seufzte er. »Erinner' mich gut daran. Der Schleim, die rinnende Nase, die Nasenlöcher verkrusten sich, und nach 'n paar Tagen fangen sie an zu bluten.« Er verschränkte die Hände hinter dem Kopf, atmete tief die salzige Luft ein. »Mieses Wetter da oben, was?«

Ben Hawkins runzelte seine verstopfte Nase und schniefte. »Sparen Sie sich Ihre Schadenfreude, Andy, steht einem Mann in Ihrem Alter nicht.«

Der alte Mafioso bewegte die Hand, als suchte er ein Motiv für ein Foto und winkte den jüngeren Agenten ein wenig nach rechts. »Hey, Muskelmann, du verstellst mir die Aussicht.«

Sutton bewegte sich kaum merklich zur Seite.

Hawkins sagte: »Hübsches Hemd.«

Andy strich liebevoll über den gebauschten Ärmel. Das Hemd war aus schwerem, grobem Leinen mit waldgrünem Hintergrund und winzigen, pastellfarbenen Bumerangs. »Guter Stoff, gut gearbeitet, Nähte, die ewig halten ... Seid ihr den ganzen Weg nur heruntergekommen, um mir zu meinem Herrenausstatter zu gratulieren?«

»Wir untersuchen den Anschlag auf Emilio Carbone.« Mark Sutton verzog den Mund zu einer, wie er hoffte, entschlossenen Miene und ließ ein wenig seine Bauchmuskeln spielen.

Andy zuckte in seinem Liegestuhl zusammen und hob in Wildwestmanier die Arme: »Wie bist du mir auf die Schliche gekommen, Kleiner? Okay, okay, ich ergeb' mich ja.«

Hawkins schüttelte den Kopf. »Immer noch der alte. Immer einen kleinen Scherz parat, was?«

Andy antwortete nicht, er starrte auf Ben Hawkins' Schuhe, starrte sie so lange an, bis schließlich Mark Sutton und Hawkins selbst auch einen Blick darauf warfen, als suchten sie die Antwort auf eine stummes Rätsel. »Ich frage mich gerade«, sagte der alte Mann endlich, »ob ich je in meinem Leben 'nen Schwarzen in Segelschuhen gesehen habe.«

»Vincente Delgatto ist in der Stadt«, sagte Hawkins.

»Und wo wir schon vom Herrenausstatter reden«, fuhr Andy fort. »Hawkins, Sie glauben doch nicht, daß das die richtige Kleidung für Key West ist. Zerdrückte Chinos. Hawaii-Hemd. Das paßt vielleicht nach Palm Beach. Der Muskelmann da ist für Key West richtig angezogen. Pullunder. Enge Shorts. Die Typen auf der Duval Street werden ganz scharf auf ihn sein.«

»Stell' ich mir nett vor, Gesellschaft von 'nem alten Freund zu haben.« Ben Hawkins beachtete den Spott nicht. »Haben Sie ihn gesehen?«

»Nö«, sagte Andy. »Voller Terminkalender. Sie wissen ja, heiße Dates. Gin Rommé. Jede Menge Weiber hinter mir her.« Er kratzte Don Giovanni zwischen den Ohren und sah auf den Ozean hinaus. Der Wind trieb die kleinen Wellen in Richtung Süden, in Richtung Sonne. Aus keinem bestimmten Grund machte es Andy traurig zu sehen, wie sich das Wasser dorthin bewegte, von ihm zurückzog.

»Es gibt Gerüchte, daß Delgatto den Anschlag auf Carbone angeordnet hat«, mischte sich Mark Sutton ein.

»So was Saublödes.« Der Dandy schüttelte den Kopf.

»Gino ist auch in der Stadt«, sagte Hawkins. »Wir dachten, vielleicht findet hier 'ne kleine Lagebesprechung statt.«

Die Sonne wurde um eine Schattierung röter und schien sich um die eigene Achse zu drehen, während sie wie ein Bogen in den Horizont eintauchte. »Versuchen Sie doch mal 'ne kleine Lagebesprechung mit Gino«, schlug Andy vor. »Mal sehen, ob Sie bei seinem Gestammel 'n Wort verstehen.«

Ein Augenblick verging. Dann sagte Hawkins: »Andy, Sie tragen mir doch nichts nach, was?«

Andy streichelte seinen Hund. »Sie meinen, weil Sie mich umgebracht haben? Keine Spur. Was Besseres hätte mir gar nicht passieren können. Wenn Sie mich nicht umgebracht hätten, ging's mir jetzt wie Ihnen. Rote Augen, rinnende Nase...«

»Dann helfen Sie uns vielleicht diesmal«, schlug Ben Hawkins vor.

»Bringen Sie mich nicht zum Lachen. Ich hab' aufgesprungene Lippen.«

»Mit Ihnen kann man reden, Andy«, sagte Hawkins. »Vielleicht hat Delgatto was gesagt, vielleicht haben die Fabrettis Kontakt aufgenommen.«

»Danke, aber ich bin im Ruhestand«, wehrte der Dandy ab.

Mark Sutton legte seine Hände auf die Hüften und beugte sich mit bedrohlicher Geste vor. »Wenn es nach uns geht, sind Sie aber nicht im Ruhestand.«

Der Dandy sah völlig unbeeindruckt aus. »Wo haben Sie den Kerl aufgelesen?« fragte er Hawkins. »Im Turnsaal an der High-School?«

»Seien Sie nett, Andy«, drängte Hawkins. »Könnte ja sein, daß wir Ihnen auch mal 'nen Gefallen tun.«

Andy sah schon wieder auf den Ozean hinaus. Die Sonne stand jetzt einen Fingerbreit über dem Wasser und legte einen endlosen Teppich aus geschmolzener Lava darüber, der eine rote Rille in das Wasser trieb. Die

Flammenlinie kam geradewegs auf Andy zu, doch dann wurde sie vom massigen Quadrizeps dieses Mark Sutton unterbrochen. »Es gibt einen«, sagte der alte Mann zu Hawkins. »Sie könnten den Muskelmann bitten, mir doch, wenn's geht, nicht im Licht zu stehen.«

18

Am selben Abend, draußen auf der Terrasse, sagte Joey Goldman: »Pop, ich finde das großartig. Prima. Freut mich für dich.«

Der uneheliche Sohn stand halb von seinem Stuhl auf, beugte sich über den niedrigen Metalltisch und berührte seinen Vater an der Schulter. Teils drückte er sie, teils tätschelte er ihn auf dem Rücken, eine Berührung, bei der man eher an die Geste eines Vaters für seinen Sohn dachte als umgekehrt, und diese momentane Umkehr machte beide Männer befangen. Vincente senkte den Blick, und über sein Gesicht stahl sich so etwas wie ein Lächeln. Ein Buch schreiben – also gut, ein Buch *erzählen* – war etwas völlig Neues und zugleich so Unwahrscheinliches, daß es ihm tatsächlich das Gefühl gab, wieder jung und erfrischend grün hinter den Ohren zu sein. Ein paar Atemzüge lang genoß er das stille Vergnügen zu wissen, daß es ihm sogar jetzt noch, im Alter von dreiundsiebzig Jahren, gelang, sich selbst zu überraschen, immer noch das Unerwartete zu tun. Er kostete den Moment aus, bis er nicht länger ignorieren konnte, daß Gino, sein Erstgeborener, sein Erbe, mit keinem Ton auf die Nachricht reagiert hatte.

Schließlich konnte er nicht umhin, ihn zu fragen: »Und du, Gino, hast du auch was zu sagen?«

Der Koloß rutschte unruhig in seinem Stuhl, verlagerte schließlich das Gewicht auf eine Hüfte, so daß sich sein breites Gesäß dem Vater entgegenstreckte und sein eingeschnapptes Hängebackengesicht abgewandt war. Er sog an den Zähnen und schob die Lippen vor: »Ich find' das falsch. Wennste die Wahrheit hören willst, das stinkt zum Himmel.«

Es war eine sternenklare Winternacht; nichts schien sich in dem wolkenlosen Himmel zu rühren. Ein blauer Lichtschimmer schwebte über der gekräuselten Wasseroberfläche von Joey Goldmans Swimmingpool. In der Stille wirkten Ginos heftige Worte wie ein unhöflicher und störender Zwischenruf.

»Ich meine, gerade du, Pop«, fuhr er fort. »Wozu mußt du dich ausquatschen? Dein Herz ausschütten. Der ganzen Welt von uns erzählen. Das ist nicht richtig.«

Joey beobachtete seinen Vater, wartete, daß er sich rechtfertigte, Gino in die Schranken wies. Doch Vincente saß bloß da, die Hände im Schoß verschränkt, als hätten seine langen behaarten Ohren Ginos Gekläffe nicht gehört. Es war der jüngere Bruder, der sich schließlich nicht beherrschen konnte.

»Gino, das hier ist 'ne andre Welt. Was meinst du denn, wovon die Rede sein wird? Sizilianische Losungsworte, oder was? Geheime Absprachen? Meinst du, Pop gräbt alte Geheimnisse aus oder sagt Dinge, die wem schaden...«

»Darum geht's nicht«, sagte Gino.

»Nein?« meinte Joey. »Worum geht's dann?«

Auf seine Logik angesprochen, verkroch sich Gino noch weiter in den Stuhl, präsentierte dabei eine noch breitere Schwarte seines Hinterns. Er kaute an einem Fingernagel, grunzte, sagte endlich: »Es geht drum, wer wir sind, was wir tun, das ist irgendwie... 'n Unterschied.«

Joey schlug die Beine übereinander, umfaßte einen Knöchel. »Was meinst du mit 'm Unterschied?«

Gino gestikulierte wild, versuchte, die Antwort aus der kühlen, klaren Luft zu pflücken. »Alles. Wie die anderen Kerle leben, wie sie ihre Geschäfte machen, wie sie Dinge regeln . . .«

»'n Grund mehr«, sagte Joey, »daß 'n Insider erzählt, wie's wirklich abläuft . . .«

Der Pate fiel ihm ins Wort. Er fuhr mit einem kaum hörbaren Grollen dazwischen, einem leisen rauhen Ton, der die Luft vorbereitete, bevor die Worte folgten: »Gino, hast du Geld?«

Die Frage schien aus dem Nichts zu kommen, ließ den dicken Mann zusammenzucken. Er stieß ein kurzes nervöses Lachen aus, das wohl unbefangen klingen sollte. »Jede Menge, Pop. Aber ich versteh' nicht, was Geld . . .«

»Ich dachte nur«, meinte Vincente, »vielleicht stört's dich, was ich Arty zahle und daß er's verkaufen kann, wenn ich tot bin.«

Gino versuchte abzuwinken, eine Geste, die jedoch eine Spur zu betont schien. »Na, Pop. Das Geld ist es nicht. Es ist nur, daß . . .«

Er sprach nicht weiter, rutschte nervös hin und her, schüttelte den Kopf und suchte krampfhaft nach Worten.

»Ich höre«, sagte der Pate.

»Er is 'n Außenseiter«, stotterte Gino. »Nich' mal Italiener. Was ist er überhaupt? Jude? Und mit dem willst du jetzt dauernd beisammen hocken, ihn in deine Nähe lassen . . .«

»Gino, bist du eifersüchtig?« fragte sein Bruder.

»Leck mich am Arsch, Joey. Darum geht's nicht.«

»Um Geld geht's nicht«, schoß Joey zurück. »Eifersüchtig bist du auch nicht. Gino, je länger du vor dich hin faselst, um so weniger kommt raus, worum's eigentlich geht.«

Ginos dumpfe schwarze Augen fingen das blaue Licht vom Pool ein und schossen es auf Joey ab. Seine Kopfhaut zog sich zusammen, der Stoff seiner Hose scheuerte auf seiner Haut, sein finsterer Blick flatterte zwischen seinem Vater und seinem Bruder hin und her, und er konnte sich nicht entscheiden, auf wen von beiden er wütender war. Als er wieder sprach, war seine Stimme gefährlich ruhig: »Okay, ich will keine Schande, will mich nicht genieren müssen. Ist das so scheißschwer zu kapieren?«

»Gino«, sagte Joey. »Pop wird nicht...«

Gino unterbrach ihn. »Du bist kein Delgatto. Also, was schert's dich? Oder vielleicht kriegst du von deinem Judenfreund ja 'ne Betei...«

»Gino, jetzt reicht's.« Vincente sprach sehr leise. Seine Hände waren über dem eingesunkenen Bauch verschränkt. Er sah seine beiden Söhne an und fragte sich, wieviel Macht und Weisheit erforderlich waren, um es mehreren Menschen gleichzeitig recht zu machen. Ein Luftzug regte sich, gerade kühl genug, um ihm einen sanften Schauer über den Nacken zu jagen. Endlich ergriff Vincente wieder das Wort:

»Gino, schau mich an. Ich zieh' das durch, hab' mich längst entschieden. Aber mein Wort als dein Vater: Ich werde nichts tun oder sagen, was der Familie Schande macht.«

Die beiden ließen einander nicht aus den Augen. Ginos dickes Gesicht drückte eine Mischung aus Beleidigung und Ungehorsam aus, in Vincentes Ausdruck lagen Entschlossenheit und eine schwache, vergebliche Hoffnung. Er wünschte sich, daß Gino ihm vertraute und daß Gino sein Versprechen erwiderte, diesen Schwur, dem gemeinsamen Namen keine Schande zu machen, obwohl ihm klar war, daß das zuviel verlangt sein dürfte.

Gino verließ wutentbrannt das Haus.

Er kletterte in den gemieteten T-Bird, setzte im Rückwärtsgang und mit Vollgas aus dem Grundstück heraus und fuhr die wenigen Blocks zum Flagler Hotel. Als er dort ankam und den Hoteldiener sah, der den Wagen übernehmen wollte, überlegte er es sich anders: Er wollte durch die Gegend fahren und nachdenken. Also schälte er sich aus der Auffahrt und raste wieder los.

Er fuhr auf der A1A am Strand entlang in Richtung Flughafen. Über den Florida Straits ging soeben ein schief am Himmel hängender Mond auf. Seine Farbe war ein körniges Orange, er warf einen rötlichen Lichtstrahl auf die Erde, der über das flache Wasser lief und den die Straße entlangbrausenden Wagen verfolgte.

Die weißen Markierungen flogen vorüber, die Küstenstraße schlängelte sich dahin, und unterdessen dachte Gino über Gehorsam und Respekt nach. Nun, wenigstens glaubte er, das sei es, worüber er nachdachte. In Wahrheit dachte er darüber nach, wie weit er gehen konnte, ohne dafür bestraft zu werden. Nicht, daß er etwas gegen Gehorsam einzuwenden hatte. Nein, Gehorsam war eine gute Sache, denn er verhinderte, daß es einem nahe ging, wenn man, sagen wir, den Auftrag erhielt, jemandem die Schnauze zu polieren. Er rechtfertigte, daß man etwas nicht hochkommen ließ, das, sagen wir, tief in einem drinnen hockte und vor dem man sich fürchtete. Man gehorchte aus Respekt, was nichts anderes war als ein fein herausgeputztes Wort für Furcht, und Respekt verlieh der Sache ihre Würde.

Dennoch gab es Momente, in denen Gehorsam eine Last war, ein Krampf, eine richtige Plage, und in solchen

Momenten war es doch nur natürlich, daß ein Kerl einen Grund, viele Gründe fand, warum er nicht gehorchen konnte. Wie auch nicht? Wenn die anderen die Spielregeln einhielten, auf Biegen und Brechen, na gut, war ja ihr gutes Recht, aber hey... Gino umklammerte das Lenkrad und dachte über das Buch seines Alten nach. Wenn das nicht die Spielregeln verletzte, bitte, was dann? Geheimnisse verraten, Außenseitern vertrauen. Wer sagte, daß man einem Mann noch gehorchen mußte, der so etwas tat? Noch dazu, wenn seine Befehle ihn, Gino, daran hinderten, einen hübschen Batzen Geld zu verdienen?

Gino hatte nicht einmal bemerkt, daß er gewendet hatte, aber irgendwo mußte er den Wagen herumgerissen haben, denn der Mond stand jetzt auf der anderen Seite. Er war auf dem Weg zurück ins Flagler Hotel, und er hatte eine Entscheidung getroffen.

Als er wie ein Stier in das Zimmer mit Blick aufs Meer stampfte, konnte er Debbi zunächst nirgends entdecken. Er fand sie schließlich auf dem Balkon, wo sie an einem Martini nippte und zu den Sternen hochsah. Ihre Finger waren auf eine seltsam angestrengte, arthritische Weise abgewinkelt, und es verging ein Moment, bis Gino begriff, daß ihre Fingernägel frisch lackiert waren.

»Morgen fahren wir nach Miami«, kündigte er an.

»O Gott. Nicht schon wieder.«

Gino sagte bloß: »Hast du *mir* 'n Drink bestellt?«

Debbi blickte durch das Balkongeländer auf die Palmen am Strand. »Andere kommen nach Florida, weil sie sich entspannen wollen. Du kommst nach Florida und rennst rum wie 'ne Küchenschabe.«

Gino ging ins Zimmer zurück, um den Zimmerservice anzurufen.

Debbi redete weiter auf seinen Rücken ein: »Können

wir nicht fünf Minuten stillsitzen? Mal an einem Ort bleiben?«

Gino bestellte eine Flasche Bourbon, drehte den Fernseher an und steckte den Kopf eine Sekunde durch die offene Balkontür. Gehorsam konnte manchmal ein Krampf, eine Qual sein, aber ebenso die Gesellschaft einer maulenden Braut. »Ich fahr 'n Tag lang rauf. Wenn du hierbleiben willst, dann bleib. Is' mir scheißegal.«

19

»Weißt du«, sagte Sandra Dugan, während sie im Kühlschrank nach römischem Salat, Endivien und Palmherzen kramte. »Es ist immer ein Glücksspiel. Als ich mich auf Joey einließ, war das auch ein Glücksspiel.«

Debbi Martini lehnte an der Anrichte und hielt ein Glas Wasser in der Hand. Es freute sie, in dieser Küche zu sein, weil sie den Mut gehabt hatte, Sandra an diesem Morgen anzurufen. Als Sandra sie zum Lunch einlud, hatte ihr die Dankbarkeit die Kehle zugeschnürt. Jetzt lachte sie kurz auf: »Joey ein Glücksspiel? Joey ist doch so nett, so normal.«

Sandras Kopf war im Kühlschrank, ihre Stimme gedämpft durch Salatköpfe. »Als ich ihn kennenlernte, wußte er das noch nicht.«

»Wußte was noch nicht?« fragte Debbi.

Sandra wandte sich um, reichte der anderen Frau das Gemüse für den Salat und schloß die Kühlschranktür mit einem Fußtritt. »Wir haben in Queens gewohnt. Er stand seiner Familie sehr nahe, der ganzen Gruppe. Du verstehst. Joey war der kleine Bruder. Meinte, er müsse es den anderen zeigen.«

Debbi dachte darüber nach, und ihr wurde bewußt, daß

sie sich wie die kleine Schwester fühlte, hier in dieser Küche mit Sandra. Sie waren eigentlich gleich alt, höchstens ein oder zwei Jahre auseinander, doch Sandra hatte einen Mann, ein eigenes Geschäft, war die Herrin eines richtigen Hauses mit zueinander passenden Tellern und Tassen. Sandra stellte Menschen ein und entließ sie, wählte ihre Möbel selbst aus. Sie hatte einen Sinn für die Zukunft – das sah man schon an den Vorräten in ihrem Kühlschrank. Mit anderen Worten, Sandra war eine erwachsene Frau, die sich mit Glück oder Bluff oder Willenskraft diese rätselhafte Reifeprüfung erarbeitet hatte, während sie, Debbi, immer wieder die gleichen langweiligen Förderkurse im Pflichtfach Leben zu absolvieren schien. Von schlecht in der Schule zu unbefriedigend in der Arbeit, in ihren Beziehungen vom denkbar falschen Typ zum Gauner zum Kokser zum schmierigen Tölpel.

»Magst du Rosenkohl?« fragte Sandra.

»Was?« Debbi war in Gedanken. »O ja, sehr gern ... Also, Joey – was hat ihn denn verändert?«

Sandra nahm eine sonnengewärmte Tomate vom Fenstersims hinter der Spüle. Sie schnitt hinein, und die Kerne quollen hervor. »Schwer zu sagen.«

»Der Umzug nach Florida?« riet Debbi aufs Geratewohl.

»Nein, nein. Die Veränderung muß schon vorher passiert sein. Sonst wäre er nie über Staten Island hinaus gekommen.« Mit der Nase deutete sie auf ein hohes Regal. »Sei so gut und reich mir die Salatschüssel.«

Debbi langte nach oben. »Man muß wohl erst die Schnauze voll haben, bevor man sich ändert, ich meine, genug davon haben, daß man nicht glücklicher ist.«

»Und daran glauben, daß man glücklicher sein könnte«, sagte Sandra.

Sie zerteilte die Tomate, dann prüfte sie mit dem

Daumen eine Avocado. Debbi zerpflückte den römischen Salat und sah aus dem Fenster. Sie sah Bäume, Licht, Luft; die ungetrübte Weite entzog ihr die Wahrheit wie ein Loch die Luft dem Ballon. »Gino – Gino wird sich nie ändern.«

Die Avocado war noch nicht reif genug, Sandra legte sie auf das Sims zurück. Sie biß sich auf die Lippe, wägte ab, wie weit sie sich auf dieses Gespräch einlassen sollte. Sie verkniff sich gerade die Worte, *dann laß die Finger von ihm, Mädchen,* als es an der Tür klingelte. Froh über die Ablenkung, wischte sie ihre Hände an einem Geschirrtuch ab und ging hinaus, um zu öffnen.

Es war Andy der Dandy. Seine schlanke Gestalt stand im Sonnenlicht wie in einem Lichtrahmen, und er schien geradewegs aus der Dusche zu kommen. Das weiße Haar mit dem bronze- und rosafarbenen Schimmer war in feuchten Strähnen sorgfältig nach hinten gekämmt. Er trug einen kanariengelben Pullover aus glänzender ägyptischer Baumwolle und im Arm den vor sich hindämmernden Hund. »Tag, Sandra. Dein Schwiegervater da?«

»Er ist im Garten«, sagte Sandra. »Mit den Pflanzen beschäftigt, wie immer. Komm doch herein.«

Sie führte den Besucher durch das Wohnzimmer in die Küche. Er sah das Gemüse auf der Anrichte. »Wenn ihr grad' beim Lunch seid, komm ich später noch mal . . .«

»Vincente will nichts essen, hält ihn nur bei der Arbeit auf. Aber begrüß Debbi. Sie ist mit Gino gekommen.«

»Freut mich.« Der alte Mafioso streckte ihr die Hand entgegen. Debbi reichte ihm die ihre und lächelte, doch ihre Aufmerksamkeit galt sogleich dem Hund.

»Und wie heißt das kleine Pelzgesicht?« fragte sie.

»Der da?« Andy zog eine verächtliche Miene und hielt sich den Chihuahua vom Leib, als handele es sich um ein übelriechendes Päckchen, das er im Begriff war, auf den Müll zu werfen. »Das ist Don Giovanni, der älteste, faulste und nichtsnutzigste Köter der Welt. Der teppichbepinkelnde Fluch meiner verstorbenen Frau. Ein hirnloses vierbeiniges Bündel von 'ner Nervensä . . .«

»Dem fehlt doch was, oder?« fragte Debbi.

In ihrem Ton lag etwas, ein Wissen, eine Ernsthaftigkeit, mit der Andy nicht gerechnet hatte. Er ließ sofort von seiner üblichen Masche ab. »Ja, 'n paar Probleme hat er.«

»Grauer Star«, stellte Debbi fest. »Wahrscheinlich Arthritis.«

Nun sah Andy genauer hin. Rotes Haar, wahrscheinlich aus der Flasche nachgetönt. Lange Fingernägel, perfekt wie Äpfel aus Wachs. Spitze Brüste, die ein beeindruckender, wenngleich vorübergehender Beweis für die Überwindung der Schwerkraft waren. Bis hierher die Standardausrüstung, die eine Frau benötigte, um mit den Ginos dieser Welt durch die Lande zu ziehen. Und dennoch war da etwas in den blaugrünen Augen, das nicht ins Schema paßte. Die Augen einer Gino-Tussi konnte man ansehen, aber nie in sie hineinsehen, sie waren ausdruckslos und trüb, wie der Lack auf einem Auto. Debbis Augen waren einladend, hinter dem gefärbten Teil lag ein Raum, so gemütlich wie ein holzgetäfeltes Zimmer. »Er hat auch noch andere Probleme«, vertraute Andy ihr an.

»Welche denn?« fragte Debbi.

Andy warf einen Blick auf die Salatschüssel, die leuchtenden Tomaten. »Ihr wollt gerade essen. Ist kein sehr appetitliches Thema.«

»Sagen Sie es mir«, drängte Debbi. »Vielleicht kann ich helfen.«

Andy blickte auf seine Turnschuhe, zog an einem

Ohrläppchen. »Naja, um die Wahrheit zu sagen, er hat arge Verstopfung. Ich weiß gar nicht, wann er zum letzten Mal, na, sagen wir, 'n erfolgreiches Gassi hatte.«

»Armes Hündchen«, sagte Debbi. Sie sagte es zu dem Hund, und der Hund hob seinen weißen, uralten Kopf.

Er zitterte mit den Barthaaren, in seinen milchigen Augen erschien ein Hoffnungsschimmer wie ein hinter schweren Wolken verborgener Blitz. Die Hundekosmetikerin streckte die Hand aus und berührte den Bauch des Tieres, der hart und knotig war wie eine Kartoffel. »Gibt's hier in der Gegend einen Reformladen?« fragte sie.

Der alte Mafioso fand die Frage drollig. »Meine Ernährung besteht aus Fleischklößchen und Würsten. Hab' sechzig Zigaretten am Tag geraucht, bis ich fünfundsechzig war und 'n Herzinfarkt hatte . . .«

»In der Southard Straße ist einer«, half Sandra.

»Besorgen Sie sich Leinsamen«, wies Debbi Andy an.

»Leinsamen?«

»Sie brauchen nur danach zu fragen. Nehmen Sie einen Eßlöffel davon, tun Sie ihn in 'ne Vierteltasse Mineralöl und erhitzen Sie das Zeug auf kleiner Flamme . . .«

»Geht Olivenöl auch?« fragte der Dandy.

»Spielt keine Rolle«, erklärte Debbi. »Erhitzen Sie's langsam, ungefähr 'ne halbe Stunde lang. Dann lassen Sie's auskühlen und vermischen es mit 'm Hundefutter.«

Andy, der zu ahnen begann, daß sich hier Hilfe bot, lehnte sich gespannt vor. »Ja? Und dann?«

»Dann warten Sie 'ne Stunde, machen einen angenehmen, entspannenden Spaziergang mit ihm und singen ihm was vor.«

»Ihm was vorsingen?« fragte Andy.

Debbi streichelte den Hund. »Den Teil hab' ich erfunden. Aber alles andere, wirklich . . .«

Andy sah sie scharf an, versuchte abzuschätzen, ob sie sich tatsächlich auskannte. »Woher wissen Sie das alles?«

Debbi wurde auf einmal verlegen und zuckte nur die Achseln.

»Sie sind eine gescheite junge Dame«, teilte ihr Andy mit.

Sie senkte den Blick auf den Fliesenboden. »Nein, das bin ich wirklich nicht.«

Es gibt gewisse Dinge, die man nur tun kann, wenn man weiße Haare hat, einem die Zähne ausfallen und die Hemdsärmel vom Leib flattern, als wären sie an den geschrumpften Armen aufgehängte Wäsche. Andy streckte eine Hand aus und hob Debbis Kinn. »Einem alten Mann widerspricht man nicht. Ich sag' dir, du bist eine gescheite junge Dame.«

Draußen im Garten war der Pate damit beschäftigt, die Bougainvillea zurechtzustutzen. Die Pflanzenruten hingen über ihm, zur Hälfte war er hinter einem Vorhang aus Fuchsien und ockergelben scharfen Dornen verschwunden. In seinem Strohhut, der an den Rändern ausgefranst war, hatten sich Blütenblätter eingenistet, eine Schweißspur zeichnete seine Wirbelsäule unter dem blauen Arbeitshemd nach. Er war barfuß, um seinen sehnigen Hals hatte er ein rotes Tuch geknotet, und er war so in die Arbeit vertieft, daß er den näher kommenden Andy weder sah noch hörte. Er fuhr mit dem Stutzen fort, bis sein alter Freund ein leises Kichern ausstieß: »Vincente, nicht bös sein, aber, heilige Maria, du siehst ja aus wie 'n echter *paisan*.«

Der Pate strich sich eine Rebe aus dem Gesicht und wandte sich um. »Andy, wirst es nicht glauben – aber ich *bin* ein *paisan*.«

Er kam unter dem Blumendach hervor, steckte die Gartenschere mit den Spitzen nach unten in die weiche importierte Erde und fuhr sich mit dem Unterarm über die verschwitzten Brauen. Er bemerkte Andys Blick auf seinen nackten, erdverkrusteten Füßen.

Er schüttelte den Kopf: »Sind schon arme Schweine, diese Einwanderer, was? Müssen Schuhe anziehen, die drücken, ihr Basilikum auf 'ner Scheißfeuerleiter anpflanzen; sie kriegen 'n Job ohne Aussicht, und ihre Frauen quetschen sich in Hüftgürtel. Sie reden sich ein, 's geht ihnen gut, aber tief drinnen . . . ach, Scheißdreck. Was gibt's, Andy?«

»Wollen wir uns setzen?«

Ohne zu antworten, ging Vincente auf den niedrigen Tisch auf der Terrasse zu. Er ließ sich nur ungern unterbrechen, doch seit seiner Ohnmacht störte es ihn weniger. Das war etwas Neues, und er dachte, Gottseidank verlieren die Menschen – manche Menschen – ihren Eigensinn, sobald die Alternative der Tod ist, und lernen nachzugeben, ohne ganz das Vergnügen an den Dingen zu verlieren, die sie gerne tun.

»Das FBI ist in der Stadt«, sagte Andy.

Der Pate schwieg.

»Hawkins und irgend so 'n neuer Wunderknabe«, informierte ihn Andy.

Vincente nickte. Ben Hawkins hatte er nie kennengelernt, aber er wußte, wer er war. Sein ständig wechselnder Bekanntenkreis aus Bullen und Ganoven – dort, wo die Luft dünner wurde, war es ein exklusiver Klub.

Andy streichelte seinen Chihuahua, zupfte ein imaginäres Hundehaar von seinem gelben Pullover. »Sie wissen, daß du hier bist. Haben mich wegen der Carbone-Geschichte befragt.«

Der Pate schwieg noch immer. Er legte eine Hand an

die Nase, sie roch nach Erde und Pflanzensaft. Der Geruch ließ ihn an längst vergangene Sommer und an die Zeiten denken, als er noch kräftiger war.

Andy zögerte, dann räusperte er sich. »Vincente, ich weiß, ich soll nicht fragen ...«

»Dann tu's nicht«, stimmte der Pate, nicht unfreundlich, zu. »Einfacher so.«

Andy senkte den Blick in den Schoß. Der Pate warf einen Blick auf die Bougainvillea. Die papiernen Blüten flatterten in der Brise, die Blätter waren grünglänzend, doch sie raschelten trocken.

»Die Bullen vom FBI«, fuhr der Pate fort, »können mich reinlegen, jederzeit verhaften. Das hab' ich gewußt, als ich den Job annahm, Andy. Unglaublich, was die für 'ne Macht haben.«

»Große Macht«, stimmte ihm sein Freund zu. »Tun so, als wär' die ganze gottverdammte Welt ihr Revier.«

»Aber hier herunten sollen sie mir nicht in die Quere kommen«, sagte Vincente. »Sie sollen meine Familie in Ruh' lassen. Verflucht noch mal, das ist doch nicht zu viel verlangt, oder?«

Andy streichelte nachdenklich seinen Hund, so als wäre er sein Kinn. »Nein«, meinte er, »das ist nicht zu viel verlangt. Wenigstens, wie nennt man das, diskret sollen sie sein.«

»Natürlich«, grübelte der Pate, »beim FBI weißt du nie, wieviel Anstand du erwarten kannst.«

»Hawkins ist in Ordnung«, versicherte Andy der Dandy. »Ohne Grund locht der dich nicht ein.«

Der Pate spielte mit den Halmen, die sich von seinem Sonnenhut lösten. »Und der Neue?«

Andy glättete den Schlitz seines Pullovers. »Ganz ehrlich? Den mocht' ich nicht. Er hat zwei Eigenschaften, die mir Sorgen machen: Er ist jung, und er ist klein.

Strengt sich zu sehr an, gleich doppelt. Schwer zu sagen, ob er jemand 'ne faire Chance gibt.«

»'n faire Chance vom FBI?« fragte Vincente. »Andy, du bist und bleibst 'n Träumer.«

20

Arty Magnus streckte seinen rechten Arm hoch, um sich mit dem lauwarmen, gequält dünnen Wasserstrahl seiner Dusche die Seife aus der Achselhöhle zu spülen.

Der Duschkopf war ein tägliches Ärgernis, und das seit sechs Jahren. Als er ihn gekauft hatte, war er ein kleines, billiges, mit falschem Chrom überzogenes Ding gewesen, das mit der Zeit den Kalkablagerungen zum Opfer gefallen war. Wie bei einem Mann mit Nierensteinen kam das Wasser nur noch mühsam und stockend heraus. Anstelle von kräftigen Parallelströmen spuckte er Tropfen und dünne Strahlen in alle möglichen Richtungen, wobei ein Großteil des Wassers den Körper verfehlte und nutzlos gegen die Aluminiumkabine klatschte, die in einem klumpigen, häßlichen Farbton, einem Art Irrenhausbeige gestrichen war. Vor ein paar Jahren mußte etwas mit dem Boden der Duschkabine passiert sein, denn der Abfluß war nicht mehr am tiefsten Punkt. Wasser sammelte sich in einer Ecke, wo immer wieder ein Biotop aus tropischen Algen, Schimmel und Pilzen entstand. Manchmal waren die Gewächse grün, manchmal schwarz – je nach den Sporen, die in der Luft tanzten. Einmal war die stille Pfütze goldfarben geworden und hatte zu schäumen begonnen wie Bier.

Die Seife war abgespült, er rieb sich bereits trocken, als er sich umsah und zum tausendsten Mal die Frage stellte, warum er so lange in der aus vier Zimmern bestehenden

Übergangsabsteige auf der Nassau Lane geblieben war. Als er in Key West angekommen war, wollte er zunächst keine teure Wohnung mieten – er wußte nicht, wie ihm der Job beim *Sentinel* gefallen würde; was, wenn er es sich anders überlegte? Als er begonnen hatte, sich in der Stadt heimisch zu fühlen, war immer wieder die Frage im Raum gestanden, ob er eine Wohnung kaufen sollte. Doch dann schienen die Preise zu hoch, also zögerte er. Die Versuchung stellte sich neuerlich, als die Preise fielen, wurde jedoch durch die Überlegung gebremst, so lange zu warten, bis der Markt seinen Tiefststand erreicht hatte. Nun waren die Preise seit zwei Jahren im Keller, nur war er jetzt nicht mehr überzeugt, daß der Kauf eines Hauses unbedingt die richtige Investition war. Davon abgesehen, dachte er denn wirklich, er würde noch viel länger in Key West bleiben? Entscheidungen zu treffen gehörte nicht zu Artys Stärken.

Außerdem fühlte er sich im Grunde ganz wohl, da, wo er war. Okay, die Dusche war so gut wie im Eimer, die Pfannen hatten Beulen, die Kaffetassen waren angeschlagen, die Zinken der Gabeln verbogen. Die kastanienbraune Eßecke war schon vor dreißig Jahren eine abscheuliche Geschmacklosigkeit gewesen, und die Zeit hatte daran nichts geändert. Na und? Im Schlafzimmer herrschte ein angenehmer Luftzug, der Garten ging nach Süden, und außerdem war Arty kein Mensch, der Luxus benötigte. Eigentlich mochte er Luxus gar nicht, oder, um es genauer zu sagen, Luxus war ihm miesgemacht worden, weil er mit einem zu oft gehörten und im Grunde nicht widerlegbaren Vorwurf zusammenhing: Daß er kein Ziel habe, nicht entsprechend tüchtig und ehrgeizig sei. Erfolg würde er nie haben, weil ihm Erfolg nicht wichtig genug sei.

So lange er im Norden gelebt hatte, war das ein schwerer Vorwurf, eine vernichtende Anschuldigung gewesen. Die Einstellung, die dahinterstand, war mindestens so sehr Grund gewesen, seinem Leben dort den Rücken zuzukehren, wie das Klima.

Das Klima, ja. Soeben ging er mit nassen Füßen ins Schlafzimmer und setzte sich mit nacktem Hintern auf das Bett. Es war ein früher Abend im Februar, die Fenster standen weit offen, und er war im Begriff, seine Winterkleidung anzulegen: Khakishorts, ein Polohemd und nur für den Fall einen Baumwollpullover. Kurz genoß er die Vorstellung, wie sich in diesem Moment die Wichtigtuer und Klugscheißer in New York ihre ehrgeizigen Ärsche abfroren. Im Schutz der Schadenfreude, die er beim Gedanken an ihre verkrampften Schultern und aufgesprungenen Lippen empfand, und der Erinnerung an das Gewicht eines Tweed-Jacketts und Wollmantels fiel es ihm leichter, sich manche der Sticheleien ins Gedächtnis zu rufen. Bei den Cocktailparties war er nicht verbindlich gewesen. Nun, das stimmte. Während sich die biegsameren Kollegen ihre Posten bei der *Times*, der *Voice*, den Hochglanzmagazinen erschlichen, hatte er seine Abende lieber mit Leuten vertrödelt, die er ohnehin längst kannte. Die große Kunst des Verfassens von Bewerbungsschreiben war nie seine Stärke gewesen, der Wettlauf um die Stipendien hatte ihn nie interessiert. Was jedoch am schwersten ins Gewicht gefallen war, war sein Job als Chefredakteur bei einem Bezirksjournal gewesen, einem langweiligen Blatt, das sich nur durch Anzeigen für Yogakurse und Steptanzklassen über Wasser hielt, und die Tatsache, daß er mit dem Job zufrieden war. Wozu sich verändern? In Wahrheit unterschied sich kein Zeitungsjob vom anderen.

Das war selbstverständlich ketzerisch und konnte nicht ungestraft bleiben. Seine Strafe? Verdammt zu sein, in einem verkommenen Vierzimmerloch im Paradies zu wohnen.

Und es allein zu bewohnen, aber das war eine andere Geschichte.

Arty schnürte seine Turnschuhe und ging ins Wohnzimmer, wo sich in einem Winkel sein Arbeitsraum befand. Auf einem wackeligen Tisch mit rostigen Metallfüßen stand ein kleiner Computer, daneben stapelten sich Blöcke und Zettel, ungefähr zwanzig von der Zeit gezeichnete Notizhefte, deren Deckel mit Kaffee- und Schnapsflecken übersät und deren Seiten durch die Feuchtigkeit aufgequollen waren. Diese Hefte enthielten zwei Jahrzehnte mühseliger und zum Scheitern verurteilter Anfänge, dummer Einfälle, und waren zweifellos der Beweis, wie wenig Arty Magnus der Erfolg am Herzen lag. Entwürfe, Epigramme, erste Absätze versuchter Essays, vage Skizzen für exzentrische Romane ... Daneben, gesondert von den anderen, lag noch ein Notizheft. Dieses eine, Gott war sein Zeuge, würde ein Buch werden: die Geschichte des Paten, die Geschichte eines Endes.

Arty hob es auf, vergewisserte sich, daß der billige Kugelschreiber im spiralförmigen Rücken steckte. Dann ging er an dem durchgesackten Rattansofa vorbei und durch die Eingangstür mit dem löchrigen Fliegengitter in das letzte Tageslicht hinaus. Als er sein altes Fahrrad mit den dicken Reifen bestieg, trommelte in seinen Ohren bereits der schroffe Jazz Vincentes, seine besondere Art zu reden, obwohl er wie jedes Mal keine Ahnung hatte, welche Geschichten und Erinnerungen der alte Mann an diesem Abend ausgraben würde.

Während Arty durch die ruhigen Straßen von Key West zu seiner Verabredung mit dem Paten radelte, war Gino

Delgatto in seinem T-Bird auf dem breiten Dixie Highway unterwegs, um sich mit Charlie Ponte zu treffen. Nachdem er South Miami hinter sich gelassen hatte, schlängelte er sich durch die Coral Gables und gelangte schließlich durch die engen Straßen von Coconut Grove zu dem am Hafen liegenden Hauptquartier des Gangsterbosses.

Das Hauptquartier befand sich in den Hinterzimmern eines Restaurants namens Martinelli, abgeschirmt gegen unerwünschte Eindringlinge durch zwei riesige blubbernde Hummertanks, eine schummrige, im Halbdunkel liegende Bar, einen voll besetzten Speisesaal von der Größe eines Getreidespeichers und schließlich eine Großküche, in der kleine Kubaner mit hohen Kochmützen beschäftigt waren.

Wie bei allen vorherigen Besuchen kündigte Gino sich auch diesmal zunächst beim Oberkellner an, der seinerseits einem plattnasigen Rausschmeißer auf einem Barhocker ein Zeichen gab. Der Rausschmeißer führte ihn an den Hummern vorbei, an den Gästen, die die Hummer verspeisten, und durch die Küche hindurch, wo die Hummer zubereitet wurden. Hinter den verchromten und polierten Gefriertruhen befand sich eine verschlossene Tür, die in einen Vorraum führte, wo er von zwei Schlägern in Empfang genommen wurde. Sie tasteten ihn nach Waffen ab und führten ihn schließlich in das innere Heiligtum ihres Bosses.

Er betrat einen großen, kaum möblierten Raum mit niedriger Decke. Die leeren Wände warfen einen schrillen und blechernen Ton zurück wie billige Lautsprecher, schummriges Neonlicht vermischte sich unangenehm mit dem letzten Tageslicht, das durch die schmalen Luken aus schußsicherem Glas fiel. Durch die grauen Scheiben konnte man die verzerrten, rot und grün aufleuchtenden Markierungsbojen der *Intracoastal* sehen. Verschwommene Jachten lagen entlang der Docks vor Anker. Eine Metalltür mit mehreren Schlössern führte unmittelbar auf den Kai, wo Pontes Schnellboot festgemacht war und aussah wie ein rastloses Pferd.

»Da bist du also wieder«, sagte der Miami-Boß, als Gino hereingeführt wurde. Besonders zu freuen schien ihn das nicht. Ponte, ein kleiner, gepflegt aussehender Mann, saß mit krummem Rücken hinter einem Ungetüm von Schreibtisch. Sein glanzloses graues Haar war bis auf wenige Strähnen im Stile Cäsars von hinten nach vorne gekämmt, und mit Ausnahme der murmelgroßen, leberfarbenen Tränensäcke war seine Haut straff und wächsern. Er trug kein Hemd, bloß eine silberne Jacke mit Zippverschluß, wie sie Autorennfahrer anziehen.

»Hab' doch gesagt, daß ich wiederkomme«, erwiderte Gino.

Ponte preßte die Hände zusammen, brachte sie an seinen Mund und blies etwas Luft hindurch. Mit erhobener Braue gab er einem der Schläger ein Zeichen, woraufhin Gino ein Stuhl gebracht wurde.

Nachdem er sich hingesetzt hatte, fing der Gast an: »Ich hab' mit meinem Vater gesprochen, und es is' so, wie ich gesagt hab: Er hat den Handel nicht mit den Fabrettis gemacht, sondern mit Carbone. Der Handel ist gestorben.«

Charlie Ponte rieb sich mit einer Hand die Wangen. Dadurch dehnten sich die Säcke unter seinen Augen und verliehen seinem braun-violetten Teint einen morbiden Glanz. »Nichts Persönliches, Gino, aber ich würd' das lieber von deinem Alten selbst hören.«

»Mr. Ponte, er trauert um meine Mutter. Es geht ihm nicht . . .«

Ginos Worte verloren sich in einer plötzlichen Betriebsamkeit Pontes, der von seinem Stuhl aufstand. Stehend war er nicht viel größer als im Sitzen, aber in seiner Haltung lag eine gefährliche Unruhe, eine gewalttätige Nervosität. Er ging die Breite seines Schreibtisches entlang und wieder zurück, dann stützte er die Fingerknöchel auf eine Ecke und beugte sich vor. »Gino, versetz dich mal in meine Lage, okay? Ich arbeit' mit der Gewerkschaft zusammen und zahl meinen Tribut an New York. Damit hab' ich kein Problem. Das System funktioniert, das Geld kommt an, alle sind zufrieden . . .«

»Ich aber nicht«, erwiderte Gino.

Ponte sprach einfach über ihn hinweg. »Und jetzt steigst du mir aufs Kreuz, willst, daß ich alles änder'. Schwierigkeiten mit den Fabrettis krieg' . . .«

»Machen Sie sich wegen 'n Fabrettis keine Sorgen«, sagte Gino. »Schwierigkeiten mit 'n Fabrettis werden in New York geregelt.«

Ponte lehnte sich noch weiter über den Tisch, und der Ton seiner Stimme wurde scharf und bissig. »Ach ja? Und wer regelt heutzutage Probleme, die New York was angehen?«

Gino stützte sich auf den Lehnen seines Stuhls ab und rutschte nach vorne. Er war sehr nahe am Ende seiner Geduld, jedoch noch nicht ganz. »Schon vergessen, Mr. Ponte? Die Pugliese sind immer noch die erste Familie. Mein Vater ist immer noch der *capo di tutti capi*. Wir regeln die New Yorker Probleme.«

Ponte richtete sich wieder auf, wandte ihm den Rücken zu. Er ging zu einem der schmalen Fenster und sah auf die *Intracoastal* hinaus. Eine ganze Weile schien er damit beschäftigt, die Boote, die schmutzigen Pelikane und die Markierungsbojen im Wasser zu beobachten, die rot und grün aufleuchteten. Als er sich wieder seinem Gast zuwandte, erinnerte sein Gesichtsausdruck an einen Mann, der gerade eine bittere Medizin geschluckt hatte. »Okay, Gino. Mach, was du willst. Sag ihm, es ist wieder so wie früher.«

In der Bemühung, nicht zu grinsen, drückte Gino mit beiden Händen fest auf die Stuhllehne. Sein alter Herr hatte ihm beigebracht, daß man das nicht tat, daß es ein Zeichen mangelnder Würde war, wenn man grinste.

Ponte hob einen Finger und fuhr fort: »Aber die Fabrettis – die sind jetzt dein Problem, nicht meins.«

Der Besucher nickte kaum merklich, wie er es bei seinem Vater beobachtet hatte.

Charlie Ponte bewegte sich zu seinem Schreibtisch zurück, er dachte wahrscheinlich, die Besprechung sei beendet. Gino rührte sich nicht. Ponte ließ sich in seinen Stuhl fallen, dann sah er dem anderen Mann endlich in die Augen.

»Das Geld, Mr. Ponte?«

Der Miami-Boß machte eine ungeduldige, nervöse Geste, als würde seine Zeit durch lästigen Kleinkram verschwendet. »Gino, gib mir 'n paar Tage. Muß die Dinge umleiten, verstehst du, die Maschine neu in Gang bringen.«

Gino hatte den seltenen Einfall, daß es nun an ihm lag, den Großmütigen zu spielen. Er neigte den Kopf ein wenig zur Seite.

»Übermorgen«, sagte Ponte. »Kannst du dann noch mal herkommen? Du kriegst die erste Monatsrate. Dreißigtausend.«

Auf dem Weg durch die Küche und das Restaurant mußte Gino alle Willenskraft aufbringen, ein ernstes Gesicht zu behalten. Am liebsten hätte er gegrinst, gekichert, sich auf die Schenkel geschlagen, ein Geheul angestimmt. Er war gut gewesen, extrem gut. Sein Vater wäre stolz auf ihn, hätte er miterlebt, wie gerissen und frech er die Angelegenheit geregelt hatte, und er hätte zugeben müssen, daß Gino von Anfang an recht gehabt hatte.

Und wenn nicht? Was dann?

In seinem Taumel bewegte sich Gino durch die Tischreihen und spielte mit einem gefährlichen und zugleich berauschenden Gedanken. Wenn sich sein Alter nicht überzeugen ließ, bewies das doch nur, daß seine Uhr abgelaufen und er offenbar nicht mehr in der Lage war, die Entscheidungen zu treffen, und daß er selbst, Gino, der Mann der Stunde war. Diese Überlegung verursachte ihm ein Jucken im Schädel und ein Kribbeln in der Hose, und der speicherartige Raum verschwamm vor seinen Augen, während er an den Leuten vorbeistampfte, die in ihren Hummerlätzchen dasaßen und versunken an Beinen und Scheren saugten.

21

»Autorität«, erklärte der Pate soeben. »Das ist es doch, worum es geht – um Autorität.«

»Ja, und?« fragte Arty. Sie saßen auf der Terrasse. Auf dem niedrigen Metalltisch standen eine Flasche Chianti und ein Teller mit würzigem Käse und gebratenen Paprikascheiben.

»Wie man damit umgeht«, meinte Vincente. »Verstehen Sie, was ich sagen will?«

»Nicht ganz«, gestand der Ghostwriter. Das Notizheft lag offen auf seinem Schoß, am Beginn einer neuen Seite hatte er das Wort *Autorität* hingekritzelt, das er nun hoffnungsvoll anstarrte. Er war bereits mehrmals gescheitert, Vincentes Ausführungen so etwas wie eine Linie zu verleihen. Es war immer das gleiche: Der Pate begann mit einem vielversprechenden Thema, und Arty gab dem Ganzen eine Überschrift, doch noch im selben Moment schweifte der alte Mann ab, sprach über etwas ganz anderes, und die Überschrift blieb stehen, schmucklos, einsam und unerklärlich wie ein einzelner Baum inmitten einer trostlosen und unkrautbewachsenen Steppe.

Vincente trank einen Schluck Wein. »So wie ich das seh'«, sagte er, »kann man Autorität auf, sagen wir, drei Arten verstehen. Die erste wär', daß es keine Autorität geben soll. Daß ... wie heißt das, wenn niemand die Macht hat?«

»Anarchie?« half Arty.

»Genau. Anarchie. Ein reizvoller Gedanke, wenn wir ehrlich sind. Aber nur, solang man jung ist, wenn man alt ist, ist das anders. Als junger Mensch denkt man, hey, ist doch toll, niemand schafft mir was an, ich kann Mandoline spielen, die Hosen runterlassen, vögeln, reisen – phantastisch. Aber dann kapiert man langsam, daß das nicht funktioniert. Wenn man die Leute tun läßt, was sie wollen, führt das früher oder später zu verrückten Extremen. Die einen werden gierig, sie wollen Geld, Macht, und immer mehr davon. Die anderen sind zufrieden, wenn sie daheim ungestört wichsen dürfen. Und ziemlich bald haben die Gierigen alles in der Hand, sagen den zufriedenen Wichsern, wo's langgeht, und dann sind wir wieder da, wo wir sowieso sind. Hab' ich recht?«

Arty blickte von seinen Notizen hoch und nickte nur.

»Kosten Sie vom Käse«, forderte der Pate ihn auf. »Mit etwas Paprika, schmeckt gut so ... Dann kann man Autorität so verstehen, daß man sie nimmt, wie sie ist. So machen's die meisten, nicht wahr? 'n Bulle hält Sie an, weil Sie zu schnell gefahren sind – Sie denken gar nicht dran, das Fenster runterzukurbeln und zu sagen,

Moment mal, was erlaubt sich der kleine Scheißer eigentlich? Das Finanzamt sagt, zahl deine Steuern – anstatt zu antworten, ihr könnt mich mal, finden Sie sich damit ab.«

»Aber nicht, weil man will«, mußte Arty nun doch einwerfen. »Sondern weil sie die Macht haben.«

Vincente nippte an seinem Wein, verlagerte seinen mageren Hintern zur Kante des Stuhls und hob einen Finger. »Eben, sie haben die Macht. Genau. Und irgendwann muß man sich entscheiden. Man muß entscheiden, was einem mehr auf die Eier geht: Hinnehmen, daß sie die Macht haben, oder 'n Weg finden, wie man diese Macht umgehen kann. Und diese Entscheidung hängt davon ab, ob man tief drinnen glaubt, daß die, die an der Macht sind, überhaupt 'n Scheißrecht darauf haben ... Je in Sizilien gewesen?«

Arty knabberte am Käse und schüttelte den Kopf. Der Wind bewegte das Gebüsch, Schatten tanzten über die Terrasse und die Wasseroberfläche im Pool.

»Sizilien ist wie ... wie soll ich das beschreiben? Sizilien ist 'n bißchen wie New Jersey. Sie wissen ja, daß New York und Pennsylvania ständig darum raufen, wer nun seinen Dreck in New Jersey abladen darf. Aber was New Jersey will, das ist denen scheißegal. Nun, so ähnlich war's mit Sizilien, nur daß dort niemand seinen Dreck abgeladen hat, sondern Kirchen, Festungen, Schlösser. Ich werd' Ihnen was sagen: Sizilien ist wunderschön. 's einzige Problem ist, daß es ist nicht sizilianisch ist.

Stellen Sie sich vor, Sie gehen 'ne Straße an der Küste lang. Da steht 'n prächtiger Tempel, eine Ruine. Aber der ist nicht sizilianisch, sondern griechisch. Und dort drüben, auf 'm Wasser, ist 'ne großkotzige Festung. Auch nicht sizilianisch. Sie ist arabisch. Und dort auf 'm Hügel steht eine Villa, ein Scheißpalast. Aber nicht für 'n Sizilianer gebaut, o nein, der gehört 'nem französischen Adeligen, weil er dem spanischen König irgendwann einen geblasen hat. Verstehen Sie? Und wir reden hier von ein paar tausend Jahren. Für den Sizilianer also ist es 'ne alte Angewohnheit, sich zu fragen – Moment mal, wer hat diese Hurensöhne eigentlich auf den Thron gesetzt?«

Der Pate hielt inne. Arty erlaubte sich, ihm mehr Wein einzuschenken. Die Palmwedel raschelten trocken und exotisch.

»Also«, fuhr Vincente fort. »Die Anarchie ist nicht das Richtige. Die Autorität, also die, die an der Macht sind, respektiert man nicht – was bleibt? Man wird selbst die Autorität. Inoffiziell natürlich. *Cosa nostra.* Wissen Sie, was das heißt, Arty? *Unsere Sache.* Sonst nichts. Es heißt nicht, der Kerl da, dem brech' ich die Knie. Es heißt auch nicht, der Kerl da, der verschwindet im Fluß. Es heißt, *unsere Sache,* die Sache, die bei uns bleibt, egal wie, die Sache, in die sich die verdammten Griechen und Araber und Spanier nicht einzumischen haben.«

Arty schrieb, blätterte zur nächsten Seite, schrieb weiter, je schneller er schrieb, je mehr ihm die Finger schmerzten, desto reduzierter wurde seine persönliche Kurzschrift. Er wartete ab, daß der Pate fortfahren würde, doch der alte Mann langte in einer zierlichen Bewegung nach dem Teller, legte den gebratenen Paprika auf ein Stück Käse und begann daran zu knabbern. Arty überlegte, ob er ihn in eine Diskussion verwickeln sollte – er könnte zum Beispiel einwerfen, daß New York nicht Palermo war oder daß das Land, in dem Vincente Karriere gemacht hatte, nie überfallen wurde –, als Andy der Dandy durch die Tür aus dem Wohnzimmer kam, seinen Hund im Arm und Joey und Sandra auf den Fersen.

»Das hättet ihr sehen sollen«, sagte der Mafioso im Ruhestand. »Das hättet ihr sehen sollen!« Sein weißes Haar mit dem rosa-bronzenen Schimmer stand ihm vom Kopf, die weiten Ärmel seines lachsfarbenen Leinenhemds flatterten. »Jesus, das hättet ihr sehen sollen. Es war herrlich.«

»Was, Andy?« fragte Joey. »Was war herrlich?«

»Don Giovanni!« Der Dandy hob den Chihuahua auf seinen Handflächen in die Luft, und es schien tatsächlich so, als sei das winzige Tier stolz auf sich. Seine Barthaare waren in einem übermütigen, beinahe frechen Winkel nach oben gerichtet, und seine schwarze Schnauze schnupperte die Luft, als würde er mit wiedererweckter Neugier die Wunder der Außenwelt entdecken.

»Was hat er gemacht?« fragte der Pate.

Andy zögerte, sah momentan verwirrt aus. »*Marrone*, Vincente, muß ich dir 'n Bild malen?«

Niemand reagierte. Das betretene Schweigen schien den vernarrten Hundebesitzer noch mehr anzustacheln.

»Wir sind am Strand«, begann er. »Vorher hab' ich ihm die Leinsamen gegeben, wie Debbi gesagt hat. Sie ist ein Schatz, die Kleine, muß ihr Blumen schicken – Sandra, erinner' mich daran. Also, wir sind am Strand, gehen spazieren, kurz vor Sonnenuntergang, und der Don geht in die Hocke. Ich denk' mir, armer Köter, wird wohl wieder nichts. Er hockt sich in den Sand, macht es sich bequem, schaut mich an mit seinen erbarmungswürdigen weißen Augen. Ich seh', wie sich seine Muskeln zusammenziehen, am liebsten würd' ich heulen, so leid tut er mir. Und dann? Der Durchbruch! Weiß nicht, wer überraschter war, der Hund oder ich ... er wetzt 'n wenig rum, macht sein Geschäft, und ich schwör's, er lächelt. Ja, er lächelt! Dann fängt er wie verrückt an, im Sand zu buddeln. Sand, Steine – macht 'ne richtige Ausgrabung.

Wackelt mit dem Arsch davon wie ein Zuchthengst, der kleine Sexprotz.«

Andy schwieg. Die Stille um ihn war vollkommen, mit Ausnahme des leisen Raschelns im Laub.

»Naja, ihr hättet's wohl selbst sehen müssen«, schloß er, mit einem Mal peinlich berührt.

Der Pate räusperte sich. »Andy, begrüß 'n Freund von mir. Arty Magnus, Andy d'Ambrosia.«

Arty erhob sich, lächelte und streckte die rechte Hand aus. Von seiner linken baumelte das Notizheft, und Andy der Dandy, verwirrt, beschämt, aber nie wirklich unaufmerksam, bemerkte es.

»Glas Wein?« fragte der Pate. »Etwas Käse?«

»Nein, nein, Vincente. Ich störe. Hätte nicht einfach angerannt kommen sollen, aber ich war so aufgeregt. Ich mußt' es jemandem erzählen.«

»Das ehrt uns«, sagte Sandra. »Komm herein, ich mach' dir einen Kaffee.«

Andy schüttelte den Kopf. »Nein, danke. Um ehrlich zu sein, bin völlig ausgelaugt, muß mich hinlegen.« Er war im Begriff umzukehren, als er den Chihuahua abwog wie ein Metzger ein Steak, bevor er es auf die Waage klatschen läßt. »Aber wißt ihr, ich bild' mir das sicher nicht ein. Der Hund ist eindeutig leichter geworden. Nett, Sie kennenzulernen, Arty.«

Er ging ins Haus. Sandra und Joey folgten ihm.

Arty setzte sich wieder und legte sein Notizheft auf das Metalltischchen. Die Atmosphäre war plötzlich aufgewühlt wie Wasser, nachdem ein Dampfer vorbeigefahren ist. Er beschloß abzuwarten, bis sich der Wirbel wieder legte, unterdessen füllte er Vincentes Glas und sein eigenes. Die beiden Männer sahen einander an, und ein schüchtern belustigtes Lächeln ging zwischen ihnen hin und her.

Nach einer Weile meinte der Ghostwriter: »Vincente, wir sprachen gerade über Autorität.«

Eine Wolke zog über den Mond. Sie schien einen Windstoß mitzubringen, der raschelnd durch die Aralienhecke fuhr und kleine Wellen über das Wasser im Pool jagte. »Ach«, sagte der Pate. »Tatsächlich?«

22

Gino war so zufrieden mit sich, daß er die Nacht im Eden Roc in Miami Beach verbrachte und sich das Vergnügen einer Fünfhundertdollarnutte gönnte. Am nächsten Morgen brannten seine Augen, sein Mund fühlte sich pelzig an, und die heiße, gleißende Fahrt nach Key West gestaltete sich zu einem vier Stunden dauernden Ärgernis. Als er um etwa ein Uhr die Tür zu seinem Zimmer mit Blick aufs Meer im Flagler Hotel aufstieß, war sein einziger Wunsch, ins Bett zu kriechen und nachzuholen, was er in der viel zu kurzen Nacht an Schlaf versäumt hatte.

Debbi war nicht da, und das erste, was ihm auffiel, war die Vase, vollgestopft mit exquisiten Rosen, so rot, daß sie fast lila leuchteten. Er verengte die Augen zu Schlitzen, wälzte sich mißtrauisch zu dem Frisiertischchen und las die zusammengefaltete Karte, die neben einem herabgefallenen Blütenblatt lag. Eine plötzliche blinde Eifersucht packte ihn an der Gurgel, setzte seinen Bauch und seine Muskeln in Brand: Adrenalin, das anwuchs wie ein Kometenschwanz. Wäre Debbi dagewesen, er hätte sie sofort zur Rede gestellt, sie womöglich an den Haaren gepackt und eine Erklärung verlangt. Aber sie war nicht da, und er war schläfrig. Da auch sonst keiner da war, der ihn sehen konnte, niemand, vor dem er seine

Ehre verteidigen mußte, ließ der Wutanfall rasch nach. Er zog die Vorhänge zu, kleidete sich aus und ging schlafen.

Um etwa drei Uhr kam Debbi vom Strand zurück. Als sie die Tür aufsperrte, holte das Klicken und leise Quietschen Gino aus den letzten Zügen seines Nickerchens. Mit ihm erwachte seine selbstgerechte Eifersucht. Debbi schlüpfte in das Zimmer, das mit Ausnahme des durch den Vorhangschlitz fallenden Sonnenstrahls im Dunkeln lag, und das erste, was sie hörte, war: »Wer ist dieser Scheiß-Don?«

Sie trug Gummisandalen, zwischen ihren Zehen knirschte der Sand. Sie stieg aus den Sandalen: »Wovon redest du überhaupt?«

»Einmal bin ich eine Nacht lang fort«, krächzte er, »und schon vögelst du durch die Gegend. Ich sollte dich prügeln, daß dir Hören und Sehen vergeht.«

»Ich mach' das Licht an, Gino. Paß auf deine Augen auf.«

Sie drehte die Lampe auf dem Nachttisch an. Das gelbe Licht offenbarte Gino, der in den Kissen lag und in ein zerknittertes Laken gewickelt war wie in ein Fahnentuch. Seine Haut war fleckig vom Schlaf, sein Gesicht voller Runzeln. Er sah aus wie ein behaarter Riesensäugling.

»Wer isses?« wollte er wissen. Dann, mit todernster und beleidigter Stimme las er das Kärtchen vor: »*Du hast mich befreit. Don Giovanni.* Was is 'n das für 'n Scheißschwulengewäsch?«

Debbi schlüpfte aus dem Kittel, den sie über ihrem Badeanzug trug. Der Sonnenbrand hatte die Sommersprossen auf ihren Schultern hervorgebracht, rote Haarsträhnen lugten am Nacken aus dem Turban hervor und kitzelten an den verbrannten Hautstellen. »Du machst dich lächerlich, Gino.« Sie wollte unter die Dusche. Sie ging ins Badezimmer und schloß die Tür ab.

Gino saß kerzengerade im Bett. Seine Drüsen teilten ihm mit, daß man ihn beleidigt, ihm Hörner aufgesetzt hatte. Und jetzt würde er nicht einmal eine Antwort auf seine Frage bekommen. Nackt, behaart, wütend schnellte er von der Matratze wie von einem Trampolin, stampfte zum Badezimmer und drosch auf die Tür ein. »Wer isses, verflucht noch mal?«

Debbi drehte die Dusche an, stieg in die Kabine.

»Antworte mir, du Schlampe!« brüllte Gino.

Bedächtig stellte sich Debbi unter den heißen, zischenden Wasserstrahl. Gino bearbeitete die Tür wie ein Boxer. Dann warf er sich mit der Schulter dagegen. Das Holz knirschte. Debbi dachte, ach was, ich will keinen Ärger mit der Polizei. Sie streckte die Hand durch den Duschvorhang und öffnete das Türschloß. Gino warf sich noch einmal wie ein Stier gegen die Tür. Diesmal ging sie ohne weiteres auf. Sein Schwung beförderte ihn schlitternd und nackt über die nassen Fliesen des Badezimmerbodens. Er prallte an der gegenüberliegenden Wand ab, schlug mit dem Kinn gegen einen Handtuchhalter und landete mit dem Hintern auf der Toilette. Er hatte sie zuletzt benutzt: Die Klobrille war hochgestellt.

Durch das Zischen der Dusche hindurch sagte Debbi: »Er ist ein Hund, du Arschloch.«

Jetzt war Gino verwirrt. »Wer is 'n Hund?«

»Don Giovanni«, klärte sie ihn auf. »Andy, der Freund von deinem Vater. Sein Hund. Ich hab' ihm 'n Abführmittel gegeben.«

Gino sagte nichts, saß verdattert auf der Klomuschel. Debbi steckte den nassen Kopf hinter dem Vorhang hervor. »Solltest vielleicht auch eins nehmen, Gino. Würde deiner Verfassung gut tun. Wann hauen wir ab?«

Der dicke Mann rutschte auf der Klomuschelkante herum, verzweifelt bemüht, seine Würde wiederzuerlangen. »Abhauen«, sagte er. »Du bist doch diejenige, die ständig rummeckert, daß wir nirgends länger bleiben.«

Jetzt war es an Debbi, nicht zu antworten. Sie stellte sich unter den mächtigen Strahl der Dusche, genoß es, im Brausen des Wassers zu verschwinden. Sie hatte keine Lust mehr zu bleiben. Diese Schwelle war überschritten. Erkannt hatte sie es wahrscheinlich schon vor Tagen, aber nun wußte sie es. Das einzige, was sie jetzt noch wollte, war Gino loswerden.

Am selben Nachmittag, um etwa vier Uhr, kam Marge Fogarty in Arty Magnus' Verschlag, um ihm mitzuteilen, daß zwei Männer ihn sehen wollten.

Der Redakteur riß sich vom Bildschirm seines Computers los. »Wer sind sie?«

»Wollten sie nicht sagen.«

»Schnorrer? Cracksüchtige?« Als Zeitungsredakteur wurde man normalerweise von solchen Gestalten belagert: Menschen mit Problemen wie Eiterbeulen, besessene Paranoiker, die das Ohr ihrer Bekannten längst über die Maßen strapaziert hatten.

Marge blickte ihn über den Rand ihrer Lesebrille an. »Sehen nicht so aus, als wären sie aus der Gegend, außerdem machen sie einen anständigen Eindruck.«

Arty zuckte resigniert die Achseln, und Marge ging hinaus, um die beiden Besucher zu holen.

Einen Augenblick später war sie wieder da, mit ihr kamen ein weißer und ein schwarzer Mann. Der Schwarze war groß, mit weit auseinanderliegenden Augen und einer grauschwarzen Haut. Sein Haar war an den Schläfen ergraut, seine Kleidung anspruchsvoll, makellos gebügelte Popelinehosen, dazu ein pfefferminzgrünes Hemd aus Oxfordleinen. Der Weiße war klein und kräftig. Er trug Khakishorts und ein Polohemd, dessen Ärmel über dem prallen Trizeps seiner Oberarme spannten.

»Was kann ich für Sie tun?« fragte Arty in höflichem, jedoch nicht zu einladendem Ton.

Einen Moment lang sagten sie gar nichts. Sie warteten, daß sich Marge Fogarty zurückzog und die Tür zu Arty Magnus' Büro von außen zumachte. Doch sie waren in Key West, es gab keine Tür. Für ein Minimum an Privatsphäre sorgte die rumpelnde, ächzende Klimaanlage im Rücken des Redakteurs. Die FBI-Agenten kamen etwas näher, um in den Schutz ihres Lärms zu gelangen, und präsentierten ihre Dienstausweise.

Arty warf einen Blick auf die Abzeichen, die Ausweise. Er spürte dieses absurde, aus dem Nichts kommende Schuldgefühl, von dem wahrscheinlich nicht einmal ein Heiliger verschont bliebe, wäre er so unvermutet mit einem Bullen konfrontiert. Er wollte lächeln, doch die Lippen klebten ihm auf den Zähnen. »Was bringt Sie nach Key West?«

Wenn das das alte Wir-wissen-daß-du-weißt-Spiel war, so hatte Mark Sutton keine Geduld dafür. »Ein Freund von Ihnen«, kam er sofort zur Sache. »Sie haben ihn gestern abend besucht. Sie kamen auf dem Fahrrad um achtzehn Uhr dreißig an und verließen das Haus wieder um zwanzig Uhr vierzehn. Wir haben uns erlaubt, Ihnen nach Hause zu folgen.«

Arty verschränkte die Hände. Er faßte keinen bewußten Entschluß, die beiden anzuflunkern, er tat es vielmehr aus einer Ahnung heraus, instinktiv, obwohl er nicht sagen konnte, wen er beschützte oder gar warum. »Sie meinen Joey Goldman? Ja, wir sind befreundet. Aber was . . .«

»Haben Sie seinen Vater kennengelernt?« fragte Ben Hawkins.

»Ja, den alten Herrn habe ich kennengelernt. Sicher.«

»Wissen Sie, wer er ist?« fragte Mark Sutton.

Arty fiel plötzlich auf, daß seine Gäste standen, während er saß. Sein winziges Büro hatte sonst keine Stühle. Welche zu holen wäre eine gute Ausrede, um ein wenig Zeit zum Nachdenken zu gewinnen. Er erhob sich und sagte: »Ich hol' noch ein paar Stühle . . .«

»Das ist nicht notwendig«, erwiderte Mark Sutton. Er lehnte sich vor, nicht sehr weit, und stützte sich mit den Handflächen auf Artys Schreibtisch ab. »Wissen Sie, wer Joey Goldmans Vater ist?«

Arty setzte sich wieder, überlegte. Er hatte bereits einmal instinktiv geflunkert, und in Kürze würde er sich in ein Netz, ein ganzes Universum aus Lügen verstricken, und allein die Vorstellung verursachte ihm einen üblen Geschmack im Mund, so widerlich, als hätte er in eine verfaulte Frucht gebissen. »Ja«, sagte er. »Ich weiß es.«

Der jüngere Agent nickte befriedigt, dann schneuzte er sich lautstark in ein rotes Taschentuch. »Er war zeit seines Lebens ein Krimineller. Ein gefährlicher Mann. Abschaum.«

»Er sitzt im Schatten und kümmert sich um die Blumen im Garten«, konnte sich Arty nicht verkneifen. »Nicht gerade gefährlich, wenn Sie mich fragen.«

Ben Hawkins verschränkte die Arme, seine gestärkte Kleidung schien bei der Bewegung zu krachen. »Nehmen Sie es mir nicht übel, Mr. Magnus, aber Sie scheinen nicht auf dem laufenden zu sein. In New York dürfte ein Bandenkrieg ausgebrochen sein, den ersten Toten haben wir schon . . .«

»Davon habe ich gelesen«, nickte Arty.

»Also gut«, sagte Ben Hawkins. »Wir sind hier, weil wir Informationen benötigen. Sie kennen diese Leute. Sie sind in ihrem Haus ein gerngesehener Gast ...«

Arty legte seine Hände mit gespreizten Fingern auf den Tisch. Soeben schied die uralte Klimaanlage hinter ihm einen Tropfen aus, der dumpf auf den modrigen Fußboden klatschte. Die Spannung kroch ihm in den Nacken, er hatte das Gefühl, daß sich seine Schädeldecke wie eine Klammer um sein Hirn legte, und dennoch hätte er beinahe gelächelt. Er hörte, wie Vincente rasselnd und krächzend über Autorität sprach. Man kann sie akzeptieren, sich ihr widersetzen, sie selbst ausüben oder einfach den Mund halten und versuchen, aufrecht durchs Leben zu gehen, in der vermeintlichen Überzeugung, selbst entscheiden zu können.

»Tut mir leid«, sagte Arty. »Ich mag diese Leute. Sie beide kenne ich überhaupt nicht. Ich will damit nichts zu tun haben.«

»Es ist Ihre Pflicht als Staatsbürger«, mischte sich Sutton ein.

Das veranlaßte Arty, sich am Ohr zu kratzen. Er war in dem Alter, in dem ihm bewußt zu werden begann, daß es Menschen gab, die ungleich naiver, alberner und eindeutig dämlicher waren als er selbst.

Ben Hawkins sah, daß sein Partner soeben völlig danebengegriffen hatte. Er schlug einen anderen Weg ein: »Sie kennen doch das RICO-Statut, Mr. Magnus?«

»Ja.«

»Keines meiner Lieblingsgesetze. Aber unser Boß hat eine Vorliebe dafür. Persönlich finde ich ja, daß er es überbeansprucht, weil er es auf die Freunde von Freunden ausdehnt. Bis ins unterste Glied – man kann sich nicht immer aussuchen, ob man mit einer Sache etwas zu tun haben will.«

Arty ließ seine Zunge im Mund kreisen. Zu seiner eigenen Überraschung spürte er, wie er aufsässig, ja zornig wurde. »Meine Herren«, erklärte er, »meine Begegnungen mit der Polizei beschränkten sich bislang auf meine Arbeit als Journalist. Haben Sie also Geduld mit mir, wenn ich etwas mißverstehen sollte. Wollen Sie mir etwa drohen?«

Mark Sutton warf Ben Hawkins unter seiner ordentlichen Haartolle einen Blick zu. Hawkins' Augen flehten ihn an, sich zusammenzureißen, doch der junge Agent tat natürlich genau das Gegenteil. »Drohen?« fragte er. »Nein, nicht drohen. Noch nicht. Wir deuten Ihnen höchstens an, daß es in Ihrem eigenen Interesse ist zu kooperieren.«

Er langte nach seiner Brieftasche, zog sie an den stählernen Muskeln seiner Hinterbacken vorbei aus seiner Gesäßtasche hervor. Er entnahm ihr eine Visitenkarte und ließ sie auf Artys Löschpapierunterlage flattern. »Für den Fall, daß Sie es sich anders überlegen.«

Die beiden Agenten verabschiedeten sich. Arty lehnte sich in seinem Stuhl zurück, sein Hemd klebte ihm naß auf den Schultern. Er nahm die Karte mit dem FBI-Siegel zur Hand und machte bereits eine Bewegung zum Papierkorb, doch dann, ohne wirklich zu wissen warum, ließ er sie in seinen Karteikasten fallen.

23

Vincente war allein zu Hause, als Gino und seine Tussi am nächsten Nachmittag kamen, um sich zu verabschieden.

Vater und Sohn umarmten einander in einem schattigen Winkel draußen beim Pool, aber etwas stimmte nicht zwischen ihnen, die Umarmung mutete unnatürlich an. Brust an Brust kamen sie sich nicht näher als zuvor.

»Paß auf dich auf, Pop«, sagte Gino, bereits auf dem Weg zum Wagen. »Wir sehen uns in New York.«

Vincente fiel keine Antwort ein, die nicht falsch geklungen hätte, also nickte er bloß.

Debbi streckt ihre Hand aus, und der alte Mann verblüffte sie und sich selbst, als er sie in die Arme nahm. Vielleicht tat er das, um das Gefühl von Leere, das ihn mit Gino erfaßt hatte, wettzumachen. In Debbis Hals entstand ein Knoten. Mit ihren Empfindungen für Vincente hatte das nichts zu tun, wohl eher mit seiner besonderen Begabung, den anderen die Wahrheit zu entziehen.

Debbi bat ihn, Sandra doch bitte ihre Grüße auszurichten und Andy für die Blumen zu danken.

Gino legte den Rückwärtsgang ein, drückte das Gaspedal durch und spuckte Kiesel auf den Rasen seines Halbbruders, dann lenkte er den Wagen in Richtung Miami.

Auf der langen und heißen Fahrt nach Norden sahen sie Pelikane, die mit ihren Flügelspitzen das grüne Wasser aufwühlten, Fischadler, die auf Laternenpfählen hockten und noch zuckende Fische in den Krallen hielten. Gino war schweigsam. Debbi hielt das für schlechte Laune, was sie allerdings völlig unbekümmert ließ. Er war jedoch keineswegs schlecht gelaunt. Gino war glücklich, freudig erregt, und er behielt seine Freude für sich, genoß sie, spielte mit ihr wie ein Mann, der seinen Samen zurückhält, um das Lustgefühl in die Länge zu ziehen. Er war im Begriff, dreißigtausend Dollar abzuholen. Doch darüber hinaus war er im Begriff, einen Preis, einen Sieg zu erringen, der ihn als Anführer bestätigen würde.

Sie kamen an Key Largo vorbei und gelangten über die unspektakuläre Überfahrtstelle auf das Festland. Auf dem MacArthur-Damm nach South Miami Beach teilte Gino Debbi mit: »Ich laß' dich also im Café. Du bestellst dir 'nen Drink. Ich treff' die Kerle, die ich sehen muß, komm' dich in einer, eineinhalb Stunden holen, und wir fahren sofort zum Flughafen.«

»Ganz wie du meinst, Gino«, nickte Debbi. Von ihrem Fenster aus blickte sie auf die vor Anker liegenden Kreuzfahrtschiffe. Bei dem Wort Drink wurde ihr zur eigenen Überraschung bewußt, daß sie keine Lust darauf hatte.

Auf dem Ocean Drive stieg sie vor einem Lokal mit dem Namen Toscano Bar aus dem Wagen. Gino fuhr mit quietschenden Reifen wieder los und war verschwunden, bevor sie um die Absperrung herumgegangen war, die sich an der Gehsteigkante entlangzog.

Allein, erlaubte er sich nun doch einen Moment der Ausgelassenheit, er umklammerte das Lenkrad, verzog das Gesicht zu einem diebischen Grinsen und stieß ein kurzes, meckerndes Gelächter aus.

Als er in den Parkplatz von Martinelli's einbog, hatte er sich wieder gefaßt.

Dem Oberkellner an der Rezeption nannte er seinen Namen dann doch mit einer gewissen Feierlichkeit, und als er dem plattnasigen Rausschmeißer an den Hummertanks vorbei und durch das Restaurant in die Küche folgte, tat er dies mit kaum übersehbarer Blasiertheit. Die Abtasterei durch die Schläger im Vorraum zu Charlie Pontes Büro ertrug er mit gelassener Würde, und als die Tür ins Innerste aufging, stand er einen Moment lang still, um seiner Erscheinung den letzten Schliff zu geben und sein Hemd glattzustreichen. Charlie Ponte trug dieselbe silberne Jacke und saß wieder hinter seinem

Schreibtisch. Die kleinen Hände waren verschränkt, und er lächelte Gino entgegen.

Doch Gino war kaum durch die Tür getreten, als die Dinge schiefliefen. Ein plötzlicher Hieb traf ihn von hinten in sein Kreuz und sandte einen heftigen, wild stechenden Schmerz bis zu den Rippen hinauf. Der Schmerz bewirkte, daß er stocksteif wurde und den nächsten Schlag, der ihn am Hinterkopf traf, nicht abfedern konnte, sondern von ihm erschüttert wurde wie ein Abrißhaus, das mit voller Wucht von der Eisenkugel getroffen wird. Er fiel der Länge nach zu Boden. Alles ging so schnell, daß er die Hände nicht mehr ausstrecken konnte und auf dem Kinn landete, das aufplatzte wie eine überreife Frucht. Er dürfte kurz das Bewußtsein verloren haben, vielleicht war er aber auch nur verwirrt. Denn im selben Moment hatte er einen Stiefel im Nakken, und Charlie Ponte, der auf einmal viel größer aussah als sonst, stand über ihm und hielt die Arme über dem Bauch verschränkt.

Aus Ginos Kinn floß Blut und bildete neben seinem Gesicht eine kleine Pfütze, er wollte dem Geruch nach Eisen ausweichen, doch er konnte den Kopf nicht bewegen. Ihm war übel. Er starrte Charlie Ponte von unten an.

»Du hast mich reingelegt, du kleiner Schwanzlutscher.«

Ponte lächelte nur. »Ich hab' dich nicht reingelegt, Gino. Ich geb' dir bloß 'ne Chance, dein Wort zu halten.«

Der Stiefel wurde von Ginos Nacken genommen. Er zog die Beine an und rollte sich auf den Rücken, und es gelang ihm, sich auf dem Boden aufzusetzen. Um ihn herum standen vier Männer – Pontes Leibwächter und zwei andere. Einer der beiden Unbekannten hielt das Bleirohr, mit dem Gino den Hieb in die Nieren abbekommen hatte, der andere hatte den Totschläger in der Hand, der ihm den Schädel poliert hatte.

Ponte sagte gelassen: »Gino, du hast selbst gesagt, die Fabrettis sind dein Problem, du regelst die Schwierigkeiten mit New York.« Er zeigte auf die beiden Unbekannten. »Hier hast du dein Problem, Gino. Regle es.«

Nahe am Ufer, innerhalb der Schutzmauern von Key Biscayne, war das Wasser ruhig und glatt, auf seiner Oberfläche schimmerte öliger Glanz wie die Haut einer auskühlenden Suppe. Hinter ihnen, im Westen, war der Himmel in das rotgelbe Licht der untergehenden Sonne getaucht, vor ihnen über dem tiefen und sich wie ein Mantel ausbreitenden Atlantik war es bereits Nacht. Charlie Pontes Schnellboot, das von einem seiner Leibwächter gesteuert wurde und dessen Geschwindigkeit keine Aufmerksamkeit wecken konnte, glitt wie ein Pflug durch das ruhige Wasser und trug Gino in die Finsternis.

Der todgeweihte Mann saß auf der Bank, die um das Heck herumlief. Neben ihm, zu beiden Seiten, saßen die zwei Fabretti-Schläger, rauchten Zigarren und genossen die Aussicht auf die kleinen Mangroveninseln und die ins Wasser tauchenden Vögel. Ginos Kinn blutete noch leicht: Ein dunkelroter Faden zog langsam seinen Hals hinunter, von dem sich ab und zu ein Tropfen löste und spritzend auf seine Brust fiel. Seine Hände waren im Rücken mit Handschellen gefesselt. Das Mittelstück der Handschellen war mit einer Kette verbunden, am Ende der Kette befand sich ein Haken. Direkt vor Gino lag ein zweihundert Pfund schwerer Pilzanker, der das Cockpit des Boots fast zur Gänze einnahm. Der Anker hatte den Zweck, sich tief in den Schlamm des Meeresbodens einzugraben und dort bis in alle Ewigkeit zu bleiben. Er hatte einen Metallstiel mit einer Öse, in die der Haken am Ende der Kette einschnappen würde.

Gino fühlte sich einsam in seinem Entsetzen. Er wollte sich unterhalten. »Wo fahren wir hin?« fragte er seine Henker.

Der Schläger zu seiner Linken paffte an seiner Zigarre. Für einen Schläger war er sehr gutaussehend: Er hatte dunkle Augen, perfekt geformte Nasenlöcher, die beinahe feminin wirkten, und das dichte Lockenhaar eines Schnulzensängers der fünfziger Jahre. Sein Name war Pretty Boy, und er verschlang Amphetamine wie jemand anders Konfekt. »Du fährst zur Hölle«, klärte er Gino auf.

»Weit raus, dort, wo der Golfstrom anfängt«, ergänzte der andere. Er war häßlich, aber nicht gehässig. Er besaß eine besondere Vorliebe für Geographie und einen Hang zur Philosophie. Eine lange, gebogene Narbe zeichnete die Linie seines Kiefers nach. Sein Name war Bo. »Das Wasser ist schön tief da draußen«, fügte er hinzu. »'ne Meile tief, vielleicht mehr. Dunkelblau auf der Karte.«

Einen Moment lang sagte niemand etwas. Die beiden Motoren des Boots spuckten und schnurrten, Wasser klatschte gegen den Schiffskörper. Gino wagte sich einen Schritt näher an die unmögliche Vorstellung heran, daß er sterben sollte. »Dieses Stück Dreck von 'm Ponte«, sagte er. »Dieser schwule Zwerg.«

Bo versuchte, einen Rauchring zu formen, doch die Brise zerfetzte ihn sofort. »Na, na, Gino. Wer wird denn gleich so böse sein. Du mußt das psychologisch sehen. Du hast Ponte vor die Wahl gestellt, will er 'n Freund oder 'n Feind. Ponte denkt, die Fabrettis sind im Kommen, die Pugliese im Gehen . . .«

»Die Pugliese sind am Arsch«, warf Pretty Boy ein. »Geschichte.« Er spuckte einen Tabakkrümel aus.

»Ponte hat 'ne Wahl getroffen«, sagte Bo. »Kein Grund, sauer zu sein.«

Das Boot fuhr unter dem Rickenbacker-Damm hindurch, am Golfplatz von Key Biscayne vorbei. Als Ginos Nase den Geruch von Rasen und Erde einfing, spürte er in der Tiefe seines Rachens einen Geschmack von trockenem Land, und das Aroma brachte diese unaussprechliche Wehmut mit sich, wie sie Kindheitserinnerungen auslösen. Er versuchte noch einmal, an den Tod zu denken, und sofort erfaßte ihn eine alles vergebende Zärtlichkeit für sich selbst. Die Dinge hätten nicht diese Wende für ihn nehmen dürfen, das war einfach nicht fair. Er war einem Schwindel aufgesessen, einem falschen Tip. Das eigene stümperhafte Verhalten und die Lügen, für die er nun die Rechnung präsentiert bekam – sie hatten nichts mit ihm zu tun, waren nicht seine Schuld.

Nachdem sie die Markierungsboje beim Northwest Point passiert hatten, gelangten sie auf das offene, unendliche Meer. Der erdige Duft löste sich auf und wurde von dem scharfen Geruch nach Jod und Salz und Seetang und Fisch ersetzt. Die ersten Sterne erschienen am Himmel. Pontes Leibwächter legte einen Zahn zu und brachte den schlanken Schiffskörper in eine steil nach oben ragende Lage. Während das Boot nun von Wellenkamm zu Wellenkamm sprang, schepperte der Pilzanker, und Gino stolperte durch seine schmerzenden Gehirnwindungen, verzweifelt auf der Suche nach einem rettenden Einfall.

Nach einer Weile schrie er über das Motorengeräusch hinweg: »Was, wenn ich euch sag', 's macht keinen Scheißunterschied, für wen sich Ponte entscheidet. Ob für uns oder die Fabrettis, ist scheißegal, geht sowieso alles 'n Bach runter?«

»Ich würd' dir sagen, halt's Maul«, war Pretty Boys Antwort.

Bo ließ sich Ginos Bemerkung ein wenig länger durch

den Kopf gehen. »Gino, nur, weil du 'n schlechten Tag hast, mußte doch nicht . . .«

»Was, wenn ich euch sag'«, schrie der Gefangene dazwischen, »während wir in 'er Mitte von 'm Scheißozean sitzen, geht der größte Verrat inner Geschichte los?«

»Beruhig dich, Arschloch«, sagte Pretty Boy. »Gleich machste dir die Hosen voll.«

Das Motorboot schlug weiter mit voller Wucht auf den Wellen auf. Das Wasser war indigoblau, es hob und senkte sich mit der schweren Gleichmäßigkeit der Wellen auf offenem Meer. In einer Entfernung von etwa zwei Meilen wurde im heller werdenden Sternenlicht die noch mächtigere Brandung des unruhigen Golfstroms sichtbar.

Gino spannte die Muskeln seiner gefesselten Arme an und plapperte verzweifelt weiter. »Euer Boß«, schrie er. »Wenn ihm wer seine Welt in die Luft jagen will, will er's doch wissen. Ich mein', sicher ist er dankbar, wenn ihn wer informiert.«

Pretty Boy und Bo hielten immer noch ihre Zigarren zwischen den Fingern, doch unterdessen war es zu windig geworden, um zu rauchen. Die Asche war fortgeblasen, und die Spitzen glühten in einem teuflischen Rot. Die beiden Schläger beugten sich an Gino vorbei vor und veranstalteten im Licht der Zigarrenglut eine schweigende Konferenz. Gino hielt den Atem an. Dann stellte Pretty Boy fest: »Krepieren soll er, der wichst uns doch hier nur was vor.«

Bo hatte dem nichts entgegenzusetzen. Sie lehnten sich wieder zurück. Gino atmete tief die salzige Luft ein und hoffte inständig, er würde nicht laut zu heulen beginnen.

Das Boot hatte die größeren Wellen erreicht, zu beiden Seiten zischten Sprühfontänen herauf. Pontes Schläger schaltete die Motoren ab, und das mächtige Boot wurde zu einem Floß, einem Korken, einem leblosen, in der Weite des Ozeans schaukelnden Ding. In der plötzlichen Stille schienen die Sterne viel näher, das leise Klatschen des Wassers gegen den Schiffskörper war entsetzlich in seiner Sanftheit.

»Steh auf, Gino«, verlangte Pretty Boy.

Schlotternd kam Gino der Aufforderung nach. Die Handschellen schepperten im Rhythmus seiner Angst, die Kette lag zwischen seinen Hinterbacken wie ein obszöner metallener Schwanz und lief an seinen Beinen entlang. Bo faßte ihn beinahe sanft an den Schultern und drehte ihn um. Er griff nach der Kette und befestigte den Haken in der Öse des Ankers. Mit einem trockenen, glockenartigen Geräusch schnappte er ein. Pontes Leibwächter schaute zu, die Beine weit gespreizt, um nicht das Gleichgewicht zu verlieren, die Arme über der Brust verschränkt. Im Ton des Experten, des Connaisseurs, meinte er: »Schmeißt ihn zuerst rein, *dann* den Anker. Sonst reißt ihr ihm die Arme aus, und der Rest bleibt auf 'm Boot.«

Das Boot schaukelte auf und nieder und drehte sich langsam um die eigene Achse. Die erstaunliche Kraft der Strömung war sogar durch das Fiberglas spürbar. Bo paffte an seiner Zigarre. »Also, Gino. Springst du, oder sollen wir dich reinschmeißen?«

Der Gefangene senkte den Blick auf das Wasser. Es war schwarz. Er konnte nicht einmal einen Zentimeter weit unter die Oberfläche sehen. Er machte in die Hose, und die Pisse strömte wie Tränen an seinen Beinen herunter. Die Rippen legten sich wie ein Druckverband um seine brennenden Lungen, und er hätte genausogut schon jetzt am Ertrinken sein können. Es gelang ihm, an dem Pfropfen in seinem Hals vorbei ein gepreßtes Flüstern auszustoßen: »Jemand schreibt 'n Buch.«

»Ach nee? Ganz was Neues«, sagte Pretty Boy. »Entweder springste jetzt, oder wir schmeißen dich rein.«

»'n Insider«, krächzte Gino. »Jemand, der genug weiß, um uns allen den Arsch aufzureißen.«

»Ach ja? Wer?« fragte Bo.

Pretty Boy verlor die Geduld. Er stemmte sich in Ginos Rücken und begann, ihn zum Dollbord hin zu stoßen. »Komm endlich. Wir verplempern unsere Zeit. Rein mit dem Stock Scheiße, und dann will ich was essen.«

Der Pilzanker wälzte sich im Cockpit zur Seite. Gino versuchte mit aller Kraft, das Gleichgewicht zu wahren, seine zusammengepreßten Knie schrien, und seine verkrampfte Wirbelsäule formte einen Bogen wie eine Palme im Sturm. »Ihr macht 'n Riesenfehler«, heulte er auf.

Pretty Boy gewann die Oberhand und drehte ihn so, daß seine nassen Oberschenkel gegen das Dollbord drückten. »Und du machst gleich 'n Riesenabgang.«

»Wer schreibt 'n Buch?« fragte Bo.

Gino roch Pisse und Meer und holte innerlich mit letzter Kraft noch einmal aus: »Hier red' ich nicht. Erst an Land. Ich will mit Messina reden.«

Bo überlegte.

Pretty Boy verlor die Nerven. »Verdammte Scheiße, mir reicht's. Rein mit ihm.« Er trat dem Gefangenen in die Niere, mit der flachen Hand hieb er ihm quer über den Nacken, damit er vornüber fiel, und nun griff er nach den gefesselten Händen, damit sie ihm als Hebel dienten, um ihn über Bord zu werfen.

Bo faßte seinen Kollegen bei den Ellbogen und zog ihn weg. »Nein«, sagte er. »'n Information versenkt man nicht.«

Pretty Boy, schwer atmend und rasend, kämpfte sich frei und starrte ihn an. Bo zögerte, dann versuchte er, ihn zu beruhigen. »In New York ist das Wasser auch nicht schlechter als in Miami. Ist doch egal, ob er heute oder morgen ersäuft.«

Gino rührte sich nicht, er atmete nicht einmal. Das Boot schaukelte und drehte sich langsam, die Sterne schienen in der Drehung blasse Lichtspuren zu hinterlassen. Endlich. Pontes Kerl zuckte die Achseln und drehte den Schlüssel um. Die Motoren stießen ein Donnern aus, das Boot schoß auf die fernen, verschwommenen Lichter an Land zu, und Gino Delgatto, immer noch an den Metallschwanz gekettet, stolperte zur Bank im Heck zurück und begann zu überlegen, was er sagen würde und wie er es sagen würde, wenn er seinen Feinden gegenüberstand und seinen eigenen Vater verpfiff.

DRITTER TEIL

24

Der Kellner in der Toscano Bar hatte sich zunächst nichts gedacht, als die alleinstehende Rothaarige in der ersten Tischreihe im Freien Platz genommen und bloß ein Mineralwasser bestellt hatte. Es war noch früh, später Nachmittag, die Abendgäste würden sich noch Zeit lassen, und das Lokal war praktisch leer. Außerdem war die Rothaarige in ihrer aufgeputzten, auffallenden touristischen Weise ein appetitlicher Anblick. Es schadete jedenfalls nie, ein Busenwunder auf der Stange sitzen zu haben.

Doch eine Stunde später, als die Sonne bereits untergegangen war und die Neonlichter und die Straßenbeleuchtung der einsetzenden Dunkelheit einen unruhigen und gesprenkelten Glanz verliehen, begannen die Stammgäste der South Beach in ihren hautengen Leggings und übergroßen, an den vornehmen Hälsen zugeknöpften Hemden aufzukreuzen. Die Leute kämpften um jeden Platz, und nun war die Rothaarige im Weg. Der Kellner wollte, daß sie ging.

»Haben Sie noch einen Wunsch?« fragte er sie in einem Ton, der so freundlich war wie eine Ladung Eiswürfel ins Gesicht.

Debbi warf einen Blick auf die Uhr. Gino war noch nicht spät dran, aber wie so oft, legte er es darauf an. Sie spürte, wie sie sich zu ärgern begann, und bestellte einen Campari.

Sie ließ sich Zeit, nahm nur kleine Schlucke, doch

noch bevor sie ihren Drink zu drei Viertel ausgetrunken hatte, war der Kellner, der sich seitlich zwischen den eng aneinander stehenden Tischen des mittlerweile vollen Cafés hindurchbewegen mußte, wieder da und fragte, ob sie noch einen Drink wollte. Sie seufzte, sagte ja, und der Kellner fletschte die Zähne zu einem sauren Lächeln, als wollte er sie höflich auffordern, doch daran zu ersticken.

Der Verkehr auf dem Ocean Drive begann dichter zu werden. Vierergruppen gut aussehender Männer in lollipopfarbenen Hemden fuhren langsam in museumsreifen Chevy-Kabrios vorbei. Ab und zu sah man einen Rolls, hinter dem Steuer fast immer einer dieser kleinen Teufel mit silbernem Pferdeschwanz.

Nach dem zweiten Aperitif wurde Debbi selbstbewußter, und als der Kellner neuerlich dastand, empfing sie ihn mit einem Blick, der besagte, du mich auch, Arschloch. Über das Summen der plappernden und kichernden Gäste hinweg bestellte sie einen Martini, pur, zwei Oliven, sehr trocken.

Es war fast neun Uhr. Models schlenkerten vorüber, so nichtssagend und leer wie Katzen, und mit der gleichen Angewohnheit, den Blick zu erwidern, ohne die leiseste Reaktion zu zeigen. Durch die Abgase und den vom nahen Ozean herüberwehenden, kaum wahrnehmbaren Meeresgeruch zogen Knoblauchschwaden und Pilzdüfte. Debbi wurde auf einmal wehmütig. Außerdem wurde sie langsam betrunken und wäre es lieber nicht gewesen. Noch wollte sie länger in diesem Café sitzen. Orte wie dieser – sie vermittelten den Eindruck, man versäumte etwas, obwohl, je länger man blieb, desto mehr stellte sich das Gefühl ein, daß das, was man meinte zu versäumen, um nichts besser war als das, was man ohnehin hatte, und sei es noch so beschissen. Sie verlangte nach der Rechnung, hinterließ ein betont großzügiges Trinkgeld und ging.

Auf der gegenüberliegenden Straßenseite des Ocean Drive befand sich ein Park. Er war einer der spärlichen Reste des alten Miami Beach mit Holzbänken, auf denen die Alten sitzen, ihre geschwollenen Knöchel ausruhen und über ihre Enkelkinder tratschen konnten. Debbi beschloß, dort auf Gino zu warten.

Sie überquerte die stark befahrene Straße und ließ sich auf einer Bank nieder, von der sie den Gehweg überblicken konnte. Dort blieb sie lange sitzen. Wenn sich der Verkehrslärm zeitweise etwas legte, konnte sie den Ozean hören. Wellen brachen sich am Strand, wobei das Geräusch weniger einem Brausen glich als einem langsamen plätschernden Zischen auf dem Sand.

Nach einer Weile fiel ihr auf, daß ein Streifenwagen bereits mehrmals an ihr vorbeigefahren war und jedes Mal kurz vor ihr gehalten hatte. Gerade traf ihr Blick jenen des Bullen im Beifahrersitz, und der unverhohlen mißbilligende Ausdruck seiner Augen war wie ein Schlag ins Gesicht. Mein Gott, dachte sie, die glauben, ich bin eine Nutte.

Dieser stumme Vorwurf machte sie wütend, doch gleich darauf fühlte sie sich lächerlich, armselig und einsam, dabei so exponiert wie ein Leuchtturm auf einem Felsen in der Brandung. Eine Touristin ohne Begleitung und ohne Ziel. Eine Frau, von ihrem Rendezvous sitzengelassen, eine leichte Zielscheibe für unechtes Mitleid und echten Hohn. Zehn Uhr vorbei, und sie kochte vor Wut.

Die Wirkung des Alkohols verebbte langsam, hinterließ eine schale Rastlosigkeit, eine Launenhaftigkeit wie nach einem unterbrochenen Mittagsschlaf. Wo blieb er, verdammt noch mal? Sie warf einen Blick in ihre Geldbörse. Sie hatte keine Kreditkarten dabei, nur ungefähr hundert Dollar Kleingeld. Wenn es je den richtigen Zeitpunkt für Kleingeld gegeben hatte, dann war es dieser – bloß, weit würde sie mit ihren lausigen hundert Kröten nicht kommen. Jedenfalls nicht nach New York, und in dieser Gegend reichte das Geld nicht einmal für ein Hotelzimmer. Und was, wenn Gino schließlich doch aufkreuzte, und sie war nicht da? Sie wünschte von ganzem Herzen, diesem Gino Delgatto nie begegnet zu sein.

Der Wunsch löste Schuldgefühle aus. Er hatte etwas Mörderisches, war wie ein Impuls, der sich nicht darauf beschränkte, den Kerl sitzenzulassen, sondern ihn zugleich zu vernichten, auszuradieren, auszulöschen. Wie als Ausgleich für ihre bösen Wünsche wurde ihr klar, daß sie sich Sorgen machte.

Um elf war sie sehr besorgt und um Mitternacht kurz davor, in Panik zu verfallen. Gino ließ sich auf gefährliche Dinge mit gefährlichen Leuten ein. Das wußte sie. Sie dachte nicht gerne darüber nach, aber sie wußte es.

Um ein Uhr nachts begann der Verkehr auf dem Ocean Drive endgültig zu versiegen, auch die Gästeschar in der Toscano Bar hatte sich zerstreut. Debbi überquerte noch einmal die Straße, entschied sich für einen Tisch am Geländer und bestellte einen doppelten Cappuccino. Bis vier Uhr konnte sie ungestört bei ihrem Kaffee sitzen bleiben, dann schloß das Lokal, und sie ging wieder zu ihrer Bank zurück.

In der unheimlichen Leere der Stunden kurz vor Tagesanbruch zog sie sich in einen betäubten Zustand der Erschöpfung zurück. Obdachlose stolperten mit ihren Supermarktwagen an ihr vorbei, in denen sich Aluminiumdosen, Strandspielzeug und Schuhe stapelten. Suspekt aussehende Typen, die leeren Augen auf den Gehweg gerichtet, warfen verstohlene Blicke auf ihre Brüste, bevor sie im Gestrüpp verschwanden, um zu masturbieren. Debbi hatte Angst einzuschlafen, dennoch nickte sie immer wieder kurz ein – ihr nach vorne sinkender Kopf löste jedoch in ihrem Nacken ein Signal aus, das sie zuverlässig aus ihrem Dämmerzustand hochschnellen ließ. Um etwa sechs Uhr begann der Tag anzubrechen. Der Himmel wusch sich die Schwärze des Ozeans ab, die Palmen, schwer von der Nacht, zeigten am dunstigen Horizont ihre schlaffen Umrisse. In der Ferne, jenseits des Golfstroms, erhob sich eine verschwommene rotgelbe Sonne.

Pünktlich um sieben ging Debbi zu einer Telefonzelle, zog aus ihrer Geldbörse einen Notizzettel des Flagler Hotels und rief den einzigen Menschen an, der ihr in Florida einfiel.

Sandra tappte blind nach ihrem Nachttisch und nahm beim zweiten Läuten den Hörer ab. »Hallo?«

»Ich hab' dich hoffentlich nicht geweckt?«

»Debbi?«

»Ja. Tut mir leid.«

Sandra richtete sich auf und stützte sich auf einem Ellbogen ab. Joey stieß ein leises Grunzen aus, schien aber wieder einzuschlafen. Durch die dünnen Schlafzimmervorhänge kam ein schwacher Lichtstrahl. »Wo bist du?«

Debbi zögerte einen Moment, denn sie spürte einen Knoten im Hals, und ihre müden Augen schwammen in Tränen. Sie biß sich auf die Lippe, schluckte kräftig, dennoch zitterte ihre Stimme, als sie sagte: »Miami Beach.«

»Warte. Ich geh' zum anderen Apparat.« Sandra schlüpfte aus dem Bett und ging in die Küche.

Als sie nach zehn Minuten zurückkam, brachte sie

zwei Kaffeetassen. Joey war wach. Er hatte sich mehrere Kissen in den Rücken gestopft und die Sonnenbrille mit den blauen Linsen aufgesetzt, um seinen Augen den Schock des ersten Tageslichts zu ersparen. »Wer war 'n das?«

Sandra setzte sich neben ihren Mann und fuhr ihm durch das Haar, bevor sie antwortete. »Debbi. Gino hat sie gestern in einem Café in South Beach abgesetzt und ist nicht zurückgekommen.«

Joey griff nach seiner Kaffeetasse, behielt sie in der Hand, ohne zu trinken, und blickte durch den aufsteigenden Dampf zum Fenster hin. Er wußte, daß sein Bruder Frauen schlecht behandelte, aber der Krampf in seinem Magen sagte ihm, daß Debbi aus anderen Gründen sitzengelassen worden war. Kerle, die wie Gino lebten – sie mußten sich darauf verlassen, daß ein verlorener Engel auf sie aufpaßte, die Bleikugeln von ihnen ablenkte und die Messer ihrer Feinde stumpf machte. Außerdem mußten sie in der Tiefe ihres Gehirns die Gewißheit haben, daß sie dem Tod auch dann noch ein Schnippchen schlagen würden, wenn sie mit den Eiern voran auf den Sägebock geschoben wurden.

»Wo wollte er hin?« fragte Joey. »Wen wollte er treffen?«

»Sie weiß es offenbar nicht«, erwiderte Sandra. »Hat wirres Zeug geredet. Vollkommen erschöpft und sehr verängstigt.«

Joey holte tief Luft, atmete aus, nahm einen Schluck Kaffee. »Der Alte. Verfluchte Scheiße.« Er schüttelte den Kopf und beließ es dabei.

»Ich hab' ihr gesagt, sie soll ein Taxi nehmen und herkommen.«

Joey nickte nur.

»Vielleicht«, meinte Sandra, »sollten wir einstweilen

noch nichts sagen, erst mal abwarten. Am Ende taucht er auf oder ruft an.«

Joey nickte neuerlich. Vielleicht tauchte er auf, vielleicht rief er an. Der jüngere Bruder glaubte nicht daran. Er starrte durch seine Sonnenbrille an den Schlafzimmervorhängen vorbei in das heller werdende Tageslicht und fragte sich, wie lange er es Vincente verheimlichen konnte und wann er ihm Bescheid sagen müßte.

25

Kurz nach Sonnenaufgang, irgendwo in den Carolinas, steuerte Pretty Boy den Lincoln vom Interstate Highway auf den Parkplatz einer Fernfahrer-Raststätte namens Shoeless Jimmy. Er parkte den Wagen in einem abgelegenen Winkel. Nicht, daß er ernsthaft besorgt war, Gino könnte Aufmerksamkeit auf sich lenken. Der war mit Handschellen gefesselt, sein Mund mit Isolierband zugeklebt und die Beine in angezogener Stellung aneinander gebunden, damit er nicht gegen die mit Teppich ausgelegten Wände des Kofferraums treten konnte. Dennoch, er könnte versuchen, sich gegen die Wände zu werfen oder zu stöhnen. Hier, wo das Dröhnen des Highways jedes andere Geräusch erstickte, war er besser aufgehoben.

Die Fabretti-Schläger stiegen aus dem Wagen und streckten sich. Zwölf Stunden nördlich von Miami befanden sie sich nicht nur in einer anderen Welt, sondern auch inmitten einer Eiszeit. Gegen den roten Himmel waren die kerzengeraden Föhren, die den Frost liebten, von einem bitterkalten Dunst eingehüllt, der sich durch die Zweige schlängelte wie ein Korkenzieher.

Pretty Boy tänzelte von einem Bein auf das andere.

»Ich hasse diesen Süden«, schimpfte er. Aus seinem Mund kam der Atem wie eine dunkelweiße Wolke. »Da friert man sich den Arsch ab, warum zum Teufel nennt sich das Scheißsüden?«

»Es heißt Süden«, erklärte der philosophisch veranlagte Bo, »weil damals im Bürgerkrieg . . .«

»Und dann diese vertrottelten Bezeichnungen für alles«, unterbrach ihn Pretty Boy. Er gestikulierte angewidert in Richtung der vereisten Neonschrift über dem Restaurant. »*Shoeless Jimmy Truck Stop. Betty Sue Biscuit's, White Trash Café. Whistlin' Darkie Trailer Lodge* . . .«

»Vielleicht sollste nicht so viele Pillen in dich reinstopfen«, schlug Bo vor. »Die machen dich reizbar.«

Pretty Boy flatterte mit den Armen wie mit Flügel. »'s einzige, was mich reizt, ist der Hurensohn im Kofferraum. Ich sag dir, wir hätten . . .«

»Durch wie viele Staaten muß ich mir das noch anhören?« protestierte Bo. »Florida. Georgia. South Carolina . . .«

»Und auf deine Geographie scheiß' ich auch«, fiel ihm Pretty Boy ins Wort.

»Dann scheiß doch drauf«, sagte Bo. »Und wie willste dann wissen, wo wir sind, hä?«

Sein Partner antwortete nicht, kramte bloß in seinen Haifischhosen nach seinen Bennis. Noch ein paar Pillen, noch drei, vier Tassen Kaffee, und er würde über die Verrazzano-Brücke fahren, die Skyline von Manhattan sehen und seine halbtote Fracht auf den Fischereidocks in Brooklyn bei Aldo Messina abliefern.

Beim Frühstück sagte Joey: »Kommst du mit, Pop? Muß mir in den Keys ein paar Grundstücke ansehen. Wüßte gerne, was du davon hältst.«

Der Pate blickte von seiner Grapefruit auf. Vom Immobiliengeschäft verstand er überhaupt nichts, da war sein Sohn der Fachmann, mindestens so sehr Fachmann wie alle diese Nadelstreiftypen mit sündteurer Collegeausbildung. Doch es war nicht Joeys Können, worüber Vincente nachdachte, sondern seine Liebenswürdigkeit, die offenbar viel tiefer lag und geheimnisvoll war. Diese liebevolle Art, einem alten Mann zu schmeicheln, ihn glauben zu machen, daß er keine Last sei, sondern gebraucht werde. Vincente dachte, daß Joeys Mutter ein sehr liebenswürdiger Mensch gewesen war, er mußte es von ihr haben. Er nickte: »Gern, Joey. Bin immer froh, wenn ich mal rauskomme.«

Um halb zehn verließen die beiden Männer das Haus, also lange bevor Debbi in ihrem Taxi aus Miami ankommen würde. Sandra hatte dadurch die Möglichkeit, mit ihr allein zu sprechen. Vielleicht rief Gino in der Zwischenzeit auch an.

Es war ein herrlicher Morgen. Eine leichte Brise hielt die Palmen in Bewegung, während am Himmel vereinzelte bauschige Wolken zogen, deren flache Unterseite durch die Wasserspiegelung der Straits grün gefärbt war. Der alte El Dorado brummte dahin. Neben den gemieteten Kompaktwagen wirkte er wie eine königliche Kutsche aus vergangenen Zeiten, seine enormen Reifen klebten auf dem Asphalt wie die Tatzen eines Riesen. Die Knöpfe und Schwellungen auf dem Armaturenbrett hatten etwas seltsam Erotisches. Vincente strich über die Gebläseöffnung der Klimaanlage. »Bin froh, daß du den Wagen behalten hast. Einen so schönen Wagen findet man nicht mehr.«

Joey warf seinem Vater durch die blauen Linsen seiner Sonnenbrille einen zerstreuten Blick zu.

Auf dem Summerland Key sahen sie sich drei felsige

und von gräulichem Gestrüpp überwucherte Parzellen an, die an einem nach Sardellen stinkenden Kanal lagen. Während Vincente bloß stolzer Zuhörer war, sprachen Joey und der Verkäufer über Schwemmland, Aushubvorschriften, Wegerechte. Der Verkäufer wollte fünfundachtzig pro Parzelle, und Joey sagte, er würde darüber nachdenken. Der Ton, in dem er das sagte, war so unergründlich und neutral, daß der Pate voller Bewunderung war.

Kurz vor Mittag schlug Joey vor, in Marathon zu Mittag zu essen, das fünfundvierzig Meilen weiter nördlich lag. Das schien ein weiter Weg, um einen Teller Fischsuppe zu bekommen, aber Vincente hatte nichts dagegen.

Sie fuhren zu einem Lokal, das auf der Golfseite des Highways lag, und nahmen unter einem strohbedeckten Sonnenschirm Platz. Als sie ihre Suppe aßen, sagte Vincente: »Joey, ich hab' mich noch gar nicht bedankt, daß du mich mit Arty zusammengebracht hast, nicht locker gelassen hast.«

»Ach was, Pop«, lächelte Joey. »Das ist . . .«

»War 'ne gute Idee.« Der alte Mann tupfte sich die Lippen mit der Serviette ab, und seine dunklen Augen glitzerten in der Tiefe ihrer von Brauen und Runzeln eingebetteten Höhlen. »Weißt du, irgendwie isses ja verrückt: Da kannst du noch so alt werden, steinalt, und es gibt immer noch Dinge, vor denen stehst du wie 'n Kind, wie die Jungfrau, du weißt einfach nicht, wie sie sich anfühlen. Reden zum Beispiel. Ich meine, die Sachen mal richtig rauslassen.«

Joey brach einen matschigen Salzcracker entzwei: anstatt zu knacken, knickte das Ding ein. Seine Antwort beschränkte sich auf ein zerstreutes Nicken.

Vincente blickte auf den Ozean hinaus, zu den fernen

Mangroveninseln, die über dem Wasser in der Luft zu schweben schienen. »Aber eins versteh' ich nicht«, fügte er hinzu.

»Was 'n, Pop?«

»Schriftsteller. Es heißt doch immer, daß sie unglücklich sind. Zu viel trinken, sich das Hirn rausblasen ... Das kapier' ich nicht. Ich mein', sie müßten die glücklichsten Menschen auf Erden sein. Stört sie was, schreiben sie's auf. Jemand behandelt sie wie 'n Stück Scheiße, wird er halt im nächsten Buch zum Mistkerl gemacht, zum Arschloch. Sie spucken's aus, werden's los. Sie müssen den Dreck nicht vierzig Jahre lang ...«

Der alte Mann hatte abrupt zu sprechen aufgehört. Eine gewisse Schalheit in der Luft ließ ihn, zwar ohne Ärger, aber mit Erstaunen erkennen, daß man ihm nicht zuhörte.

»Woran denkst du, Joey? Liegt dir was auf der Seele?«

Der junge Mann sah von seinem Teller hoch und geradewegs in die Augen seines Vaters. Dem alten Mann konnte man nichts vormachen, unter seinem Blick erschlafften Lügen wie grüner Salat in der Augusthitze – aber manchmal ließ sich die Wahrheit aufschieben, und sei es nur aus Mitgefühl. »Ja, Pop«, gab Joey zu. »Mir liegt was auf der Seele. Aber gerade jetzt kann ich nicht drüber reden.«

Vincente nickte, schluckte. Er war ein Vater, es verletzte ihn, vom Schmerz seines Kindes ausgeschlossen zu sein. Aber Joey war erwachsen, verheiratet, ein Immobilienexperte, er hatte sich das Recht, seine Angelegenheiten selbst zu regeln, längst verdient. Der alte Mann streckte die Hand aus und tätschelte Joeys Handgelenk. »Schon in Ordnung«, sagte er. »Ich versteh' schon. Aber, Joey, ich bin dein Vater. Mit mir kannst du reden. Das weißt du, nicht wahr?«

Debbi erwachte um etwa zwei Uhr.

Es dauerte einen Moment, bis sie wußte, wo sie war, doch dann wurde sie von einer unendlichen und unbeschreiblichen Dankbarkeit erfaßt, einer Dankbarkeit, die man empfindet, wenn man im Krankenhaus aufwacht, sich wohl fühlt und gut versorgt ist, nachdem man kurz vorher geglaubt hatte, sterben zu müssen. Die sauberen Laken fühlten sich wunderbar auf der Haut an, durch das Fenster des Gästezimmers kam der Geruch nach Sand und Jasmin. Sie vergrub ihren Kopf im Kissen und genoß noch eine Weile das reine, höchste Glücksgefühl von Sicherheit.

Dann stand sie auf und kleidete sich an. Sie ertappte sich dabei, Dinge anfassen zu wollen, ließ ihre Finger über das Webmuster des Korbtisches gleiten, fuhr die Ritzen in den getäfelten Wänden nach. Alles in diesem luftigen Haus war erfreulich und irgendwie tröstlich. In diesem Haus ließ es sich wahrscheinlich glücklich sein.

Sie ging aus dem Zimmer, machte sich auf die Suche nach Sandra und fand sie auf der Veranda vor dem Metalltischchen sitzend, das zum behelfsmäßigen Schreibtisch umfunktioniert und mit Geschäftsbüchern und gelben Notizblöcken bedeckt war. Wenn sie die Buchhaltung machte, trug Sandra große quadratische Brillen. Als sie zu ihrem Gast hochblickte, verliehen die Linsen ihren Augen etwas Verschwommenes. »Guten Morgen. Kaffee?«

Debbi bejahte das Angebot mit einem verschlafenen Lächeln. »Ich kann ihn machen. Möchtest du auch einen?«

Sie trugen ihre Tassen zu den Liegen beim Pool. Die Nachmittagssonne war bereits großteils verglüht, sie brannte nicht mehr, war jetzt angenehm warm. Die Brise brachte vom Pool eine Ahnung von Kühle und kitzelte im Vorbeiziehen an den Knöcheln.

»Geht's besser?« fragte Sandra.

Debbi nickte, ihre Lippen an der Tasse. »Ich weiß nicht, was ich getan hätte, wenn du nicht . . .«

Sandra winkte ab, und sie saßen schweigend da. Sandra sagte schließlich: »Debbi, ich bitte dich nur ungern, das Ganze noch mal zu wiederholen . . .«

»Nein, nein, ich verstehe schon«, sagte Debbi und erzählte ihren schrecklichen Aufenthalt in Miami noch einmal in allen Einzelheiten, doch davon abgesehen, hatte sie keine Erklärung. Gino hatte ihr nie etwas erzählt. Er glaubte nicht, daß sie ein Geheimnis für sich behalten könnte. Er hatte bloß gesagt, daß er jemanden treffen müsse. Daß er in einer, spätestens eineinhalb Stunden zurück sein würde.

Sandra wandte den Blick ab, ließ ihn an ihren Beinen entlang zum Glitzern im Pool wandern. »Er könnte tot sein.«

Debbi hielt ihre Kaffeetasse in beiden Händen. Das ließ sie sehr jung aussehen. Sie nickte nur.

Nach einem Augenblick fuhr Sandra fort: »Debbi, darf ich dich was fragen?«

»Klar.«

»Das mit ihm war für dich schon gelaufen, nicht wahr?«

Die andere Frau zögerte, sie blickte rasch zu den flatternden Spitzen der Aralienhecke. »Ich denke schon. Ich hoffe es.«

»Dann bleib dabei«, sagte Sandra. »Tot oder lebendig – behalt ihn nicht besser in Erinnerung, als er war, mach ihn nicht zu mehr, als er für dich war. Tu dir das nicht an.«

Hoch am Himmel flog eine Schar Ibisse vorbei. Sie

schienen träge in der Luft zu schweben, doch die winzigen Schatten, die sie auf den Vorbau der Terrasse warfen, waren blitzschnell wieder verschwunden.

»Und du?« wollte Sandra wissen. »Was hast du jetzt vor?«

Debbi reagierte mit einem Achselzucken, das ihre mit Sommersprossen übersäten Schultern fast bis zu den Ohren hinaufzog. »Zuerst muß ich irgendwie zu Geld kommen, und dann fahre ich heim, denk' ich.«

»Heim nach Queens«, stellte Sandra fest. Es war keine Frage, eher eine Urteilsverkündung.

Debbi nickte.

»Willst du das denn?«

»Weiß nicht. Dort ist mein Job, und alles andere auch.«

»Ist dir dein Job wichtig? Macht er dich glücklich?«

»Ich mag Hunde.«

»Danach hab' ich nicht gefragt.«

Debbi schwieg. Sie konnte den Grund nicht nennen, aber da war sie wieder, die Angst. Sie mußte an die bösartige Eleganz der Toscano Bar denken, und daran, wie erbärmlich und einsam sie sich dort gefühlt hatte. Sie dachte an die verlorenen Seelen und die widerlichen Typen, die durch die Nacht geirrt waren, und daß die Welt, die hinter den Grenzen ihres Viertels lag, ein schwieriger und undankbarer Ort war.

»Debbi«, sagte Sandra. »Wir haben uns einmal darüber unterhalten, was geschehen muß, damit sich ein Mensch verändert. Erinnerst du dich?«

Debbi schluckte, senkte den Blick auf das Wasser im Pool. Sie erinnerte sich sehr wohl. Aber es war ein angenehmeres Thema gewesen, so lange der Mensch, der sich verändern sollte, ein anderer war.

»Warum bleibst du nicht eine Zeitlang bei uns?«

Rothaarige erröten leicht, und jetzt spürte Debbi, wie

ihre Haut heiß wurde, wie sich die Flächen zwischen ihren Sommersprossen einfärbten. »Sandra, das kann ich nicht...«

»Ruh dich mal aus. Laß dir Zeit und denk über alles nach.«

Debbi atmete tief ein, und fast schien es, als wollten ihre Lungen die Luft nicht wieder hergeben. Sie zog eine ihrer schmalen Brauen hoch und erinnerte sich an das angenehme Gefühl, das sie erfaßt hatte, als sie den Korbtisch, die Ritzen in den getäfelten Wänden berührt hatte. »Ich weiß nicht, was ich sagen soll.«

»Sag einfach ja«, sagte Sandra, »und jetzt wollen wir frühstücken.«

Joey erledigte mit Vincente noch mehrere Besorgungen und schaffte es, erst um fünf Uhr nachmittags nach Hause zu kommen. Als er jedoch den El Dorado in die Kieseinfahrt und unter den verdeckten Parkplatz lenkte, verkrampfte sich sein Magen, fing an zu brennen, und in seinen Fingern setzte mit den ersten unerwünschten Adrenalinschüben ein Kribbeln ein.

Vater und Sohn gingen ins Wohnzimmer.

Als Vincente Debbi sah, warf er einen kurzen Blick auf Sandra und verstand sofort, daß etwas geschehen war, denn nun ergab auch Joeys Zerstreutheit einen Sinn. Der alte Mann hielt sich sehr aufrecht. Das war ein uralter Trick, ein Bravourakt, der manchmal funktionierte: Man nahm die schlechte Nachricht ungebeugt entgegen, und wenn sie einen nicht niederschlug, wenn sie einen nicht aus dem Gleichgewicht brachte, war man in der Lage, den Kragen geradezurichten und weiterzumachen.

Joey sah Sandra an und wußte sofort, daß es von Gino keine Nachricht gab.

Einen Moment lang rührte sich keiner von ihnen,

niemand sprach. Der Deckenventilator drehte sich langsam im Kreis, verrührte die Luft zu sanften, zähflüssigen Wellen. Joey ließ seine Sonnenbrille in der Hemdtasche verschwinden. »Pop«, sagte er, »wir müssen reden.«

26

»Eine, eineinhalb Stunden«, murmelte der Pate. »Wie lang braucht man von South Beach bis Coconut Grove und zurück?«

»Etwa so lang«, erwiderte Joey.

Sie befanden sich im Arbeitszimmer, Vincente saß hinter dem Kalksteintisch, und Joey lief davor auf und ab. Durch die Glasziegelwand fiel das lavendelfarbene Licht der Abenddämmerung herein. Der Pate streckte eine Hand nach der nicht vorhandenen Krawatte und versuchte erfolglos, einen anderen Grund als Ungehorsam für Ginos Verschwinden zu finden. Daß er ihm nicht gehorcht hatte, machte ihn wütend, natürlich, aber noch schwerer wog die Blamage. Sie war der Beweis, daß er als Autorität und somit in seiner Schutzfunktion versagt hatte.

»Joey, fällt dir vielleicht 'n anderer...«

Sein Sohn schüttelte bereits den Kopf; zur Blamage gesellte sich nun noch eine Art von Beschämung. Er verlor die Kontrolle, verweichlichte. Er sollte keinen Rat benötigen. Er sollte nicht auf Hilfe oder Bestätigung angewiesen sein. Seine Aufgabe war es, Bescheid zu wissen, zu agieren. Er griff nach dem Telefonhörer und wählte aus dem Gedächtnis eine Nummer.

Nach einem Moment meldete sich am anderen Ende der Leitung eine ölige Stimme: »Martinelli's. Guten Abend.«

»Haben Sie Gnocchi?« fragte der Pate.

»Nein«, antwortete der Oberkellner. »Keine Gnocchi.«

»Dann möchte ich einen Kalbskopf.«

»Wie möchten Sie ihn, Sir?«

»Mit offenen Augen und das Gesicht nach vorn.«

»Einen Moment. Ich verbinde.«

Aus dem Hörer dröhnte schlechte Musik. Joey lief auf und ab. Draußen, im Freien, wurde das Licht grau. Dann war Charlie Ponte in der Leitung.

»Ja?«

»Wo ist mein Sohn?«

Die Stimme klang wie ein unterirdisches Rumpeln, sie schien von überall gleichzeitig zu kommen. Einen Augenblick lang sagte Ponte nichts, dann flüsterte er verstört.

»Vincente . . .«

»Wo isser, Cholly?«

Wieder eine Pause, ein Clinch, aber diesmal fiel es Ponte leichter, sich herauszuwinden. »Wie zum Teufel soll ich das wissen?«

»Erzähl keinen Scheiß. Ich weiß, daß er da war.«

Der Miami-Boß kaute an einem Daumennagel und versuchte, herauszufinden, was sein Gegner sonst noch wußte. »Ja, da war er. Und ist wieder gegangen.«

»Mit wem?«

»Freunden aus New York.«

»Was für Freunden, Cholly?«

Ponte seufzte, saugte an den Zähnen, und als er wieder sprach, klang seine Stimme gejagt, weinerlich. »Vincente, ich versuch' bloß, meinen Lebensunterhalt zu verdienen. Zieh mich in diesen Scheiß nicht rein.«

»In was soll ich dich nicht reinziehen?«

»Diesen New Yorker Scheiß.«

»Erklär mir das, Cholly. Wovon redest du überhaupt?«
»Ich red' von Gewerkschaften, Zuständigkeiten«, knarrte Ponte.

»Bis jetzt bläst du höchstens heiße Luft.« Doch an Vincente begann ein furchtbarer Verdacht zu nagen, kratzte an ihm wie ein stumpfes Messer, das an der Haut reißt, bevor es ins Fleisch eindringt.

»Okay«, gab Ponte nach. »Du willst die Spielregeln mit 'n Fabrettis ändern, warum nicht, ist mir scheißegal. Aber sei so gut und regle du das mit den Fabrettis, und schick mir nicht Gino, wenn du mir sagen willst, daß wieder alles beim alten ist.«

Der Pate hielt den Hörer ein paar Zentimeter vom Ohr weg. Die Nasenlöcher der platten Nase bliesen sich auf, seine eingefallenen Wangen verfärbten sich, nahmen eine kranke gelbe Farbe an. Er hatte nichts mehr zu sagen, es gab auch nichts mehr zu fragen. Würde er noch Fragen stellen, ließe er diesen Außenstehenden wissen, daß sein eigener Sohn ihn angelogen hatte, ohne sein Wissen in seinem Namen aufgetreten war, seine Worte und Wünsche mißachtet hatte. Es wäre nutzlos und vor allem demütigend, würde Charlie Ponte oder sonst jemand, der dem engsten Familienkreis nicht angehörte, das Unerhörte herausfinden.

Langsam, benommen legte Vincente den Hörer auf.

»Pop?« sagte Joey Goldman. Er sagte es sehr leise, so als spreche er jemanden an, von dem er nicht wußte, ob er wach war. Eine Minute war vergangen, seit der alte Mann den Hörer aufgelegt hatte, und seine magere Gestalt war unnatürlich steif geblieben, sein fahles Gesicht völlig regungslos.

»Hm?« Der Pate zuckte unmerklich zusammen, dann wandte er den Kopf langsam dem jüngeren Mann zu und antwortete mit monotoner Stimme: »Er hat mich hintergangen, Joey.«

»Ist er noch am Leben?«

Sein Vater holte tief Luft, beinahe so, als hätte er eine ganze Weile überhaupt nicht geatmet. »Ich weiß es nicht. Glaub' nicht, daß Ponte ihn erledigt hat. Dazu fehlt ihm der Mut. Es ist, glaube ich, so wie er sagt – er hat ihn einfach an die Fabrettis ausgeliefert.«

Joey lief auf und ab. Das Abendlicht hatte sich aufgelöst, im Arbeitszimmer war es fast finster, aber er machte kein Licht. »Sollen wir in New York anrufen?«

Im Schutz der Dunkelheit gestattete sich der Pate nun doch den Ansatz eines bitteren Lächelns. Er sollte sich nicht besprechen müssen, sollte keine Ratschläge benötigen, aber in diesem Gespräch mit seinem Zweitgeborenen lag etwas Bittersüßes, eine Ebenbürtigkeit im Urteil wie in der Ratlosigkeit. »Soll ich dir was sagen, Joey?« murmelte er. »Ich weiß es nicht. Ich muß an die frische Luft.«

Er legte beide Hände auf den Tisch und stemmte sich mit Hilfe seiner Arme aus dem Stuhl. Leicht wankend bewegte er sich zur Tür, öffnete sie und ging den Flur entlang zum Wohnzimmer.

Nach der Dunkelheit im Arbeitszimmer war das Licht, das ihn dort empfing, beinahe grell. Es war ein sehr weißes Zimmer, und durch den Kontrast schien alles bleich wie ein überbelichteter Schnappschuß. Der alte Mann benötigte einen Moment, um Arty Magnus zu erkennen, der gemeinsam mit Sandra und Debbi dasaß.

»Arty«, sagte der Pate. »Hab' völlig vergessen . . .«

»Kein Problem«, erwiderte der Ghostwriter. »Ich komm' ein andermal . . .«

Joey war seinem Vater durch den Flur gefolgt und stand

nun neben dem alten Mann. »Vielleicht besser so, Arty. War 'n hektischer Tag.«

»Kein Problem«, wiederholte der Schriftsteller, und er erhob sich mit der errötenden Nervosität eines Menschen, der soeben in ein Zimmer geplatzt ist und einen Nackten vorgefunden hat. »Ich kann morgen wiederkommen, egal.«

»Warten Sie«, rief Sandra aus. »Wir wollen Sie nicht vertreiben. Bleiben Sie doch noch. Wie wär's mit einem Glas Wein?«

Artys Unterschenkel waren gegen das Sofa gedrückt, und er vollführte eine ungeschickte kleine Pirouette. Zu viele auf einmal redeten auf ihn ein, und in seinem scheuen Wunsch, mit der Menschheit auszukommen, wollte er es allen recht machen.

Es verging ein langer, unentschlossener Moment, und dann bewegte ein tiefes Beben die Luft, bereitete sie vor, dem die Worte des Paten folgten: »Nein, bleiben Sie.« Ihm war bewußt geworden, daß er den Wunsch, ja, das Bedürfnis hatte, im Sternenlicht mit einem ihm wohlgesonnenen, nun, zumindest taktvollen Zuhörer zu sitzen und laut zu denken, die Ventile zu öffnen und seine Version zu erzählen, wie die Dinge sein sollten. Zuviel Schlechtes war an diesem Tag auf ihn abgeladen worden, und er bezweifelte, daß sein Innerstes noch elastisch genug war, um es zu behalten. Er mußte etwas von dem Druck ablassen, wie ein alter, rostiger Boiler innerhalb einer bestimmten Druckspanne bleiben. »Wenn uns Joey und die Damen entschuldigen, Arty, Sie und ich, wir gehen nach draußen und reden ein wenig.«

27

Der Pate tauchte in seine Geschichten ein wie andere in Alkohol, wenn sie von einem nagenden, unüberwindbaren Schmerz geplagt werden.

»Der Unterschied ist der«, begann er, kaum daß er und sein Ghostwriter an dem Metalltisch auf der Terrasse Platz genommen hatten. »Die meisten Menschen – Sie wahrscheinlich auch, Arty – glauben, daß Freunde, Bekannte kommen und gehen, aber daß Recht bleibt, was Recht ist, und Unrecht, was Unrecht ist. Stimmt's?«

Arty schrieb bereits in seiner persönlichen Kurzschrift in das blaue Notizheft. Ohne den Blick vom Papier zu heben, nickte er unverbindlich.

»Für uns Sizilianer«, fuhr Vincente fort, »ist das genau umgekehrt. Gesetze können morgen schon anders sein. Die Streife wird von 'm andern Bullen geschoben, im Gerichtssaal sitzt 'n neuer Richter. Die Scheißregierung ist auf einmal eine andere. Aber nicht die Freunde. Die bleiben. So groß kann die Welt gar nicht sein. Wo soll 'n sie auch hin? Man hat nächste Woche wieder mit ihnen zu tun, spätestens innem Jahr. Man kann sie nicht abschütteln, auch wenn man will, glauben Sie mir. Unter 'm Strich? Wenn man was Unrechtes tun muß, um keine Probleme mit 'n Freund zu haben, tut man's.«

Arty sah von seinem Notizheft hoch. »Sagen wir unrecht oder illegal?«

»Eine sehr gute Frage«, meinte Vincente.

Er hob einen Finger, seine Augen fingen das Glitzern der Sterne und der Flutlichter ein. Einen Moment lang schienen die Sorgen von ihm abzufallen und einer Erleichterung Platz zu machen, die wie ein sich lösender Krampf war. Er rutschte vor bis zur Kante seines Stuhls, und den Runzeln zum Trotz schien er auf einmal jung, so aufgeweckt und lebhaft wie ein Internatsschüler, der im Pyjama über Philosophie diskutierte.

»Unrecht oder illegal«, wiederholte er. »Wer bestimmt, wo das eine aufhört und's andere anfangt? Die Scheißregierung will uns einreden, die Gesetze sind richtig, punkt. Denken Sie mal drüber nach, das stimmt nicht, ist Quatsch. Nehmen wir die Prohibition – heute richtig, morgen wieder falsch? Oder das Glücksspiel – vier Kerle, die im Hinterzimmer von'm Süßwarenladen zocken, das ist falsch, viertausend alte Ladies, die im Casino ihr Geld loswerden, das ist richtig? Quatsch ist das.«

Er hielt inne, nippte an seinem Wein, wischte sich die vollen Lippen mit dem Handrücken ab.

»Aber es muß doch einen Weg geben...«, warf Arty ein.

»Wofür denn?« unterbrach ihn Vincente. »Einen Weg, um für Ordnung zu sorgen? Was nur heißt, den Leuten klarmachen, wo sie hingehören? Das ist schon richtig. Aber ich seh' das so: Einer, der blond ist, am College war, 'n paar Aktien und ein Haus auf 'm Land hat, klar, der hat keine Probleme mit 'm Gesetz. Er sagt sich, he, ich halt' mich an die Spielregeln und gewinn' dabei, es muß also 'n faires Spiel sein, und ich bin 'n richtiger Teufelskerl. Hat einer aber schwarzes Haar, ist von Anfang an ein armes Schwein und redet auch noch komisch – dann sieht das Ganze gleich anders aus, meinen Sie nicht? Und hier kommen die Freunde ins Spiel. Verstehen Sie, was ich sagen will?«

Arty war nicht ganz sicher, aber er nickte und schrieb weiter. Kurz dachte er an den Tag, an dem er sich durch diesen Urwald arbeiten mußte, um ihn für den Leser verständlich zu machen.

»Mafia«, rumpelte Vincente weiter. »Wissen Sie, in Sizilien hat sie viele verschiedene Namen. Ich sag' Ihnen, welcher mir am besten gefällt: *gli amici degli amici.* Die Freunde von Freunden. Sagt doch alles. Wir und sie, so einfach – ein System außerhalb des Systems.«

Der Pate hielt inne, um einen Schluck Wein zu trinken. Grillen zirpten, blaues Licht lag sanft schimmernd über dem Pool.

»Nicht, daß dieses System reibungslos funktioniert«, gestand der alte Mann ein. »Die legale Welt hat ihre Fehler, unsere auch. Und das bringt uns zu Recht und Unrecht zurück.«

Arty spitzte die Ohren. Er hatte schon nicht mehr geglaubt, daß es das tun würde.

»Wenn einer in der legalen Welt Mist baut, entscheidet die legale Welt, was mit ihm geschieht. Sie fällt ein Urteil. Wenn jemand bei uns Mist baut, entscheiden *wir.* Wir urteilen hart, sehr hart, aber wir urteilen fair. Und wir urteilen danach, was *unserer* Ansicht nach Recht und Unrecht ist. Was ich sagen will, wir ziehen vor der Verantwortung nicht 'n Schwanz ein, rennen nicht zum Anwalt, verstecken uns nicht hinter Roben und Fahnen und schönen Worten und Hokuspokus. Wir fällen das Urteil selbst. Und eins will ich Ihnen sagen, Arty, und ich will nicht prahlen, das erfordert Mut. Wenn jemand bestraft werden muß, überlassen wir das nicht irgend 'nem Unbekannten – wir bestrafen. Wir machen die Drecksarbeit selbst. Bitten niemand um Hilfe.«

Der alte Mann fuchtelte mit dem Zeigefinger in die Luft, räusperte sich und griff nach seinem Weinglas. Er nahm rasch einen kleinen Schluck, dann fuhr er fort:

»Und so soll's auch sein. Wissen Sie, warum? Weil *gli amici degli amici,* das ganze Netz, das ist nichts anderes als der verlängerte Arm der Familie. Wenn Sie 'n Problem in der Familie haben, rennen Sie dann zu den Bullen? Was geht das 'n Scheitbullen an, wenn es inner Fa . . .«

Urplötzlich verstummte der alte Mann, das letzte Wort löste sich in Luft auf wie ein langsames und angestrengt pfeifendes Zischen. Arty schrieb noch einen Moment lang weiter, und als er endlich hochsah, saß Vincente vornübergebeugt und zusammengesunken in seinem Stuhl, dabei so schlaff, als hätte er keine Knochen. Die Augen waren trüb und entrückt, der Hals ragte zerbrechlich und sehnig aus dem Kragen heraus. Es war nicht das erste Mal, daß Arty miterlebte, wie dem Alten der Dampf ausging, aber nie war es so abrupt geschehen wie jetzt. Er konnte nicht wissen, daß der Pate bei seinen sprunghaften Überlegungen in einen Gedankengang gestolpert war wie in einen schlammigen Tümpel, auf dessen Grund das Wasser eiskalt war und erbärmlich stank.

»Sprechen Sie weiter, Vincente«, versuchte er, ihn zu überreden. »Sie erklärten gerade, daß . . .«

»Das war Mist.« Der alte Mann klang verbittert. »Ich weiß doch nicht mal, wovon ich rede.« Er griff wieder nach dem Weinglas, drehte es ein wenig am Stiel, stellte es ab, ohne zu trinken. Er blickte an Arty vorbei zum blauen Glanz des Pools, starrte in den regungslosen Himmel, als sehnte er sich dorthin.

Arty legte den Kugelschreiber weg, trank etwas Wein und behielt Vincente diskret im Auge. Er fragte sich, wo die Grenzen eines Ghostwriters lagen. Wo begannen seine Pflichten und Privilegien, und wo hörten sie auf? War er bloßer Zuhörer, oder sollte er auch nachfragen? Gingen ihn nur die Worte seiner Hauptfigur etwas an oder auch seine Launen, seine Marotten, seine Trauer? Stand ihm nur die Rolle des Schreiberlings, des Angestellten zu, oder konnte es sein, daß er infolge der Zuneigung, die sich aus der Nähe und der Auseinandersetzung ergeben hatte, ein Freund geworden war?

»Vincente«, er sprach leise. »Gibt es noch was, worüber Sie reden wollen?«

Der Pate starrte noch einen Moment lang in die Ferne und schüttelte dann bloß den Kopf. Arty hatte das Gefühl, er wollte nicht sprechen, weil er Angst hatte, er würde in Tränen ausbrechen.

»Sollen wir es gut sein lassen für heute?«

Der alte Mann nickte. Arty klappte das Notizheft zu, dann rutschte er in seinem Stuhl vor und stützte die Ellbogen auf die bloßen Knie. »Vincente, das ist vielleicht nicht der richtige Moment, aber darf ich Ihnen noch was sagen, bevor ich gehe?«

Anstelle einer Antwort legte Vincente den Kopf zur Seite. In dieser Geste lag etwas Resigniertes und Automatisches, sie erinnerte an einen Priester. Mochte er selbst noch so besorgt sein, mochte noch so viel Schlechtes auf ihm lasten, er würde zuhören, es war sein Job zuzuhören. Jemand wie er kannte diesen Luxus nicht, gelegentlich die Ohren verschließen zu können.

»Zwei Kerle vom FBI kamen zu mir ins Büro«, sagte Arty. »Sie wollten über Sie sprechen.«

Vincente legte einen Finger an seine buschige Braue, kratzte sie sanft, nickte. »Danke, daß Sie's mir gesagt haben, Arty. Den Mut, mir so was zu erzählen, hat nicht jeder.«

»Warum?«

Die Frage schien den Paten zu amüsieren. Er legte die Hände um die Armlehnen seines Stuhls und saß jetzt weniger verzweifelt da. »Ich mag Sie, Arty, 'ne dumme Frage, aber daß Sie sie stellen, macht Sie sympathisch. Wissen Sie's wirklich nicht?«

Arty schwieg.

»Viele würden denken«, fuhr Vincente fort, »sie sind in Gefahr, wenn das FBI bei ihnen aufkreuzt und ich davon erfahre. Sie würden denken, ich seh' sie, wie nennt man das, als 'n Risikofaktor, und daß ich Zweifel krieg', Sie wissen schon, mir Sorgen machen muß, daß Sie mich verpfeifen . . . Das ist Ihnen gar nicht in 'n Sinn gekommen, was, Arty?«

Der Ghostwriter schüttelte bloß den Kopf.

»Ein reines Gewissen«, sagte der Pate. Er sagte es wehmütig. »Ist erstaunlich . . . Sie glauben an das Gute im Menschen, stimmt's, Arty?«

Der jüngere Mann zuckte bloß die Achseln.

Der Pate sinnierte einen Moment lang, dann fügte er hinzu: »Beste Voraussetzung für 'n lausigen Journalisten.«

Der Ghostwriter stand auf. Es war Zeit zu gehen, doch zuvor machte er Vincente noch das Geschenk seiner Aufrichtigkeit. »Darf ich Ihnen was anvertrauen?« sagte er. »Ich bin ein lausiger Journalist.«

28

In New York schneite es, es war ein dünner, nasser Schnee, weiß im Licht der Straßenlampen, jedoch grau und glasig, sobald er auf den Windschutzscheiben der Autos landete. Von der Verrazzano-Brücke wirkte die Skyline von Manhattan wie ein gespenstischer Fleck. Es war mitten in der Nacht. Eigentlich hätte kaum Verkehr sein sollen, doch hinter den großen Räumungswagen, die zwischen den Pfeilern Salz und Sand streuten, kroch auch zu dieser Stunde eine Blechlawine her. Die Verzögerung steigerte Pretty Boys Reizbarkeit an die Grenze der Psychose.

»Ich hab' 'n Gefühl, als hätt' ich Curry inner Blase.«

»Sind die Pillen.« Bo schüttelte den Kopf. »Die fressen dich von innen auf.«

»Weißt du, was mit diesem Scheißland nicht stimmt?« schimpfte Pretty Boy vor sich hin. »Ist viel zu groß. In 'nem kleinen Land, was weiß ich, in Puerto Rico zum Beispiel, wär'n wir längst zu Hause.«

»Puerto Rico is' kein Land.«

»Du mich auch, Bo. Hab' die Schnauze voll von dir.«

Auf der Brooklyn-Seite bogen sie rechts ab, folgten dem Belt Parkway, der sich um das dicht bebaute, verunstaltete Ufer wand. Sie verließen die Schnellstraße bei der Ausfahrt Red Hook und glitten die steilen, gepflasterten Straßen zu den Lagerhäusern und den Docks hinunter. Überall ragten stillgelegte Schienen aus dem Boden, erhoben sich zwischen den Pflastersteinen wie kleine Bögen und Schlaufen, wölbten sich wie Narben. Der nasse Schnee verwandelte sie in polierten Marmor, weshalb der Lincoln immer wieder ins Schleudern geriet und nach hinten ausscherte. Gino Delgatto, blaugefroren und kaum bei Bewußtsein, wurde im Kofferraum wie ein gefangener Fisch auf den Planken eines Bootes von einer Seite zur anderen geworfen.

Bei den Docks angelangt, steuerte Pretty Boy den Wagen durch die schmale Öffnung eines hohen Eisentors und fuhr zu einem Stahlgebäude, das wie ein Hangar aussah und direkt am Fluß lag. Durch ein offenes Portal gelangten sie zu einem Ladedock, und dort hielt er endlich den Wagen an.

Er stieg aus, streckte sich und öffnete den Kofferraum. Gino lag gekrümmt um den Ersatzreifen.

Der Gefangene versuchte, den Kopf zu wenden, seine geröteten Augen blinzelten im plötzlichen Licht. Seine Arme waren immer noch im Rücken mit Handschellen gefesselt, die Beine zu einem Bündel verschnürt. Pretty Boy kramte eine Rasierklinge hervor und zerschnitt die Seile um die Oberschenkel und Knöchel. »Komm raus, Drecksack«, befahl er.

Doch auch ohne Fesseln waren Ginos Beine nicht beweglicher als vorher.

Bo langte in den Kofferraum und zerrte ihn an den Knöcheln. Der völlig steife Körper drehte sich auf den Hüftknochen wie ein Kreisel und behielt die Form eines Stuhls bei. Schließlich faßten die beiden Fabretti-Schläger Gino unter den Achselhöhlen und setzten ihn wie eine Puppe auf den Rand des Kofferraums. Pretty Boy riß ihm das Isolierband vom Mund, das dabei ein Geräusch machte wie reißender Stoff. Dann, ohne jeden Grund, hieb er ihm mit dem Handrücken quer über die Wange: »Willkommen in New York.«

Der Schlag tat Gino gut, schien seine Durchblutung anzukurbeln. Er wandte den Kopf ein wenig, versuchte die Zehen zu strecken. »Nehmt ihr mir die Handschellen ab?« fragte er.

Pretty Boy zuckte die Achseln und fischte den Schlüssel aus der Tasche. Ginos Hände fielen schlaff zur Seite. Von den Schultern abwärts war er völlig taub.

»Wir gehen jetzt, Gino«, sagte Bo. »Schaffst du's?«

Anstelle einer Antwort beugte sich Gino auf der Kofferraumkante vor und versuchte, seine Füße auszustrecken, doch im nächsten Moment kippte er vornüber und fiel auf den Zementboden. Der Boden war sehr kalt; er stank nach Diesel und dem Saft verdorbener Garnelen. Es gelang ihm, auf die Knie zu kommen. Die Schläger rissen ihn hoch, und irgendwie schaffte er es, zwischen ihnen zu gehen.

Sie führten ihn eine kurze Treppe zur Ladeplattform hinauf, dann durch einen breiten Eingang in die Haupthalle des Lagerhauses. Sie war riesig, enorm hoch und von ein paar Glühbirnen nur schwach beleuchtet. Die Stille war von einem leisen und anhaltenden Singsang unterbrochen, den der Wind erzeugte, der durch die Vernietungen der Stahlwände blies. Kisten mit Meeresfrüchten – Lachs, Flunder, Hummerschwänze – waren auf fünf Meter hohen Palettentürmen gestapelt. Es roch nach Ozean, Staub und feuchtem Pappkarton. Am anderen Ende eines Gangs, in dem sich turmhoch der Fisch stapelte, schien gelbes Licht durch die Jalousien eines Bürofensters.

Gino stolperte darauf zu, immer noch bemüht, zu sich zu kommen, die Welt wieder zu betreten und seine Haut zurückzufordern. Hände, Füße, Gehirn – nichts schien mehr ihm zu gehören, als wäre er bereits gestorben. Und als wären andere Dinge mit ihm mitgestorben: alte Loyalitäten, Bindungen, sein letzter Rest von Anstand und Gewissen. Er war tot gewesen, und nun hatte man ihn ins Leben zurück geohrfeigt, jedoch nicht wirklich als Mensch, sondern als primitive Lebensform, als Tropfen belebten Schleims, dessen einzige Antriebskraft ein im Grunde sinnloser Selbsterhaltungstrieb war.

Bo klopfte an die Büroscheibe. Jemand schob die Jalousie mit der Mündung einer Kanone auseinander, dann wurde die Tür von innen geöffnet.

Pretty Boy schob Gino durch die Tür. Im gelben Licht sah der Gefangene drei Männer. Zwei davon waren stiernackige Leibwächter in perlgrauen Anzügen. Der dritte war Aldo Messina, der neue Boß der Fabrettis.

Er war ein dünner, finsterer und trübsinniger Mann von stiller und methodischer Skrupellosigkeit, ein Intrigant und ein von Sorgen geplagter Mensch. Das konkave Gesicht schien von ständiger Sorge ausgehöhlt, die Backen legten sich straff um den Mund und die Schatten der Augen fielen in sich selbst zurück. Er trug einen grauen Rollkragenpullover und stand zusammengekauert in einer Ecke, gleich neben einem Heizgerät, wo er seine schmalen Hände aneinanderrieb. Die Heizschlangen warfen einen roten Schimmer auf sein Gesicht und machten es beinahe unerträglich, ihn anzusehen. »Hallo, Gino«, sagte er leise.

»Hallo, Aldo«, erwiderte der Gefangene.

Messina hob einen zarten Finger, den Finger eines Pianisten. »Erster Fehler, Gino. Es heißt nicht mehr Aldo. Es heißt Mr. Messina. Kapiert?«

Gino blickte zu Boden und nickte.

Messina näherte sich ihm, und mit der lockeren Faust schob er Ginos Kinn wieder hoch. »Dann sag's.«

Der Gefangene zögerte, schluckte. Immer diese Geschichte mit den Namen – es war eine kleine Unterwerfung, aber eine bittere. Er spannte das Gesicht an, zog es zurück, als wollte ihm der andere Mann seinen Penis in den Mund rammen. »Mr. Messina.«

»Schon besser«, nickte der Boß. In einer makaber langsamen Bewegung trat er einen Schritt zurück und brachte seine blutleere Gestalt wieder in die Nähe der Wärme. »Also, Gino, du hast dich in unsere Angelegenheiten in Florida gemischt. Das war nicht klug, Gino.«

Der Gefangene richtete den Blick auf seine Schuhe.

»Wir haben mit denen da unten 'n Handel«, fuhr Messina fort. »Schaut den Pugliese nicht ähnlich, sich in 'nen Handel zu mischen.«

Gino schniefte, massierte ein geschwollenes Handgelenk.

»Dein Alter, Gino, das muß ich dir sagen, den hab' ich wirklich bewundert. War immer 'n Diplomat, 'n vernünftiger Mensch. Kann nicht glauben, daß er einen so blöden Zeitpunkt aussucht und sich so saublöd benimmt, um von uns was zurückzuverlangen. Ich übernehm' gerade, kann mir 'ne Schwäche nicht leisten. Das is'ne Grundregel. Und da will er mir 'ne Gewerkschaft wegschnappen. Irgendwie glaub' ich nicht, daß das seine Idee war.«

Gino scharrte mit den Füßen. Er dachte nicht nach, nicht wirklich. Was in seinem wiedergewonnenen Gehirn vorging, war primitiver, wohl eher ein verschlüsseltes Abfeuern von Neuronen, die einem gejagten Tier mitteilen, wann es nach links und wann es nach rechts ausschlagen soll. »Mein Alter ist nicht mehr wie früher, läßt nach. Ist alt geworden.«

Messina stand neben dem Heizgerät, rieb sich die Hände und dachte nach. »Möglich. Aber, Gino, du mieses Stück Dreck, was entschuldigt *dich?*«

Gino holte noch tiefer Luft und bemerkte erst jetzt den Fischgestank. »Ich hab' keine Entschuldigung«, gestand er. »Ich hab' 'ne Information.«

»Deshalb bist du ja hier und nicht auf 'm Meeresboden«, sagte Messina.

»Wo der Scheißkerl hingehört«, stieß Pretty Boy hervor.

Messina wies ihn leise an, das Maul zu halten. »Also, Gino, her mit der Ware.«

Der Gefangene grub ganz tief hinunter, um noch einen Rest von Mut zusammenzukratzen. »Mal hören, was sie dir wert ist.«

Der Boß sah vom Heizgerät hoch; rote Strahlen spielten auf seinem fahlen Gesicht. Vage nickte er in Richtung der Schläger in den perlgrauen Anzügen. »Deine Verhandlungsposition ist nicht gerade viel wert.«

»Ich verlang' auch nicht viel«, antwortete Gino.

Messina schwieg, überließ dem anderen das erste Angebot.

»Begnadigung, sonst nichts«, schlug Gino vor. »Diese Geschichte ist nie passiert.«

Eine Windböe ließ das von Nieten zusammengehaltene Stahlgebäude aufheulen. »Und als Gegenleistung krieg' ich 'n Gerücht über so 'n Buch«, höhnte Messina.

»Es ist nicht bloß 'n Buch«, erwiderte Gino hastig. »Es ist 'ne gottverdammte Zeitbombe. Zehnmal schlimmer als Valachi, ärger als jeder Verrat...«

»Wer schreibt also 'n Buch?«

»Sind wir im Geschäft?«

Messina antwortete gelassen: »Mal sehen.«

Gino spürte, wie sich seine Gedärme verflüssigten. Plötzlich wurde ihm schwindlig. Er hatte gebluff, er hatte gelogen, er hatte sich gewunden wie eine Schlange. So lange er sich mit jeder Faser auf die Jagd konzentriert hatte, war seine Angst im Hintergrund geblieben. Doch nun hatte er alle Karten bis auf eine ausgespielt und keine Ahnung, ob ihm die noch irgendwas nützen würde.

»Was soll das heißen?« wimmerte er.

»In Florida war das Wasser wärmer, Gino.«

Der Gefangene schluckte, sein Speichel schmeckte nach Fisch und Galle. Die Wände des Büros schienen über ihm zusammenzustürzen, er hatte das Gefühl, die Fabretti-Schläger hingen über ihm wie Mahlsteine, um jeden Moment auf ihn herunterzukrachen. Er bekam keine Luft, und als er versuchte, mit seinen Lippen Worte zu formen, verzog sich sein Gesicht zu einem krankhaft hämischen Grinsen, zum entsetzlichen Glotzen eines idiotischen Kindes, das etwas Grausames und Sinnloses getan hat. Doch sogar an der Schwelle zum abscheulichsten Verrat fehlte ihm der Mut zur Direktheit. Er grinste und flüsterte scheinheilig: »Okay, das Buch. Ich hab' doch gesagt, daß meinem Alten der Saft ausgeht. Sag bloß, du kapierst immer noch nicht?«

Im Raum wurde es mit Ausnahme des irrsinnigen, kaum hörbaren Singens der Metallwände totenstill. Dann ertönte das trockene Geräusch von Messinas Händen, die er vor dem Heizgerät aneinanderrieb. Ein langer Augenblick verging, es stank nach Fisch, und das Licht war von körnigem Gelb. Schließlich sagte der Boß, der Vincente Delgatto einst bewundert hatte, ganz ruhig: »Dafür kriegt er die Fresse poliert. Aber so, daß es weh tut.«

Die Schläger in den perlgrauen Anzügen tauschten einen Blick aus, um zu entscheiden, wer die Prügel verabreichen sollte. Dann bewegte sich einer auf Gino zu und nahm ihn zunächst nur in Augenschein. Er ließ sich Zeit, nahm Maß, wie weit es von seiner Faust bis zu Ginos Magen war, und hieb ihm dann mit voller Wucht in die weiche Stelle unter den Rippen. Der Schlag drang fast bis zum Rückgrat. Gino ging die Luft aus wie einer Flasche warmen Champagners. Als er nach vorne fiel, traf ihn das angezogene Knie des Schlägers in der linken Augenhöhle und warf ihn wieder zurück. Sein Gegner fing ihn auf, bevor er fallen konnte. Ginos Kopf schlenkerte hin und her wie eine Boje im Ozean, dennoch war der nächste Schlag ein Volltreffer und zerschmetterte ihm die Nase. Der Gefangene stolperte nach hinten, wo Pretty Boy der Versuchung nicht widerstehen konnte, ihm ein Bein zu stellen. Im Fallen schlug Gino mit dem Kopf gegen den Türrahmen, wo er in sich zusammensackte und auf dem Boden sitzend landete.

Er war betäubt, aber nicht ohnmächtig. Seine Augen hatten sich geschlossen, dennoch war er so weit bei Bewußtsein, daß er den Geschmack von Rotz und Blut im Rachen spürte und somit wußte, daß er noch am Leben war. Es störte ihn nicht mehr, verprügelt zu werden, im Gegenteil, es war ihm recht, bestätigte ihn. Was die Verachtung, die Demütigung, den Abscheu anlangte, so war er so tief gesunken, daß diese Dinge ihren Stachel verloren hatten, er stand ihnen so gleichgültig gegenüber wie eine Schabe.

Er lag da, benommen, stellte sich tot. Inmitten des an Irrsinn grenzenden Singsangs des Gebäudes konnte er Gesprächsfetzen auffangen, ein Durcheinander rauher Stimmen. *Der verarscht uns doch*, sagte jemand. *Seinen eigenen Vater – dieses miese Stück Scheiße ... Vincente Delgatto würde so was doch nie ... Aber heilige Maria, bei dem Wissen, das er hat ... Ich muß nachdenken, muß dringend nachdenken ...*

Schritte kamen näher. Gino rührte sich nicht. Die Bürotür wurde geöffnet, Füße stiegen über seine verdrehten Beine. Jemand spuckte ihn beim Hinausgehen an, er wußte nicht, wer das getan hatte, aber es interessierte ihn auch nicht mehr.

29

Früh am nächsten Morgen ging Andy d'Ambrosia in einem grünblauen Anzug aus federleichter chinesischer Seide mit seinem in die Jahre gekommenen Chihuahua am Strand von Key West spazieren.

Über den Florida Straits ging die Sonne, die sich durch einen violetten Wolkenfetzen hindurch in den Himmel erhob, von leuchtendem Orange in ein weißliches Gelb über. Das sanft kräuselnde Wasser reichte von Dunkelblau bis Türkis und würde schließlich eine milchiggrüne Farbe annehmen. Die Luft wurde von einem Moment auf den anderen trockener und wärmer und leitete den Tag ein, obwohl im Korallensand noch die Kühle und Feuchte der Nacht gespeichert war: Der alte Mann spürte die kühle Frische durch die Sohlen seiner Turnschuhe.

Er spazierte nur wenige Meter von der Brandung entfernt am Ufer entlang und beobachtete diskret seinen winzigen Hund, der soeben in die Hocke ging, um sein Geschäft zu verrichten. Während der letzten Tage, in denen Leinsamen zum regelmäßigen Bestandteil seiner Diät geworden war, nahm der Chihuahua seine Verrichtung beinahe schon blasiert in Angriff, und Andy, der, trotz der Erleichterung, die er für das Tier empfand, einen gewissen Neid verspürte, hatte bereits daran gedacht, seinen eigenen Mahlzeiten ein wenig von dem Zaubermittel beizumischen. Bis jetzt hatte er sich beherrscht. Leinsamen war seiner persönlichen Würde mindestens so fremd wie seinem lang bewährten Rezept für Fleischklößchen. Doch wenn er dem Hund zusah, mit welcher Befriedigung er Sand und Steinchen auf sein Geschäft schaufelte, wenn er die längst vergessene Leichtigkeit im Gang des Hundes bemerkte, fühlte er seinen Widerstand schwinden. Die Samen wurden langsam in Olivenöl erhitzt. Was sollte da schon passieren?

Er ging langsam den Strand entlang, bis er die breite Promenade erreichte, die parallel zur A1A verlief. Wie immer setzte er sich auf den Deich und sah den frühen Joggern und Schnellgehern und Inline-Skatern zu. In limonengrünen Shorts, mit Stirnbändern, die sie wie Indianer aussehen ließen, auf surrenden Rollen oder in teuren Schuhen mit Waffelsohlen und Neonstreifen kamen sie wie jeden Tag an ihm vorüber. Manche hielten kleine Hanteln, andere hatten Transistorradios wie Blutdruckmanschetten um ihre Oberarme geschnallt. Viele lächelten Andy zu oder winkten. Sie kannten seinen Namen nicht, er nicht die ihren. Dennoch gehörte er seit langem zur Landschaft: der alte Mann mit den ausgeflippten Hemden und dem steifbeinigen Hund. In seiner Bewegungslosigkeit, seiner Berechenbarkeit war er zu einer Landmarke ihrer Route geworden, so ähnlich wie ein Briefkasten oder ein seltsam verwachsener Baum. Es bereitete ihm insgeheim Freude zu wissen, daß es manchen von ihnen auffallen würde, wenn er nicht mehr wäre, daß ein paar sich fragen würden, was denn aus dem Alten geworden sei.

Er saß da, sah zu, und plötzlich fiel ihm in einer Entfernung von vielleicht hundert Metern eine Inline-Skaterin auf, die auf ihn zukam. Er ließ sie nicht aus den Augen. Über einer schwarzglänzenden Fahrradhose trug sie einen grellrosa Body, und während sie gleitend und stolpernd bemüht war, nicht das Gleichgewicht zu verlieren, tanzten ihre vollen Brüste auf und nieder. Die unförmigen Knieschützer verliehen ihren mageren Beinen ein elefantenartiges Aussehen, und aus den fingerlosen Handschuhen ragten lange, rotlackierte Nägel. Ihre Knöchel waren nach innen gedreht wie die Reifen eines Autos nach einem Achsenbruch, den Blick hielt sie auf den harten und gefährlichen Asphalt fixiert und war dabei so konzentriert, daß ihre Zungenspitze aus einem Mundwinkel hervorlugte.

Erst als sie sehr nahe war, erkannte er Debbi.

Er rief ihr einen Gruß zu, doch sie trug Kopfhörer und war somit taub. Zum Stehen brachte sie der Anblick Don Giovannis, der im Schatten des Deichs ein undefinierbares Tänzchen vollführte. Stolpernd und wie ein zur Landung ansetzender Pelikan mit den Armen fuchtelnd, kam sie zum Stehen, nahm die Kopfhörer ab und begrüßte Andy. In den Linsen ihrer großen Sonnenbrille leuchteten Zwillingssonnen, auf ihrem von Sommersprossen übersäten Ausschnitt glitzerte der Schweiß.

»Ein wunderschöner Morgen«, sagte Andy. Für ihn

war es ein besonderes Glück, jemanden zu haben, mit dem er plaudern konnte, aber sie sollte sich nicht verpflichtet fühlen. Er bemühte sich, jüngere Menschen zu verstehen, zu wissen, was ihnen wichtig schien. Er machte eine Geste, als wollte er einem jungen Vogel bedeuten: Flieg nur weiter. »Ich möchte Sie nicht vom Training abhalten.«

Debbi stieß einen verächtlichen Ton aus. »Das nennen Sie Training? Ich würde es eher die totale Blamage in aller Öffentlichkeit nennen.«

Sie schien keine sonderliche Eile zu haben, weiterzufahren, daher sagte Andy: »Wie lange sind Sie denn schon unterwegs?«

Debbi schirmte ihre Augen mit einer Hand ab. »Wie spät isses denn? Mach' das zum ersten Mal. Die Skates gehören Sandra.«

»Sandra. Wußte gar nicht, daß sie 'ne Skaterin ist.«

Debbi wischte sich die Stirn ab, vollführte einen kleinen Doppelschritt, um auf den Beinen zu bleiben. »Noch nie verwendet, diese Skates. Sie hat zwei Paar gekauft, eins für sich und eins für Joey. Joey wollt' es nicht mal probieren, meinte, er macht sich nur lächerlich.«

Andy dachte, in diesem Punkt mußte er Joey recht geben, aber er behielt es für sich. Statt dessen sagte er: »Nun, fürs erste Mal machen Sie's doch gut.«

Debbi war selbst überrascht, als sie das Kompliment nicht zurückwies. Sie lächelte, dann drehte sie sich sehr vorsichtig um, um ihren Rücken dem Ozean zuzuwenden. Sie legte eine Hand auf Andys Schulter und ließ sich langsam nieder, dabei begannen ihre Skates zu rutschen, und sie trat mit den Beinen um sich wie ein Roadrunner, um nicht hinzufallen. Als sie endlich saß, stieß sie ein Seufzen aus: »Ist gar nicht leicht, Andy. Tag eins, um ein besserer Mensch zu werden und in Form zu kommen.«

Andy gönnte sich das Vorrecht des Alters. »In meinen Augen sind Sie toll in Form.«

Sie schüttelte den Kopf. »Wollen Sie die schreckliche Wahrheit wissen? Mein Hintern ist weich wie Butter, und meine Arme sind so schwach, daß ich kaum das Marmeladeglas aufkrieg', und wenn ich mich nicht langsam um meine zwei besten Stücke kümmere, schieb' ich sie mit vierzig in 'ner Schubkarre vor mich her.«

Andy war zu sehr Gentleman und wandte daher den Blick ab. Die Läufer trabten vorüber, die Geher pumpten ihre kleinen Hanteln, der Frühverkehr wurde langsam dichter. Nach einem Moment sagte er: »Debbi, warum nehmen Sie sich auf einmal so an die Kandare?«

Sie streckte die Hand aus und kraulte Don Giovanni hinter den übergroßen Ohren. Der Hund winselte leise vor Wonne. Offenbar wollte sie lieber nicht antworten, und Andy dachte daran, daß es erst halb acht und vielleicht ein wenig früh war, um persönlich zu werden. Er hätte gerne das Thema gewechselt, und nun fiel ihm etwas ein, das sich, wie er meinte, gut eignete. »He, ich dachte, ihr wolltet abreisen.«

Der Versuch, dem Gespräch ganz beiläufig eine andere Richtung zu verleihen, war offenbar danebengegangen. Debbi ließ ihre Unterschenkel auseinanderklappen wie eine Schere und kratzte mit den Skates auf dem Asphalt. »Sind wir auch. Ich bin zurückgekommen.«

Die Sonne wurde nun weiß und röstete Andys Schultern durch die blaue Seide hindurch. »Und Gino?«

Debbi war intensiv mit ihren Knieschützern beschäftigt. »Gino . . . ich weiß nicht, wo Gino ist.«

Das klang nicht gut, und Andy wollte einen Moment darüber nachdenken. Seine Überlegungen wurden von zwei aufeinanderfolgenden Hupgeräuschen und dem Ruf nach seinem Namen unterbrochen.

Als er hochsah, erblickte er Ben Hawkins, der seine tägliche Runde drehte und sehr langsam in seinem FBI-Wagen vorüberfuhr. Auf den Linsen seiner Ray-Bans zerbrach das Sonnenlicht in lauter glitzernde Strahlen. Der Agent winkte kaum merklich mit einem Finger, als wollte er mit der Geste andeuten: Kennst du mich noch? Andy winkte auf eine Weise zurück, die besagen sollte: Fahr zur Hölle. Mark Sutton saß zusammengekauert auf dem Rücksitz in der Nähe des kleinen Lüftungsfensters, balancierte seinen Fotoapparat auf einer Stofftasche und, ohne gesehen zu werden, schoß er ein halbes Dutzend Fotos von dem alten Mafioso und der neben ihm sitzenden Debbi.

»Wer war 'n das?« fragte die junge Frau, als der beeindruckende Wagen vorüber war.

»Nur irgend so 'n Kerl«, meinte Andy.

An der Art, wie er das sagte, wußte sie, daß mehr dahintersteckte, doch sie wußte auch, daß man keine weitere Fragen stellen konnte.

Es begann heiß zu werden. Der Dandy zupfte die feuchte Seide von seinen Schlüsselbeinen. Hawkins' Anblick hatte ihn verärgert. »'s einzige Problem in so 'ner kleinen Stadt, besser gesagt, auf so 'ner kleinen Insel ist, daß man bald mal das Gefühl kriegt, sie ist zu voll.«

Kurz und nicht ohne Schuldgefühle mußte Debbi daran denken, wie angenehm sie Ginos Abwesenheit empfand. »Komisch – ich finde die Stadt auf einmal viel weniger voll.« Sie streichelte den Chihuahua ein letztes Mal, legte eine Hand auf Andys Schulter und begann, sich langsam und auf wackeligen Beinen vom Deich zu erheben.

Mit einem Fuß stieß sie sich ab und rollte los. Die Knie drehten sich nach innen, die Arme fuchtelten in der Luft, als fänden sie dort ihr Gleichgewicht, der schmale Hintern ragte in die Höhe und schien von ihren Beinen und ihrem Oberkörper wie losgelöst, als wäre er eine in die Unabhängigkeit entlassene Provinz. Sie wankte und stolperte, als bewegte sich die Erde unter ihren Füßen, und Andy konnte bei aller Galanterie nicht verhindern, daß sich ihm das Bild von einem alten Zirkuskunststück aufdrängte, bei dem ein Pudel auf einem Wasserball tanzt. Er blickte ihr nach, bis sie in dem allgemeinen Getümmel von Läufern und Schnellgehern verschwunden war, und dann erinnerte er sich, daß er darüber nachdenken wollte, was zum Teufel mit Gino passiert war, was für einen Scheiß er diesmal gebaut hatte.

30

Um sechs Uhr früh hatten die Gabelstapler Schichtbeginn. Sie dröhnten und brummten, wenn sie in die hohen Gänge mit den aufgestapelten Kisten mit Meeresfrüchten ein- und ausfuhren. Das Dröhnen steigerte sich zu einem schrillen Heulen, sobald die Gabeln die schweren Paletten von den Stapeln hoben. Die Motoren wurden mit Propangas angetrieben und strömten einen süßen, übelkeiterregenden Gestank aus, eine Mischung aus frischem Gebäck und Fürzen.

Die Dämpfe krochen unter der Tür des Büros durch, wo Gino Delgatto, dessen Knöchel an die Beine eines Schreibtisches gefesselt waren, auf dem eiskalten Boden ein wenig zu schlafen versuchte, während die Schläger in den perlgrauen Anzügen in den quietschenden Stühlen abwechselnd kurze Nickerchen einlegten. Die Propangasabgase vermischten sich mit dem Elektrogeruch des Heizgeräts; für Sauerstoff schien kein Platz mehr zu sein. Der Gefangene, dem jeder Atemzug weh tat, der ihm pfeifend und stechend durch die zertrümmerte Nase fuhr, sehnte sich nach Frischluft. Grünlich-violette Blutergüsse breiteten sich unter beiden Augen aus, die Lider waren dick geschwollen. Er nickte immer wieder kurz ein, während der vom Fluß kommende Winterwind auf das Lagerhaus einprügelte und es wie ein gebeuteltes Stück Blech in ein verzerrtes Singen versetzte.

Um etwa acht Uhr kehrte Aldo Messina mit Pretty Boy und Bo zurück. Bo war frisch rasiert und sah noch häßlicher aus als vorher, denn nun leuchtete die Narbe an seinem Kiefer in voller Pracht. Pretty Boys Morgenbennis taten gerade ihre Wirkung, er wurde von Moment zu Moment reizbarer. Die drei Männer brachten große Thermosflaschen mit Kaffee. Der Kaffee war für ihre Kollegen in den perlgrauen Anzügen gedacht, nicht für Gino. Eine Kleinigkeit, aber am liebsten hätte der große Mann aus lauter Selbstmitleid zu flennen begonnen. Er hätte so gerne Kaffee gehabt. Und die Tatsache, daß ihm versagt wurde, was alle anderen haben durften, daß er vom Morgenritual ausgeschlossen war, machte ihm deutlicher als alles andere, wie isoliert er war, wie ihm bereits jeder Kontakt zu den tröstlichen und vertrauten Dingen des Lebens verlorengegangen war.

Bo löste die Fesseln von den Knöcheln des Gefangenen, der mit steifen Gliedern aufstand. Pretty Boy griff nach seinem Kinn und studierte das verfärbte und entstellte Gesicht. Messina bewegte sich langsam zum Tisch hin und lehnte sich dagegen.

Heute trug der Boß einen schwarzen Rollkragenpullover, der den Begräbnisglanz seines Blicks noch zusätzlich betonte. Er wärmte seine schmalen Hände an der Kaffeetasse, stand über ihr zusammengekrümmt wie ein Flüchtling. Er nahm einen Schluck und kam sofort zur Sache: »Gino, ich hab' lange nachgedacht, drüber geschlafen, und ich bin zu dem Schluß gekommen, daß du ein gottverdammter Lügner bist. Du gehst in den Fluß.«

Nach all den abscheulichen Gerüchen der vergangenen Tage versetzte das Kaffeearoma Gino in einen Zustand, der über die Verzweiflung hinausging. Das und die Todesangst trieben ihm die Tränen in die geschwollenen Augen. »Ich lüg' nicht«, wimmerte er. »So was denk' ich mir doch nicht aus.«

Messina nippte an seinem Kaffee. »Darüber hab' ich auch nachgedacht. Ich dachte, um so 'ne Geschichte zu erfinden, bist du zu dumm. Eins zu null für dich also.«

»Ja und . . .«

»Aber deinen Vater kenn' ich seit vielen Jahren«, fuhr der düstere Boß fort. »Und das sprach gegen dich. Sehr sogar.«

Der verrückte Pretty Boy schnippte mit den Fingern. »Du gehst auf 'n Grund, Gino. Kannst deinen behaarten Arsch jetzt schon zum Abschied küssen.«

Messina befahl ihm, das Maul zu halten. Dann herrschte Schweigen. Alle außer Gino tranken Kaffee. Die Gabelstapler dröhnten, und das Gebäude sang. Gino stöberte und scharrte durch seine Hirnwindungen wie eine in die Enge getriebene Maus, die aber die Hoffnung nicht aufgibt und nach einem kleinen Loch im Boden sucht, durch das sie sich in die Unsichtbarkeit retten kann. »Ich verlang' ja nicht, daß ihr mir glaubt«, krächzte er schließlich. »Überprüft es wenigstens.«

Während Gino sprach, war Pretty Boys Tasse bereits auf halbem Weg zu seinem Mund gewesen. Jetzt, anstatt getrunken zu werden, landete der Kaffee in Ginos Gesicht. Die heiße Flüssigkeit brannte ihm in den Augen. Doch dann floß sie an seinem Gesicht herunter und es gelang ihm, ein paar süße Tropfen aufzufangen. Pretty Boy packte ihn am Kragen und beutelte ihn wie einen

Sack. »Du verfluchtes Stück Scheiße. Widerliches Arschloch. Lieferst 'n eigenen Vater ans Messer.«

Die Worte bohrten sich wie Maden durch Ginos Ohren. Bis zu diesem Moment hatte er es geschafft, die volle Monströsität seines Verrats zu verdrängen. Er hatte manövriert, die anderen hingehalten, blind improvisiert. Nahm sich der gejagte Hase etwa die Zeit, darüber nachzudenken, was oder wen er bei seiner Flucht niedertrampelte? Immer noch in den Pranken seines Folterers, stieß Gino unglücklich hervor: »He, das hab' ich nicht. Ich hab' nur gesagt, ihr sollt dieses Buch verhindern.«

Aldo Messina nippte weiterhin mit dieser entsetzlichen Gelassenheit an seinem Kaffee. »Was sollen wir also tun? Deinem Alten den Bleistift auseinanderbrechen?«

Pretty Boy zog sich zurück. Gabelstapler dröhnten.

»Erstes Anzeichen für 'n dummen Kerl«, fuhr Aldo Messina fort, »weißt du, was das ist, Gino? Kein' Sinn fürs Ganze. Es würde mir leid tun, deinen Alten umzulegen, wirklich. Aber okay, nehmen wir an, wir tun's. Die Folge? Krieg. Die Pugliese – sie sind nicht mehr, was sie mal waren, sind wir ehrlich, Gino, aber meinst du, die bleiben einfach ruhig sitzen, wenn der Padrone um die Ecke gebracht wird? Der Rat – noch dazu, nach dem, was mit meinem Vorgänger passiert ist –, meinst du, die würden's akzeptieren, wenn jetzt der oberste Boß verschwindet? Krieg, Gino. Und wozu? Wegen einem hirnrissigen Tip, noch dazu von 'nem Scheißkerl wie dir. Deswegen sollen wir Krieg anfangen?«

Gino blinzelte, auf seinen Wimpern klebte Kaffee. Sein hektischer Blick wanderte zwischen Pretty Boy und Bo und den beiden Schlägern in den perlgrauen Anzügen hin und her. Er sah, wie sich ihre Hände verspannten und wieder entspannten. Die typische Vorbereitung auf ein wenig Gymnastik. Er kratzte und scharrte, und plötzlich meinte er, eine Ritze in der Wand entdeckt zu haben, eine Stelle, durch die er sich durchquetschen und außer Gefahr bringen könnte. »Okay. Dann zerbrecht doch seinen Bleistift.«

Pretty Boy wirbelte zu ihm herum und knurrte: »Auch noch sarkastisch, was? Willst uns jetzt auch noch verarschen, oder was?«

»Der Bleistift«, schoß Gino zurück. »Das Ding, das in Wirklichkeit schreibt. Kapiert ihr denn nicht?«

Nein, das taten sie nicht. Die Gabelstapler heulten auf, eiskalte Windstöße hämmerten auf das Gebäude ein. Gino improvisierte einfach weiter.

»Ich hab' nie gesagt, daß ihr meinen Alten umlegen sollt.« Mittlerweile klang er sogar einigermaßen überzeugt, leicht verletzt, ja empört, wie man ihn so mißverstehen konnte. »Natürlich geht das nicht, war mir doch klar. Ich meine, ihr schickt ihm 'ne Warnung.«

Der Gefangene appellierte verzweifelt an Messinas undurchdringliche Augen. Der düstere Boß erwiderte seinen Blick, sah beinahe neugierig drein, und Gino spürte die ersten Anzeichen einer verrückten Hoffnung.

»Paßt auf, mein Vater schreibt nichts auf. Er hat so 'n Kerl gefunden, der mit ihm zusammenarbeitet, 'nen, wie nennt man das, 'nen Ghostwriter. Hab' die beiden selbst gesehen. Schreibt alles in ein blaues Notizheft. Der Typ ist 'n Niemand. Ein Nichts. So 'n dünner Kerl, der da unten für 'ne Zeitung arbeitet. Glaubt mir, wenn ihr dieses Buch ohne Kopfweh loswerden wollt, dann kümmert euch um ihn.«

Das Heizgerät ging mit einem elektrischen Summen in Betrieb. Messina hielt seine schlanken Finger vor die Glühdrähte. Pretty Boy ging auf und ab. »Ich sag' euch, der verarscht uns immer noch.«

Doch Gino hatte seine Großspurigkeit wiedererlangt.

»Wenn ich euch verarsche, versenkt ihr mich im Fluß, reißt mir den Kopf ab, is' mir egal. Wenn's stimmt, laßt ihr mich gehen. Kostet euch nichts, das nachzuprüfen. Der Kerl heißt Arty. Arty Magnus. Großer Typ, krauses Haar. Schaut es euch an, tut, was zu tun ist. Ohne Arty kein Buch.«

Aldo Messina hatte den Blick auf seinen Kaffee gesenkt. Seine trockene und von Sorgen geplagte Haut schien noch straffer zu werden, während er grübelte und plante, kalkulierte und entschied. Gabelstapler dröhnten. Ein eisiger Windstoß traf das Lagerhaus erneut wie ein Holzhammer einen Gong. Schließlich, ohne dabei sein melancholisches Gesicht zu heben, erteilte der düstere Boß mit rasselnder Stimme seine Befehle. »Pretty Boy, Bo. Geht heim, schlaft euch aus. Am Nachmittag fahrt ihr nach Florida zurück.«

31

Nachdem er gefrühstückt und geduscht hatte, zog Andy d'Ambrosia einen frischen, korallenroten gewirkten Pullover an, nahm seinen ergrauten Hund in den Arm, spazierte gemächlich den Strand entlang und bog schließlich wieder ins Landesinnere, um die zwei Häuserblocks zu Joey Goldmans Haus zurückzulegen. Joey und Sandra waren bereits zur Arbeit gegangen. Sandra hatte Debbi mitgenommen, damit sie ihr im Büro half und vor allem etwas zu tun hatte. Der Form halber klopfte der Freund der Familie an die Eingangstür. Dann überquerte er die Kieseinfahrt, die unter seinen Füßen knirschte, lief um den Parkplatz herum, schlüpfte zwischen dem Regenrohr und dem Oleander hindurch und gelangte in den Garten.

Der Pate war dort, jedoch nicht wie sonst mit den Blumen beschäftigt, sondern in einem Stuhl im Schatten. Sein ausgefranster Strohhut warf einen noch dunkleren Schatten auf sein Gesicht. Entweder überraschte es ihn nicht, Andy zu sehen, oder er zeigte kaum eine Reaktion. »Hol dir 'n Stuhl«, war alles, was er sagte.

Andy setzte den Chihuahua ab und zog mit einiger Mühe eine der Liegen vom Pool heran. Er hockte sich auf die Kante und schwieg.

Vincente hatte den Blick abgewandt und beobachtete einen Fischadler, der hoch über der Aralienhecke seine Kreise zog. »Andy, du bist erstaunlich. Weißt immer, wenn was nicht in Ordnung ist.« In seiner Stimme lag Zuneigung und Bewunderung, aber auch ein wenig Spott, der ihnen beiden galt, als wollte er sagen: *Du weißt Bescheid. Ich weiß Bescheid, und was nutzt uns das?*

»Willst du mit mir reden, Vincente?«

Der Pate schürzte seine weichen Lippen, stieß ein zischendes Grunzen aus. Die Finger waren über dem eingesunkenen Bauch verschränkt. »Bevor du gekommen bist, weißt du, woran ich da gedacht hab'? Ich sitz' hier und denke, es ist nicht richtig, einfach nicht fair, daß die Dinge am Ende schieflaufen. Inner Mitte des Lebens hat man vielleicht noch Zeit und kann's regeln. Oder man hat Glück, kann sich umdrehen und gehen. Aber ganz zum Schluß kann man gar nichts tun. Nichts. Man stirbt mit 'm bitteren Geschmack im Mund.«

Andys Hund lag zu seinen Füßen. Er streckte die Hand aus und streichelte ihn, schöpfte Trost aus der Berührung seiner geäderten Ohren. Ein Luftzug fuhr durch den Garten, hinterließ einen Geruch nach Kalkstein und Seetang.

Nach einer Weile fuhr Vincente fort: »Gino hat großen

Scheiß gebaut. Vielleicht isser nicht mal mehr am Leben.«

»Vielleicht?«

Der Pate wandte den Blick ab, schluckte hart, rang kurz mit sich und beschloß schließlich, sich seinem alten Freund anzuvertrauen. Er erzählte Andy, was er selbst wußte, von Ginos Täuschungsmanöver, Ginos Fiasko. Andy hörte mit auf der Faust aufgestütztem Kinn zu, ab und zu nickte er. Am Ende sagte er: »*Marrone.*«

»Was zum Teufel soll ich tun?« fuhr Vincente fort. »Wenn er noch nicht tot ist, muß ich davon ausgehen, daß er bei Messina ist. Und zu Messina kann ich nicht gehen.«

Andy streichelte geistesabwesend seinen Hund, unter seinen Fingern lösten sich weiße Härchen von der Länge einer Wimper. »Vincente, bei allem Respekt, aber vielleicht ist das nicht der Moment für . . .«

»Stolz?« unterbrach ihn der Pate. Er schüttelte den Kopf, als befände er sich bei einer Schachpartie in einer hoffnungslosen Lage. »Stolz hat nichts damit zu tun, Andy. Um meinen Sohn zu retten, würd' ich auf meinen verfluchten Knien rutschen. Aber Gino hat mich in eine beschissene Lage gebracht. Er hat Ponte gesagt, *ich* will die Gewerkschaft zurückhaben. Messina denkt also, ich bin sein Problem. Warum soll er mir 'n Gefallen tun, wenn er meint, ich will ihn aufs Kreuz legen? Und sag' ich die Wahrheit, daß Gino auf eigene Faust diesen Mist gebaut hat – was bringt das? Er wird denken, wenn Gino so 'n Ehrgeiz hat, unbedingt den Cowboy spielen muß, gehört er erst recht aus 'm Verkehr gezogen.«

Der Dandy sah zu Boden und dankte insgeheim dem Herrgott, daß er keine Kinder hatte, und er dankte ihm auch für den schweren Infarkt, der die Verbindung zu seinem früheren Leben unterbrochen und ihm ermöglicht hatte, aus der bösartigen Logik und diesem Teufelskreis aus Hinterhalt und Rache auszusteigen. Ohne große Überzeugung sagte er: »Es muß doch 'n Weg geben.«

»Andy, seit gestern tu' ich nichts anderes als mir das Hirn zermartern. Ich hab' nicht geschlafen. Ich denke: *Okay, wir gehen Konzessionen ein, wir geben ihnen die Gewerkschaft zurück.* Dann denk' ich: *Scheiße, geht gar nicht, war von Anfang an ihre Gewerkschaft.* Also denk' ich: *Okay, wir geben ihnen noch was drauf.* Aber ich hab' nichts mehr zum Hergeben. Das einzige, was ich hab, gehört Gino, und das kassieren die Fabrettis sowieso, wenn sie ihn umlegen. Die anderen Capos – ich kann nicht hergeben, was ihnen gehört. Traurig, aber so isses. Also sag' ich mir: *Scheiß drauf, laß dir nichts gefallen, kämpfe.* Aber Messina hat gerade erst die Muskeln spielen lassen und Carbone umgelegt – der gibt doch jetzt nicht nach.«

»Du brauchst 'n Vermittler«, platzte Andy heraus. »Jemand, der Frieden stiftet.«

Vincente zuckte bei dem Vorschlag zusammen. Er hatte mit einem freundlichen Ohr gerechnet, nicht mit Ratschlägen. Er benötigte einen Moment, um sich aus den eigenen wirren Gedankengängen zu befreien. »Ja, Andy, das wär 'ne Möglichkeit, aber wer soll das sein? Schau dir meine Leute an. Sal Barzini: kann mich auf ihn verlassen, aber er ist mit 'ner Nichte von Emilio Carbone verheiratet. Tony Matera: verliert zu schnell die Nerven. Benny Spadino: trau' ich nicht . . .«

»Nein, es muß jemand sein, dem du absolut vertraust.«

»Einer, der weiß, wie man die Hitzköpfe beruhigt, sie nicht noch nervöser macht«, fügte Vincente hinzu.

»So 'ne Art Diplomat.«

»Einer, den alle respektieren.«

Eine kleine Wolke zog über die Sonne, legte ihren Schatten auf den Garten und nahm den Konturen die Schärfe. Der Chlorgeruch schien in der kurzen Kühle intensiver zu werden. Die alten Männer sahen einander nicht an. Derselbe Gedanke brachte sie zu demselben Schluß, und keiner wollte der erste sein, der ihn aussprach.

Die Wolke zog noch ihren zerfaserten Schwanz nach, dann kehrte das Sonnenlicht zurück. Andy konnte nicht mehr still sitzen, zog den Kopf ein und sah Vincente schließlich mit einem Ausdruck im Gesicht an, der trotz der Verwüstungen des Alters, des eingefallenen Kinns, der runzeligen Wangen und der hängenden Lider von einer Entschlossenheit war, die keinen Widerspruch mehr zuließ.

Vincente sah ihn ebenfalls an, er schluckte: »Nein, Andy. Darum kann ich dich nicht bitten.«

»Tust du ja gar nicht.« Der Dandy zeigte eine unverändert entschlossene Miene.

»Vielleicht lebt er gar nicht mehr.«

»Du bist sein Vater. Du hast das Recht, es zumindest zu erfahren.«

Vincente wandte den Blick ab, kaute an seiner Unterlippe. »Bin's nicht gewöhnt, andere um 'nen Gefallen zu bitten . . .«

Andy bedeutete ihm mit erhobener Hand zu schweigen. Der Pate stieß den Atem zwischen den Zähnen hervor, nahm den ausgefransten Strohhut ab und ließ ihn zu Boden gleiten. Langsam erhob er sich aus seinem Sessel und streckte dem Freund beide Arme entgegen. Andy erhob sich ebenso langsam. Sie drückten ihre schlaffen, mageren Oberkörper aneinander und küßten sich auf die Wangen. »Andy«, sagte Vincente, »ich weiß nicht, wie ich dir danken soll.«

»Versuch's erst gar nicht«, erwiderte der alte Freund.

Andy beugte sich vorsichtig zu Boden, hob seinen zerbrechlichen Hund auf und machte sich auf den Weg. Für einen Moment wie diesen gab es bestimmte Gebote, und Andy und Vincente wußten beide, welche das waren: Kein Wort durfte mehr gesagt, kein Zweifel zugelassen, kein Blick zurückgeworfen werden.

Der Mafioso im Ruhestand ging festen Schrittes um den Swimmingpool herum und durchquerte den Garten, dann schlüpfte er, so weit wie möglich um Würde bemüht, zwischen dem Regenrohr und dem Oleander hindurch. Erst als er am Kiesweg der Einfahrt angelangt war und seine Schritte knirschen hörte, wurde ihm bewußt, daß er Angst hatte, schreckliche Angst.

Seine Angst bezog sich nicht unbedingt auf die bevorstehende Begegnung mit Aldo Messina, obwohl ihm die Gefahr bewußt war. Menschen waren launische Wesen, und man wußte nie, wann sie etwas als Beleidigung auffaßten. Die Regeln, wie mit Boten oder Botschaftern zu verfahren ist, waren nie eindeutig gewesen, nicht einmal damals, als Regeln noch eingehalten wurden.

Andys Angst beruhte auf etwas ganz anderem. Mit der stillen Angst des alten Mannes graute ihm vor dem Gedanken, seine gewohnte Umgebung, seine Routine zurückzulassen, sich die Mühen einer Reise und hektischer, unfreundlicher Orte antun zu müssen. Flughäfen mit Wegweisern, die er nicht durchschaute, und Gängen, die so unendlich schienen wie die Weite des Ozeans. Heimtückische Rolltreppen, auf denen man leicht ausglitt, trampelnde Menschenmengen, die sich mit der mörderischen Gewalt einer Flutwelle bewegten, verbrecherische Taxifahrer und Fußgängerampeln, die einem nicht genug Zeit ließen, die vereisten Straßen zu überqueren.

Er war sechsundsiebzig Jahre alt und seit einem Jahrzehnt nicht mehr in New York gewesen. Jetzt, da er darüber nachdachte, fiel ihm ein, daß er nirgends mehr gewesen war. Er hatte keinen Koffer mehr gepackt, ja, nicht einmal mehr einen Blick auf seine Winterkleidung geworfen, die in verstaubten und längst vergessenen Kleidersäcken aufbewahrt war. Irgendwo im Winkel seines Schranks, begraben mit den Schuhen seiner verstorbenen Frau, befand sich eine gefütterte Tragtasche für Don Giovanni, und die Vorstellung, wie der verwirrte Hund in dieser Tasche vor Kälte wimmerte, ging an die Grenzen des Erträglichen.

Aber er hatte, wenn auch unausgesprochen, sein Wort gegeben, und er würde fahren. Er drückte den Chihuahua noch fester an seinen nervösen Magen und ging langsam nach Hause, um sich der entmutigenden Aufgabe der Reisevorbereitungen zu stellen.

32

Im fensterlosen Bad von Zimmer 308 im Gulfside Inn von Key West baumelten Mark Suttons Fußgelenksgewichte von der Stange des Duschvorhanges wie Salamiwürste im Schaufenster eines Delikatessengeschäfts, seine Handpressen lagen auf einem Regal unter dem Medikamentenschrank, und die beiden Expander waren um den Wasserhahn der Badewanne gewickelt. Ein feuchtes Handtuch lag zusammengeknüllt auf dem Boden, um den Spalt unter der Tür abzudichten, während der eifrige Agent damit beschäftigt war, im schummrigen roten Licht die Bilder zu entwickeln, die er an diesem

Morgen geschossen hatte. Mit hölzernen Zangen legte er eine Aufnahme von Debbi Martini – auf Rollschuhen und in Gesellschaft eines bekannten Mafioso – in das Becken mit dem Entwickler, wo das Bild Form annahm wie ein auskühlender Pudding. Er spülte es im Fixierer, dann befestigte er es mit Wäscheklammern auf einem Drahtseil, wo es mit den anderen trocknen sollte.

Als er aus der improvisierten Dunkelkammer kam, stand Ben Hawkins in Unterhosen am Fenster, wo er eine Zigarre rauchte und mit säuerlichem Gesichtsausdruck die Aussicht betrachtete: ein Parkplatz, die monoton langweilige Prozession der Leihwagen auf der US 1 und dann, hinter einer kümmerlichen Reihe gelb werdender und armseliger Palmen das seichte, felsige Wasser des Golfs. »Und, sind sie was geworden?« fragte er ohne großes Interesse.

»Ich hab' ein paar gute Aufnahmen von der Kleinen, die sich mit d'Ambrosio unterhalten hat.« Sutton klang zufrieden. »Sind scharf geworden, obwohl sie die Sonne im Rücken hatte.«

Hawkins schwieg, paffte nur an seiner Zigarre. Er langweilte sich. Er hatte nicht den Nerv, Delgatto mit RICO auf den Pelz zu rücken. Vorsätzlicher Mord, das war etwas anderes – aber er hätte seine Rente verwettet, daß der Carbone-Fall in eine ganz andere Richtung wies, daß sein Aufenthalt in Key West vergeudete Zeit war, nichts anderes als die Folge politischen und bürokratischen Taktierens. Und unterdessen war er an diesen hyperaktiven, rechthaberischen Dilettanten gefesselt.

»Mark«, sagte er endlich, »darf ich Sie was über diese Fotos fragen? Wäre es möglich, daß es eine Karte gibt, die Sie nicht ausspielen würden – sagen wir, im Namen der Barmherzigkeit oder der Ritterlichkeit, oder einfach, weil Sie jemandem noch eine Chance geben?«

Der Agent mit Muskeln schien die Frage nicht verstanden zu haben. Er wippte auf den Zehen. »Wenn sie sich nicht an ihre Bewährung hält, dann . . .«

»Sind Sie FBI-Agent oder Bewährungshelfer?«

»Die Information ist dazu da, genutzt zu werden«, erwiderte Sutton. »Sie ist im Computer. Ich sehe keinen Grund, nicht . . .«

»Hören Sie, Mark. Sie hat einmal Mist gebaut. Was hat das mit Delgatto zu tun? Mit der Mafia? Was hat das mit irgendwas zu tun?«

»Man nennt so was Druckmittel.«

»Geradewegs aus dem Lehrbuch, Agent Sutton. Bravo.«

Beleidigt fixierte der Jüngere seine Fäuste und stellte kleinliche Überlegungen hinsichtlich der Einstellung seines Partners an. Lag der mangelnde Ehrgeiz am Alter oder an der Hautfarbe? »Hören Sie, wir haben einen Auftrag . . .«

»Glauben Sie wirklich, daß das Mädchen eine Gefahr für die Gesellschaft ist?«

»Ben, sie ist wegen einem Drogendelikt vorbestraft. Sie ist die Freundin von Gino Delgatto. Sie ist im selben Haus zu Gast wie der Pate. Zum Kuckuck noch einmal, sie dürfte überhaupt keinen Kontakt zu kriminellen Elementen haben, und was tut sie? Sie ist ausschließlich mit Kriminellen zusammen. Wenn wir die Möglichkeit haben, das zu verwenden . . .«

»Wozu verwenden?«

Im Schutz seiner Ignoranz und jugendlichen Gewißheit war sich Mark Sutton einer Antwort sicher, doch als er den Mund öffnete, kam kein Ton heraus. Er machte Ben Hawkins' Zigarre dafür verantwortlich, die ihm, wie er plötzlich bemerkte, mit ihrem Qualm den Atem nahm. Er sehnte sich nach frischer Luft und der unkritischen Einfachheit seiner Fußgelenksgewichte und Expander. »Ben, ich versteh' nicht, warum Sie sich so aufregen. Ich geh' jetzt laufen.«

Auf der Verrazzano-Brücke war der Schnee vom Vortag mit Sand vermischt und mit einer grauen Abgasschicht überzogen. Zum Straßenrand gepflügt, erinnerte er an einen Miniaturgebirgszug aus schwarzen Tälern und schwefelgelben, klumpigen Hügeln.

Um halb drei Uhr nachmittags wurde der Verkehr stadtauswärts zwar bereits dichter, doch noch stockte er nicht, und Bo, der diesmal am Steuer saß, war sehr zufrieden mit sich.

»Wir werden im Nu da sein«, sagte er.

Pretty Boy gähnte und legte die Füße auf die Ablage über dem Handschuhfach. »Ist doch scheißegal. Ich hätt' jedenfalls noch 'ne halbe Stunde schlafen können.«

»Halbe Stunde später«, erklärte Bo, »sind die Fernfahrer unterwegs. Beginn der Stoßzeit. Würden im Verkehr stecken und uns giften.«

»Warum fliegen wir von Newark, verdammte Scheiße?«

»Schau mal auf die Karte«, erwiderte Bo, als sie unter dem zweiten Pfeiler durchfuhren. »Du würdest dich wundern: anderer Bundesstaat und nicht weiter weg als 'n Flughafen in New York.«

Pretty Boy hatte Besseres zu tun, als auf eine Karte zu schauen, außerdem war er schläfrig. Er hatte Schlaftabletten geschluckt, um die Wirkung der Aufputschmittel zu neutralisieren und schlafen zu können. Die Wirkung der kleinen weißen Pillen hatte noch nicht nachgelassen, und er wollte sie noch eine Weile genießen.

Der geographisch interessierte Bo griff das Thema

noch einmal auf. »Und diese halbe Stunde? Die macht 'n Riesenunterschied. Nimm mal an, wir fahren in einem durch. In 'ner halben Stunde wären wir aus New Jersey raus, vorm ärgsten Stoßverkehr. Wir wären schon in Delaware, und so viel ich weiß, haben die in Delaware keinen Stoßverkehr. Und bis wir in Washington D. C. sind, ist der Stoßverkehr . . .«

»Bo«, bettelte Pretty Boy, »wir fahren nicht in einem durch. Kannst du also 's Maul halten und einfach fahren?«

Das Narbengesicht sah seinen Partner mißbilligend an, zuckte die Achseln und richtete den Blick auf das Ufer von Staten Island.

Doch nun verzog sich das Gesicht des gutaussehenden Schlägers zu einem bösartigen Grinsen. Ihm war etwas eingefallen, das seine Stimmung hob. »Diesmal fliegen wir, Bo. Weißte, was das heißt? Das heißt, daß wir diesmal niemanden im Kofferraum wieder hochkarren müssen.«

»Könnte ich für den Hund nicht einfach einen eigenen Sitz buchen?« fragte Andy der Dandy. Er saß im unaufgeräumten Wohnzimmer seines Apartments in einem blutroten Barca-Lehnstuhl, auf dessen Lehne das Telefon stand und bedenklich wackelte.

»Er müßte trotzdem in der Tragtasche bleiben«, erklärte der Angestellte des Reisebüros. »FAA-Bestimmung.«

»Die ganze Zeit?«

»Mr. Ambrosia, der Flug von Key West nach Miami dauert fünfundvierzig Minuten, von Miami nach New York sind es nur zweieinhalb Stunden.«

»Für 'n Hund ist das sehr lange«, sagte Andy.

»Wie wär's mit einer Schlaftablette«, schlug der Angestellte vor.

Andy sah zu Don Giovanni hin, der weiß und steif in seinem fleckigen Hundekorb in der Mitte des fleckigen Teppichbodens lag. Längst vergessene Quietschspielsachen – ein Hamburger aus Plastik, ein Hotdog mit Gummisenf – waren unter dem Glastischchen verstreut, lugten unter der Brokatschabracke der alten Couch hervor. »Wenn man diesem Hund 'ne Schlaftablette gibt, wacht er nie wieder auf.«

Gespanntes Schweigen folgte. Es war eine geschäftige Jahreszeit für ein Reisebüro. »Soll ich also ein Ticket reservieren und den Hund als Gepäck eintragen?«

Andy nickte nur. In seiner Besorgnis vergaß er für einen Moment, daß er telefonierte und etwas sagen mußte. Er preßte ein Ja hervor, woraufhin der Reisebüromensch eine Salve aus Flugnummern, Sitznummern, Transfer-Terminals, Flughafenverbindungen auf ihn losließ. Andy merkte sich nichts, außer daß er am nächsten Morgen um sieben Uhr dreißig auf dem Flughafen von Key West sein mußte.

Er legte den Hörer auf. Dabei zitterte seine Hand, außerdem war er unkonzentriert; er stieß mit dem Hörer gegen den Apparat, und das Ding fiel krachend zu Boden. Don Giovanni zuckte bei dem Lärm zusammen, blickte zu seinem Herrn hoch und spürte dessen ängstliche Mutlosigkeit. Der Hund stellte sich auf seinem Kissen auf die Hinterbeine und vollführte ein paar langsame, angestrengte Pirouetten. Es gelang ihm, ein Bein ein wenig zu heben. Die Anstrengung, die ihn das kostete, erinnerte an einen Greis, der im Gedächtnis noch einmal so richtig Wasser läßt. Das beunruhigte Tier verlor einen Tropfen Urin.

Der Chihuahua machte einen Schritt zur Seite und beschnupperte die feuchte Stelle, als wäre der Tropfen vom Himmel gefallen. Andy erhob sich langsam und ging auf steifen Beinen ins Schlafzimmer, um nach winterfester Kleidung zu suchen.

33

»Übers Töten«, sagte der Pate. »Sie wollen wissen, worüber ich heute reden will? Übers Töten will ich reden.«

Arty Magnus legte das billige blaue Notizheft auf den Schoß, schluckte und hoffte, daß sich sein Adamsapfel nicht zu deutlich bewegt hatte. Er tat sein Bestes, nicht schockiert dreinzusehen. Mit den Vorderzähnen zog er die Kappe von seinem Kugelschreiber, seine nackten Schienbeine drückte er wie immer gegen die Kante des Metalltisches, und dann war er soweit, sich Notizen darüber zu machen, was es hieß, einen Menschen umzubringen.

»Mord. Was dagegen, Arty?«

Die Art, wie Vincente das sagte, hatte etwas Provokantes, Stichelndes, und zum ersten Mal seit langem fühlte sich Arty auf die Probe gestellt. Er hatte keine Ahnung warum, obwohl, als er gekommen war, hatte ihn Joey Goldman zur Seite gezogen und gewarnt, daß der Abend schwierig werden könnte. In der Familie sei etwas geschehen, hatte er gesagt, und je weniger der Ghostwriter über den Schlamassel Bescheid wüßte, um so besser für ihn. Vincente stehe jedoch unter enormem Druck. Man müsse auf ihn aufpassen und ihn ablenken. Und würde Arty zum Essen bleiben? Eine fröhliche Gruppe würden sie zwar nicht sein, aber Debbi wollte Würstchen mit Paprika kochen ...

»Mord«, wiederholte der Pate. Sein Ton war nun nicht mehr grausam, dafür aber so flach und trocken wie die Wüste. »Man kommt sofort zur Sache, spart sich das ganze Rumreden, und das isses, worauf es ankommt. Mord. Nicht unbedingt, daß man's tut, aber die *Möglichkeit* ist da, man ist dazu fähig. Man würd' es tun, und jeder weiß das.«

Er hielt inne, streckte langsam die Hand nach seinem Glas aus, in dem der Wein granatrot leuchtete. Die milde Luft war windstill und vom süßlich müden Geruch der Blumen durchtränkt, die ihre Knospen für die Nacht schlossen.

Arty sagte: »Es ist also die Angst . . .,«

Vincente fuhr sich mit der Zunge über die Lippen und unterbrach ihn. Der Schriftsteller begriff die ungewohnte Härte in seiner Stimme nicht.

»Natürlich isses Angst. Die Welt wird von Angst regiert, noch nicht bemerkt? Aber es gibt solche und solche Angst. Nehmen wir an, ich will Sie verprügeln. Sie fürchten sich, es wird weh tun, aber Wunden heilen. Und vielleicht können Sie's mir mal heimzahlen. Nehmen wir an, ich will Sie ausrauben. Sie haben Angst, sind sauer, aber irgendwie holen Sie sich zurück, was ich Ihnen wegnehme.

Wenn ich Sie umbringe – das isses dann, vorbei, gelaufen. Die Uhr bleibt stehen. Keine Chancen mehr, nie wieder. Denken Sie drüber nach, Arty. *Das* ist Angst. Wenn man jemand umbringt, ist das endgültig. Wenn wir über Verbrechen reden, isses das einzige Verbrechen, das eine Bedeutung hat. Alles andere ist Getue, Blabla, Kinderei. Ein Spiel, von mir aus brutal, aber ein Spiel – im besten Fall eine Warnung. Jemanden umlegen ist der einzig ernsthafte Schritt, die einzige wirkliche Strafe.«

Der Pate nahm einen Schluck Wein, dann stellte Arty fest: »Und manchmal muß man strafen.« Er hatte gar nicht sprechen wollen, aber es lag etwas in der Luft, das ihn dazu zwang. Er hörte die Worte, als hätte sie jemand anders ausgesprochen. Sie klangen unhöflich, nach Unterstellung, und er wußte selbst nicht, ob er sie verschwörerisch oder anschuldigend gemeint hatte.

Aber wenn der Ghostwriter in Sorge war, zu weit gegangen zu sein, schien der Pate nichts davon bemerkt zu haben. Er nickte bloß mit der überstrapazierten Geduld eines Lehrers, der zu oft denselben Stoff wiederholen muß. »Manchmal muß man ein Urteil fällen. Manchmal muß man strafen.« Er lenkte den Blick in Richtung Westen. Die Nacht erstreckte sich bereits bis unmittelbar an die Himmelskante, Dunkelheit legte sich über alles wie ein Laken, das über einem Bett glattgezogen wird. Kurz darauf sprach der Alte wieder, diesmal mit todernster und kaum hörbarer Stimme: »Und manchmal, vielleicht erst viel später und vielleicht indirekt, wird der, der bestraft hat, selbst bestraft.«

»Hm?«

Der Pate reagierte nicht. Er griff nach seinem Weinglas, trank ein wenig und preßte dann die Knöchel seiner Finger auf den Mund, als müßte er etwas zurückhalten. »Lassen wir's«, meinte er. »Bin in 'ner morbiden Stimmung. Vergessen wir das Thema, Arty. Wie wär's mit was Leichterem?«

Auf der anderen Seite der Aralienhecke hockte Mark Sutton im Gebüsch, bewaffnet mit einem langen Objektiv, das von zwei knorpeligen Stämmen der tropischen Pflanze gehalten wurde und die Besprechung mittels Infrarot aufnahm.

Als er zu dem Sedan zurücklief, in dem Ben Hawkins auf ihn wartete, zitterte er beinahe vor selbstgerechter Aufregung. »So ein verfluchter Lügner«, keuchte er.

»Wer?« fragte Hawkins milde.

»Magnus.« Sutton ließ sich in den Beifahrersitz fallen.

»Mit 'm Sohn befreundet, daß ich nicht lache. Ben, er ist da drinnen mit Delgatto, sind ganz allein die beiden, stecken die Köpfe zusammen, trinken Wein und unterhalten sich wie die besten Freunde. Er macht sich Notizen.«

»Er ist Reporter«, erwiderte Hawkins. »Das ist sein Job.«

»Das Notizheft«, meinte Sutton. »Können Sie sich vorstellen, was in dem verdammten Notizheft steht?«

»Vergessen Sie's, Mark«, belehrte ihn der dienstältere Agent. »Ein Notizheft nützt gar nichts. Erster Zusatzartikel.«

»Aber Ben, er hat uns angelogen.«

Hawkins konnte beim besten Willen keine Empörung aufbringen. »Er stand nicht unter Eid. Es war nicht einmal ein richtiges Verhör.«

»Er verbirgt etwas.«

»Das tun die meisten Menschen.«

Sutton drückte die Kamera fest gegen seine Brust. Fast schien es, als würde er sie jeden Moment küssen wollen. »Jedenfalls haben wir ihn beim Lügen erwischt.«

»Gratuliere.«

»Warten Sie nur ab, Ben. Es wird sich schon ein Weg finden, den Kerl auszuquetschen. Und es wird sich ein Weg finden zu erfahren, was in dem Notizheft steht.«

»Für mich nichts mehr.« Debbi bedeckte mit einer Hand ihr Weinglas. Die langen roten Fingernägel ragten wie Felsvorsprünge über den Glasrand hinaus. »Neues Kapitel. Jeden Morgen Training. Keinen Alkohol, solang die Sonne scheint. Abends ein wenig Wein, drei, vier Gläser, und das war's dann.«

Arty hielt die Flasche Dolcetto neben ihrem Handgelenk und wußte nicht so recht, wohin damit. Er ließ seinen Blick über den Tisch schweifen. Mit Ausnahme seines eigenen war keines der Gläser leer, also füllte er es in einer schüchternen Geste. Das Gespräch über Mord hatte ihn erschüttert, Vincentes schwelende, so urplötzlich aufgeflammte Verbitterung hatte ihn ausgedörrt. Er war sich bewußt, daß er zuviel trank, auch wenn dieses Bewußtsein mit jedem Glas an Schärfe verlor. Er aß von der Wurst. Der Fenchel, mit dem sie gewürzt war, wärmte ihm die Zunge. Der Paprika war nicht zu weich, und die Kartoffeln waren mit Thymian bestreut und eigneten sich hervorragend, um das mit Cayenne-Pfeffer gewürzte Öl aufzutunken. »Debbi, Sie sind eine glänzende Köchin«, sagte er.

»Bin ich nicht«, erwiderte sie. »Trotzdem, danke.« Sie erhob ihr Glas und stieß mit Arty an. In seinem leicht betrunkenen Zustand hätte er am liebsten geglaubt, diese Geste enthalte etwas Intimes, eine private und daher erotische Kontaktaufnahme. »Ich nenn' das die Überlebenskunst der Junggesellin. Wenn man darauf wartet, daß der Märchenprinz daherkommt und einen zur üppigen Tafel entführt, wird man irgendwann sehr hungrig, also lernt man, sich selbst zu helfen.«

»Wie immer viel zu bescheiden«, lächelte Joey, der für Leichtigkeit sorgen wollte, die er selbst nicht empfand. Aber er und Sandra waren die Gastgeber, und er fühlte sich verantwortlich. Ihre Gäste sollten sich wohl fühlen.

»Bei einer Frau ist Bescheidenheit was Wunderbares.« Vincente nickte galant in Richtung Debbi. Er bemühte sich ebenfalls um die Abendgesellschaft und wollte nicht, daß seine Sorgen zu offensichtlich wurden und sich allen anderen auf die Verdauung schlugen.

»Und beim Mann was Seltenes«, sagte Sandra.

Joey warf ihr von der Seite einen Blick zu, doch niemand griff ihre schlagfertige Bemerkung auf. Wie andere

Gesprächsrouten zuvor, schien diese in die Sackgasse zu führen, sobald nur die kleinste Anspielung auf Gino herauszuhören war. Der Mann hatte eine Begabung, Gespräche abzuwürgen, auch, wenn er gar nicht da war.

Gabeln klapperten auf den Tellern, stachen in die Würste, die mit einem saftigen Zischen platzten. Schließlich fragte Arty: »Debbi, wie lange wollen Sie bleiben?«

Sie warf Sandra rasch einen Blick zu, dann antwortete sie: »Weiß noch nicht. Nehm' die Dinge, wie sie kommen.«

Arty topfte sich mit der Serviette die Lippen ab. »Irgendwas, das Sie gern sehen oder unternehmen wollen, solange Sie hier sind?«

Debbi zuckte die Achseln. Es war eine wunderbare Geste, die alles miteinschloß, naiv war und neugierig zugleich. Ihre gezupften Brauen hoben sich mit ihren Schultern, die blaugrünen Augen gingen weit auf, und die Wimpern schienen kerzengerade nach oben und nach unten zu ragen. »Keine Ahnung. Den Strand, den Sonnenuntergang ... Was gibt's denn sonst noch?«

Arty bemerkte, daß sein Glas schon wieder leer war. Er füllte es nach, dann wandte er sich an Joey und Sandra: »Habt ihr ihr von den Hirschen erzählt?«

Die beiden schüttelten verneinend die Köpfe. Es hatte sich keine Gelegenheit ergeben, über Flora und Fauna zu sprechen.

»Ah, Debbi«, sagte er. »Das wird Ihnen gefallen. Sie mögen doch Tiere so gerne ...«

Er hielt inne, um von seinem Wein zu trinken, und in diesem Moment spürten sie beide den atemberaubenden Schlag einer süßen Überraschung. Debbi war jedes Mal überrascht, wenn ein Mann sich die Mühe nahm, irgend etwas im Gedächtnis zu behalten, das ihre Person betraf.

Und Arty wurde in diesem Augenblick bewußt, daß er flirtete. Er hatte so lange nicht mehr geflirtet, daß er erstaunt war, es noch zu können.

»Diese Hirsche«, fuhr er fort, »gibt es nur auf den Keys, nirgends sonst. Kleinste Rotwildart der Welt. Ungefähr so groß wie ein irischer Setter.«

Debbi versuchte, sich ein Bild davon zu machen, und mußte lachen. »Sie nehmen mich auf 'n Arm, stimmt's?«

Er mochte den Klang ihres Lachen, wollte es noch einmal hören. »Und die Geweihe? Kleine Spielzeuggeweihe. Oben im Norden, haben Sie da mal eine Baby-Azalee im Winter gesehen, diese winzigen Zweige? So sehen die Geweihe aus. Die kleinen Kitze sind wie Retrieverwelpen, allerdings mit Tupfen.«

Der Rotschopf machte ein skeptisches Gesicht, suchte in Artys Gesicht den Beweis, daß er sich lustig machte. Ihre Haut rötete sich vor Vergnügen und Ungewißheit. Sie schaute zu Sandra: »Er erfindet das nur, nicht?«

Sandra hob die Hände, als wollte sie sagen: *Laßt mich aus dem Spiel.*

»Nein, nein«, versicherte Arty. »Sie leben dreißig Meilen nördlich von hier. Auf dem No-Name-Key.«

»Na klar erfinden Sie das«, sagte Debbi.

Sie hatten ihre Köpfe wie zwei Vögel zur Seite geneigt und ließen einander nicht aus den Augen. Eine Weile verging, in der sie beide versuchten, nicht loszukichern. Dann bewegte sich die Luft, ein Poltern ertönte, dem die leise Stimme des Paten folgte: »Arty, ist das wahr?«

Der Ghostwriter drehte sich zu Vincente: »Sag' ich doch. Klar, ist es wahr.«

Ein schlaues Lächeln wanderte beinahe unmerklich über das Gesicht des alten Mannes. Langsam griff er nach seinem Weinglas. »Dann sollten Sie Debbi mal dorthin mitnehmen.« Er schwenkte das Glas, sah abwechselnd die junge Frau und den jungen Mann an, neigte es ganz leicht wie zu einem Segensspruch in ihre Richtung. »Arty, wenn's ihr wer zeigen sollte, dann Sie.«

34

Es schien sehr spät zu sein, als der Ghostwriter ein wenig schwankend sein Fahrrad bestieg und heimfuhr.

Ein pockennarbiger Halbmond stand unmittelbar über den schwarzen und leise raschelnden Wipfeln der Bäume. Fern der Touristenlokale im Zentrum waren die Straßen leer und ruhig. Die Luft roch nach Jod und Kalkstein. Sie war kaum spürbar kühler als die Haut, und Arty überließ sich genüßlich der angenehmen Wärme, während er an streunenden Katzen und herrenlosen Hunden vorbeifuhr, die, an die Reifen geparkter Autos gelehnt, schliefen.

Er nahm die Kurve beim Friedhof, in dem die weiß gestrichenen Krypten aufragten wie gespenstische Aktenschränke. Er rumpelte kleine Seitenstraßen entlang, deren alte Pflastersteine an manchen Stellen mit Teer geflickt waren. Das Notizheft und der billige Kugelschreiber klapperten im Drahtkorb auf der Lenkstange. Er wich Mülleimern aus, die von Waschbären und Obdachlosen umgestürzt worden waren, und bog schließlich in die Nassau Lane, eine Sackgasse, wo er sein Fahrrad an einer dünnen Weihnachtspalme festmachte, gähnte und leicht betrunken die paar Schritte zu seinem Haus zurücklegte.

Das Fliegengitter an der Außentür war neben dem Türknopf eingerissen, ein Lappen hatte sich vom Rahmen gelöst und hing schlaff herunter. Arty kümmerte sich nicht darum. Es war bereits vorher rissig gewesen, wahrscheinlich hatte eine Katze es als Kletterhilfe benutzt. Katzen taten das gelegentlich.

Er war auch nicht beunruhigt, als er bemerkte, daß die Innentür unversperrt war. Er glaubte, sie versperrt zu haben, aber genau wußte er es nicht mehr. In solchen Dingen war er unvorsichtig. Außerdem, als er seinerzeit nach Key West gekommen war, hatte kein Mensch eine Tür versperrt.

Er betrat das dunkle Wohnzimmer, ohne Licht zu machen. Nach sechs Jahren wußten seine Füße auch so, wo sie hintreten mußten. Seine Schritte knarrten leise auf dem windschiefen Holzboden. Das Notizheft ließ er auf den schäbigen Tisch fallen, der ihm als Schreibtisch diente, dann ging er weiter ins Schlafzimmer.

Er tappte blind im Dunkeln, bis er die Schnur spürte, die das Licht einschaltete. In dem plötzlichen harten gelben Licht mußte er blinzeln. Und es dauerte einen Moment, bis er bemerkte, daß die Oberfläche seines Wäscheschranks abgeräumt war. Kleingeld, Lampe, Zeitungen, Bücher lagen am Boden verstreut. Die Schubladen waren herausgezogen, Hemdsärmel und Hosenbeine baumelten heraus wie die Glieder schlaffer Puppen. Seine Matratze war hochgehoben worden, um das Bettgestell darunter zu durchsuchen, und lag nun in einem schiefen Winkel da.

Die Tatsache, das man bei ihm eingebrochen hatte, ging zunächst an seinem betäubten Gehirn vorbei, fuhr ihm statt dessen in die Wirbelsäule und breitete sich von dort durch seinen Körper aus wie elektrischer Strom. Im nächsten Moment war er stocknüchtern. Muskeln zuckten, die kurzen Härchen im Nacken und auf seinen Handrücken standen ihm zu Berge wie kleine Stacheln. Zur Empörung über den Einbruch gesellte sich nun die Angst, der Einbrecher könnte noch im Haus sein.

Obwohl er mitten im Zimmer im grellen Licht stand, glaubte Arty absurderweise, sich auf Zehenspitzen bewegen zu müssen. Er schlich zur Badezimmertür, streckte die Hand nach dem Lichtschalter aus und wartete atemlos, während das Neonlicht summend und stokkend anging. Aber im Badezimmer war niemand – kein verzagter Einbrecher, den man zur Rede stellen oder von dem man umgebracht werden konnte. Der Medizinschrank stand weit offen, die Spiegeltüren hingen in ihren rostigen Scharnieren, der spärliche Inhalt lag im Waschbecken.

Er atmete tief durch, seine Zähne schmeckten nach Salz und Eisen, sein Herz schlug ihm dröhnend gegen die Rippen. Er schluckte, spürte den Kloß im Rachen und bewegte sich dann wieder zum Wohnzimmer, angetrieben von dem uralten, unmittelbar an die Angst anschließenden Bedürfnis, das eigene Territorium zurückzuerobern.

Er trat über die abgenutzte Türschwelle, drehte ein Licht an und blickte sich im Zimmer um. Er meinte, etwas zu riechen, einen Gestank, doch der Raum schien großteils und seltsamerweise unberührt. Er sah sich nach den Dingen um, die am ehesten gestohlen würden, und da sie alle an ihrem Platz waren, fiel ihm nicht auf, daß etwas fehlte. Der kleine Fernsehapparat stand wie immer in seiner Ecke, der Bildschirm war staubig, und obenauf lag ein Stapel alter Zeitschriften. Die moderne Stereoanlage befand sich unversehrt auf dem Bücherregal. Der kleine Computer auf dem schäbigen Tisch schien unberührt.

Er ging in die winzige Küche. Schmutziges Geschirr stapelte sich im Spülbecken. Die Küchenschränke waren offen, ein paar Konservenbüchsen heruntergefallen, doch davon abgesehen, schien nichts beschädigt. Sogar sein kleiner Schnapsvorrat war noch da. Er schenkte sich einen Bourbon ein.

Wieder im Wohnzimmer, verspürte er das Bedürfnis, Dinge zu berühren. Er ließ eine Hand über die Rücklehne des alten Rattansofas gleiten, stieß mit den Fingernägeln an die Holzleisten, die es zusammenhielten. Den eingedrückten Kissen gab er einen liebevollen Klaps. Er bekämpfte die Depression, die mit dem ranzigen Erwachen hilfloser Empörung einsetzt. Wie jeder Überlebende jedes Mißgeschicks mit Ausnahme des Todes sagte er sich, es hätte schlimmer sein können.

Mit dem Drink in der Hand ging er ins Schlafzimmer, setzte sich auf sein Bett und dachte über den stümperhaften und sinnlosen Einbruch nach. Es mußte die unbeholfene Arbeit eines verzweifelten, vom Entzug gebeutelten Crack-Süchtigen gewesen sein. Der Einbrecher hatte ohne Grund das Fliegengitter zerrissen, mit zitternden Händen das einfache Schloß aufgebrochen und war dann auf direktem Wege zum Medizinschrank gestolpert, wo er bis auf ein paar Aspirin und Hustenbonbons nichts gefunden hatte. Im Schlafzimmer hatte er nach Bargeld und Schmuck gesucht. Arty besaß keinen Schmuck und hob kein Bargeld im Haus auf. Vielleicht war der Dieb zu faul gewesen, die Elektrogeräte davonzuschleppen, vielleicht hatte er in dem Moment schon wieder vergessen, warum er gekommen war.

Arty nippte an seinem Bourbon und überlegte, ob er die Polizei alarmieren sollte. Er wußte, was von der Polizei zu erwarten war, und beschloß, nicht anzurufen. Das blendende Licht ihrer Scheinwerfer auf dem Wagendach würde diese häßliche Geschichte nur noch schäbiger machen. Sie würden den Einbrecher nicht finden, und ihre Unfähigkeit würde den Vorrat der Welt an sinnloser Wut bloß um einen weiteren Tropfen Galle bereichern.

Er stand auf und begann sich auszukleiden. Er fühlte sich beschmutzt, wollte duschen. Er blieb unter der Willkür seines billigen und verstopften Duschkopfes, bis das Warmwasser aufgebraucht war, und flehte seine verkrampften Muskeln an, sich zu entspannen.

Doch als er ins Bett kroch und das Licht ausmachte, war er immer noch angespannt. Er wälzte sich herum, hörte Geräusche, die ihm Angst einjagten, wurde von blutrünstigen Gedanken erfaßt, die sich um eine namenlose und unmögliche Rache drehten. Er wendete das Kissen, atmete mehrmals tief durch. Auf der Suche nach ruhigen, ehrbaren Gedanken, die den Unrat wegfegen, ihm helfen sollten, Schlaf zu finden, entstand vor seinem inneren Auge und zur eigenen Überraschung das Bild von Debbi, wie sie mit den Achseln zuckte, diese naive, alles einschließende Geste, wie sich ihre Augenbrauen parallel zu ihren Schultern hoben und sich ihre hellen Augen weit öffneten wie ein hungriger, vertrauensvoller Mund, der das Leben kosten wollte.

Am nächsten Morgen ging Arty mit der Kaffeetasse in der Hand durch sein Wohnzimmer, und erst jetzt bemerkte er, was man ihm gestohlen hatte.

Es schien völlig verrückt, ergab überhaupt keinen Sinn. Es war so lächerlich, daß er im ersten Moment laut auflachen mußte, obwohl der scharfe Ton, den sein Gelächter wie einen Schwanz hinter sich herzog, ihn sofort erinnerte, daß es nichts zu Lachen gab. Warum würde jemand seine alten Notizhefte stehlen wollen? Ihre Deckel waren mit den Rändern vergessener Kaffeetassen und Whiskeygläser befleckt. Die Seiten waren im Laufe der Jahre durch diverse verschüttete Flüssigkeiten und die Luftfeuchtigkeit dick und aufgedunsen. Ihr Inhalt war zum großen Teil unleserlich und ausgesprochen wertlos – daran zweifelte Arty keine Sekunde. Hingeworfene Notizen, Erzählungen eines jugendlichen Wirrkopfes, seine Jugendwerke. Hundert mißglückte Anfänge und nicht ein gottverdammter Schluß.

Er stand neben dem schäbigen Tisch, auf dem seine Notizhefte gelegen hatten, starrte die nun leere Stelle an, und je länger er hinsah, desto unglaublicher schien es ihm, daß sie tatsächlich verschwunden waren. Er ging in die Hocke, sah unter dem Tisch nach und dahinter. Nichts. Er stand wieder auf. Als müßte er das Zeugnis seiner Augen bestätigen, streckte er seine Finger nach der leeren Stelle aus und berührte sie. Und es war in diesem Moment, daß ihn die Trauer erfaßte, daß ihm das vollkommenste und sinnloseste Gefühl eines unwiderbringlichen Verlusts schneidend durchs Herz fuhr und ihm die Kehle zuschnürte. Die Aufzeichnungen seiner Jugend, die Notizen, die er sich im Gefühl vollkommener Einsamkeit gemacht hatte, die zweifellos peinlichen Versuche, zu erlernen, wie man schreibend denkt und fühlt – so lächerlich es schien, aber es hätte ihn weniger geschmerzt, hätte er gewußt, daß seine Hefte für irgend jemanden von irgendeinem Nutzen wären.

Er weinte nicht, aber in den Augen spürte er ein Jucken. Er trug seinen Kaffee in die Küche, ließ die halbvolle Tasse auf der Anrichte stehen. Er mußte zur Arbeit, und an diesem Tag war er im Gegensatz zu sonst froh, einen Job zu haben. Er wollte das Haus verlassen, die beschädigte Tür hinter sich zumachen, dem geschundenen Ort den Rücken zuwenden und eine Weile nicht daran denken.

35

Um neun Uhr morgens war die Duval Street kein erfreulicher Ort.

Sie schien müde, schlecht gelaunt, blinzelnd, von einem kollektiven Katergefühl niedergedrückt. Gähnende Geschäftsbesitzer sperrten ihre Läden auf, bereiteten sich auf einen weiteren Tag vor, an dem sie die Touristenhorden, so gut es ging, abfertigen mußten. Betrunkene und Transvestiten, für die die Nacht noch nicht zu Ende war, stolperten die Straße entlang, ziellos, idiotisch, immer noch auf der Suche nach der Party. Hellwache und kerngesunde Pärchen aus Michigan, Ohio, Kanada schlenderten vorbei, in karierten Shorts und der vergeblichen Hoffnung, ein authentisch einheimisches Lokal zu finden, wo sie frühstücken konnten.

Arty saß auf seinem alten Fahrrad und fuhr in der Mitte der Straße dem noch frühen gelben Sonnenlicht nach, das die eine Straßenseite bereits anstrahlte, die andere jedoch noch ausließ. Er hatte die Redaktion des Key West *Sentinel* beinahe erreicht, als er die beiden Streifenwagen bemerkte, die davor parkten. Vage wurde ihm bewußt, daß ihn das weniger überraschte, als er gedacht hätte.

Rasch sperrte er sein Fahrrad ab, ging zwischen den beiden T-Shirt-Läden durch das Portal und stieg die schmale, übelriechende Treppe hoch. Unmittelbar hinter der Milchglasscheibe der Eingangstür zum *Sentinel*, am hohen Empfangstisch, lehnte Clint Topping, der durch nichts aus der Ruhe zu bringende Chefredakteur der Zeitung, und unterhielt sich mit einer Handvoll Bullen, zwei von ihnen in Uniform, einer im Anzug.

»Klar werden die Leute manchmal wütend auf die

Zeitung«, erklärte er. »Politiker, Bauherren. Kerle, die in den Polizeiberichten aufscheinen, weil sie 'ne Vorliebe für kleine Jungs haben. Jeder ist wütend auf die Zeitung, aber deshalb kommt doch keiner und bricht hier ein.«

»Und Sie sagen, es gibt nichts zu stehlen?« fragte einer der uniformierten Bullen.

Topping winkte Arty zu, bevor er antwortete. »Dein Büro ist ein Trümmerhaufen«, sagte er gelassen. Dann wandte er sich wieder an die Polizisten. »Was gibt's denn da zu stehlen? Alte Zeitungen? Kugelschreiber? Das einzige, was sich lohnt, sind die Computer. Und die sind alle da.«

Arty stand am Rande der Gruppe. Von seinem Platz war nur ein kleiner Teil der Verwüstung sichtbar. Aus der altertümlichen Telefonanlage ragten grüne und rote Drähte. Der Fernschreiber der *Associated Press* war wie eine kommunistische Statue von seinem Podest gestürzt worden, das gelbe Endlospapier wand sich durch das Büro wie ein billiger alter Laufteppich. Hinter einer offenen Tür sah er Marge Fogarty, die sich bückte, um die Scherben einer zu Bruch gegangenen Vase aufzuklauben.

»Manche der Büros sind ärger verwüstet als andere«, sagte der andere uniformierte Polizist. »Vielleicht ein persönlicher Rachefeldzug?«

Topping zuckte die Achseln, dann wies er auf Arty. »Sein Büro sieht am schlimmsten aus. Irgendwer sauer auf dich?«

Plötzlich waren die Blicke der Polizisten auf ihn gerichtet, als hingen sie alle an derselben Steuerung, und Arty versagte die Sprache. Bis zu diesem Moment hatte er sich gegen den Gedanken gewehrt, daß zwischen dem Einbruch in seinem Haus und dem Einbruch in der Redaktion, an seinem Arbeitsplatz, eine Verbindung bestehen könnte.

Er wollte sich einreden, daß die Aufeinanderfolge der beiden Ereignisse bloßer Zufall sei, nach dem Motto, ein Unglück kommt selten allein. Doch nun begann ihm zu dämmern, daß das äußerst unwahrscheinlich war, und die Erkenntnis ergoß sich über ihn wie kaltes und schleimiges Wasser. Etwas anderes dämmerte ihm ebenfalls: Daß er mit den Bullen nicht darüber reden konnte. Wenn er mit ihnen sprach, mußte er ihnen von seiner Arbeit mit Vincente erzählen, und das kam nicht in Frage. Niemand durfte von dem Buch erfahren. Das war Regel Nummer eins. Arty hatte sein Wort darauf gegeben. Es war nicht nur persönliche Ehre, die hier zur Debatte stand. Wie ihm nun mit erschütternder Deutlichkeit klar wurde, hatte er einen Vertrag mit der Mafia abgeschlossen, einen Vertrag, der, wie der Pate betont hatte, so lange lebte wie seine Vertragspartner, und daß jeder Vertragsbruch mit Mafia-Methoden geregelt würde.

Eine ganze Weile verging, aber Arty ging auf die Frage seines Chefs nicht ein. Schließlich versuchte er, sich selbst zum Reden zu zwingen, doch das einzige, was er hervorbrachte, war ein feuchtes Gurgeln.

»Unser Redakteur für Lokalnachrichten«, stellte Clint Topping vor. »Sehr artikuliert. Er möchte, glaube ich, sagen, daß er es nicht weiß.«

Dem Bullen im Anzug reichte das nicht. Mit schmalen Augen fixierte er Arty. »Ich glaube, er möchte sagen, daß er es weiß.«

Arty schluckte, richtete den Blick zu Boden und schüttelte den Kopf.

Der Bulle im Anzug verzog den Mund, unbefriedigt. »Können wir Fingerabdrücke nehmen?« fragte er Clint Topping.

»Wie lang dauert das?«

»Wenn wir's richtig machen, 'n paar Stunden.«

»Dann nur die Türknöpfe«, schränkte der Chefredakteur ein. »Wir müssen noch eine Zeitung rausbringen.«

Die Gruppe zerstreute sich, und Arty trottete in sein Büro. Er hatte genug von Unordnung, und die Unordnung, die ihn hier erwartete, war besonders schlimm. Sein Aktenschrank war auf den Boden geleert worden, jede Schublade einzeln herausgerissen. Überall lagen zerfledderte Zeitungsausschnitte herum, klebten an Fußleisten, lugten unter Mappen hervor, die auf den Kopf gestellt waren und den Boden bedeckten wie kleine Zelte. Sein vollgestellter Schreibtisch war mit dem Ellbogen leergefegt worden, die Kladde in eine Ecke geflogen, der Karteikasten stand auf dem Kopf, die Kärtchen quollen heraus, und das Telefon hing tot am Ende eines verwickelten Kabels.

Arty seufzte, ging, bis zu den Knöcheln in Papier versunken, in die Hocke. Er verbrachte den Vormittag damit, ein Minimum an Ordnung wiederherzustellen, eines, mit dem man leben konnte, und darüber nachzudenken, was zum Teufel eigentlich los war.

Die Ziehharmonikahaut der Gangway schloß nicht ganz dicht an den Rumpf der 767 an, und Andy der Dandy d'Ambrosia wurde von der ersten Ohrfeige des nördlichen Winters getroffen, bevor er Kennedy Airport überhaupt betreten hatte.

Schwerfällig schleppte er sich die Rampe hinauf. Er trug einen dunkelgrauen Anzug aus Mohairwolle, der prächtig gewesen war, bevor ihn die Motten entdeckt hatten und ihm ein Jahrzehnt auf dem Kleiderbügel eine glanzlose und ausgedehnte Fasson verliehen hatte. Die Krawatte war kastanienbraun, das Hemd weiß auf weiß mit einem eleganten Muster aus ineinandergreifenden Diamanten, einem hohen Kragen und französischen

Manschetten mit Manschettenknöpfen aus Gold und Onyx. Seine Füße steckten in harten schwarzen Schuhen, die er seit Jahren nicht mehr getragen hatte. Sie drückten auf seine Zehen und ließen die Kälte durch.

In der rechten Hand trug er die Tasche mit dem hoffnungslos verwirrten, wimmernden Don Giovanni, von seiner linken baumelte ein kleiner Koffer, in dem sich Waschzeug, Herztabletten für Herrn und Hund, Hundefutter, langsam erhitzter Leinsamen und frische Wäsche befanden. Ein zusammengelegter Mantel in doppelreihigem Fischgrätmuster lag über seiner linken Schulter und glitt bei jedem Schritt ein wenig weiter herunter. Andy mußte sich eingestehen, daß seine Schulter nicht mehr breit oder gerade genug war, um einen Mantel zu tragen.

In dem endlosen Flughafenkorridor drängte sich eine Menschenmenge, die Wände waren gebogen wie ein gigantisches Schlüsselloch. Andy schleppte sich dahin. Ihm schien, als würden sich alle anderen viel schneller bewegen als er. Geschäftsleute rannten mit der Hand an der flatternden Krawatte an ihm vorbei. Flugbegleiter stürmten vorüber, ihre Handwagen hinter sich herziehend wie Traber ihre Sulkies. Jemand rempelte den alten Mann von hinten an und lief weiter, ohne sich zu entschuldigen. Andys Arme wurden langsam müde, seine Knie schmerzten, aber stehenbleiben wollte er auch nicht, weil er sich vor dem hinter ihm kommenden Menschenpulk fürchtete.

Endlich kam eine Rolltreppe. Ihre heimtückischen und höllischen Metalltreppen wälzten sich vor seinen Augen ins Unendliche. Da er keine Hand frei hatte, um sich an dem schmutzigen Gummigeländer festzuhalten, fühlte er sich einen Augenblick lang wie gelähmt, hoffte aber auch, daß niemand seine absurde und beschämende Angst bemerkte. Er biß sich auf die Lippen und machte zitternd einen Schritt nach vor. Die Trittfläche packte seine Sohle und trug ihn davon. Er schwankte, als stünde er auf einem Boot auf hoher See. Oben angekommen, schwitzte er in seinem Mohairanzug.

Er ging durch eine elektronische Tür und stand in der Kälte. Sein Atem dampfte, seine Nasenlöcher brannten. Kleine Dampfwölkchen kamen durch das Gitter der Hundetasche.

Der Taxistand war hundert Meter entfernt, und viele Menschen eilten darauf zu. Andy wußte, er sollte stehenbleiben und seinen Mantel anziehen, aber jetzt war er auch in Eile, entschlossen, niemanden vorzulassen. Er lief weiter durch die eiskalte Luft, die nach dem Treibstoff der Jets und den Abgasen der Busse stank. Kurz warf er einen Blick zur Skyline, die unter einer Rußkuppel lag. Als er endlich im Taxi saß, war seine verschwitzte Brust klamm und unterkühlt.

Der Taxifahrer war ein Haitianer mit rotgeränderten Augen und einem grünen, flachen Wollhut. Er war ein schlechter Fahrer, plauderte über Funk in lautem Patois mit anderen Haitianern, hatte aber nichts dagegen, als Andy die Tragtasche öffnete, den Chihuahua herausnahm und auf seinen Schoß setzte. Der kleine Hund zitterte, entweder vor Kälte oder vor Verwirrung, und starrte seinen Herrn mit verlorenen, verschleierten Augen an. Dann leckte er ihm flehentlich mit heißer, belegter Zunge die Hand und schüttelte eine Kaskade starrer weißer Härchen auf den dunkelgrauen Anzug des Alten.

Andy hatte dem Fahrer gesagt, ihn zur Ecke Astoria Boulevard und Crescent Street in Queens zu bringen. Dort befand sich ein alter Treffpunkt der Pugliese, eine Imbißstube namens Perretti's. Es war keines der Hauptquartiere – niemand ging unangemeldet in ein Hauptquartier –, aber ein guter Ort, um Leute zu treffen oder herauszufinden, wo man wen treffen konnte.

Das Taxi fuhr die Van Wyck hinunter zum Grand Central Parkway. Andy blickte aus dem Fenster auf die nackten Bäume, die Überbleibsel verdreckter Schneehaufen, und versuchte sich einzureden, daß es ihm auch Freude bereitete, wieder in New York zu sein. Er freute sich auf einen Espresso mit Anisette, das würde seine angespannten und unterkühlten Glieder wärmen. Und wahrscheinlich würde es ganz nett sein, einige von den alten Kumpels wiederzusehen – Sal Giordano, Tony Matera. Außerdem war er nicht zum Vergnügen hier, er hatte eine Pflicht zu erfüllen, ein Versprechen einzulösen, das er einem alten Freund gegeben hatte, der das gleiche für ihn tun würde.

Der Taxifahrer verriß den Wagen über drei Fahrbahnen, um am Astoria Boulevard den Parkway zu verlassen. Dann kroch er weiter von Ampel zu Ampel, und in Andy begann so etwas wie eine freudige Erregung aufzukeimen. New York – okay, für ihn war das vorbei, aber die Stadt hatte ihn gut behandelt. Man hatte ihn respektiert, er hatte Freunde gehabt und Geld verdient. Nun erfüllte ihn der wärmende Gedanke, daß man sich an ihn erinnern, ihn umarmen würde, daß wenigstens ein paar von den Kerlen ein Aufsehen machen, seinen Besuch als Ereignis behandeln würden. Er streichelte den Hund und beförderte ihn wieder in die Tragtasche.

Das Taxi näherte sich der Crescent Street, und Andy stellte sein Gedächtnis auf die Probe, ob er sich an Peretti's noch richtig erinnerte. Eine lange Bar, grün, mit verblaßten rosa und gelben Bumerangs. Angestoßene Barhocker, aus denen das Roßhaar quoll. Altmodische Telefonzellen mit genieteten Metallwänden, einem runden Hocker und einem Ventilator . . .

Das Taxi bog in die Spur einer Bushaltestelle, der Fahrer schaltete auf Parken. Andy sah aus dem Fenster, und nun war er verwirrt. »Das isses nicht«, sagte er.

Der Fahrer antwortete nicht, zeigte bloß auf die Straßenschilder.

Andy sah genauer hin. Astoria und Crescent. Aber dort, wo Peretti's hätte sein sollen, war jetzt ein Obst- und Gemüseladen. Orangen und Grapefruits türmten sich zu Pyramiden, und in Lattenkisten, die sich nach vorn auf den Bürgersteig neigten, war ein halbes Dutzend verschiedener Apfelsorten ausgestellt. Ein Koreaner in Daunenweste und mit Ohrenschützern saß auf einer Kiste und schälte stoisch und unermüdlich Erbsen.

»Heilige Maria«, stieß Andy hervor.

Der Taxifahrer sagte nichts, wandte ihm nur den Rücken zu und trommelte mit den Fingern auf dem Lenkrad. Der Zähler tickte und verrechnete Wartezeit. Don Giovanni wimmerte in seinem Käfig, und Andy der Dandy zermartete sich das Hirn, wo er hin sollte und was er in dieser bitterkalten Stadt nun tun sollte, die auf einmal so fremd schien wie Kalkutta.

36

Um die Mittagszeit, als er sein Büro wieder halbwegs in Ordnung gebracht hatte, bestellte Arty Magnus ein Sandwich und stellte fest, daß er keinen Appetit hatte. Sein Magen teilte ihm mit, was sein Verstand nach wie vor ablehnte. Er befand sich in diesem Zustand wachsender Angst, die bei bösen Ahnungen anfängt und sich, je weiter man sich in die unangenehmeren Regionen vorwagt, zur reinen Panik steigert. Endlich, um drei Uhr konnte er seine Befürchtungen nicht mehr für sich behalten und rief Joey Goldman in seinem Büro an.

»Joey«, begann er. »Du hast mir doch gestern gesagt, in der Familie ist was nicht in Ordnung, daß es ein Problem gibt. Weißt du noch?«

»Ja, ich erinnere mich.« Joey war vorsichtig. Freund oder kein Freund, diese Dinge gingen Arty nichts an.

»Nun, was immer es ist, es scheint ansteckend zu sein.«

»Was?«

»Plötzlich hab' nämlich *ich* ein Problem, Joey. Genauer gesagt, gleich *zwei* Probleme. Und ich frag' mich ...«

»Arty, du klingst ja furchtbar. Alles okay?«

»Nein, eben nicht. Das versuch' ich dir ja zu sagen. Aus heiterem Himmel krieg' ich Schwierigkeiten, und ich frag' mich, ob mein Problem was mit eurem Problem zu tun hat.«

»Das ist unwahrscheinlich«, sagte Joey leichthin. Doch kaum waren die Worte ausgesprochen, begann es in seinem Kopf zu arbeiten. Gino war berüchtigt dafür, andere in seine Schlamassel hineinzuziehen. Die einzige Erklärung, warum er Arty mit reinziehen könnte ... Nein, undenkbar. Er räusperte sich. »Was is das für 'n Problem?«

Arty erzählte ihm von den Einbrüchen.

»Oft isses wegen diesem Scheißcrack ...«, meinte Joey.

»Meine Notizhefte sind geklaut worden. Sie haben meine Aktenschränke verwüstet. Klingt das etwa nach Crack?«

Es herrschte Schweigen. Aus Artys Klimaanlage tröpfelte Kondenswasser. Seine Füße lagen auf der Schreibtischkante, und er wippte weit zurückgelehnt in seinem quietschenden Stuhl.

»Weißt du was? Nach der Arbeit kommst du gleich zu uns«, nahm Joey den Faden schließlich wieder auf. »Nimmst meinen Wagen und fährst mit Debbi zum No-Name-Key, zeigst ihr die Hirsche.«

Der Redakteur ließ sich krachend in seinem Stuhl nach vorne fallen, so sehr regte ihn der widersinnige Vorschlag auf. »Joey, hörst du mir überhaupt zu? Ich hab' Angst. Was soll ich bei den Hir . . .«

Der andere Mann unterbrach ihn, und Arty bekam einen seltenen Eindruck von Joey-Sohn-seines-Vaters, einem jungen Mann, der nun seine eigene verborgene Klugheit einbrachte, sich zuständig erklärte, die Verantwortung übernahm. »Arty, hör zu. Was da mit dir passiert ist, ich glaub' nicht, daß es was mit uns zu tun hat. Wenn aber doch, dann isses ernst, sehr ernst – das sag' ich dir als Freund. Ich brauch' ein wenig Zeit, muß mit meinem Vater reden. Einstweilen hältst du dich da raus. Du fährst mit Debbi zu den Hirschen. Okay, Arty?«

Um fünf Uhr nachmittag herrschte in der Duval Street hastiges Treiben. Dicke Menschen watschelten zu ihren Kreuzfahrtschiffen zurück wie Enten, die instinktiv den Rückweg zum Wasser einschlagen. Touristen mit rosiger, von Feuchtigkeitscreme glänzender Haut drehten die Postkartenständer auf dem Gehweg. Die ersten Betrunkenen tauchten auf und stellten sich auf eine laute, besoffene Nacht ein.

Arty band sein Fahrrad los und machte sich auf den Weg zu Joeys Haus. Er bemerkte nicht, daß einen Moment später ein großer dunkler Wagen vom Randstein losfuhr und den gleichen Weg einschlug wie er, ihm durch die ruhigen Wohnstraßen folgte und dabei immer einen Häuserblock Abstand hielt.

Der Ghostwriter radelte im Schatten der Palmen und

Delonix, dann bog er langsam in Joeys Kieseinfahrt und lehnte das Fahrrad an die Hausmauer. Joey kam ihm an der Tür entgegen, begrüßte ihn und überreichte ihm die Schlüssel für den El Dorado. Es war offensichtlich, daß er ihn nicht hereinbitten wollte, um jede Aufregung für Vincente zu vermeiden. Einstweilen übernahm der Sohn das Kommando.

Debbi erschien aus dem Wohnzimmer. Sie trug hautenge Leggings, Stoffschuhe und ein weites Hemd über einem stahlblauen Body. Ihr rotes Haar und ihr von Sommersprossen übersäter Hals waren für die Fahrt im Cabrio in einen dunkelblauen langen Schal gehüllt. In einer Hand hielt sie ihre große Sonnenbrille, und ihr Lächeln war so breit und strahlend, daß sich die Ränder ihrer Lippen unter dem Lippenstift hervordehnten.

Die beiden gingen zum Wagen. Arty setzte sich hinter das Lenkrad, machte es sich bequem und stellte die Spiegel ein. Den dunklen Sedan, der in der Deckung des Nachbarhauses an der Ecke geparkt war, konnte er nicht sehen.

Im Rückwärtsgang fuhr er langsam aus der Kieseinfahrt heraus. Debbi berührte eine Sekunde lang seinen Arm. Ihre Finger fühlten sich kühl auf seiner Haut an, die Härte ihrer Fingernägel war kaum spürbar. »Ich freu' mich so.« Ihre Augen standen weit offen, die langen Wimpern ragten kerzengerade in die Höhe. »Ich hab' wirklich geglaubt, Sie wollen mich auf den Arm nehmen.«

Arty gelang der Ansatz eines Lächelns, dann steuerte er den El Dorado zum Strand und die Keys hinauf nach Norden. Bis Sonnenuntergang war es noch eine halbe bis dreiviertel Stunde. Die niedrige Sonne verlieh dem flachen Wasser der Florida Straits einen Glanz wie grünes Aluminium, während auf der Golfseite die fernen Mangroveninseln auf dem Wasser zu schweben schienen wie auf silbernen Wattenestern. Ab und zu sahen sie Fischadler am Himmel kreisen, Pelikane, die die Küste abflogen und parallel zu den geschwungenen Hochspannungsleitungen am Straßenrand auf und nieder tauchten.

Debbi fiel es schwer, still zu sitzen, sie wirkte wie ein Kind bei einem Schulausflug. »Sind sie wirklich wie Hunde?« wollte sie wissen. »So groß wie Hunde?«

Arty sah sie kurz an. Er bemerkte überrascht, daß ihr Gesicht ihm half, sich zu beruhigen, weniger nervös zu sein. »Große Hunde«, nickte er.

»Geweihe wie Zweige?«

Er sah sie noch einmal an, genoß dieses Lächeln, das so strahlend war, die hungrigen Augen, die sofort nach allem greifen wollten, anstatt geduldig zu warten, bis es von selbst in ihr Blickfeld rückte. Seine Nerven waren angespannt, Gefühle, gute wie schlechte, zerrten an ihm, als hätte er keine Haut. Er hörte sich selbst sagen: »Debbi, Sie sind hinreißend.«

Sie errötete. Eine Weile sprachen sie nichts. Die salzige Luft pfiff über die verchromte Kante der Windschutzscheibe. Der dunkle Sedan blieb im Verkehr verborgen und hielt einen Abstand von einem halben Dutzend Autos.

Nach einer Weile nahm Debbi ihre Sonnenbrille ab.

»Arty, darf ich Sie was fragen?«

Er hob nur sein Kinn.

»Sind Sie schwul?«

Er runzelte die Stirn und sah sie an. »Nein. Warum?«

»Naja, Sie wissen schon. Key West und so.«

Arty schwieg. Imbißstuben und Souvenirläden, die Muscheln verkauften, flogen vorüber.

»Sie machen einen so netten Eindruck«, fuhr Debbi

fort. »Witzig. Gute Manieren. Aufmerksam. Ich hab' mich nur gefragt, warum Sie nicht, naja, warum Sie mit niemandem zusammen oder verheiratet sind.«

»Sagen wir: Ich hab' das schon hinter mir.«

Nun, da sie die Antwort hatte, plagte Debbi das schlechte Gewissen, überhaupt gefragt zu haben. »Hören Sie, ich will nicht neu . . .«

»Kein Problem«, winkte Arty ab. Der Mensch wider Willen spürte plötzlich das Bedürfnis zu reden. »Da gibt's nichts zu verbergen. Ich war sechs Jahre verheiratet. Die längste Zeit lief alles gut. Gegen Ende hatte ich immer mehr den Verdacht, daß meine Frau mich für einen Versager hielt. Das mochte ich nicht.«

»Hat sie das gesagt?«

»Nie wörtlich. Das war gar nicht nötig.«

Debbi schürzte die Lippen. »Was hat sie gearbeitet?«

»Rechtsanwältin.«

»Sicher sehr intelligent.«

»O ja. Aber es gibt so was wie Berufsweisheit und so was wie Lebensweisheit. Verstehen Sie, was ich damit meine?«

Debbis schlanke Brauen sprangen hoch. »Nicht genau.« »Ich auch nicht«, gestand Arty. »Aber ich denke, es hat mit der Fähigkeit zu tun, ob man glücklich sein kann.«

Der El Dorado brauste die U. S. 1 hinauf. Im Rückspiegel schien sich die pulsierende orangerote Sonne durch die Mangroveninseln zu pflügen, als suchte sie den direkten Weg ins Meer.

Nach einer Weile sagte Debbi: »Das ist ziemlich mies, jemandem so 'n Gefühl zu geben.«

Arty sah sie an, weder traurig noch lächelnd, nur mit dem direkten Blick, mit dem man jemanden ansieht, von dem man verstanden wird. »Ja. Das war es wohl.«

Beim Big-Pine-Key bog er vom Highway zum Key Deer Boulevard ab. Nachdem sie das Gefängnis und das Baseballfeld der *Little League* hinter sich gelassen hatten, nahm er die nächste Ausfahrt zum No-Name-Key. Die Straße schnitt durch niedrige graue Gestrüppwälder. In einer Entfernung von hundert Metern schlich ihnen immer noch der große dunkle Wagen nach.

Debbi sah zum Fenster hinaus auf die verkümmerten und verbogenen Fichten, die stacheligen, von der Sonne gebleichten Palmetten, den steinigen Boden, der durchzogen war von schuppigem Kalkstein. »Nicht so hübsch wie in Key West, was?«

»Das ist das echte Florida«, sagte Arty. »Keine Farben. Entweder knochentrocken oder ein Sumpf, in jedem Fall ein Paradies für Moskitos. Spinnen so groß wie eine Faust, Blätter, von denen man Ausschlag kriegt, Alligatoren, die groß genug sind, um einen Dobermann zu fressen.«

Debbi runzelte angewidert die Nase.

Sie schlängelten sich durch mehrere Vorstädte und überquerten schließlich die kleine Regenbogenbrücke zum No-Name-Key. Am höchsten Punkt der Brücke sahen sie das letzte Tageslicht, denn hinter dem Gestrüpp und den Mangroven auf der anderen Seite hatte bereits die Dämmerung eingesetzt. Eine schnurgerade Straße von etwa einem Kilometer Länge endete in einer Sackgasse, die durch mehrere große Kalksteinbrocken vom Meer abgeschnitten war.

»Dort sind sie.« Arty fuhr nun sehr langsam, und seine Stimme war zu einem verschwörerischen Flüstern geworden. »Manchmal kommen sie bis zur Straße. Manchmal muß man sie im Wald suchen.«

Debbi nickte. Sie hatte sich weit vorgebeugt, ihre roten Fingernägel lagen auf dem Armaturenbrett. Die

Sonnenbrille hatte sie abgenommen, die gierigen Augen hungerten nach Hirschen.

Der El Dorado schlich weiter. Kein Hirsch erschien. Arty warf einen Blick in den Rückspiegel, und endlich bemerkte er den dunklen Wagen, der ihnen folgte. Er dachte sich nichts dabei. Sie befanden sich in einer Sackgasse, die zu einem beliebten Ausflugsziel führte.

Das Licht wurde von einem Moment zum anderen dämmriger. Ein plötzliches Rascheln im Gestrüpp ließ Arty und Debbi den Atem anhalten: Ein Waschbär erwiderte ihr Starren und huschte davon. Sie blickten suchend unter das Gestrüpp, durch hohes Gras hindurch, doch es war nichts mehr zu sehen oder zu hören, und kurz vor den Kalksteinbrocken sagte Arty ein wenig verzagt: »Man sieht sie nicht immer.«

Debbi wollte keine Spielverderberin sein und ihre Enttäuschung nicht zeigen. Außerdem hatte sie noch nicht aufgegeben. »Ich glaube, wir schon«, flüsterte sie.

Bei den großen Steinen angelangt, parkte Arty den Wagen, verschränkte die Arme über dem Bauch und sah seine Gefährtin mit entschuldigendem Blick an.

»Können wir aussteigen und uns umsehen?« fragte sie. »Machen Sie sich auf die Moskitos gefaßt«, warnte er sie, schaltete aber den Motor ab. Sie stiegen aus.

Sie drückten leise die Wagentüren zu, gingen um die Kalksteine herum und standen am unspektakulären Ufer des No-Name-Key. Überall wucherten Mangrovengeflechte, deren Wurzeln Bogen formten wie Wigwams und kleine, nach Schwefel und verfaultem Seetang stinkende Pfützen einfaßten. Dort, wo einst am Ufer eine kleine Lichtung geschlagen worden war, standen die Überreste einer längst aufgelassenen Zisterne. Beschädigte Casuarinen wuchsen in ihr und aus ihr heraus. Eidechsen sausten herum, Moskitos surrten, Frösche quakten. In dieses Konzert unterschiedlicher Tierlaute schlich sich das kaum hörbare, von den beiden unbemerkt gebliebene Geräusch zweier Autotüren, die leise geöffnet und geschlossen wurden. Ohne gesehen zu werden, schlichen noch zwei Besucher an den großen Steinen vorbei auf das Ufer zu.

Debbi spazierte zur anderen Seite der eingestürzten Zisterne, und da sah sie zwei Hirsche.

Es waren Hirschkühe mit riesigen Augen und wunderschönem braunen Fell, und sie fraßen von einem Busch, auf dem staubige gesprenkelte Beeren wuchsen. Sie waren tatsächlich nicht größer als ein Hund. Debbi hielt sich eine Hand vor den Mund, um nicht in Jubel auszubrechen. Mit der anderen Hand zeigte sie auf die Tiere. Arty war ihr gefolgt und stand nun neben ihr.

Die Tiere hoben die Köpfe, schienen jedoch nicht sehr beunruhigt. Sie schlugen bedächtig einen kleinen Pfad ein, der wie ein niedriger Tunnel in die Mangroven hineinführte. Debbi machte ihren lose gewordenen Schal fest, nahm Artys Hand und wollte ihnen folgen. Arty zögerte, leistete für den Bruchteil einer Sekunde Widerstand, dann gab er nach. Sie bückten sich, schoben die Mangrovenranken vor ihren Gesichtern zur Seite und stiegen vorsichtig über die wuchernden Luftwurzeln. Im Gestrüpp wimmelte es vor Moskitos, und Spinnen baumelten von ihren halb fertigen Spinnweben. Der Pfad führte vom Ufer weg, denn nach wenigen Schritten begannen sich Zwergfichten unter die Mangroven zu mischen. In dem nun dichten Geäst ließen sich die Farben kaum noch unterscheiden, alles wurde zu Schatten und Formen. Der Boden unter ihren Füßen war eine brüchige Matte aus Fichtennadeln und Kalksteinkörnern. Weiter vorne konnten sie das leise Rascheln der gemächlich weiterziehenden Hirschkühe hören.

Debbi blieb kurz stehen, blickte sich nach Arty um und grinste. In der momentanen Stille meinte er, hinter ihnen Geräusche zu vernehmen. Ein Adrenalinschub fuhr ihm in die Beine und ließ ihm die Knie weich werden. Debbi, vertrauensvoll und aufgeregt, drängte weiter.

Sie gelangten in eine kleine Lichtung und stießen auf zwei winzige Hirsche mit Geweihen wie Azaleenzweige im Winter. Drei weitere Hirschkühe knabberten an den dornigen Büschen. Debbi und Arty standen sehr nahe nebeneinander. Sie strahlte Wärme aus wie frisch gebackenes Brot, aber er konnte weder das Gefühl genießen noch den Hirschen zusehen. Er vernahm Geräusche, die nicht zum Wald gehörten und schließlich als Schritte zu erkennen waren. Vergeblich versuchte er, die Panik aus seiner Stimme zu halten: »Jemand folgt uns.«

Debbi sah ihn im schummrigen Licht an. Ihr Lächeln schien von ihrem Gesicht zu fließen und in sich zusammenzufallen wie ein zu Bruch gehendes Fenster. Es hatte nur eines Herzschlags bedurft, um seine Angst zu übertragen wie eine ansteckende Krankheit. Mücken schwärmten durch die Luft. Das metallische Quaken der Frösche nahm eine wahnsinnige Note an. Einen Moment lang standen die beiden wie gelähmt, dann überquerten sie im Laufschritt die Lichtung, verscheuchten dabei die Hirsche und stolperten mit dem Instinkt der Verzweifelten auf das Gestrüpp zu.

Arty tauchte in eine Öffnung zwischen den verwachsenen Kiefern ein, Debbi folgte ihm. Niedrige Zweige schlugen ihnen ins Gesicht, Spinnweben hüllten sie ein wie klebriger Verbandsmull. Ihr Atem ging stoßweise und hallte in ihren Ohren wider. Sie bewegten sich völlig ziellos, nahmen jede Lücke, die sie in dem wuchernden Wald finden konnten, bis sie bemerkten, daß sie sich wie in einer Schleife wieder auf das Ufer zubewegten. Die Kiefern wurden spärlicher, dafür verdichteten sich die Mangroven, und in der Luft lag ein salziger Geruch wie von verdorbenem Hummer. Ab und zu traten sie in schleimiges seichtes Wasser, auf dem die Fäulnis schwamm. Arty schlug die Mangrovenranken zurück, war von Dornen übersät und blutete an den Ellbogen.

Dann fiel er hin. Eine Mangrovenwurzel hatte seinen Fuß gepackt und mitten im Schritt verdreht. Er fiel zur Seite, warmer Schlamm spritzte hoch, in sein Gesicht. Er stöhnte und versuchte, den Fuß freizubekommen wie ein Bär, der in die Falle gegangen ist. Es gelang ihm, doch mit dem Knöchel stimmte etwas nicht.

Debbi hockte neben ihm, ihr Gesicht war dem seinen ganz nahe, zwischen ihnen schwirrten die Moskitos. »Lauf«, keuchte er. »Wart nicht.«

Sie erwiderte nichts. Blieb. Sie faßte Arty unter den Achseln und half ihm auf die Beine. Eine Sekunde lang stand er auf einem Bein, und im selben Moment hörten sie das Rascheln hinter sich, das scharfe Peitschen der Zweige, die zurückschnalzten. Sie warf Artys Arm über ihre Schulter, und gemeinsam stolperten sie weiter.

Der Boden unter ihren Füßen wurde nun weicher, immer öfter traten sie in die schleimigen Pfützen. Auch die Mangroven sahen anders aus, niedriger, hinterhältiger. Hie und da brach der Himmel durchs Gestrüpp, und mit jedem Schritt wurde der Wald mehr zu einer Sumpflandschaft. Die Pfützen flossen zu einem seichten Gewässer zusammen, der Boden verschmolz zu einem heimtückischen Brei, einem dichten Matsch, der an ihren Füßen zog wie nasser Zement. Artys verletzter Knöchel schmerzte wild bei jedem Schritt, Debbis Knie überdehnten sich schmerzhaft, wenn sie an ihnen zerrte, um ihre versinkenden Füße freizubekommen.

Sie kamen jetzt nur noch zentimeterweise voran. Neben dem gedämpften Klatschen ihrer mühseligen Schritte hörten sie die immer näher kommenden Geräusche ihrer Verfolger, die gemurmelten Flüche, den stoßenden Atem, der so furchterregend war wie das pfeifende Röcheln eines Drachens.

Das brackige Wasser wurde tiefer, der Boden eine einzige Morastdecke. Debbi versank bis zu den Waden. Sie versuchte, in die Höhe zu kommen, stolperte und fiel mit schrecklicher Langsamkeit in eine halb sitzende Position, wobei ihr Rücken von einem gegabelten Geäst aufgefangen wurde. Arty fiel nicht wirklich mit ihr mit, sondern blieb in einer gebeugten Haltung stecken, aus der er sich nicht mehr aufrichten konnte. Mit beiden Händen hielt er sich an einer Mangrove fest, strengte dabei jeden Muskel an und hatte das Gefühl, in die Enge getrieben zu sein, in eine Hilflosigkeit, die vernichtender war als jedes Versagen, das er sich jemals vorstellen konnte.

»Debbi«, flüsterte er, »es tut mir so leid.«

Sie sagte kein Wort. Ihre Augen waren weit aufgerissen. Winzige Blutspuren zogen die Kratzer in ihrem Gesicht nach.

Ein gleißender Lichtstrahl fuhr wie ein Messer über den Sumpf. Dahinter zeichneten sich zwei vorwärts stolpernde Silhouetten ab. Schuhe schmatzten durch den warmen Morast. Einer der Verfolger wurde langsamer. Der andere stampfte mit der Verbissenheit eines Karrengauls weiter. Der Lichtstrahl der Taschenlampe wanderte wie betrunken über die Mangroven, während der Mann, der sie hielt, unaufhaltsam näher kam. Arty pochte das Blut im Hals, er hörte es in den Ohren rauschen. Er dachte daran zu schreien, verstummte jedoch wie ein zahnloses Wesen im Angesicht des Löwens.

Die Schritte kamen klatschend und spritzend näher, waren vielleicht noch zehn Meter entfernt. Das Licht der Taschenlampe hatte Debbi in ihrem Ast gefunden. Über ihr Gesicht, von den Augen abwärts, strömten schwarze Linien. Dann lag das Licht auf Arty. Er zuckte, als wäre es bereits der Tod, dem er nicht entkommen konnte.

Er wartete auf die Kugel, ohne zu wissen, wie sie sich anfühlen würde. Er schluckte und meinte, Blut zu schmecken, als wäre er bereits durchlöchert und gurgelte Blutstöße nach oben. Dann erklang eine Stimme.

»Was ist los, Mr. Magnus? Schlechtes Gewissen?«

Das grelle Licht ließ seine Augen los und lag nun unter dem Gesicht des Verfolgers. Arty sah ein kantiges Gesicht, ein Muskelpaket von einem Nacken und eine mit Haarspray zu einem Heiligenschein geformte Frisur.

»Jesus«, keuchte er.

Ben Hawkins kam nun ebenfalls näher. Sein angestrengter Atem zischte und pfiff und gesellte sich zu den Geräuschen der Moskitos und Frösche.

»Schlimme Dinge sind geschehen«, sagte Mark Sutton. »Vielleicht wird's noch schlimmer. Für Sie auch, Miss Martini. Meinen Sie nicht, daß Sie Freunde dringend brauchen können? Vielleicht möchten Sie jetzt mit uns reden.«

VIERTER TEIL

37

Debbi startete den El Dorado. Als sie den Wagen vor den Kalksteinbrocken am Ende von No-Name-Key wendete, erschienen im Licht der Scheinwerfer Termitenschwärme, die sich wie verrückt im Kreis drehten, und spiralförmig fliegende Nachtfalter.

Ihre ruinierten Leggings waren bis über die Knie aufgerollt, Kalkstaub bedeckte ihre Schienbeine. Sie fuhr barfuß; ihre Stoffschuhe hatte sie in den Kofferraum geworfen, da sie ein Gewicht angenommen hatten, als wären sie in Zement gegossen. Die Tränenspuren unter ihren Augen waren zu grauen Schmutzflecken verschmiert. Als sie die kleine Regenbogenbrücke erreichten, unterbrach sie das gespannte Schweigen plötzlich mit einem schallenden Gelächter. »Wie du ihnen die Meinung gesagt hast, Arty – das war einfach wunderbar.«

»Nach dem Stoppschild links«, meinte Arty bloß. Im dichten Gestrüpp auf dem Big Pine sangen Grillen und Laubfrösche, und durch die Fenster der Häuser kam das anämische Leuchten der Fernseher. »Hab' ich das?« fragte er schließlich.

Debbi strich das Ende ihres von Dornen malträtierten Schals zurück, den sie immer noch um Haar und Hals trug. »Na, hör mal, Arty, du warst nicht zu bremsen. *Das ist doch eine Irrenhaus-Taktik! . . . Was seid ihr denn? Völlig wahnsinnig gewordene Terroristenjäger?* Du hast sie noch angebrüllt, als sie uns schon aus dem Dreck zerrten . . .«

Arty schüttelte den Kopf, rieb an einer Stelle hinter dem Ohr, wo ihn ein Moskitostich plagte, und befingerte einen kleinen Kratzer am Hals.

»Was macht der Knöchel?« fragte Debbi.

»Pocht ein wenig. Halb so schlimm.«

»Eiswürfel«, meinte sie. Sie hatte die Kreuzung erreicht, wo der Key Deer Boulevard mit dem Highway zusammenläuft, und lenkte den Wagen in Richtung Key West. Der Highway war schäbig aufgeputzt mit bunkerähnlichen, in teigige Parkplätze geduckten Bars und schummrigen Läden, die sich mit dem Verkauf von Kondomen, Lotterielosen und Kartoffelchips über Wasser hielten. Nach einer Weile fragte sie: »Arty, warum will das FBI mit dir reden?«

Er wandte sich zur Seite, um sie anzusehen, und spürte, wie ihn die Geheimnisse und das Versprechen, das er Vincente gegeben hatte, in den Sitz preßten. »Das darf ich dir, glaube ich, nicht sagen«.

Sie nickte, biß sich auf die Lippe.

Nach einem kurzen Moment fuhr Arty fort: »Dieser Sutton sagte, daß du auch Schwierigkeiten bekommen könntest. Hast du eine Ahnung, was er gemeint hat?«

Debbi behielt ihren Blick auf der Straße und verneinte. Dann wurden ihre Hände auf dem Lenkrad fahrig, und sie warf Arty einen raschen Blick zu. »Vielleicht doch, aber ich möcht' lieber nicht drüber reden.«

Arty beharrte nicht. Er legte seinen verletzten Fuß hoch und folgte mit den Augen den langen Schleifen der Hochspannungsleitungen am Straßenrand.

Debbi strich ihren Schal zurück. »Das ist doch echt bescheuert.«

»Hm?«

»Ich meine, wir beide, vorhin wären wir beinah draufgegangen, jetzt sind wir mutterseelenallein auf dieser verdammten Straße, und dann gibt es lauter Dinge, über die wir nicht sprechen dürfen. Als ob die Geheimnisse wichtiger sind als wir.«

»Geheimnisse sind wichtig«, meinte Arty, obwohl er vor seiner Begegnung mit Vincente gerade darüber nie wirklich nachgedacht hatte.

»Darf ich eine Frage stellen?«

»Klar.«

»Deine Geschichte mit diesen Kerlen – hat das was mit Gino zu tun?«

Die Frage verwirrte Arty. Seine Verbindung bestand zum Paten. Die Beamten vom FBI wollten mit ihm über den Paten sprechen. Er konnte sich nicht vorstellen, was Gino damit zu tun hatte. Er verneinte murmelnd.

Doch tief drinnen hatten die Frage und die Erwähnung Ginos etwas ganz anderes ausgelöst – ein merkwürdiges und unruhiges Zucken, das ihn völlig unvermutet anfiel. Er sah Debbi an. Sie hatten das Verdeck des Cabrios nicht hochgezogen. Debbi wurde vom Lichtschein jeder vorbeifliegenden Straßenbeleuchtung erfaßt, der sie gleich darauf wieder im Schatten der Dunkelheit verschwinden ließ, bis der nächste Lichtstrahl kam. Kleine Haarsträhnen lugten unter dem Tuch hervor und bewegten sich im Fahrtwind. Ihre Augen waren weich und müde. Arty war erstaunt, daß dieses uralte und beinahe vergessene Gefühl, das er da empfand, Eifersucht war.

Er versuchte, leichtfertig zu klingen. »Gino – machst du dir Sorgen wegen ihm?«

Debbi klopfte mit dem Finger auf das Lenkrad. »Natürlich.« Dann fügte sie hinzu: »Aber nur so, wie ich mir um jeden anderen auch Sorgen machen würde.«

»Nicht mehr?«

Sie runzelte die Stirn, erlaubte sich den Gedanken, daß Arty gerne Gewißheit hätte, jedoch meinte, er habe kein

Recht, einfach danach zu fragen. Sie erteilte sie ihm wie ein Weihnachtsgeschenk. »Das zwischen Gino und mir ist vorbei. Geschichte, aus und vorbei . . . Hast du das denn auch nicht gewußt?«

Arty schüttelte betreten den Kopf.

»Sizilianer«, meinte Debbi. Ihr Gesichtsausdruck schwankte zwischen nachsichtig und verärgert. »Ständig spielen sie dieses Wir-und-die-anderen-Spiel, stille Post, teile und herrsche . . . Denk mal nach, Arty. Mit dem, was du weißt, und dem, was ich weiß, wissen wir schon was. Dazu müßten wir es uns aber erzählen.«

Er ließ sich in den Sitz zurücksinken, sah nach vorne auf die kurvenreiche Straße, die sich von Insel zu Insel bis nach Key West schlängelte. Gino war Geschichte. Debbi war hier, bei ihm. Arty umklammerte seinen verletzten Fuß und sagte: »Ja, dazu müßten wir es uns erzählen.«

Die Nassau Lane war nicht viel breiter als Joeys Wagen, und als Debbi vor Artys Haus hielt, hingen die Zweige der Bäume in das Cabrio herein. Der Wagen stand so dicht am Randstein, daß nicht einmal eine Katze vorbeigekommen wäre. Sterne glitzerten am Himmel, ab und zu verschwanden sie hinter einer vom Mondlicht eingerahmten Wolke. Debbi stellte den Motor ab, und sofort legte sich das Rascheln der Palmwedel über sie, als müßte es die Stille durchbrechen.

Zunächst saßen sie beide bloß da. Dann lächelte Debbi verschmitzt und zeigte auf ihre zerrissene Kleidung und die Kratzer in ihrem Gesicht. »Bedanke ich mich jetzt für 'nen reizenden Abend?«

»Wir haben die Hirsche gesehen«, erwiderte Arty.

»Stimmt. So groß wie Hunde.«

Arty machte keine Anstalten auszusteigen, und nach

einer kurzen Pause fügte sie hinzu: »Dein Bein – schaffst du's?«

Er nickte, warf einen Blick auf die Verriegelung, ohne die Hand danach auszustrecken. »Eiswürfel«, sagte er.

Sie schwiegen, vom Mondlicht beschienen, nervös mit den Händen im Schoß spielend, eingehüllt vom kaum merklichen Duft schlafender Blumen. Wenn zwei Menschen einander begehren, den ersten Schritt aber noch nicht getan haben, kehrt es immer wieder, dieses Gefühl wie beim ersten Rendezvous an der High-School, den Abend einigermaßen elegant und nicht allzu peinlich zu beenden.

In Artys Stimme lagen Sehnsucht und Bedauern: »Nun . . .«, und er fummelte an der Tür.

Als er von der Verriegelung hochsah, war Debbis Gesicht plötzlich ganz nahe, kam immer näher, still, fließend, rätselhaft. Sie küßte ihn flüchtig auf den Mundwinkel, auf diese mysteriöse Stelle zwischen der für Freunde reservierten Wange und den den Liebenden vorbehaltenen Lippen. Dann zog sie sich genauso rasch wieder zurück. Arty, der ewig zögernde Arty, sah, wie sie sich zurückzog, sah, wie sich ihr Blick abwandte, ihr Haar unter dem Schal von der Nacht und der Entfernung eingerahmt wurde, und ohne eine Sekunde zu zögern, streckte er beide Hände nach ihrem Gesicht aus, um es festzuhalten, nicht aus seiner Nähe zu lassen. Er küßte sie auf den Mund, der nach Lippenstift und salziger Luft schmeckte.

Dann stieg er aus dem Wagen und wünschte ihr bereits halb abgewandt eine gute Nacht. Er fühlte sich leicht und glücklich, obwohl er immer noch hinkte, als er auf seine beschädigte Eingangstür zuging.

»Verflucht noch mal, was soll 'n das heißen?« schimpfte Pretty Boy. »*Spannendes Pa . . . Para . . .*«

»*Paradoxon*«, sagte Aldo Messina, der zwischen seinen Handlangern an einem rechteckigen, mit grünem Filz bezogenen Tisch saß.

»Richtig«, fuhr der gutaussehende Schläger fort. »*Paradoxon. Die sicherste Methode zu versagen: Steck dein Ziel höher, als irgend jemand ahnt.* Was faselt 'n der für 'n Quatsch daher?«

Bo, der philosophische Mafioso, murmelte nachdenklich: »Ich glaub', das heißt . . .«

»Oder das da«, fiel ihm sein Partner ins Wort. »*Gesunder Menschenverstand – nicht gerade gesund; aber versteht das ein Mensch?*«

»Das ist, naja.« Bo suchte nach Worten. »Ein Spiel mit . . .«

»Ein Scheißspiel isses«, fuhr Pretty Boy dazwischen.

Aldo Messina, der düstere, blutleere Boß, klappte das Notizheft zu, schob es zur Seite wie einen Teller Essen, in dem die Maden krochen, und griff nach dem nächsten im Stapel.

Sie befanden sich im Familienhauptquartier der Fabrettis, dem San Pietro Social Club in der Broome Street in Manhattan. Der Klub, ein ehemaliges Eisenwarengeschäft, hatte große Schaufenster, an denen die Stahlrolläden seit Eisenhower nicht mehr hochgezogen worden waren. Die einstige Glastür war durch eine Stahltür mit Guckloch ersetzt worden. Es gab eine kleine Bar mit einer Espressomaschine und mehreren Flaschen Anisette und Scotch. Mehrere Bilder hingen schief an den Wänden und zeigten italo-amerikanische Salonszenen:

Männer mit pomadisierten Frisuren und Schlafzimmerblick, Frauen in glitzernden Abendkleidern mit tiefem Dekolleté.

Pretty Boy lehnte sich näher an das neue Notizheft heran und stand schon wieder vor einem Rätsel. »*Denke an den As . . . Ast . . .*«

»*Asteriskus*«, zischte Messina.

»*Asteriskus*«, wiederholte Pretty Boy wie ein Papagei. »Was 'n Scheißasteriskus?«

»Das is', naja, so was am Himmel«, erklärte Bo. »'ne Art Planet.«

Sein Partner hörte nicht zu. »*Asteriskus. Wenn im Zweifel, die Szene unterbrechen.* Also, ich kapier' nicht, was das mit Vincente Delgatto zu tun hat, und wie der Kerl auf 'n Gedanken kommt, er is 'n Schriftsteller. Wenn ihr mich fragt, ist das 'n Irrer. So 'n Gefasel, versteht doch kein Mensch.«

»Genau das isses, was mir Sorgen macht«, sagte Messina. Er legte eine Hand auf das fleckige, von der Feuchtigkeit aufgequollene Heft, strich mit einem zarten Finger über die Seite, als wäre sie in Blindenschrift verfaßt. »Könnt' ja so was wie 'n Code sein. Ich mein', eine Zeile schreibt er in Druckschrift, so 'ne Art Überschrift, dann schmiert er den ganzen anderen Scheißdreck darunter.«

»Code oder kein Code, ist doch egal«, meinte Pretty Boy, »wir haben die Bücher, oder nicht?«

»Die Bücher haben wir«, sagte Aldo Messina. »Na und? Das Problem mit 'm Schriftsteller ist, wie soll man den dran hindern, daß er weiterschreibt? Den Schriftsteller haben wir noch nicht.«

»Nicht meine Schuld.« Pretty Boys war halb weinerlich, halb verärgert. Er erhob sich und begann, auf und ab zu laufen, als zwickten ihn die Amphetamine in die

Hoden, sobald er länger als ein paar Sekunden ruhig blieb. Er ging zu einem Billardtisch, der nie benutzt wurde, und ließ die weiße Kugel an drei Seiten gegen die Bande laufen. »Wir hätten ihn umlegen soll'n. Sag' ich doch die ganze Zeit. Aber nein. Scheiße, mir reicht's langsam. Ich krieg 'n Auftrag, mach' mich auf 'n Weg, und dann darf ich den Scheißauftrag nicht erledigen.«

»Bo hat recht gehabt«, entschied Aldo Messina.

Der philosophische Schläger senkte bescheiden den Blick. Der Tisch, an dem sie saßen, hatte ein Rille für Pokerchips und Wechselgeld, in die er nun kleine Filzfussel strich.

Nun begann Messina, auf und ab zu gehen. Da er einen großen Bogen um Pretty Boy machte, sahen die beiden wie zwei Düsenflieger aus, die über einem Flughafen Runden drehten. Der mürrische Boß machte ein, zwei Rundgänge, dann bewegte er sich wieder zum Tisch und setzte sich hin. Neben den Heften, die sie Arty Magnus gestohlen hatten, lag eine kleine Karte. Er spielte damit. Es war eine Visitenkarte, auf der Mark J. Sutton, Spezialagent, Federal Bureau of Investigation, stand. Sie war aus Artys Karteikasten gefallen, als die Schläger aus seinem Büro ein Schlachtfeld gemacht hatten.

Pretty Boy beobachtete seinen Boß, wie er mit der Karte spielte. »Der Dreckskerl tanzt mit seinem Arsch auf zwei Hochzeiten. Noch mehr Grund . . .«

»Noch mal«, sagte Bo. »Er arbeitet mit 'm FBI zusammen, das FBI wird aufpassen, daß ihm nichts passiert. Er hätt' mit so 'nem Ding präpariert sein können. Diese, wie nennt man die, diese Dinger, die genau angeben, wo er gerade ist. Wir schnappen ihn uns, *bumm*, sie schnappen uns.«

»Okay, okay«, erwiderte Pretty Boy. »Aber inner Zwischenzeit muß der dünne Scheißer weg.«

»Richtig«, stimmte ihm Messina zu. »Aber in der Zwischenzeit hat Bo das Richtige getan.«

Das zerrte an Pretty Boys Nerven. »Bo hat das Richtige getan. Bo tut immer das Richtige! Warum gibst ihm nich 'n gottverdammten Orden? Trotzdem ha'm wir diesen Schriftstellerdrecksack am Hals ...«

»Ist alles 'n wenig komplizierter, als wir dachten«, unterbrach ihn Messina. Er verzog die Lippen und runzelte seine blasse, angespannte Stirn zu einem Ausdruck vollkommenen Pessimismus'. »Aber was soll's – so isses ganze beschissene Leben.«

Arty Magnus hatte weder Lust noch Laune, sein verwüstetes Schlafzimmer aufzuräumen. Die Lampe lag auf dem Fußboden und schien nach ihrem Schirm zu suchen wie ein Mann nach seinem Hut. Aus den Schubladen der Kommode, die halb herausgerissen in den Raum ragten, quollen seltsam verwinkelte Hemd- und Pulloverärmel, die stumm und inständig um Hilfe zu winken schienen.

Der Ghostwriter lag ausgestreckt auf dem Bett, hatte Kopf und Knöchel mit Kissen erhöht und den Fuß mit je einem Eisbeutel flankiert. Er lag da und dachte nach. Er dachte über Debbi nach und seine Verblüffung, als ihr Gesicht dem seinen plötzlich so nahe war, und über den Salzgeschmack ihres Mundes. Seine Hände hatten, wenn auch nur ganz kurz, ihr Gesicht gehalten, seine Finger waren sogar bis hinter die Ohren gekommen. Diese Intimität fühlte sich ganz neu an, erstaunlich, beinahe unheimlich. Er schloß die Augen und stellte sich vor, sie zu lieben.

Die Idylle währte nicht lange. Andere Überlegungen zerstreuten sie in alle Winde, Zweifel und Ängste, die ihn zur Besinnung ohrfeigten und furchterregender waren als ein Schrei in der Nacht. Jemand war hinter Arty her. Hinter ihm. Eine merkwürdige Redewendung, primitiv, als ginge es um eine rituelle Treibjagd, eine Verfolgungsjagd bis zum bitteren Ende. Arty spürte die Panik eines Menschen, dem eine Hundemeute auf den Fersen war, ihn umzingelte und den Fluchtweg versperrte. Er verlor langsam an Terrain, und Key West, diese winzige Insel, war ihm nie so klein vorgekommen, so eng wie ein Ruderboot, und wie ein Ruderboot ohne die Möglichkeit eines Verstecks.

Er lag auf dem Bett. Eine sanfte Brise fuhr durch das Fliegengitter über ihn hinweg, draußen bestäubte das Mondlicht das Laub der Bäume. Er erinnerte sich an den Moment, als er sich bereit erklärt hatte, der Ghostwriter des Paten zu sein, an diese aufrichtige Scharade, die er mit sich selbst gespielt hatte, in der Meinung, er könnte immer noch Nein sagen. Er hätte Nein sagen sollen, das wußte er nun, und wahrscheinlich hatte er es die ganze Zeit über gewußt. Das Seltsame war, daß er trotz dieser Mischung aus Angst und Wut keine Reue verspürte. Ihm war von Anfang an klar gewesen, daß der Auftrag, die Geschichte eines anderen zu schreiben, mit einem verrückten Reiz verbunden war. Er war in ihren Bann geraten, weil sie ihm einen Blick in die krankhafte Logik und die morbide Selbstgefälligkeit der Gangsterwelt erlauben würde. Er hatte die Gefahr akzeptiert, auf eine abstrakte, distanzierte Weise, und er hatte sich im Gegenzug auf eine strikte Fairneß verlassen, die empfindlich eingehalten wurde. Vincentes Augen hatten ihm das versprochen, ihn glauben gemacht, er würde ein Terrain betreten, in dem die Gerechtigkeit schonungslos und dennoch einfach, unbarmherzig und dennoch unfehlbar sein würde, wo man, sofern man die Wahrheit sagte und sich an den Vertrag hielt, sicher sein würde. Was war schiefgelaufen?

Er überlegte. Er wußte die Antwort nicht, doch er hatte Verdachtsmomente, die wie Dämpfe hochstiegen und wie ein böser Geist menschliche Gestalt annahmen, und je länger er darüber nachdachte, desto aufgebrachter wurde er. Er war selbst erstaunt, mit welcher Entschlossenheit er Joey Goldman um halb elf Uhr nachts anrief und erklärte, sie müßten miteinander reden, und zwar sofort, hier in seiner Wohnung, und daß Joey Vincente mitbringen solle.

39

»Giovanni«, sagte Andy der Dandy. »Was zum Teufel sollen wir hier?«
Der Chihuahua blickte von dem Aschenbecher hoch, in dem sein Hundefutter mit Leinsamen vermischt war. Er blinzelte mit seinen riesigen Augen, die hinter dem grauen Star wie hinter Milchglasscheiben verschwanden, und wandte sich wieder seinem verspäteten Abendessen zu.
Andy stand vom Fuß des Hotelbetts auf und wanderte zum Fenster. Am anderen Ende der kleinen Straße, hinter den verdunkelten Schirmdächern der Theater, konnte er die Lichter und Neontafeln auf dem Times Square sehen. Eine gigantische Farbfilmwerbung zeigte einen Schispringer, der aus dem Bild herauszuspringen und in den Himmel zu fliegen schien. Endlose Kurznachrichten wurden durch Glühbirnen ausbuchstabiert, die sich wie Girlanden um ein Alabastergebäude wanden. Neben dem Gehweg, im Rinnsal, lagen verbeulte Abfallkörbe aus Draht, Obdachlose hockten auf Pappkartonstücken, die sie in die Eingänge der Häuser gezogen hatten. An manchen Stellen, wo weder Sonne noch Schaufel hinka-

men, waren noch Reste dreckigen Schnees zu sehen. Der Mafioso im Ruhestand legte eine Hand auf die kalte Fensterscheibe – sie hinterließ einen frostigen Abdruck.

Der Dandy hatte keinen guten Tag gehabt. Nach dem Desaster bei Perretti's hatte er den Taxifahrer gebeten, ihn zum Airline Diner in der Nähe vom Flughafen La Guardia zu bringen, einem anderen, von den Freunden der Familie gelegentlich frequentierten Treffpunkt. Dort erfuhr er, daß Tony Matera seit Wochen nicht mehr da gewesen sei und daß Sal Giordano zwar ab und zu auftauchte, jedoch immer öfter im Village anzutreffen sei. Also hatte Andy seinen haitianischen Taxifahrer in Richtung Manhattan dirigiert, wo er in mehrere Pastalokale einen Blick geworfen, sich daraufhin in einer *pasticceria* erkundigt hatte, die drei Schritte weiter in der Carmine Street lag. Dort war ihm endgültig der Mut gesunken, als er erfuhr, daß er Sal Giordano, der fast jeden Morgen seinen Kaffee dort trank, um vielleicht zwanzig Minuten verfehlt hatte – für Sal begann der Morgen um die Mittagszeit.

Der Zähler des Taxis war zu diesem Zeitpunkt bei knapp einhundertzwanzig Dollar angelangt, und er hatte sich erkältet. Er hatte sich am Flughafen erkältet, wußte sogar, wann es passiert war: Als er ohne Mantel mit schweißbedecktem Rücken zum Taxistand gehastet war. Die Erkältung saß unter seiner linken Schulter. Sie hockte dort wie ein Knoten, der zur Brust, zum Rachen und zum Magen ausstrahlte. Er hatte den Fahrer gebeten, in den oberen Stadtteil von Manhattan zu fahren. Dort wollte er sich ein Hotelzimmer suchen und zu Bett gehen.

Die Hotels von Manhattan nahmen keine Hunde, auch keine Hunde in Tragtaschen, und nachdem ihm zwei Absagen erteilt worden waren, hatte Andy den

Käfig des Chihuahuas am Straßenrand liegengelassen und den Hund unter seinem Mantel verborgen. Sein Mohairanzug war mit den weißen Härchen von der Länge einer Wimper übersät. In einer Durchschnittsabsteige namens Stafford hatte er ein Zimmer genommen, in dem sich die von Wasserflecken übersäte Tapete aufbauschte wie eine besonders geschmacklose Seidenkrawatte. Er hatte sich ein wenig eingerichtet und dann beschlossen, sich ans Telefon zu klemmen.

In diesem Moment war ihm klargeworden, daß er niemanden hatte, den er anrufen konnte. Keine Frau, keine Freundin, keinen Kumpel, keinen Kollegen. Keinen Geschäftsfreund und niemanden, dem er Grüße ausrichten sollte. Keine Menschenseele. Was er dabei empfunden hatte, war nicht wirklich ein Gefühl von Einsamkeit gewesen, eher eine Deplaziertheit, die jedoch so intensiv war, daß er sie als eine Art Tod erlebt hatte, als einen betäubenden Transport in eine Schattenwelt, eine Sphäre, die sich zwar bewegte, in der sich aber nichts ereignete. Er hatte das Gefühl, alles, was ihm einst vertraut gewesen war, überlebt zu haben. Als hätte er sich selbst überlebt und beobachtete nun aus großer Entfernung seine sterbliche Hülle.

Sein Kopf hatte sich benommen und wirr angefühlt, wahrscheinlich vom Fieber. Er hatte sich hingelegt, zu lange geschlafen und war erst wieder um acht Uhr abends aufgewacht. Jetzt war es kurz vor elf, und er fühlte sich, sowohl was die Zeit anbelangte als auch den Ort, vollkommen desorientiert. Er stand am eisigen Fenster, blickte auf den schmalen Streifen städtischen Nachtlebens und meinte, etwas wiederzuerkennen, ohne es jedoch in einen Zusammenhang bringen zu können.

Dann mußte er niesen. Es war ein zerreißendes Niesen, das seine Brust zusammendrückte und in den Augen brannte, und dem wie ein Echo ein winziges Niesen vom Fußboden folgte, ein Chihuahua-Niesen, begleitet von einem Schnarchgeräusch und dem Zittern hängender Barthaare. Hund und Herr schnieften, runzelten die Nasen und sahen einander ernst und mit glasigen, rheumatischen Augen an.

Arty saß mitten im Wohnzimmer auf einem alten Vinylkissen, das an den Nähten aufgeplatzt war und schmieriges Stroh ausspie. Die Eisbeutel hatte er entfernt. Sein Knöchel war nur leicht geschwollen, der nackte Rist von einem blauvioletten Bluterguß verfärbt wie verdorbenes Fleisch. »Ich versuche ja, logisch zu denken«, sagte er soeben. »Nicht paranoid zu sein. Aber welche Erklärung gibt es denn sonst?«

Weder Joey noch Vincente antworteten sogleich. Joey hatte sich auf die äußerste Kante eines Korbstuhles gesetzt, doch nun sprang er auf und ging die gesamte Länge des abgenutzten Hanfteppichs ab. Seine Unruhe brachte ihn fast bis zu dem schäbigen Tisch, von dem die Notizhefte gestohlen worden waren. Vincente saß in der Tiefe des Rattansofas. Er saß sehr still und schien kaum zu atmen. Seine schwarzen Augen hatten sich weit in ihre Höhlen zurückgezogen, die Brauen bauschten sich darüber wie moosbewachsene Dachrinnen und verbargen seinen Blick noch zusätzlich.

»Niemand hat Debbi gebeten, was zu sagen«, meinte Joey schließlich. Die Worte waren nicht an Arty, sondern an seinen Vater gerichtet. Sie hatten diesen unverbindlichen innerfamiliären Ton, der einen Schutzwall bildet, Türen und Fenster verschließt und den Rückzug in einen nüchternen Innenhof antritt, wo Außenstehende nichts verloren hatten.

»Aber sie *hat* doch nichts gesagt«, protestierte Arty. »Sie hat mich bloß gefragt, ob . . .«

Er sprach nicht weiter, es ärgerte ihn, daß er unter Erklärungsnot stand, das Gefühl hatte, sich rechtfertigen zu müssen. »Also gut«, fuhr er fort. »Vor ein paar Stunden dachten wir, jemand wollte uns umbringen. Verflucht noch mal, was hätten wir denn tun sollen?«

Es herrschte Schweigen, lange. Das Mondlicht kam metallisch glänzend durch das Fliegengitter. Ein kühler Luftzug trug den Geruch von nassem Sand herein. Arty war damit beschäftigt, diese brüchige Gelassenheit wiederzufinden, die auf die Panik folgt wie der Kater auf eine durchsoffene Nacht.

»Vincente, Joey, wir sitzen alle im selben Boot. Es hat doch keinen Sinn, zu strei . . .«

»Aber wie können wir denn so was glauben?« unterbrach ihn Joey. Sein Gesichtsausdruck war angespannt, das Grübchen in seinem Kinn schärfer, dunkler als sonst.

»Gino hat irgendwem von dem Buch erzählt«, beharrte Arty. »Deshalb ist bei mir eingebrochen worden, deshalb waren sie in meinem Büro und haben es auf den Kopf gestellt. Hast du vielleicht eine bessere Erklärung.«

»Achtung, Arty«, warnte Joey. »Was du da sagst, das is 'ne Beleidigung . . .«

»Joey, für wen sprichst du?« Die Stimme schien von überall und nirgends zu kommen, vom Boden herauf und von der Decke herunter zu steigen. »Sprichst du für dich, Joey? Oder etwa auch für mich?«

Der junge Mann antwortete nicht, starrte seinen Vater an und preßte die Lippen aufeinander.

Vincente griff langsam und steif nach oben, um einen Schlips zurechtzurücken, der nicht da war. »Reden Sie weiter, Arty. Ich höre.«

Der Schriftsteller lehnte sich auf dem Kissen vor und

stützte seine Ellbogen auf den Knien ab. »Vincente«, begann er. »Erinnern Sie sich, als wir uns das erste Mal unterhielten und Sie mich fragten, ob ich je was verraten habe? Die Frage, wie Sie sie gestellt haben, hat mir damals große Angst gemacht. Aber ich hab' die Wahrheit gesagt. Und es ist immer noch die Wahrheit.«

Der Pate hörte regungslos zu. Seine wächserne Haut spannte, das Fleisch über den Backenknochen hatte einen gelben Glanz angenommen, darunter war es grau.

»Und gleich am Anfang«, ergänzte Arty, »hab' ich Ihnen auch was gesagt. Ich hab' gesagt, das Eigenartige bei einem Buch ist, daß es irgendwann öffentlich wird, allen gehört, und daß niemand, ganz egal wer er ist, wieviel Macht er hat, diesen Moment selbst bestimmen kann. Erinnern Sie sich, Vincente?«

Der alte Mann nickte unmerklich. Er fuhr sich mit der Zunge über die aufgesprungenen Lippen, doch sein Mund war knochentrocken; Fleisch rieb an Fleisch, ohne Linderung zu schaffen.

»Und ich behaupte jetzt«, fuhr der Ghostwriter fort, »unser Buch hat sich herumgesprochen. Warum sonst sollte jemand meine Hefte klauen? Welchen Nutzen hätte er denn davon?«

Der Pate erwiderte nichts. Er saß sehr aufrecht da, die Hände auf den Knien, wie im alten Ägypten.

»Ich hab' keine Ahnung, was mit Gino los ist. Debbi hat mir gar nichts gesagt. *Du* selbst hast es mir gesagt, Joey – du hast mir erzählt, daß in der Familie was nicht in Ordnung ist. Gino ist das Problem – und zwar für uns alle. Oder irre ich mich?«

Arty schwieg. Joey lief auf und ab. Von draußen kamen Inselgeräusche, die der Wind veranstaltete, und ein Geruch nach abgestandenem Meerwasser.

Vincente Delgatto war jemand, den man nicht belügen konnte, aber ebensowenig konnte er selbst vor der Wahrheit die Augen verschließen. Er rührte sich nicht, und die Wahrheit über Ginos endgültigen Verrat drang durch seine Haut wie bitteres Gift. Der alte Mann holte tief Luft. Sie pfiff durch seine Nasenlöcher und kam als Stöhnen wieder hervor. »Mein Sohn«, sagte er. In den Worten lag Liebe und Verbitterung, Erstaunen und Selbstverachtung. Er sagte es noch einmal: »Mein Sohn.«

Er erhob sich aus dem Sofa, bedacht, daß nicht zu offensichtlich wurde, wie sehr er auf die Stütze seiner Arme angewiesen war, um auf die Beine zu kommen. Langsam bewegte er sich auf Arty zu und streckte dabei die Hände aus. Arty stand ebenfalls auf, und der Pate nahm ihn in die Arme, küßte ihn zwar nicht, aber er legte seine graue Wange an die des Ghostwriters, zuerst an die eine, dann an die andere. »Arty. Ich möchte mich entschuldigen, daß Sie wegen mir Schwierigkeiten haben. Ich bitte Sie um Verzeihung.«

Er machte einen Schritt zurück, vollführte zwischen dem Kissen und dem Sofa eine halbe Drehung, schien einen Augenblick nicht sicher zu sein, wo er sich befand, und fügte dann hinzu, ohne wirklich Arty zu meinen, sondern noch am ehesten sich selbst: »Jesus, hoffentlich hab' ich die Kraft, das wieder einzurenken. Joey, ich bin müde. Bring deinen Vater nach Hause.«

40

Kurz vor acht am nächsten Morgen zog sich Debbi Martini schwarze Strumpfhosen und darüber einen violetten Body an, schützte ihren Hals mit einem rosa Schal vor der morgendlichen Kühle, ging zu dem Fahrrad, das Arty am Vortag gegen die Mauer von Joey Goldmans Haus gelehnt hatte, und schwang ein Bein über die Stange. Das erforderte in ihrem Fall eine gehörige Portion Mut.

Sie selbst hatte nie ein Fahrrad besessen. Für die Kinder in Queens war das ganz normal gewesen. Der Verkehr war gefährlich und ein Fahrrad leichte Diebesbeute. Sie versuchte sich ins Gedächtnis zu rufen, wann sie zuletzt auf einem Rad gesessen hatte. Wahrscheinlich mit elf, und nun erinnerte sie sich, wie unter ihr die Gehsteigplatten mit berauschender Geschwindigkeit vorbeigeflogen waren, und an das herrliche Gefühl, als die Luft an ihren Ohren vorbeizischte. Sie erinnerte sich auch, daß sie vergessen hatte, beim Stehenbleiben die Füße auf den Boden zu stellen, einen Moment lang in der Luft hing, bis sie von der Schwerkraft bemerkt wurde und langsam, beinahe elegant, zur Seite und in einen dampfenden Müllhaufen am Randstein gefallen war.

Nun kletterte sie auf den hohen, breiten Sattel, preßte die Lippen zusammen und fuhr die Einfahrt hinunter. Sie fühlte sich gefährlich hoch, hoch und schwankend wie auf der letzten Sprosse einer Leiter. Sie erreichte die Straße, riß die Lenkstange in der Kurve herum, stieß ein dünnes Bein in die Luft, um das Gleichgewicht zu wahren, und befand sich auf dem Weg zur Nassau Lane. Arty hatte einen verstauchten Knöchel und mußte zur Arbeit. Das Mindeste, das sie für ihn tun konnte, war, ihm sein Fahrrad zu bringen.

Der Himmel war wolkenlos, Wellblechdächer leuchteten wie polierte Münzen und warfen Winkelschatten, die so scharf waren, daß man meinte, sie seien auf den Asphalt gemalt. Auf den Telefonleitungen gurrten die Tauben, Hunde schlenderten die Straße entlang, ihre Pfoten klickten auf dem stillen Pflaster. Überall erwachte der Hibiskus mit gähnenden Blüten. Debbi trat in die

Pedale, wurde selbstbewußter, legte sich in die Kurven und ließ eine Hand übermütig zur Seite baumeln. Sie lächelte beim Fahren, die Luft kitzelte ihren Gaumen, und ganz behutsam ließ sie den Gedanken zu, daß sie möglicherweise auf dem Weg war, um sich mit Arty zu lieben, diesem großen, freundlichen Mann, der sie Dinge fragte, die sie betrafen, und der die Antworten im Gedächtnis behielt.

Arty stellte in diesem Moment seine Kaffeetasse auf die Waschbeckenkante im Badezimmer ab und trat vorsichtig über die niedrige Schwelle in die Dusche. Aus dem verkalkten Duschkopf kam das Wasser spärlich und in willkürlichen Spritzern und Tropfen. Ein Teil des Wassers traf ihn an der Seite, der Rest klatschte gegen die klumpig gestrichene Wand der Duschkabine. Er seifte seine Achselhöhlen ein und summte schläfrig vor sich hin.

Debbi nahm die Kurve beim Friedhof, wo die blockförmig angelegten Gruften von der Lebensfreude dieses Morgens in die Bedeutunglosigkeit verwiesen wurden. Palmwedel hoben und blähten sich in der Brise und zeigten ihre gelben Kokosnüsse, die eng aneinander geschmiegt wie übergroße Trauben aussahen. Sie schlingerte über die mit Teer geflickten Pflastersteine der Seitenstraßen und rief sich das Gefühl von Artys Händen auf ihrem Gesicht ins Gedächtnis. Während sie in die Pedale trat, reizte sie sich selbst mit der Vorstellung, aber nur mit der Vorstellung, daß sie vielleicht doch genug Mut aufbringen würde, um vor Artys Tür zu erscheinen und ihn am hellichten Tag zu verführen.

Arty rasierte sich in der Dusche. Da er dort keinen Spiegel hatte, mußte er die Klinge aus dem Gedächtnis führen. Er befingerte seine Koteletten, tastete nach der Stelle, wo sie aufhörten. Dann spannte er die Oberlippe an, um unter die Nasenlöcher zu gelangen, und streckte den Hals, um sich unter dem Kinn zu rasieren. Als er sich über dem Adamsapfel schnitt, fiel ihm das nicht einmal auf.

Debbi schwang in die Nassau Lane, ihr rotes Haar vom Fahrtwind aus dem Gesicht geblasen, der violette Body vom Abenteuer und der Aufregung leicht verschwitzt. Sie fuhr die letzten Meter zu Artys Haus und wagte beim Stehenbleiben ein kleines Bravourstück: Anstatt auf die Bremse zu steigen, versuchte sie stehenzubleiben, indem sie sich im Vorübergleiten mit dem Arm bei einer Weihnachtspalme unterhackte. Das sah aus, als versuchte sie mit einem Tanzpartner aus Stein eine Walzerdrehung zu machen. Das Vorderrad legte sich zur Seite wie ein Klappmesser, und das Fahrrad fuhr um den Baum herum. Um nicht zu stürzen, mußte sie sich wie ein Koalabär an den Baumstamm klammern.

Sie ließ sich einen Moment Zeit, um ihre Würde wiederzuerlangen, dann ging sie auf die beschädigte Tür zu.

Arty putzte sich vor dem Badezimmerspiegel die Zähne, als er das Klopfen an der Tür hörte. Auf den Schnitt am Hals hatte er ein Stück Toilettenpapier geklebt. Um seine Hüften war ein Handtuch geschlungen, und von seinen Beinen tropfte noch Wasser. Vielleicht hätte er sich vor einem unerwarteten Besucher fürchten sollen, doch das Fürchten war eine Regung, die er noch nicht gelernt hatte, und das Klopfen klang nicht bedrohlich. Er spülte die Zahnpasta aus dem Mund und durchquerte das Wohnzimmer.

Sie sahen einander durch das Fliegengitter der Tür.

»Hallo«, sagte Debbi, als Arty die Tür aufdrückte. »Ich hab' dein Fahrrad gebracht.«

Arty war ein Mensch, der mit leerem Kopf aufwachte

und sein Leben jeden Morgen langsam wieder entdecken mußte. »Das hab' ich ganz vergessen. Komm doch herein. Willst du einen Kaffee?«

Sie hatte einen Fuß bereits über der Schwelle, als sie zögerte: »Du bist nicht angezogen.«

Er blickte auf das Handtuch, bemerkte, daß er immer noch die Zahnbürste in der Hand hielt, erinnerte sich an den Fetzen Toilettenpapier auf seinem Hals. Er zuckte mit den Schultern. Sie zuckte ebenfalls mit den Schultern und kam herein.

Sie folgte ihm durch das Wohnzimmer in die schmale Küche. Ihr Blick lag wehmütig auf seiner kleinen Kaffeemaschine, die zwei bescheidene Tassen Kaffee gemacht hatte, eine Junggesellendosis morgendlicher Brühe. Sie sah ihm zu, beobachtete die langen Muskeln in seinem Rücken, als er sich streckte, um aus dem hohen Schrank eine angeschlagene blaue Tasse zu holen. Ihre Beine zitterten, wahrscheinlich noch von der Fahrt. Ihre Hände fühlten sich kalt an, vielleicht weil sie sich so fest an die Lenkstange geklammert hatte.

Sie sagte: »Arty.«

Sie sagte es in dem Moment, als er nach der Kaffeekanne griff. Er wandte sich nicht gleich um, warf ihr nur über die Schulter einen Blick zu. Ihre Augen wirbelten ihn herum. Er stellte die Tasse auf die Anrichte. Einen langen Augenblick sah sie ihn nur an. Seine Arme und sein Gesicht waren gebräunt, der übrige Körper war überraschend weiß. Die Brust war glatt mit Ausnahme eines kleinen Haarflaums zwischen den Rippen. Der Flaum glitzerte, er war noch naß von der Dusche.

Ihre Hand streckte sich ganz von selbst aus, um ihn zu berühren. Artys Arme legten sich um sie und zogen sie an sich.

Nach einer unruhigen Nacht erwachte der Pate mit einem dumpfen Kopfschmerz, der so gleichmäßig über seinen Schädel verteilt war, daß es schien, als hätte er sich ein Leben lang ausgebreitet. In den Schläfen wogten kleine Schmerzwellen, die Augäpfel fühlten sich an, als würden sie von zwei Daumen zugedrückt. Das weiche Kissen quälte seinen Hinterkopf. Im obersten Wirbel hatte er das Gefühl von reibendem Sand und Rost.

Er lag eine ganze Weile wach da und ließ das Leben ohne ihn weitergehen. Er hatte gehört, wie Debbi aus ihrem Zimmer ging und die Tür hinter sich schloß. Er hörte Joey und Sandra bei ihrer Morgenroutine. Er hörte die Geräusche, die ein Haus macht: das Rauschen und Tropfen der Wasserleitungen, das Läuten und Summen der Küchengeräte, das unvermeidliche Knarren und Stöhnen im Holz und in den Scharnieren.

Als er sicher war, daß alle fort waren, stand er auf, schlüpfte in seine Hausschuhe und einen alten Morgenmantel aus weinroter Seide und schlurfte in den Garten hinaus. Er setzte sich mit dem Rücken zur Sonne, damit sie ihm die Schultern wärmte.

Er dachte über seine Hilflosigkeit nach.

Es war ein heikles Thema, grob, böse, vulgär und taktlos, und es war ihm verhaßt. Hilflosigkeit war etwas, das er sein Leben lang bekämpft und vermieden hatte, und früher hatte er sich vormachen können, daß er diesem Gefühl sogar erfolgreich ausgewichen war. Die Hilflosigkeit, bedingt durch Armut, die Hilflosigkeit des Einwanderers, die Hilflosigkeit des armen Tölpels, der es nie zu Bildung bringt – diesen Schreckensvisionen war er entkommen. Bereits in seiner Jugend hatte er mit allen Mitteln, manchmal mit Gewalt, nach den Dingen gegiert, von denen ein junger Mann meint, sie wären die Gewähr gegen Machtlosigkeit und Demütigung – er wollte Respekt, Geld und Macht, und er hatte alles bekommen.

Und dennoch. In Wahrheit war er in eine nur höher gelegene und in Wirklichkeit viel demütigendere Hilflosigkeit gelangt. In eine Welt, in der die Feinde die wahren Verbündeten waren. Eine Welt, in der man von der eigenen Familie hintergangen wurde, in der legitime Erben Komplotte schmiedeten wie ... wie Bastarde. Eine Welt, in der es keine kleinen Enttäuschungen gab, sondern nur Tragödien. Eine Welt, in der die Essenz der Hilflosigkeit darin bestand, daß man niemanden um Hilfe bitten konnte.

Vincente saß da. Auf der blauen Wasseroberfläche des Pools spielte das Sonnenlicht, ein Luftzug raschelte durch die gesprenkelten Blätter der Aralienhecke. Er glaubte nicht an Schuld und Sühne, wenigstens dachte er das. Dennoch drängte sich der Gedanke auf, daß das, was nun geschah, die Rechnung für alles Unverzeihliche in seinem Leben war. Zum ersten Mal seit vielen Jahren dachte der Pate über seine gewalttätige Jugend nach, ohne etwas zu beschönigen.

Der junge Vincente Delgatto war beinhart gewesen, unbarmherzig – ein drahtiger und unberechenbarer Gassenlümmel mit Zigarette im Mundwinkel und einem eingedellten Filzhut auf dem Kopf. Er hatte andere eingeschüchtert, sie beim Revers gepackt, sie gegen die Motorhauben der Lincolns und Packards geworfen. Er hatte getötet. Zweimal. Armselige Kerle, Abschaum, die Trauer nicht wert. Dennoch, sie hatten geblutet, im Todeskampf gezuckt, mit den Fingern in die leere Luft gegriffen, wie blind nach einem Halt gesucht, der ihre Todesfahrt zur Hölle aufhalten würde.

Der Pate schauderte. Über ihm flog eine Schar Ibisse vorbei, ein einsamer Fischadler zog seine Kreise. Gewalt.

Sie war entsetzlich, aber zumindest, dachte Vincente, war sie nicht verlogen. Die eigentliche Lüge war der Glaube, man könnte aus der Gewalttätigkeit herauswachsen, sie ablegen – das war die Lüge, mit der er jahrzehntelang gelebt hatte. Er hatte sich selbst vorgemacht, daß Gewalt ein Werkzeug sei, ein Mittel zum Zweck, um sich zu etablieren, und der er nun aufgrund seiner Position abschwören könnte. Er hatte gedacht, als Diplomat, als eine Art Friedenspolitiker wirken zu können, und daß die Gewalt aus seinem Leben und durch den Filter der Zeit sickern würde, bis das Blut, an das er sich erinnerte, wieder so klar und sauber floß wie Wasser.

Nur, so funktionierte das nicht, das wußte er jetzt. Brutalität war ein Virus, der einen Menschen befällt und nicht mehr losläßt. Er hockt in den Organen, wartet mit geduldiger Bosheit und kann die Krankheit jederzeit ausbrechen lassen. Vincente schnupperte die klare, von Kalkstein, Chlor und Blumenduft durchdrungene Luft und erkannte, daß es keinen Moment gegeben hatte, in dem sein Leben nicht gewalttätig gewesen war, daß sogar dann, als keine Fäuste und Kugeln sprachen, die Gewalt der Eifersüchteleien und nachtragenden Gedanken, der Intrigen und Haßgefühle, des Verrats und der Erinnerungen gebrodelt und Wunden zugefügt hatte, wie ein rostiges Messer.

In der linken obersten Schublade seiner Kommode, verborgen hinter Socken und Taschentüchern, bewahrte der alte Mann eine Pistole auf. Es war die typische Gangsterwaffe, eine .38er mit stumpfem Lauf. Er besaß sie bereits seit Jahren und hatte sie nie abgefeuert. Plötzlich verspürte er einen morbiden und stechenden Zwang, eine krankhafte Verlockung wie ein ehemaliger Alkoholiker, den es in eine Bar zieht. Er wollte die Pistole in die Hand nehmen, ihr Gewicht spüren. Wenn Friede Betrug und Schwindel, wenn Aufrichtigkeit etwas war, das er vor einem halben Jahrhundert ausgemerzt hatte, dann konnte er sich ebensogut jener Gewalt verschreiben, der er, wie ihm nun bewußt wurde, nicht entkommen konnte.

Er erhob sich in seinem Morgenmantel und den Hausschuhen, spürte die rastlose Aufregung eines Kindes, das, allein zu Hause, die Möglichkeit hatte, mit Streichhölzern und sich selbst zu spielen. Er holte tief Luft, die nur mühselig den Weg in seine zugeschnürte Brust fand. Dann ging er langsam, aber entschlossen durch das Sonnenlicht in das leere Haus zurück.

41

Gino Delgatto, dumpf, grob und träge, wie er nun einmal war, ertrug die Gefangenschaft besser als die meisten.

Nach vier Tagen in dem engen und muffigen Büro des Fischereilagerhauses war er in einen tauben Gehorsam verfallen, so genügsam geworden wie ein Tier. Die Haut unter seinen Bartstoppeln war fettig, dort, wo die Haare nach innen gewachsen waren, hatten sich Pickel und rote Flecken gebildet, doch von all dem merkte er nichts wirklich. Die Schwellungen unter den Augen waren zurückgegangen, die zertrümmerte Nase, die aussah wie ein mißlungenes Soufflé, hatte sich an ihre neue Flachheit gewöhnt und schmerzte nur noch, wenn er niesen mußte. Seine Kleidung war zerknittert und schmutzig, die Unterwäsche in einem unbeschreiblichen Zustand, er stank aus den Achselhöhlen, doch ihm war das egal. Die Zeit verging, und er war noch am Leben. Mit den Fabretti-Schlägern, die ihn abwechselnd bewachten, spielte er Poker. Seine Wächter hatte begonnen, Mitleid mit ihm zu haben. Sie hatten ihm Brötchen mit Eiaufstrich und Pizza gebracht, genehmigten ihm ab und zu einen Bourbon. Wann er konnte, schlief er, und sonst hörte er dem irrsinnigen Singen des Metallgebäudes zu, das sein Käfig war.

Am fünften Morgen seiner Gefangenschaft geschah etwas, das die lähmende Routine unterbrach: Pretty Boy stürmte herein, pflanzte sich vor ihm auf und schlug ihm mit dem Handrücken hart über die Wange. Der Hieb ließ seinen Mund aufplatzen.

»Richtiger Scheißtip, den wir da von dir kriegen, du mickriges Arschloch«, schrie ihn der aufgeputschte Schläger an. »Mit deinem verdammten Tip hättst du uns beinah allen den Arsch aufgerissen.«

Gino hatte keine Ahnung, wovon die Rede war. Er stand einfach da, ein Auge tränte, und er wartete ab, was nun folgen würde – eine Erklärung oder mehr Prügel.

Messina und Bo kamen nun leise hintereinander herein. Bo entfernte den Deckel von einer Thermosflasche mit Kaffee. Messina, der über einem dunkelgrauen Rollkragenpullover einen dunkelgrauen Mantel trug, bewegte sich langsam zum Metalltisch und lehnte sich gegen die Kante. Er runzelte die Stirn, klaubte irgendein Partikel von seiner Zunge und wandte sich an Gino: »Der Bleistift. Der Kerl, der für deinen Vater schreibt. Wußtest du, daß er mit 'm FBI gemeinsame Sache macht?«

Ginos Überlebensinstinkte waren erwacht. Er bemühte sich, verblüffter dreinzusehen, als er in Wirklichkeit war.

»Wir waren in seinem Büro«, fuhr Messina fort. »Und was finden wir da? Visitenkarte vom FBI. Agent Mark J. Sutton vom sogenannten Elitekommando gegen organisiertes Verbrechen.«

Ein Windstoß beutelte das Gebäude, ließ es aufjaulen.

»Davon hab' ich keine Ahnung«, wimmerte Gino. »Ich schwör's bei meiner Mutter.«

Bo schlürfte Kaffee, sein manischer Partner ging zu den Jalousien und kratzte mit den Fingerspitzen über die Stäbe wie über ein Xylophon. Dann sagte Messina: »Gino, du hast uns jede Menge Schwierigkeiten gemacht. Erst mit der Scheißgewerkschaft. Dann mit dem Buch von deinem Alten. Jetzt kommen noch die Bullen dazu. Das is 'ne Menge Schwierigkeiten, Gino.«

Der Gefangene wollte seine Reue signalisieren, setzte einen möglichst hündisch flehenden Gesichtsausdruck auf und starrte zu Boden. Messina zog seinen Mantel enger um sich. Wenn er Ärger hatte, wurde ihm kalt.

»Weißt du, was wir tun werden, Gino?« sprach der düstere Boß weiter.

Gino wußte es nicht, aber er konnte es sich denken. Der East River war keine zwanzig Meter entfernt. Um diese Jahreszeit war er kalt genug, um einem das Herz stehen zu lassen, bevor man noch richtig absoff. Der Gefangene schluckte, zog die Unterlippe ein und wartete auf das Todesurteil.

Messina zog die Schultern hoch und vergrub seine dünnen und rissigen Hände noch tiefer in den Taschen seines Mantels. Er blickte mürrisch unter seinen gerunzelten Brauen hervor und sagte: »Wir lassen dich laufen.«

»Andy!« rief Sal Giordano aus und schälte seinen massigen Körper aus der Nische in der *pasticceria* in der Carmine Street. »Andy der Dandy! Heilige Maria!« Der treue Pugliese-Soldat, dem das Grinsen die Augen zudrückte, stolperte um den Tisch herum, packte den alten Mann an den Armen und strahlte ihn an, als sei er der liebe, lange nicht gesehene Onkel.

Da war sie nun, die überschwengliche und freudige

Begrüßung, die Andy während seiner Reise in den Norden erhofft hatte, aber sie kam einen Tag zu spät. Die Fremde der Stadt, die Tatsache, daß er sich hier wie Urgestein fühlte, waren bereits zu tief in ihn eingedrungen. Er war befangen, hatte das Gefühl, als würde er schlafwandeln. Es gelang ihm gerade ein leises Hallo.

»Was bringt dich nach New York?« fragte Sal.

Anstatt zu antworten, wies Andy mit den Augen auf die leere Nische, in der Sal gesessen hatte.

Der Jüngere lud ihn ein, Platz zu nehmen, und bestellte lauthals noch einen Espresso. Sobald sie saßen, beugte sich Andy vertraulich über den Tisch und flüsterte: »Ich hab 'n Hund unterm Mantel. Okay, wenn ich ihn rauslasse, ich mein' hier?«

»Andy, du bist mit *mir* zusammen. Du tust, was du verdammt noch mal willst.«

Der Dandy nickte und holte den Chihuahua hervor. Das graue Tier blinzelte mit seinen milchigen Augen, trippelte die Polsterung der Bank entlang, schnupperte an den unbeschreiblichen, mit Speiseresten panierten Nähten zwischen Sitz und Rückenlehne und mußte niesen.

»*Salud*«, wünschte Sal. »Also, Andy, was gibt's für 'n Problem?«

»Gino.«

Sals Gesicht verzog sich zu einem Ausdruck unverhohlener Abneigung. »Baut er schon wieder Scheiß? Zieht Joey in seine Schlamassel mit rein?«

»Nein, Joey diesmal nicht«, antwortete Andy. »Sich selbst. Hat sich mit den Fabrettis in eine völlig beschissene Lage gebracht. Mehr kann ich nicht sagen.«

Der Jüngere hob beschwichtigend beide Hände. »Kein Problem. Mehr muß ich gar nicht wissen.«

Andys Stimme wurde noch leiser. »Aber es gibt was,

was du für mich tun kannst. Ich muß zur Spitze, zu Messina. Kannst du das für mich einrichten?«

Sals Kopf schnellte zurück. Zumindest kam Andy das kaum merkliche Zucken so vor. Andy ließ ihn nicht aus den Augen, tat, was er am besten konnte, nämlich Gesichter lesen, herausfinden, was einen anderen motivierte. Sal war ein guter Kerl, einer, der wirklich helfen wollte. Zugleich wollte er seine Grenzen, seine Ängste nicht zeigen. Doch noch am äußersten Limit seines Mutes, unmittelbar dort, wo er an die Grenzen stieß, würde er weitergehen, und sei es nur, um sein Gesicht zu wahren und sein Wort zu halten.

Während Andy sich diese Gedanken machte, geschah etwas Seltsames. Seine Befangenheit fiel von ihm ab. Er vergaß den beengenden Druck zwischen den Rippen. Jung fühlte er sich nicht, aber es spielte auch keine Rolle mehr, daß er alt war. Und es spielte keine Rolle, daß sich die Welt verändert hatte. Er war immer noch er selbst, und wenn er einem Freund etwas schuldig war, würde er die Angelegenheit zu einem Ende bringen. Er hob die Hand und spielte mit der silbernen Krawattennadel am Kragen seines himmelblauen, mit Monogrammen versehenen Hemds.

»Jesus, Andy«, sagte Sal Giordano. »So, wie die Dinge liegen, alle so nervös sind wegen der Geschichte mit Carbone . . .«

Andy erinnerte sich an noch etwas, das er früher sehr gut beherrscht hatte: zu schweigen und abzuwarten. Er konnte in dieses Schweigen viel Gewicht und Nuance legen. Jetzt gab er Zucker in seinen Espresso, rührte mit dem winzigen Löffel langsam um. Sein Schweigen besagte: Ich mach' mir keine Sorgen, Sal, weil du keiner von denen bist, die den Schwanz einziehen.

Schließlich sagte Sal: »Wart 'n Moment. Mal sehen,

was ich tun kann.« Er ging zu der Telefonzelle im hinteren Teil des Lokals.

Andy, der auf einmal hungrig war, gab dem Kellner ein Zeichen und bestellte eine *sfaglatella*. Die Brösel, die sich von der knusprigen Kruste lösten, verfütterte er an seinen Hund.

Nach zehn Minuten kam Sal zurückgeschlendert. »So wird's gehen. Ich bring dich nach Brooklyn zu einem Freund. Er fährt dich nach Staten Island, bringt dich mit 'm Freund zusammen. Er ist deine Eintrittskarte für San Pietro. Ab da bist du auf dich gestellt.«

Andy zog eine Serviette aus dem Metallbehälter und tupfte sich den Staubzucker von den Lippen. »Wann geht's los?« fragte er.

»Wenn du soweit bist.«

»Ich bin soweit.« Der alte Mann verstaute seinen Hund unter dem Mantel und rutschte auf seinem dünnen Hintern von der Vinylbank.

42

Arty Magnus hatte seit Jahren niemanden mehr auf der Fahrradstange mitgenommen. Nun, da er es wieder tat, kehrte dieses sinnliche Gefühl zurück, das er zuletzt in den endlosen Sommertagen seiner Kindheit empfunden hatte. Dieses Gefühl, ein Mädchen zu spüren, das sich vertrauensvoll in seinen Arm lehnte, der Geruch ihrer Haare, die ihm der Wind ins Gesicht blies und seine Nase kitzelten, der Schmutzfleck auf ihrem Knie und der klebrige Geschmack von einem Eislutscher in ihren Mundwinkeln.

»Debbi«, sagte er, während seine Beine in die Pedale traten. »Das ist herrlich.«

Sie drehte sich, so weit das auf der harten Metallröhre überhaupt ging, zu ihm um und lächelte. Ihr rotes Haar und ihre grünen Augen sahen so wundervoll aus, daß Arty der Atem stockte. Eine Frau, die man wirklich mochte, wurde schöner, nachdem man mit ihr im Bett war. Auf diese Weise wußte man, ob man drauf und dran war, sich zu verlieben.

Sie fuhren unter raschelnden Palmen und kahlen Delonix, nahmen die Kurve beim Friedhof und wichen schlecht gelaunten, hinterhältigen Katzen und flach auf dem Boden hingestreckten Hunden aus, die sich neben den geparkten Autos die Sonne auf den Bauch scheinen ließen. Als sie bei Joey Goldmans Haus ankamen, stieg Arty bedauernd auf die Bremse. Das Rad wurde langsam, kam zum Stillstand, und Debbi sprang herunter. Arty sah sie verliebt in ihren schwarzen Strümpfen und dem violetten Body an.

»Du hast deinen Schal bei mir vergessen«, stellte er fest. »Dann muß ich ihn mir wohl irgendwann holen.«

»Heute abend?« Sie biß sich auf die Unterlippe, blickte die Kieseinfahrt zu dem luftigen Haus hinauf. »Weiß noch nicht. Bin zu Gast hier.«

»Dann schinde eine Einladung für mich zum Abendessen raus. Ich will dich ansehen.«

Sie küßte ihn auf die Wange und ging auf das Haus zu. Er wendete sein Rad und lenkte es in Richtung Arbeit.

Er radelte langsam und würdevoll los. Doch kaum war er außer Sichtweite, als er das Vorderrad hochriß, Slalom fuhr und mit einer Hand, so weit er konnte, hochlangte, um auf den überhängenden Zweigen der Banyans und roten Jasminbäume auf Holz zu klopfen.

Das Weiß des Himmels über dem unteren Stadtteil von Manhattan wirkte wie hingepinselt, verwirbelt und verschmiert, als hätte jemand die Farbe aufgeklatscht, ohne sie vorher anzumischen. Irgendwo in den grellen Wolken hockte der Schneeregen und wartete noch, um auf die Stadt herunterzufallen. Einstweilen war die Luft trokken, wenn auch scharf von den blauen Gerüchen nach Eis und unsichtbaren Winterblitzen.

Andy d'Ambrosia, seinen Hund an sich gedrückt, saß im riesigen Passagierraum der Fähre nach Staten Island. Er befand sich in der mürrischen Gesellschaft des Freundes eines Freundes, der sich bereit erklärt hatte, ihm als Eskorte zu dienen. Der Kerl hatte das Kinn einer Maus und einen nervösen Tick, der sein linkes Auge wie eine Fensterjalousie nach unten zog. Er wollte sich nicht unterhalten, schien zutiefst irritiert, daß man ihn gebeten hatte, jemandem einen Gefallen zu tun. Andy blickte daher durch das schmutzige Plexiglas auf das Hafenwasser, das sich hob und senkte. Er hatte die letzten drei Stunden damit zugebracht, durch die Stadt von einer Mafia-Enklave zur nächsten gefahren zu werden. Er war in Bensonhurst gewesen, in Todt Hill. Man hatte ihn durch Tunnels und über Brücken gekarrt, und jetzt befand er sich auf einem Schiff, das nach billigen Hot Dogs, verbranntem, dünnflüssigem Kaffee und dieser Lauge stank, mit der der Boden aufgewischt wurde, wenn jemand gekotzt hatte. Und all das, um am Ende acht Blocks von seinem Ausgangspunkt entfernt zu sein. Auch eine Art, Geschäfte zu machen, dachte er.

Das Boot näherte sich dem Ufer, und sein Begleiter stand wortlos auf, um zum Wagen zu gehen.

Als die Fähre am Ufer anlegte, stöhnten die Verpfählungen auf. Andy wurde in launischem Schweigen an der Wall Street vorbei, durch Chinatown und schließlich nach Little Italy gefahren, in das immer kleiner werdende Viertel der Italiener. Sie kamen an Umbertos Muschelhaus vorbei, wo Joey Gallo, der Verrückte, mit dem Gesicht in einem Teller Pasta sein Ende gefunden hatte. Sie kamen an Salvatores Napolitano vorbei, einem Lieblingslokal von Nino Carti, weil es die beste luftgetrocknete *braciole* der Stadt hatte. Andy schlug das Herz bis zum Hals. Es war lange her, seit der altersschwache Muskel, dessen Klappen mit Bypässen zusammengehalten wurden, so heftig geschlagen hatte. Nicht aus Angst, sondern weil sich etwas ankündigte, und weil alte Erinnerungen wiederauferstanden. Er sah sich um. Feuerleitern. Große Käseräder, die in den Schaufenstern wie in einer Rüstung aus Seilen hingen. Plötzlich schienen diese Dinge unheimlich, surrealistisch. Andy leckte sich die Lippen, fuhr sich mit einer Hand durch die Haare. Er hatte das Gefühl, so angespannt wie eine elektrische Leitung zu sein.

Sein Begleiter parkte den Wagen vor einem durch nichts gekennzeichneten Gebäude, an dem die Stahlrolläden heruntergelassen waren und eine Metalltür als Eingang diente, die mit Ausnahme eines Gucklochs von der Größe einer Linse so nichtssagend war wie das Hirn eines Toten. Andy hielt sich dicht nebem dem Mausgesicht, als dieser auf die Tür zuging und anklopfte. Er klopfte zweimal laut, zweimal leise, wartete ein wenig, und klopfte dann noch dreimal laut.

Nach einem Moment ging das Guckloch auf, und eine Stimme wie eine Kreissäge war zu hören: »Ja?«

»Das ist Andy der Dandy«, sagte das Mausgesicht. »Er ist in Ordnung. Sagt, er hat was mit 'm Boß zu besprechen.«

Ein paar Sekunden vergingen. Durch die Broome Street pfiff ein kalter Wind, der verdrecktes Zeitungspapier vor sich hertrug. Dem Kerl hinter dem Guckloch gefiel nicht, wo Andy seine rechte Hand hatte. »Warum haste die verfluchte Hand inner Manteltasche?« fragte er.

»Hab' meinen Hund da drinnen«, antwortete Andy.

»Ach ja, zeig her.«

Andy hielt den Chihuahua hoch. Der Mann im Gebäude sah herabhängende Barthaare und Beine, die so mager waren wie die Flügel eines Huhns.

Drei oder vier Schlösser wurden rasch und klickend entriegelt. Die Metalltür ging ungefähr ein Viertel weit auf. Eine riesige Pranke packte Andy am Arm und zog ihn herein. Die Tür fiel krachend zu, und im selben Moment wurde Andy herumgewirbelt und mit dem Gesicht zur Wand gefilzt. Es war lange her, seit man ihn zuletzt abgetastet hatte. Dieses Gefühl war weit weg gerückt und so widerlich wie die Erinnerung an verbotenen Sex. Don Giovanni wimmerte angesichts der Invasion, die über Schoß und Bauch seines Herrn herfiel. Der Türwächter machte einen Schritt zurück: »In Ordnung. Ich bring' dich nach hinten.«

Der riesige Kerl führte ihn an dem Billardtisch vorbei, an dem nie jemand spielte, zu den Sitzecken, die von dürftigen Lampen kaum beleuchtet waren. Über die mächtige Schulter des Türwächters sah Andy Stühle, die nicht zusammenpaßten, und schief hängende Aufnahmen von Salonszenen. Dann sah er vier Kerle an einem mit grünem Filz bezogenen Tisch, der Platz für sechs bot. Er sah Aldo Messina in einem Mantel. Er sah einen gutaussehenden Knülch und einen häßlichen Knülch. Und dann sah er Gino Delgatto, keineswegs tot, sondern sogar sehr am Leben.

Die vier waren in ein leises Gespräch vertieft, saßen mit vorgebeugten Oberkörpern da und steckten die Köpfe zusammen wie eine fleischfressende Pflanze, die ihre Blüten über einem Insekt schließt. Andy hatte einen

Moment Zeit, um sich Gino genauer anzusehen. Sein Haar war feucht, er schien geradewegs aus der Dusche zu kommen. Er war frisch rasiert, doch seine Haut war nicht rosa, sondern glänzte in einem kranken Gelb. Er trug saubere Kleidung, die ihm aber nicht zu passen schien. Mit seiner Nase stimmte auch etwas nicht, obwohl keine Verfärbungen zu sehen waren.

Der Türwächter räusperte sich, und die vier blickten hoch. »Der mit 'm Tick hat diesen Kerl hergebracht. Sagt, er hat was mit euch zu bereden.«

Andy beobachtete Gino. Ginos Gesicht verzog sich, als hätte er einen Haufen Würmer unter der Haut.

Aldo Messina warf dem Besucher einen finsteren Blick zu: »Andy d'Ambrosia, hab' ich recht?«

Andy nickte kaum merklich. Er war schon im Geschäft gewesen, als Messina noch ein Niemand war. Messina erinnerte sich. Das war gut.

»Also, worum geht's?«

Andy hob langsam die Hand, in der kein Chihuahua lag, und zeigte auf Gino. »Um den da. Den Kerl da.« Er schwieg. Er wollte sehen, ob einer der Anwesenden etwas zu sagen hatte, ob irgend jemand zusammenzuckte. Da sich niemand regte, wandte sich Andy nun direkt an Gino: »Dein Vater macht sich große Sorgen. Kein Wunder, bist ja einfach verschwunden.«

Ginos Blick lag auf Andys Brust, er schien dem Alten nicht ins Gesicht schauen zu können. »Sag meinem Vater, 's gibt nichts, worüber er sich sorgen muß. Alles bestens.«

Andy streichelte den Hund. Die kleinen weißen Härchen flatterten auf den Boden des Social Club. »Bin froh, das zu hören. Dachte schon, 's gibt vielleicht Ärger.«

»Es gab 'n kleines Mißverständnis«, erklärte Messina. »Das ist vorbei. Behoben.«

Einer der Knülche, der gutaussehende mit der hohen Frisur, ließ seine Finger knacken und meinte: »Jetzt wird einiges behoben.«

»Halt's Maul, Pretty Boy«, zischte Messina.

Andy grinste den Kerl an, der da angeschnauzt worden war, in der Hoffnung, ihn zu mehr anzustacheln. Dann sagte er: »Was dagegen, wenn ich mich kurz setze?«

»Andy, wir sind hier mitten in 'ner Besprechung«, mischte sich Gino ein.

Andy nickte verständnisvoll, dann legte er eine Hand auf die Brust. »Nicht bös sein, aber ich fühl' mich nicht gut.« Dann ließ er sich in einen Stuhl sinken.

Messina rieb seine schmalen Hände aneinander. Der andere Knülch, der häßliche mit der gräßlichen Narbe, fragte: »Willst 'n Glas Wasser oder irgendwas?«

Andy quetschte ein Ja hervor, und Bo ging zur Bar.

Der alte Mann machte eine wegwerfende Handbewegung, als wollte er sagen: Kümmert euch nicht um mich, macht einfach weiter. Das taten sie nicht. Messina studierte seine Fingernägel. Gino fixierte die Filzfalte an der Tischkante.

Bo brachte Andy ein Glas Wasser. Der alte Mann erhob das Glas: »*Salud.* Darauf, daß alles geregelt wird.«

Pretty Boy stieß ein von Amphetaminen aufgeputschtes Kichern aus. »Ja, ja, zwei Fliegen auf 'n Schl . . .«

Messina sah ihn scharf an. »Dreh 'ne Runde«, befahl er. »Jetzt.«

Den gutaussehenden Schläger schien es nicht zu kratzen, daß er aus der Gruppe ausgestoßen wurde. Er sprang auf, ging zum Billardtisch und begann, die weiße Kugel gegen die Bande rollen zu lassen.

Andy trank sein Wasser. »Ich fahr' also zurück nach Florida, sag Vincente, Gino geht's gut, alles ist geregelt. Richtig?«

Messina überlegte. Bevor er etwas sagen konnte, fuhr Gino dazwischen. »Moment mal. Er soll nicht nach Key West zurückfahren, nicht jetzt.«

Andy achtete genau auf Ginos Tonfall. Es war ein Wimmern, ein verzweifeltes Wimmern, das drängende Wimmern eines Menschen, der nichts mehr zu verlieren hat und meint, Forderungen stellen zu können. Der alte Mann sagte wie nebenher, beinahe scherzend: »He, ich wohn' in Key West. Wo ist der Unterschied . . .«

Gino ließ ihn nicht ausreden. »Ich will nicht, daß er mit meinem Vater spricht. Ich will nicht, daß er irgendwen sieht.«

»Aber Gino«, versuchte Andy. »Ich bin hier, weil . . .«

»Bleib mir vom Leib, verflucht noch mal«, zischte Gino mit aufeinandergepreßten Zähnen. Die Stimme gurgelte durch seinen Rachen wie Lava durch einen Krater. »Bist 'ne alte vertrocknete Nervensäge. Machst alles noch komplizierter.«

Don Giovanni winselte. Pretty Boy ließ manisch die Kugel rollen. Andy ließ nicht locker: »Was, Gino? Was mach' ich komplizierter?«

Das, was einer Antwort am nächsten kam, war ein manisches Schniefen von Pretty Boy. Ein Moment verging. Dann sagte Aldo Messina leise: »Gino hat recht.«

»Soll ja für alles 'n erstes Mal geben«, ließ sich Pretty Boy vernehmen.

»Du fährst einstweilen noch nicht nach Florida zurück«, teilte der Boß Andy mit.

»Aber wenn alles in Ordnung ist . . .«

»Bo macht ein, zwei Tage den Babysitter.«

»Aber ich hab' Vincente versprochen . . .«

Messina unterbrach ihn, ungerührt und unerbittlich. »Andy, die Fragen, die du stellst, sind ungesund. Hör auf damit, okay?«

Andy lehnte sich zurück, fuhr sich mit der Zunge über die trockenen Lippen, streichelte seinen fiebrigen Hund. Er versuchte, Gino in die Augen zu sehen, doch sie entglitten ihm wie ein schleimiger Baumstumpf im Sumpf. Der alte Mann erschauerte in der Tiefe seiner Seele, als er Ginos Gesichtsausdruck sah – eine längst über die Scham hinausgehende Leere und dieser besondere Haß, den ein Mensch einem möglichen Retter entgegenschleudert, wenn er weiß, daß es für ihn keine Rettung mehr gibt.

»Da ist jemand, der Sie sehen möchte.« Marge Fogarty stand im Türrahmen zu Artys Büro. Es war drei Uhr nachmittags.
»Wer?«
»Einer der Männer, die unlängst hier waren. Der Weiße.«
»Scheiße«, wehrte Arty ab. Er war verliebt, hatte einen wunderbaren Tag und wollte ihn nicht mit Mark Sutton und seinem Geplänkel verderben. »Sagen Sie ihm, ich bin nicht da.«
»Er meint, es sei wichtig.«
»Klar doch, aber ich bin trotzdem nicht da.«
Marge zuckte die Achseln, wollte gehen, doch als sie sich umwandte, stieß sie beinahe mit dem untersetzten Oberkörper des Agenten zusammen. »Ich habe Sie ausdrücklich gebeten, draußen zu warten«, rügte sie ihn.
Sutton ignorierte sie. »Es ist wichtig«, wandte er sich an Arty. »Und es betrifft Sie.«
»Hat man Sie je wegen Belästigung verklagt?« fragte Arty.
Der junge Bulle konnte ein boshaftes Lächeln nicht unterdrücken. Er empfand die Frage als Kompliment. Er war jetzt drei Jahre beim FBI und wußte, wie der Hase

lief. Wenn man ein Leben lang im Außendienst bleiben wollte, hielt man sich an die Regeln und ging nach dem Lehrbuch vor. Wollte man jedoch eine steile Karriere machen, dann mußte man auch gelegentlich ein Risiko eingehen, die Grenzen ein wenig überschreiten. Anstatt Artys Frage zu beantworten, sagte er: »Ich hab' da was, das Sie vielleicht interessiert.«

Arty runzelte die Stirn. Marge Fogarty zog sich diskret zurück. Sutton näherte sich dem Schreibtisch, langte in die kleine Aktentasche, die er mitgebracht hatte, und zog ein vergrößertes Hochglanzporträt von Debbi Martini und Andy d'Ambrosia hervor.

»Na und?«

»Attraktive Frau«, bemerkte Sutton.

»Für Sie eine Spur zu groß«, erwiderte Arty.

Sutton zuckte zusammen, ganz kurz nur, und radierte die Regung mit dem Anspannen seiner Muskel aus. »Für Sie offenbar gerade richtig.«

»Soll heißen?«

»Wir haben Sie beobachtet. Wir haben die Kleine beobachtet. Es scheint, um es delikat auszudrücken, Sie beide sind ein Paar geworden.«

»Und was sind Sie? Die Sexpolizei?«

Der Agent verschränkte die Arme und schob mit den Knöcheln seiner Finger seinen Bizeps hoch. »Mr. Magnus . . . Darf ich Sie Arty nennen?«

Arty lehnte sich bloß in seinen Stuhl zurück und starrte ihn böse an.

»Hören Sie«, setzte der Agent neuerlich an. »Ich hab' nichts gegen Sie. Ich möchte Ihnen helfen. Ihre Freundin da – wußten Sie, daß sie wegen einem Drogendelikt Bewährung hat?«

Arty versuchte, seine Überraschung zu verbergen. Aber dann warf er doch einen Blick auf das Foto von

Debbi, ihre großen, neugierigen Augen, dieses riesige, beinahe einfältige Lächeln. Er riß sich zusammen: »Wir sind hier in Key West. Soll ich etwa schockiert sein?«

»Schockiert? Nein, nein. Aber ich dachte, vielleicht würde es Sie beunruhigen.«

Arty erwiderte nichts, er bemühte sich, ein ungerührtes Gesicht zu machen. Ihn plagte auf einmal ein häßlicher, nagender Zweifel. Arty wider Willen. *Vorsichtiger Arty*. Was wußte er denn über diese Frau, mit der er ins Bett gefallen war? Bloß, daß sie einen vertrauensseligen, das Leben umarmenden Blick und eine umwerfende Art hatte, mit den Schultern zu zucken. Bloß, daß sie das Wunderbarste zu sein schien, das ihm, seit er sich erinnern konnte, passiert war.

»Sie wurde in flagranti mit Kokain erwischt«, hämmerte Sutton weiter auf ihn ein. »Nicht bloß ein wenig für den Eigenverbrauch. Eine große Menge Kokain.«

»Wollen Sie damit sagen, daß sie dealt?«

»Ich sage nur, daß man sie verurteilt hat und ihre Strafe zur Bewährung ausgesetzt wurde. Teil der Bewährung – kein Kontakt mit Kriminellen. Solchen wie Gino. Solchen wie Vincente. Arty, hören Sie. Wir berichten, was wir wissen, zeigen die Fotos, sie marschiert für zwei oder drei Jahre in den Bau. Und glauben Sie mir, sie wird nicht mehr dieselbe sein, wenn sie wieder rauskommt.«

Arty rührte sich nicht. Etwas schien auf seinen Schultern zu liegen, ihn niederzudrücken und ihm die Kraft zu nehmen. Er dachte darüber nach, wie das war, wenn man der Faszination anderer ausgesetzt war, in ihren Bann geriet. Zuerst sein Versprechen an Vincente, jetzt der viel tiefer gehende Zauber des Begehrens, die Freude und der Leichtsinn einer beginnenden Liebe. Er sah noch einmal zu dem Foto hin, dann sagte er unglücklich: »Was zum Teufel wollen Sie von mir?«

Der Agent griff noch einmal in seine Aktentasche. Er holte die Infrarotaufnahme hervor, die Arty und Vincente an dem Metalltisch auf Joeys Veranda zeigte, legte sie neben das andere Foto. Vincente hielt wie Sokrates einen Finger hoch, auf Artys Schoß lag das Notizheft.

»Ich denke, die Fotos erzählen eine ganze Menge. Sie haben uns angelogen, als Sie sagten, warum Sie in das Haus gehen, Mr. Magnus. Sie haben uns in die Augen gesehen und gelogen. Aber gut, Schwamm drüber. Hier haben Sie das Mädchen. Da den Paten. Sie können einen von beiden beschützen, Mr. Magnus, beide nicht.«

Arty breitete die Hände auf der Tischplatte aus und atmete langsam aus. Hinter ihm schied die dröhnende Klimaanlage Kondenswasser auf den modrigen Boden aus.

»Ich möchte wissen, was Sie verbergen«, bohrte der Agent weiter. »Vielleicht teilen Sie mir mal mit, worüber Sie sich mit Delgatto unterhalten. Vielleicht zeigen Sie mir, was in dem kleinen Notizheft steht.«

»Und wenn ich Ihnen sage, daß Sie das nichts angeht?«

Sutton blickte mit gerunzelter Stirn auf das Foto von Debbi Martini. »Ich denke, wir wissen beide, daß das nicht reicht«, erwiderte er.

43

»Es gibt bestimmte Dinge im Leben«, sagte der Pate, »die dürften einfach nicht geschehen.«

Er und Arty saßen an dem niedrigen Metalltisch auf Joey Goldmans Terrasse. Es war kurz vor Sonnenuntergang. Das stille Wasser im Swimmingpool glänzte wie ein Saphir. Im Westen, hinter der Aralienhecke, waren flache rötliche Wolken in den grün und gelb leuchtenden Himmel gepreßt.

»Ein Kind stirbt«, fuhr Vincente fort. »Dürfte nicht geschehen. Eine bildschöne Frau bekommt Brustkrebs. Ein verkommenes Stück Dreck von 'm Menschen wird steinalt und stirbt friedlich im Bett. Ein Sohn hintergeht seinen Vater. Das ergibt alles keinen Sinn, oder was meinen Sie, Arty?«

Der Ghostwriter hatte sein Notizheft mit dem spiralförmigen Rücken offen im Schoß liegen. Den billigen Kugelschreiber hielt er in der Hand. Hin und wieder lenkte er sich lange genug von seinen eigenen Sorgen ab, um einen Satz hinzukritzeln, aber gleich darauf war er mit seinen Gedanken wieder woanders. Zum ersten Mal dachte er, Vincente wirklich und wahrhaftig zu verstehen, wenn er von der erdrückenden Last der Geheimnisse sprach.

»Das ergibt nur 'n Sinn«, spann der Pate seinen Gedanken weiter, »wenn's so was wie 'n Ausgleich gibt, irgendwas Verrücktes, das nichts mit Gut oder Böse zu tun hat, mit Recht oder Unrecht oder wer ein bißchen Glück verdient und wer 'nen glühenden Schürhaken innen Arsch, sondern die Dinge gleichen sich aus, einfach so.«

Langsam, starr griff der alte Mann nach seinem Weinglas. Arty behielt ihn im Auge. Er sah nicht müde aus, das nicht. Er wirkte ausgelaugt und rastlos zugleich, als hätte er den Punkt erreicht, an dem einen Erschöpfung vergessen läßt, was Ruhe ist. Seine Hand zitterte leicht, als er das Glas zum Mund hob. Die Unterlippe schob sich vor, um dem Rand wie in einem ungeschickten Kuß zu begegnen. »Und hier kommt Gott ins Spiel. Verstehen Sie, Arty?«

»Nein, Vincente. Ich glaub' nicht.«

»Wenn sich alles ausgleicht, ganz nach Zufall ... Ich mein', ich will Sie was fragen. Was ist schlimmer: Wenn man nicht an Gott glaubt oder wenn man an ihn glauben will, es versucht, sich dann aber umschaut und nicht anders kann als zu denken: Moment mal, wenn's ihn gibt, dann muß er 'n grausamer und übler Bastard sein. Ich mein', was ist schlimmer?«

Auf diese Frage wußte Arty keine Antwort. Dem Paten schien das nicht aufzufallen. Er atmete tief und pfeifend ein und griff dann mit einer Hand unter den Aufschlag seines Satinhausrocks.

»Okay. Wenn es also für alles so was wie 'ne ausgleichende Gerechtigkeit gibt, was tut man dann? Man versucht, dem Schicksal 'n wenig nachzuhelfen. Da kommt dann dieses Ding ins Spiel.«

Er zog die Hand unter seinem Rock hervor. Sie hielt die .38er mit dem stumpfen Lauf.

Arty stand der Mund offen. Er hatte noch nie eine Pistole aus solcher Nähe gesehen. Sie sah obszön aus, widerlich. Der Lauf glänzte dumpf, stählern, die Mündung war so finster wie der schwärzeste Punkt einer Kohlengrube.

»Man besorgt sich 'ne Kanone«, setzte der Pate fort, wobei er zerstreut mit der Waffe hantierte. »Und man sagt sich, man verbessert die eigenen Chancen, hilft dem eigenen Schicksal 'n wenig nach, damit man nicht der ist, der Pech hat. Aber wissen Sie was? Das geht nicht. Egal, was man tut, es macht keinen Unterschied. Das ist der Witz dabei. Am Ende gehn die Dinge entweder gut aus oder eben nicht.«

Er sprach nicht weiter, winkte langsam mit der Pistole und legte sie vorsichtig auf den Metalltisch. Artys Augen folgten der Bewegung, und ein häßlicher Gedanke stieg in ihm hoch. Vielleicht war Vincente tatsächlich nichts anderes als ein Krimineller, so böse und vulgär, wie es Mark Sutton von ihm behauptet hatte. War es moralisch vertretbar, sich hinter einen solchen Mann zu stellen, machte ihn das zum guten Menschen, und ergab es denn einen Sinn, andere zum Opferlamm zu machen, nur damit er sein Wort hielt?

Vincente hatte den Blick in den Westen, auf die in der Dunkelheit verschwindenden Wolken gerichtet. Sein Tunnelblick war leer, zerstreut. Schließlich sprach er wieder: »Aber was wollt' ich eigentlich sagen?«

Arty legte das Notizheft weg, lehnte sich vor und stützte die Unterarme auf die Knie. »Vincente, alles in Ordnung?«

Der alte Mann reagierte nicht gleich. Dann setzte er ein kleines schiefes Lächeln auf, kratzte sich hinter dem Ohr. War alles in Ordnung? Diese Frage wurde ihm nicht oft gestellt. Natürlich war alles in Ordnung. Er war der Boß, der Alte, derjenige, der Bescheid wußte. Alles mußte in Ordnung sein. Wozu die Frage?

Wozu sie beantworten? Statt dessen sagte er: »Ach ja, jetzt weiß ich's wieder. Die Kanone. Ich zeig' Ihnen die Kanone, weil ich dachte, das Buch, das wir machen wollten, da wollt' ich die Kanone draußen lassen, so tun, als hätt' es sie nie gegeben, als hätt' sie nicht zur Geschichte gehört. So als könnten wir sagen: Vincente Delgatto war kein Gangster, er war 'n Mann mit Würde, der über 'n paar Dinge vielleicht doch Bescheid wußte. Aber die Kanone kann man nicht draußen lassen. Arty, Sie könnten es nicht beschönigen, nicht so . . .«

»Das Buch, das wir machen *wollten*, Vincente?«

Der alte Mann zuckte zusammen. Sein Mund kaute ein paar Sekunden an den Worten, bevor er sie aussprach: »Bevor alles verschissen wurde. Bevor es zu gefährlich wurde.«

Im Haus ging ein gelbes Licht an. Joey erschien mit der riesigen Pastaschüssel im Türrahmen und sagte ihnen, daß es Zeit sei zu essen. Er sah den dumpf glänzenden Revolver seines Vaters auf dem Tisch und tat so, als hätte er ihn nicht gesehen.

Als er wieder im Haus verschwunden war, sagte Arty: »Vincente, Sie und ich, wir haben einen Vertrag, aus dem Sie nicht einfach aussteigen können. Er hält, so lange wir leben, erinnern Sie sich?«

Der alte Mann spürte ein Brennen in den Augen und schob seine buschigen Brauen vor, um sie zu verbergen. Durch dieses Buch zu sprechen, seine Gedanken zu reinigen – noch nie zuvor war er der Erlösung so nahe gewesen, doch niemand sollte deshalb umkommen. Sein Ton war bitter: »Der Vertrag lebt, außer er ist tot.«

Er stützte die Arme auf die Armlehnen und nahm den mühseligen Vorgang in Angriff, auf die Beine zu kommen. Arty klappte das Notizheft zu und fragte sich, ob er soeben seines Versprechens entbunden worden war, fragte sich, wie er Ehre von Treulosigkeit, Ritterlichkeit von Verrat unterscheiden sollte, sobald sie über die strengen Grenzen seines Versprechens hinausgingen. Eine perverse Versuchung lenkte seinen Blick noch einmal auf Vincentes Gangsterwaffe. Der Pate hatte sie jedoch bereits verschwinden lassen. Der Schriftsteller dachte: Der mußte gefährlich schnell gewesen sein, als er noch jung war.

Gino Delgatto, der geliehene Kleider trug, die ihm nicht paßten, war in seinem gemieteten T-Bird auf der Seven Mile Bridge in Richtung Süden unterwegs, um Arty Magnus zu ermorden.

Der Gedanke an einen toten Arty kümmerte ihn nicht im geringsten. In Wirklichkeit wäre seine eigene Welt nie so durcheinander geraten ohne diesen dünnen, obergescheiten jüdischen Außenseiter, der sich wie ein Wurm das Vertrauen seines Vaters erschlichen hatte, vom Alten Geld nahm und ihn auf einen Weg gelockt hatte, der für die Familie nur in einer Katastrophe enden konnte. Ein Buch! Sich in aller Öffentlichkeit ausgreinen! Und währenddessen sahnte dieser Niemand seine fünf Scheine im Monat ab, schleimte sich bei Vincente ein, wurde ein richtiger Kumpel, ein Vertrauter. Er mußte weg.

Dennoch wünschte Gino, jemand anders hätte den Auftrag übernommen. Er fuhr unter sternenklarem Himmel zwischen dem Atlantik und dem Golf, brauste an den im Morast verankerten Hochspannungsleitungen vorbei, die den Strom nach Key West am Ende der Leitung brachten, und wünschte, Pretty Boy und Bo hätten den Job erledigt. Auf diese Weise wäre alles glatt gelaufen, erledigt gewesen.

Wer wußte, was diese FBI-Verbindung bedeutete? Wer wußte, wie weit sie ging? Also hatte Messina sie Gino angehängt. Das war der Handel – wenn man das so nennen konnte. Wenn er den Schriftsteller umbrachte, würde er begnadigt. Wenn er den Schriftsteller nicht umbrachte, machte er am besten gleich sein Testament. Wenn der Schriftsteller einen Sender trug und ihn die Bullen im Auge behielten, dann war das Ginos Problem. Die Suppe müßte dann er auslöffeln.

Bei diesem Gedanken mußte Gino kichern. Er und die Suppe auslöffeln? In einer Welt, in der es ganz normal war, andere zu verpfeifen und Dreck zu schleudern, da sollte er der einzige weit und breit sein, der das Maul hielt? Nein, nein. Sollte das passieren und ihn die Bullen mit Mord festnageln, würde er singen, und zwar so laut, daß alle Welt glauben würde, Caruso sei zurückgekehrt. Die Informationen, die er ihnen geben konnte ...

Welche Informationen konnte er ihnen eigentlich geben? Er war der Sohn des Paten. Okay. Aber was wußte er, was konnte er weiterzählen, das der Karriere eines Staatsanwalts mehr nutzen würde als eine todsichere Verurteilung wegen Mordes?

Auf Anhieb fiel Gino nichts ein, und einen einzigen furchtbaren Moment lang zweifelte er an der Wichtigkeit, die er so gerne für sich in Anspruch nahm. Er verdrängte diesen Gedanken, beobachtete neben der Straße den Flug eines Pelikans im Mondlicht. Er würde sich auf keinen Deal einlassen müssen. Der Auftrag würde glatt über die Bühne gehen. Um sich Mut zu machen, steckte er die Hand in die Tasche, in der die Neunmillimeterkanone verborgen war, die ihm Charlie Ponte großzügigerweise geliehen hatte. Es half ihm, zu wissen, daß die Dinge sehr zu seinem Vorteil wogen.

44

Andy d'Ambrosia stand im vierten Stock eines Mietshauses in der Sullivan Street in der engen Küche und bereitete mit über die Ellbogen aufgerollten Hemdsärmeln Fleischklößchen zu, während sein schniefender Chihuahua auf dem rissigen Linoleum lag, zufrieden, die Nähe seines Herrn zu spüren und von den anheimelnden Gerüchen nach Fleisch, Knoblauch und gerösteter Zwiebel eingehüllt zu werden.

Vor sich hin summend, drückte der alte Mafioso in die Masse aus rohem Rind- und Schweinehackfleisch ein kleines Loch, gab ein rohes Ei hinzu und knetete die Mischung mit beiden Händen. Das Ei zerlief und verband sich schmatzend und blubbernd mit dem Fleisch. Dann teilte er die klebrige Masse in zwei Hälften.

Er ging zur Tür und warf heimlich einen Blick ins Wohnzimmer. Bo, der der Meinung war, man müsse immer auf dem laufenden sein, saß vor dem Fernseher und konzentrierte sich auf die Abendnachrichten, sichtlich betroffen von Erdbeben, Kriegsgreueln und dergleichen mehr. In nächster Zeit würde er sich nicht losreißen.

Andy ging zur Anrichte zurück und dachte, welches Glück er mit seinem Aufpasser hatte. Bo hatte sich in jeder Hinsicht wie ein Gentleman benommen. Er war mit Andy in den oberen Stadtteil zum Stafford gefahren, hatte ihn seine Sachen holen lassen, ja sogar die Tasche für ihn heruntergetragen. Wieder im Zentrum, waren sie gemeinsam mit Don Giovanni spazierengegangen, hatten wie zwei Kumpel, die sich eine Wohnung teilen, das Abendessen eingekauft und Pretty Boy in einer Bar in der Bleecker Street auf einen Drink getroffen. Der gutaussehende Schläger war zwischen aufgeputscht und rechthaberisch hin und her gesprungen, offenbar im Anfangsstadium einer Nacht, die in Bewußtlosigkeit enden würde. Bo war jedoch die ganze Zeit über die Liebenswürdigkeit in Person gewesen.

Er war sogar so nett, daß der Dandy nun beinahe ein schlechtes Gewissen bekam, als er den restlichen Leinsamen in Bos Fleischklößchenmischung leerte und die öligen Samen mit den Fingern zerdrückte. Als der arthritische Chihuahua den vertrauten Geruch in die Nase bekam, erhob er sich und vollführte neben dem Mülleimer eine steifbeinige kleine Pirouette.

Der Deckenventilator drehte über dem Tisch in Joeys und Sandras Eßzimmer langsam seine Runden und zerschnitt mit seinen Flügeln den Dampf, der von der Schüssel mit Fusilli, Shrimps und Langustenschwänzen nach oben stieg.

Arty hielt Debbis Stuhl, während sie sich setzte, roch den Duft ihrer Haare, Seelenfrieden konnte er aber keinen finden.

Als alle saßen, erhob der in seinem Hausrock königlich wirkende Vincente das Glas: »*Salud.*« Fünf Arme streckten sich über den Tisch, Gläser klirrten.

Große Portionen Pasta wurden herumgereicht. Arty erinnerte sich an das erste Mal, als er an diesem Tisch gesessen hatte. Damals hatte er aus purer Nervosität drei Portionen Linguine verschlungen, während sich die anderen zu seinem Appetit und Körperbau geäußert und über ihn gesprochen hatten, als sei er gar nicht da, oder besser gesagt, als sei er immer schon dagewesen.

Nun machte die Salatschüssel die Runde. Der Ghostwriter, der das Gefühl hatte, innerlich bis zum Rand mit Geheimnissen angefüllt zu sein, hatte keinen Appetit. Als er nur ein paar Salatblätter auf seinen Teller legte, meinte Joey: »Nimm doch mehr. Die Avocado ist ganz unten. Du magst doch Avocado.«

Debbi warf Arty einen Blick zu. Normalerweise würden sie über so etwas bereits lächeln. Arty spürte ihren Blick, war jedoch zu verspannt, um ihn zu erwidern. »Woher weißt du, daß ich Avocado mag?«

»Na, hör mal«, erwiderte Joey. »Klar weiß ich, was du magst. Hab' doch Augen im Kopf. Irgendwie sind wir doch schon so was wie 'ne Familie. Familie, die weiß, wer Avocado mag, Zwiebeln nicht ausstehen kann, bei Paprika rülpsen muß. Das weiß man einfach.«

Arty fischte also ein wenig Avocado aus der Salatschüssel.

Niemand sprach, bis das Poltern ertönte, das die Luft vorbereitete, um Worte folgen zu lassen. Vincente sagte leise vor sich hin: »Die Familie verändert sich. Hätt' ich früher nie gedacht, dachte immer, ist das einzige, das immer gleichbleibt. Hab' mich geirrt – nichts Neues, hm? Gefühle ändern sich, die Grenzen sind nicht so klar, wie ich dachte. Menschen gehen, andere kommen. Ja, das verändert sich.«

Er blinzelte unter den buschigen Brauen hervor, sein Blick wanderte durch den aufsteigenden Dampf der Pastaschüssel und fiel auf Joey und Sandra, Arty und Debbi. Sie starrten ihn an, und erst durch ihr Starren wurde ihm bewußt, daß er laut gesprochen hatte. Sie sahen besorgt drein, als trauerten sie für ihn. Es bekam den Menschen nicht, beim Essen traurig zu sein, daher versuchte Vincente zu lächeln. Er war selbst überrascht, wie leicht es ihm fiel. Es schien ihm eine Last zu nehmen. »Ja, sie verändert sich. Und ich behaupte nicht mal, daß das schlecht ist.«

Bo, der höfliche Schläger, tupfte seine dicken Lippen mit der Serviette ab und tätschelte seinen vollen Bauch. »Tolle Fleischklößchen, Andy«, sagte er. »Wie machst du sie?«

Der alte Mafioso, der auf seinem Bauch den Druck seiner Hemdknöpfe spürte, stand auf, um den Tisch abzuräumen, der in einen kleinen dunklen Alkoven gequetscht war. »Sagst du mir nun, warum ihr mich hier festhaltet?«

»Andy, das haben wir durchgekaut. Du weißt, ich darf das nicht.«

»Dann sag' ich dir auch nicht mein Rezept.« Er stapelte die Teller auf dem Arm und machte sich auf den Weg zur Küche. Der Hund trippelte ihm auf steifen Beinchen nach.

»Machst du Kaffee?« rief Bo ihm nach.

Andy stellte die Teller im Spülbecken ab. An der Wand war eine Uhr, es war zehn Minuten nach neun. Bei dem

Hund dauerte es ungefähr eine Stunde, bis der Leinsamen zu wirken begann. Natürlich war Bo um einiges größer als der Hund. Aber er hatte auch eine Menge mehr Fleischklößchen verdrückt. Andy wußte nicht, ob das eine oder das andere eine Rolle spielte. Er ließ sich Zeit mit dem Kaffee. Als der fertige Kaffee durch den Schnabel der Espressokanne schäumte, waren elf Minuten vergangen.

Bo war nun wieder im Wohnzimmer, wo er vor dem Fernsehapparat saß, ohne jedoch den Ton eingeschaltet zu haben. Der Dandy reichte ihm den Kaffee. »Gefällt's dir eigentlich da unten in Florida?« fragte Bo.

»'s gibt nichts Besseres«, meinte der alte Mann zerstreut. Er hatte sich in einen blauen Vinylsessel gesetzt, von dem aus er die Küchenuhr im Auge behalten konnte.

»Wenn man von New York nach Miami fährt«, informierte ihn Bo, »macht Florida fast 'n Drittel vom Weg aus. Viele wissen das gar nicht.«

Andy streckte die Hand nach seinem Hund aus und plazierte die winzige Kreatur auf seinen Schoß. »Riesenstaat«, sagte er.

Bo schlürfte den Espresso, stellte sich die Straßenkarten vor, die Kilometerangaben in den kleinen Kästchen. »Riesenstaat«, pflichtete er Andy bei.

Andy lächelte unverbindlich, warf einen Blick in die Küche. In fünfundvierzig Minuten, dachte er, bißchen mehr, bißchen weniger, würden sich die Dinge im Bauch seines Aufpassers gewaltig umschichten.

Gino Delgatto kauerte über dem Lenkrad des gemieteten T-Birds, blinzelte nach den Straßenschildern, und es dauerte eine Weile, bis er die schmale und schlecht markierte Abbiegung zur Nassau Lane endlich gefunden hatte.

Das Mondlicht und die Straßenbeleuchtung halfen ihm, das Haus zu erkennen, das ihm die Fabretti-Schläger beschrieben hatten. Es lag im Dunkeln. Er fuhr bis ans Ende der kurzen Sackgasse und wendete den Wagen. Streunende Katzen flohen im Licht der Scheinwerfer, Mülltonnen, herabgefallene Kokosnüsse und die gebündelten Zweige zurechtgestutzter Pflanzen leuchteten auf.

Er parkte den Wagen unweit von Artys Haus auf der gegenüberliegenden Straßenseite. Einen Moment lang saß er ruhig da, sammelte sich wie ein Handwerker, dem eine schwierige Arbeit bevorstand. Er zog ein Paar Gummihandschuhe an, hauchdünn und schmiegsam wie Kondome. Mit einer Hand vergewisserte er sich, daß die Pistole in seiner rechten Tasche und die Taschenlampe in der linken waren. Er stieg aus dem Wagen und ging an den dicht nebeneinander wachsenden Poinsettien vorbei zum Haus seines Opfers.

Das Fliegengitter war eingerissen, ein Lappen hing herunter und bewegte sich im Luftzug wie ein sprödes Blatt. Die Eingangstür war noch nicht repariert worden. Gino probierte den Türknopf; er ließ sich problemlos drehen.

Er betrat das Haus, behielt die rechte Hand in der Tasche und schloß die Tür hinter sich. Er holte die kleine Taschenlampe hervor und blickte sich im Wohnzimmer um. Er sah die zusammengewürfelten Möbel und das Sofa, aus dem die losen Enden des alten Rattans hervorquollen. Er erblickte den billigen Tisch, den groben, an den Enden zerfaserten Teppich. »Das is 'n Saustall«, murmelte er laut. »Typ is 'n Scheißniemand.« Er ging zu einem niedrigen Schemel, auf dem ein Telefon und ein Anrufbeantworter standen, und riß beiläufig die Kabel aus der Wand.

Er steckte den Kopf durch die Tür der schmalen Küche, wo er im Spülbecken zwei schmutzige Kaffeeschalen sah.

Er schlich ins Schlafzimmer, ließ den Lichtstrahl durch den Raum wandern wie die schamlosen Finger eines Arztes. Schubladen, aus denen Hemdsärmel und Manschetten hingen, waren offenbar in aller Eile zugeschoben worden. Das Bett war ungemacht, die leichte Bettdecke wölbte sich in Hügeln und Tälern. »Ein beschissener Niemand in 'm Puff von 'ner Absteige«, sagte Gino. Dann sah er einen wackeligen Sessel, über dessen Seitenlehnen mehrere T-Shirts lagen. Über die Rückenlehne war ein rosa Schal drapiert.

Er setzte seinen Rundgang durch das Zimmer fort, entdeckte eine billige Lampe, einen Stapel Taschenbücher mit Eselsohren, doch plötzlich riß er die Taschenlampe herum und leuchtete noch einmal auf den Schal. Er starrte ihn an. In der Finsternis strahlte er ein unanständiges, hautfarbenes Rosa aus. Nein, dachte er, das ist unmöglich. Er ging um das Bett herum und nahm den Schal in seine obszöne, in dem Gummihandschuh steckende Hand. Er hielt ihn an sein Gesicht und schnupperte, dann ließ er ihn los, warf ihn von sich wie den Lappen eines Leprakranken. »Diese Hure«, stieß er hervor. »Dieses kleine Stück Dreck von einer dünnarschigen Schlampe.«

In seinem dicken Gesicht kochte der Betrug wie in einem Gefäß. Er wollte auf und ab laufen, doch dafür war kaum Platz. Noch einmal ging er zu dem Sessel hin, hob den schuldigen Seidenfummel auf und begann, wie verrückt an ihm zu zerren und zu reißen. Es war ein leichter Stoff, aber schwer zu ruinieren. Gino brach der Schweiß aus. Unter dem Sturmangriff ging das Material schließlich mit einem verzweifelt resignierten Geräusch in

Fetzen. Kleine, elektrisch aufgeladene rosa Reste fielen aus Ginos Hand, und er mußte sie von seinen Hosenbeinen schütteln.

Schließlich beruhigte er sich und setzte sich schwitzend und schwer atmend in der Dunkelheit des Schlafzimmers hin, um zu warten. Draußen raschelten die Palmwedel im Wind, durch das offene Fenster kam der Duft nach Jasmin und der Geruch nach salzigem Staub. Ginos Pistole lag auf seinem Schoß, die Gummihände klebten darauf wie Verbandsmull auf einer nässenden Wunde. Geduldig wartete er auf Arty Magnus, diesen Niemand, der ausgelöscht werden mußte, und, für den Fall, daß sie mit ihm kam, auf diese verfluchte Schlampe, deren Name er nicht mehr in den Mund nehmen würde.

45

»Du magst ihn, nicht wahr?« fragte Sandra.

Sie und Debbi standen nebeneinander in der Küche, spülten die Teller und stellten sie in die Fächer des Geschirrspülers. Das Plätschern des Wassers im Spülbecken war ein vertrauenerweckendes Geräusch.

»Sehr sogar«, erwiderte Debbi.

»Das sieht man.«

Die Bemerkung ließ Debbi erröten. Ihre vom Sonnenbrand rosige Stirn wurde am Haaransatz noch röter, und wie jeder Mensch, der ein süßes Geheimnis, ein ganz neues Gefühl in sich trägt, hatte sie das Bedürfnis, es auf die Probe zu stellen, damit zu spielen und sich genüßlich an diesen herrlichen Moment heranzutasten, an dem sie es öffentlich machte.

Sandra verstaute das Besteck im Geschirrspüler.

»Wollt ihr nicht irgendwohin fahren? Ans Meer oder in die Stadt? Ihr könnt gern den Wagen nehmen.«

Debbi hatte den Blick gesenkt, die langen Wimpern warfen weiche Schatten auf ihre Wangen. Ein leises Lächeln stahl sich über ihr Gesicht. Sie wußte, sie stand wieder einmal und wie immer kurz davor, alles preiszugeben, konnte es aber nicht verhindern, dafür fühlte es sich einfach zu gut an. »Wenn wir irgendwohin fahren«, gestand sie, »dann auf Artys Fahrrad.«

»Was, ihr beide?« fragte Sandra. »Zu zweit?«

Debbi biß sich auf die Unterlippe und nickte.

Sandra trocknete ihre Hände und drehte das Wasser ab. In der plötzlichen Stille konnten sie die Grillen und die Laubfrösche hören. »Das ist ja wunderbar. So romantisch.«

Debbi sah mit einem Achselzucken zur Decke hoch, das ihre Schultern fast zu ihren Ohren hinaufbrachte, ein Achselzucken, das an Einfältigkeit grenzte. »Romantisch. Ja, das ist es.«

»Virginia ist noch so 'n Riesenstaat«, erklärte Bo, der Gangster mit der Vorliebe für Geographie. »Die Leute merken das nicht. Außerdem nehmen die in Richmond 'ne Scheißmaut.«

Andy nickte, streichelte seinen Hund und warf einen Blick zur Küchenuhr.

»Aber Moment mal«, fuhr Bo fort. »Du bist geflogen, nicht?«

Andy nickte neuerlich und klaubte ein kurzes weißes Haar von seiner Hose.

»Wenn man fliegt«, Bo verzog sein vernarbtes Gesicht mißbilligend, »geht alles viel zu schnell. Versäumst jede Menge.«

Andy nickte ein drittes Mal.

»Weil, plötzlich, *bumm*, bist du in New York. Andy, wie is 'n das eigentlich, auf einmal wieder in New York zu landen?«

Andy legte eine Hand an sein Kinn und zupfte an dem sehnigen Fleisch darunter. Er mußte an den Asiaten mit Ohrenschützern denken, der an der Stelle, wo früher Peretti's gewesen war, Erbsen geschält hatte. Er dachte an das Telefon, und daß ihm niemand eingefallen war, den er anrufen konnte. »Sagen wir mal so: Hast du je 'nen Wagen auf Böcken gesehen?«

Bo antwortete nicht gleich. Er machte ein merkwürdiges Gesicht, krümmte sich ein wenig zusammen und griff mit den Händen nach unten, um sich die Hose glatt zu streichen. Andy konnte nicht sagen, ob er nachdachte oder sich unwohl fühlte, ob es seine Gedärme waren, die da womöglich bereits in Bewegung gerieten und gurgelten.

Arty und Debbi überquerten den Rasen vor Joey Goldmans Haus. Es schien der Moment zu sein, Händchen zu halten, doch Artys Arme hingen schlaff zu beiden Seiten, und seine gleichgültige, unverbindliche Haltung versetzte Debbis Herz einen kleinen Stich der Enttäuschung. Hatte ihr neuer Liebhaber seine spontane und zärtliche Art bereits wieder abgelegt? War er in Wirklichkeit um nichts romantischer als alle anderen Männer in ihrem Leben?

Als sie die Palme erreichten, an die der Schriftsteller sein altes Fahrrad gelehnt hatte, wünschte sich Debbi sehnsüchtig, von ihm umarmt zu werden. Dazu kam es nicht. Er ließ sein Notizheft in den Korb fallen, richtete das Rad gerade, damit sie sich auf die Stange setzen konnte. Traurig und plötzlich unsicher geworden, tat sie es.

Sie fuhren über die knirschende Kieseinfahrt und dann in Richtung Strand. Auf dem Asphalt machten die Profile der breiten Reifen leise Sauggeräusche. Der Wind blies durch die riesigen Wedel der Königspalmen, die sich wie Röcke aufbauschten. Debbi verlagerte ihr schmales Hinterteil auf der Fahrradstange und lehnte sich an den in die Pedale tretenden Arty, doch das Gefühl von Sicherheit stellte sich damit auch nicht mehr ein.

Beim County Beach verließen sie die Straße und bogen in einen schmalen Zickzackweg ein, der sich durch das Gestrüpp und an den Picknicktischen vorüberschlängelte. Hoch über den Florida Straits hing eine halbe Mondscheibe und warf ihren Lichtstrahl auf die Erde, der über das Wasser lief und den beiden folgte. Bei einer alten Holzbank hielt Arty an: »Wir müssen reden.«

Sie setzten sich hin, beide so unruhig, daß sie sich nicht zurücklehnen mochten. »Ich weiß nicht, wo ich anfangen soll«, sagte Arty.

Debbi erwiderte nichts. Sie wußte nicht, wie sie ihm helfen sollte, einen Anfang zu finden, und fürchtete sich vor dem, was da kommen mochte. Die übliche Ausrede, daß es für eine feste Beziehung nicht reichte? Oder die Masche mit einer anderen Freundin in den Kulissen?

»Ich schreib mit Vincente ein Buch«, platzte es aus Arty heraus. »Ich dürfte es niemandem sagen. Aber so wie es aussieht, weiß es längst die ganze Welt. Diese Kerle vom FBI – das ist der Grund, warum sie mir auf den Pelz rücken.«

Debbi runzelte die Stirn. Damit hatte sie nun nicht gerechnet, und es war ein bißchen viel auf einmal. »Ich glaub', ich versteh' nicht ganz . . .«

»Mein Notizheft. Sie wollen mein Notizheft. Sie glauben anscheinend, es ist voll von Dingen, die sie gegen ihn verwenden können.«

»Und?«

Arty warf die Hände hoch und ließ sie auf die Oberschenkel fallen. »Was weiß denn ich, was die heutzutage gegen jemanden verwenden können. Sie wissen, daß es eine Organisation gibt, machen ihre eigenen Regeln, außerdem ist er der Boß der Organisation. Ein halbwegs gerissener Staatsanwalt kann genug daraus machen, um ihn bis an sein Lebensende in den Knast zu schicken.«

»Aber dich können sie nicht zwingen...«

Arty sah auf das Wasser hinaus. Es war spiegelglatt, wunderschön. Aber auch an schönen Orten konnte das Leben plötzlich eine unmögliche Wende nehmen. »Debbi«, sagte er. »Sie bedrohen mich. Sie wollen dir Schwierigkeiten machen, wenn ich nicht mittue. Ich weiß nicht, wie lang ich die noch hinhalten kann. Diese Geschichte mit deiner Bewährung...«

Sie holte kurz und heftig Luft, biß sich auf die Unterlippe und wandte den Blick ab. Scham und Hilflosigkeit sandten Hitzewellen durch ihren Körper. Sich zu verändern, der alten Umgebung den Rücken zu kehren schien so schwer, fast unmöglich. Das alte Viertel – früher hatte sie immer gedacht, es bestehe vor allem aus Gebäuden und Straßenschildern und Feuerhydranten. Doch nun wußte sie, daß es in Wirklichkeit aus alten Fehlern, alten Demütigungen und all dem bestand, das einen Menschen prägt, und sei es nur in seiner Gesinnung. Es war eine kleine Welt, und sie fühlte sich in ihr gefangen. »Ich hätt' es dir selbst erzählen sollen. War wohl nicht genug Zeit dafür...«

»Ist ja auch egal«, meinte Arty und hoffte insgeheim, daß er es wirklich so meinte. »Es ist nur...«

»Ich erzähl' dir alles«, sagte Debbi.

»Es geht mich doch gar nichts an.«

Sie griff nach oben und packte ihr Haar mit der Faust.

»Diese Geheimnisse. Diese verfluchten Geheimnisse. Sie sind es nicht wert, deshalb verrückt zu werden... Hör zu, ich hab' mir mein Leben lang die falschen Kerle ausgesucht. Das war immer schon so. Vielleicht kann mir mal ein Analytiker sagen, warum ich das tue, vielleicht lerne ich auch nur die Falschen kennen. Waren immer aus meinem Viertel. Vor ungefähr einem Jahr sah ich regelmäßig einen Typ, hieß Mikey. Schien richtig nett zuerst. Tun sie doch alle, nicht? Naja, es stellt sich heraus, der Typ ist völlig fertig, ein Kokser und ein Dealer. Im großen Stil. Ein paar Monate lang bin ich wie immer blöd genug und schau nicht hin. Dann hab' ich schließlich doch die Schnauze voll, geh in seine Wohnung, um Schluß zu machen, und an dem Tag geht er hops. Kriegt fünf Jahre Knast. Ich bin nicht mal vorbestraft, hab' nie was Schlimmeres angestellt als Schule schwänzen und bekomm' Bewährung. Die Richterin sagte: ›Miss Martini, ich glaube nicht, daß Sie schuldig sind. Ich könnte Sie freisprechen, aber damit würde ich Ihnen keinen Gefallen tun. Die Bewährung soll Ihnen die Gelegenheit bieten, in Zukunft besser nachzudenken.‹«

»Und dann fällst du auf Gino herein«, konnte sich Arty nicht verkneifen.

Debbi seufzte. »Schön dämlich, ich weiß. Aber es war ja nicht so, daß er gesagt hat: ›Hallo, ich bin von der Mafia, wie wär's, gehen wir zusammen aus?‹ Am Anfang weiß man das doch nicht. Bis man es herausfindet, ist man schon ein wenig involviert...«

Arty berührte ihre Hand. »Du brauchst nicht weiterzuerzählen.«

Sie sah die Stelle an, wo er sie berührt hatte. Der Verlust überspülte sie wie kaltes Wasser, und sie empfand ihn auf einmal viel stärker als vor der Berührung, als sie noch jeder für sich und auf der Hut waren. »Du willst mich nicht mehr sehen«, sagte sie. Das war keine Frage.

»Das hab' ich nicht gesagt.«

Sie blickte aufs Meer hinaus. Es war glatt bis auf die kleinen gekräuselten Wellen, die sich am Ufer brachen und gegen den groben Korallensand plätscherten. »Arty, unternimm nichts gegen Vincente. Nicht wegen mir. Versprich mir das. Das würd' ich nicht ertragen. Ich hab' Fehler gemacht. Die Rechnung bezahl' ich selbst.«

»Aber . . .«

Sie legte einen langen Finger auf seine Lippen, um ihn am Weitersprechen zu hindern. »Bringst du mich jetzt nach Hause?«

Er sah sie an. Ihr Gesicht war weich, die großen Augen glänzten, und ihr Mund hatte sich zu einem Schmollen verzogen, war eingeholt worden von dieser wissenden Ironie, wieder einmal eine Chance verpaßt, einen Traum verloren zu haben. Er sah sie an, und eine Sekunde lang glaubte er, bloß Mitleid zu empfinden, doch in Wirklichkeit war es sein eigener Verlust, der sich als Mitgefühl kaschiert hatte. Dann erkannte er mit einer Klarheit, die ihm die Kehle zuschnürte, daß ihre Chance, ihr Leben zu verändern, zugleich seine eigene war, daß sie beide, wenn sie sich bemühten, das hochgesteckte Ziel, das Glück genannt wird, erreichen könnten. Er nahm ihr Gesicht in beide Hände und küßte sie. Ihr überraschter Mund war auf den Kuß nicht vorbereitet, und es dauerte eine Weile, bis das Schmollen in Zärtlichkeit überging. »Zu mir nach Hause?«

Sie antwortete nicht gleich, dann nickte sie mit dem Kopf, der in seinem Nacken vergraben war. Beflügelt von der neuerlichen Chance, fuhren sie heim, wo Gino mit der Pistole im Schoß auf sie wartete.

46

»Ja, drüber denk' ich manchmal nach«, sagte Bo, der philosophische Gangster. »Nur so am Rand, verstehst du. Ich mein', alt werden, das Gefühl haben, man ist zu nichts mehr nütze. Man kann nichts mehr so wie früher, alles is 'n Aufwand. Muß 'n Hammer sein. Aber was zum Teufel soll man tun?«

»Es gibt nichts, was du tun kannst.« Andy der Dandy schüttelte den Kopf. Sein halbblinder Hund mit Haarausfall lag eingerollt in seinem Schoß und zuckte ab und zu aus dem Schlaf. Der stumme Fernsehapparat warf Farbkleckse in den Raum.

Bo konnte kaum noch still sitzen, scharrte herum und zog an seinem Hosenbund, als wollte er seine Eingeweide neu anordnen, seine Gedärme umschichten. »Nimm meinen Partner Pretty Boy. Der denkt nicht drüber nach. Denkt über gar nichts nach, ist vielleicht besser so. Klar, ist ja auch völlig fertig von 'n vielen Drogen.«

Andy nickte.

Bo krümmte sich zusammen, wenn auch nur leicht. Der Krampf ließ die vernarbte Hälfte seines Gesichts hochgehen wie einen Bühnenvorhang. Durch die Reibung mit dem Vinylsofa quietschte seine Hose. Dann fragte er taktvoll: »Kann ich dich 'n paar Minuten allein lassen, Andy? Muß aufs Klo.«

Bestimmte Dinge gelangen dem alten Mann immer noch, jetzt im Alter vielleicht sogar noch besser. Sein Tonfall blieb unbeteiligt und natürlich, sein langes Gesicht war vollkommen ungerührt. »Klar«, nickte er. »Ich mach' einstweilen 'n Abwasch.«

Bo stand vorsichtig auf. Andy erhob sich ebenfalls und ging in die Küche.

Er stellte den Hund auf der Anrichte ab und drehte den Wasserhahn über der Spüle ganz auf. Er zählte bis zehn, dann drehte er sich um und warf einen Blick in den schmalen Flur; die Badezimmertür war fest verschlossen.

Er ließ das Wasser laufen, hob den Hund auf und schlich auf Zehenspitzen zu dem Fenster im Wohnzimmer, das auf die Feuerleiter führte. Er öffnete es weit und benutzte die Arme, um seine steifen Beine zu heben und sie über das Fenstersims ins Freie zu hieven.

Draußen auf dem rostigen Vorsprung klemmte er sich den Chihuahua unter den Arm und begann, die dünnen Metallsprossen hinunterzuklettern. Er empfand nicht so sehr das Gefühl, auf der Flucht zu sein, sondern das des Fliegens. Er drehte sich mit einer Leichtigkeit um das eiskalte Geländer, als träumte er von einer Abwärtsspirale, der er sich mit ekstatischem Vertrauen in die Schwerkraft hingab. Der Himmel drehte sich mit ihm wie ein Rad, und in der eiskalten Luft fühlte er sich unbeschwert, furchtlos, übermütig. Er war seinem achtzigsten Lebensjahr näher als seinem siebzigsten, und er machte sich aus dem Staub.

Arty Magnus kettete das Fahrrad an eine Poinsettie, dann legte er eine Hand auf Debbis Rücken, während sie im Mondlicht langsam zu seiner Hütte gingen. Er sehnte sich nach einem Urlaub von den Gefahren und dem Lärm der Welt, nach einem Besuch in der kleinen sicheren Welt der Liebe. Sie küßten sich vor dem zerrissenen Fliegengitter, dann führte er sie über die abgenutzte und schiefe Schwelle.

»Ich seh überhaupt nichts«, flüsterte sie, als die Tür hinter ihnen zugegangen war und das Mondlicht ausgesperrt hatte. Die Finsternis schien nichts anderes als

Flüstern zuzulassen. Es war eine intime, zärtliche Finsternis, aber wenn sie Schutz bot, so bedeutete sie auch Gefahr. Es gab Kanten, an denen man sich stoßen konnte, Teppiche und Drähte, über die man stolpern konnte.

»Macht nichts«, flüsterte Arty zurück. »Ich hab' dieses Loch schon so lange, ich weiß sogar, welche Holzlatte im Fußboden knarrt.«

Er ließ das Notizheft auf den schäbigen, kaum sichtbaren Tisch fallen, dann führte er seine Geliebte durch die Türöffnung ins Schlafzimmer. Die Matratze fand er mit seinem Knie, stützte sich darauf mit der langsamen Präzision eines Blinden und tappte nach der Schachtel mit Streichhölzern, die er auf dem Nachtkästchen aufbewahrte. Er zündete eines an. Die Flamme erschien mit einem rauhen Kratzen, einem Zischen und einem beißenden Schwefelgeruch. Er hielt das Streichholz an die weiße Haushaltskerze, die mit Wachs auf einem kleinen Teller festgeklebt war, und es war in diesem Moment, daß sie beide die Pistole sahen, die vom anderen Ende des Bettes auf sie gerichtet war.

Sie sahen die Pistole, bevor sie sahen, wer sie hielt. Sie schwebte grau in der Luft, glänzend, losgelöst, so brutal und zusammenhanglos wie ein Vibrator. Als nächstes sahen sie die dicke und behaarte Hand, durch den Gummihandschuh schmierig verzerrt, und erst dann die verschwitzte und schlampige Masse Gino Delgattos, die im Sessel lümmelte.

Der zukünftige Mörder ließ seine Taschenlampe mit einem Klicken angehen und richtete den Lichtstrahl auf Artys Gesicht. »Tag, Romeo.« Er bewegte den Lichtstrahl, ließ ihn über Debbis Beine, ihre Brüste wandern und schnitt dann über ihr Gesicht, als wäre das Licht eine Rasierklinge. »Tag, Schlampe. Ein Laut, und ihr seid tot.«

Andy d'Ambrosia, nur in seinem blauen Hemd mit Monogramm und ohne Pullover, lief schwer atmend zur Kreuzung Sullivan und Bleecker, wo er sich nach Westen in Richtung der Bar wandte, in der er, wie er hoffte, Pretty Boy finden würde, der in der Zwischenzeit betrunken sein müßte. Er fand das Lokal, blieb einen Moment stehen, um Luft zu holen. Auf dem eiskalten Bürgersteig stiegen kleine Dampfwolken von ihm auf. Er streichelte seinen Hund und ging hinein.

Die Bar war voll, verraucht und nach der Eiseskälte schwindelerregend. Die Musicbox plärrte, hie und da wurde laut gelacht. Andy drückte den Chihuahua gegen seinen eingefallenen Bauch, um ihn vor den vom Bier betäubten wankenden Körpern zu schützen. Durch die Rauchschwaden blinzelnd fand er Pretty Boy, der am äußersten Ende der Bar immer noch dort saß, wo er bereits vor mehreren Stunden gesessen hatte. Mittlerweile war er jedoch einigermaßen angegriffen. Der Alkohol hatte die Tabletten besiegt, und nun hockte der schöne Schläger vornübergebeugt da, sein nervöses Maul hing schlaff und mürrisch herab. Die hohe Frisur schien eingesunken, von seiner Stirn baumelten fettige Strähnen.

Andy näherte sich aus einem blinden Winkel und befand sich unmittelbar neben ihm, bevor er sprach: »Pretty Boy.«

Der Schläger sah ihn mit dämlichem Blick an. Wie ein altes Radio, das eine Weile braucht, um in Gang zu kommen, stellte sich auf seinem Gesicht die Erinnerung ein. Das war Andy. Sie hatten etwas miteinander getrunken. Aber war das nicht an einem anderen Tag gewesen? »Was machst 'n du hier?«

»Bo hat mich geschickt. Wir fahren nach Florida.«

Vor Pretty Boy stand ein Glas mit einer braunen Flüssigkeit. Er nahm einen Schluck und sagte: »Was?«

»Messina hat angerufen. Bo holt grade den Wagen. Ginos Auftrag, da unten ist was schiefgelaufen.«

Pretty Boys Sinne erwachten langsam wieder zum Leben. Die Selbstbestätigung half ihm dabei. »Schick 'n kleinen Hosenscheißer, damit er die Arbeit von 'm Mann macht«, knurrte er. »Die Scheißgeschichte hätten wir selbst erledigen sollen.«

»Das hat Bo auch gesagt«, improvisierte der Dandy.

»Ach ja?« In Pretty Boys Stimme klang Schadenfreude mit. »Bo hat also kapiert, daß ich recht gehabt hab.«

»Ja. Hundertprozent. Messina auch.«

»Na geil.« Der Schläger wandte sich hochzufrieden wieder seinem Drink zu.

»Bo hat mir alles erzählt. Spielt auch keine Rolle mehr. Jedenfalls hab' ich gesagt, du hast recht gehabt. So was vertraut man nicht wem anderen an.«

Pretty Boy kippte seinen Drink, gestikulierte mit dem leeren Glas. »Hab's von Anfang an gesagt.«

»Noch dazu so was Wichtiges.«

»Wär nie so 'ne Scheiße geworden, hätten wir's von Anfang an auf meine Art gemacht.«

Andy nickte wissend. »So ha'm sie's verkompliziert. Ich mein', diese Hin- und Herfahrerei.«

»Na geil.« Pretty Boy senkte seine Stimme ein wenig, blies Andy seinen Schnapsatem ins Gesicht. »Auf meine Art, hab's ihnen ja gesagt. Hab' gesagt, zuerst räumen wir den Scheißdichter aus 'm Weg, und damit isses erledigt. Wir warten nicht. Wir schicken keinen Scheiß-Gino, stimmt's?«

Andy der Dandy sammelte seinen Gesichtsausdruck zu einem Pokergesicht, wie er es ein Leben lang gelernt hatte, und behielt eine völlig unbeteiligte Stimme: »Ja. Du hast recht . . . Aber hör mal, Bo kommt gleich mit 'm Wagen. Willst nicht noch aufs Klo, bevor es losgeht?«

Das schien Pretty Boy kein schlechter Einfall. Er überprüfte noch einmal sein Glas, ob es tatsächlich leer war, dann glitt er wankend vom Barhocker und stolperte zur Toilette. Andy klemmte sich den Hund wieder wie einen Football unter den Arm, senkte den Kopf wie zum Angriff, und in nicht einmal fünfzehn Sekunden war er auf der Straße zurück.

47

»Sie können nicht einfach auf eigene Faust vorgehen«, sagte Ben Hawkins. »So geht das nicht.«

Mark Sutton hatte den Blick auf seinen Teller gerichtet und schmollte. Er dachte, er hätte gute Arbeit geleistet und einen wohlmeinenden Klaps auf den Rücken statt einer Rüge verdient. »Ben«, beharrte er. »Der Kerl ist kurz davor, weich zu werden.«

»Na und? Wer ist er denn? Die rechte Hand vom Boß? Er ist Journalist, Mark. Völlig harmlos. Was soll der schon verbergen?«

»Wir werden's nie rausfinden, wenn wir ihm nicht aufs Kreuz steigen.«

Hawkins erwiderte nichts. Die beiden Männer aßen ein spätes Abendessen im schummrigen und trostlosen Restaurant vom Gulfside Inn. Der ranghöhere Agent wandte sich wieder seinem Steak zu und schnipselte die Fettknorpel weg.

Aber dann schob Mark Sutton in einem plötzlichen Anfall aufgestauten Ärgers den Teller weg und warf das Besteck klirrend hinterher. »Verdammt noch mal, Ben, ich versuch' hier 'n Job zu erledigen, und Sie – ich hab' immer gehört, Sie sind einer von diesen legendären Agenten, aber Sie sitzen bloß rum, und alles, was ich vorschlag', wollen Sie nicht, zucken bloß mit den Schultern . . .«

Der durch nichts aus der Ruhe zu bringende Hawkins blickte ihn milde an, Messer und Gabel in den Händen. »Doch nur, weil es nichts Besseres verdient. Das Bureau – ich werd' Ihnen was sagen: die halbe Zeit, wahrscheinlich sogar weniger, sind Sie auf einen Fall angesetzt, der wirklich einer ist. Die übrige Zeit decken Sie den Arsch von jemand anders. Zur Zeit decken wir Manheims Arsch. Das ist unser Auftrag. In dem Moment, als Carbone umgebracht wurde, war Delgatto nur noch Nebensache. Nehmen Sie's zur Kenntnis, Mark. Sie kriegen Ihre Magenkrämpfe wegen einer läppischen Nebensache.«

»Das glaub' ich nicht.«

»Weiß ich. Deshalb sind wir ja so weit, daß wir uns nicht mehr ausstehen können. Sie wollen um jeden Preis Karriere machen, aber Sie sind jemand, der in kürzester Zeit ausgebrannt sein wird. Und wissen Sie warum? Weil Sie die echten Fälle von den unechten nicht unterscheiden können.«

Sutton drehte seinen Stiernacken hin und her. »Hören Sie, ich hab' Zeit und Energie in den Kerl investiert. Ich bin überzeugt, wenn ich ihn noch einmal mit seiner Freundin in die Mangel nehme, kriegen wir was aus ihm raus. Ich will ihn noch einmal in die Mangel nehmen. Wenn Sie nicht wollen, daß ich das im Alleingang mache, kommen Sie eben mit. Wenn Sie dann immer noch meinen, da steckt nichts dahinter, laß' ich die Sache fallen. Was halten Sie davon?«

Hawkins kaute an seinem letzten Bissen Steak und überlegte, dann nickte er und winkte der Servierin. Der hyperaktive Sutton war bereits halb aufgestanden, als ihm Hawkins schon wieder ins Handwerk pfuschte und nicht nach der Rechnung, sondern nach Kaffee und Limonenkuchen verlangte.

Auf der eiskalten Bleecker Street stieg Andy der Dandy in ein Taxi, glitt mit seinen dünnen Hinterbacken auf den kalten Vinylbezug des Rücksitzes und sagte: »Fahren Sie in Richtung Holland Tunnel.«

Das Taxi brauste los, und der alte Mann drückte seinen Hund an sich. Ab und zu drehte er sich um, im Genick diese uralte Paranoia, verfolgt zu werden. Aber wer würde auf die Idee kommen, daß er auf dem Weg zum Tunnel und nicht zum Flughafen war? Das Taxi glitt ungehindert durch die engen Gassen des Village, an den Jazzclubs, den im Souterrain befindlichen Restaurants und an Strichern in Frauenkleidern und unechten Pelzen vorüber.

Auf der Varick Street, zwei Straßen vom Tunnel entfernt, sah Andy eine Telefonzelle, die sich unter einer kaputten Straßenbeleuchtung befand. »Halten Sie hier. Dauert nur einen Moment.«

Der alte Mann ließ die Wagentür offen, um seinen Hund im Auge behalten zu können. Er nahm den eisigen Hörer ab und hielt ihn an sein Ohr. Als er die Nummer in Key West wählte, stieg Dampf von ihm auf.

Joey Goldman nahm beim zweiten Läuten den Hörer ab. »Hallo?«

»Joey? Hier ist Andy. Ich brauche deinen Vater, ist er da?«

»Andy, wo bist du? Was is 'n . . .«

»Mach schon, Joey. Ich hab' keine Zeit. Hol Vincente.«

Die Leitung wurde stumm. Andy verlagerte seine Füße, die Kälte kroch durch seine Sohlen. Der Verkehr strömte vorbei, die Rücklichter der Autos hinterließen in der dunstigen Luft rote Spuren. Kurz darauf ertönte Vincentes Stimme: »Andy.«

»Vincente, ich kann nicht lang sprechen. Ich hab' Gino gesehen. Er lebt, Vincente.«

Der Pate saß in Joeys Arbeitszimmer. Mondlicht lag wie gestrichene Butter auf der Wand aus Glasziegeln. Er hörte die Worte und begann im selben Moment zu weinen. Es war ein seltsam dünnes Weinen, tonlos, weniger Gefühlsregung als die Erinnerung an etwas, das ins Gedächtnis gerufen, aber nicht mehr empfunden werden konnte.

»Aber Vincente, hör zu«, fuhr Andy fort. »Da stimmt was nicht. Ich hab' ihn im Klub von Messina gefunden. Die ha'm sich viel zu sehr angestrengt, auf gut Freund zu machen. Und auf einmal sagt Gino, ich soll nicht heimfahren, dich nicht sehen noch mit irgendwem sprechen. Da ha'm sie mich gekidnappt wie . . .«

»Wieso kannst du dann anrufen?« unterbrach ihn Vincente.

»Bin abgehauen. Erzähl' ich dir irgendwann mal. Aber jetzt . . . Vincente, hör zu. Außer ich hab' nichts kapiert – und glaub' mir, ich hoffe, ich hab' mich getäuscht – so wie's aussieht . . . ich glaub', sie haben Gino auf deinen Kumpel Arty angesetzt.«

Die Leitung verstummte. Der Pate hielt sich den Hörer ein paar Zentimeter vom Gesicht. Er dachte nicht wirklich nach, sondern öffnete alte Schleusen, um diese unbarmherzige und skrupellose Logik eindringen zu lassen, die seinen Kollegen Aldo Messina veranlassen würde, ein lästiges Hindernis einzusetzen, um ein anderes aus dem Weg zu räumen. Natürlich würde er so etwas tun.

»Vincente, bist du noch da?«

Er antwortete, indem er pfeifend Luft holte.

»Er ist schon unterwegs, Vincente. Tut mir leid, aber ich glaub', die Sache ist schon gelaufen.«

Andy der Dandy, dem die Lungen weh taten und dem

der Telefonhörer wie ein Eisklumpen an der Wange lag, wartete einen Moment, begriff, daß keine Antwort kommen würde und legte auf.

In Key West legte der Pate gedankenverloren den Hörer auf und kramte dann mit zitternden Fingern in den Schubladen von Joeys Schreibtisch, bis er ein Telefonbuch fand. Er suchte nach Artys Nummer, wählte. Das Signal ging bis zu den aus der Wand gerissenen Drähten, sprang zurück und läutete und läutete. Es war entsetzlich in seiner monotonen Vergeblichkeit. Er schrie nach Joey, befahl ihm, den El Dorado zu holen.

Auf der Varrick Street kletterte Andy steif in das Taxi zurück. Er hob seinen Hund auf, drückte ihn an sich und zitterte vor Kälte. Dann warf er einen Blick auf die Lizenz des Fahrers, die auf dem Armaturenbrett befestigt war. Sein Vorname war Pawel und sein Nachname bestand aus lauter *z*'s und *w*'s.

»Pawel, hätten Sie Lust, nach Florida zu fahren?«

In Amerika geschahen seltsame Dinge. Pawel wußte das aus dem Fernsehen. »Sie sind Gangster vielleicht?«

»Tausend Dollar, Pawel. Die Hälfte im voraus.«

»Sie warten ein Augenblick, ja? Muß Frau anrufen.«

»Weißt du, was ich nicht vertrag'?« sagte Gino, wobei er seine Worte mit der Pistole unterstrich. »Ich vertrag's nicht, wenn 'n beschissener Außenseiter sich wo einschleimt, wo er nichts zu suchen hat. Zum Beispiel so 'n obergescheiter Jude in 'ne sizilianische Familie. Ich mein', wo verdammt noch mal kommst du her? Macht da auf Kumpel mit meinem Vater. Sahnt 'n Zaster ab. Gräbt Geheimnisse aus, Sachen, die dich 'n Scheißdreck angehn. Du bist 'n Wurm, 'n Blutsauger. Das vertrag' ich nicht.«

Arty war im Lichtstrahl der Taschenlampe gefangen wie ein Nachtfalter. Er erwiderte nichts, es gab nichts zu erwidern. Er maß die Breite seines Betts und überlegte, ob er eine Chance hätte, etwas unternehmen, kämpfen könnte, bevor Gino ihn umbrachte, oder ob er passiv und lächerlich zugrunde gehen würde, ohne auch nur den geringsten Widerstand geleistet zu haben.

»Und weißt du, was ich noch nicht vertrag'?« sagte der Mörder. Er leuchtete plötzlich Debbi an, als wollte er den Lichtstrahl in sie hineinrammen. »Ich vertrag' keine schwachen Weiber, die, wenn sie mal fünfzehn Minuten lang 'ne leere Möse haben und kein Kerl da ist, der ihnen zeigt, wo's langgeht oder für sie zahlt, in Panik kommen und die Beine für den nächstbesten Schwanz breit machen. Noch dazu für 'n jüdischen Blutsauger. Stück Dreck von 'ner Nutte. Das vertrag' ich nicht.«

Debbi schwieg. Ihr Atem kam in kurzen, raschen Stößen. Arty spürte, wie Wut und Angst wie Hitze von ihr ausstrahlten.

Gino begann aufzustehen und wälzte seinen verschwitzten Stierkörper geräuschvoll aus dem Sessel. »Wir drei«, befahl er, »machen jetzt 'n Ausflug. Irgendwohin, wo's nett und ruhig ist. Die Schlampe fährt. Ich sitz' hinten. Wenn ihr nicht genau das macht, was ich sage, dann blas' ich euch das Hirn raus, das schwör' ich.«

48

Joey war zwei Straßen entfernt, als er sah, wie der Wagen aus der Nassau Lane kam und die Fleming Street Richtung stadtauswärts fuhr. Durch die mondbeschienenen Scheiben konnte er nicht sehen, wie viele Personen in dem Wagen saßen. Aber er erkannte den T-Bird, und er kannte den Autogeschmack seines Bruders.

Er stieg aufs Gas, die acht dicken Kolben des El Dorado klapperten in ihren bauchigen Zylindern. Sein Vater stützte sich mit seiner dünnen, gelblichen Hand auf dem Armaturenbrett ab. Der alte Mann trug immer noch seinen Hausrock, und das Gesicht sah unter den zuckenden Straßenlampen aschgrau und hohl aus.

An der White Street fahr der T-Bird unter einer gelben Ampel durch. Joey ignorierte die rote Ampel und folgte ihm mit quietschenden Reifen, während sich der schwere Wagen in die Kurve legte. Sie befanden sich auf dem Weg zu einer Brücke, die über die Garrison-Bucht zum Highway führte. Ein rostiger Lieferwagen kam aus der Zufahrt zum Jachthafen, quetschte sich zwischen Joey und den T-Bird und kroch dahin. Als es an der Zeit war, die Linksabbiegung auf den Highway U. S. 1 zu machen, schaffte der T-Bird die Ampel gerade noch, während der El Dorado zwei Autos weiter hinten feststeckte.

Der Pate sah zu, wie der andere Wagen verschwand, und sein Gesicht wurde zu dem eines Sterbenden, der zusieht, wie sein Atem aus dem Körper strömt.

Mark Sutton und Ben Hawkins näherten sich gelassen und ohne Eile dem leeren Haus.

Sie sahen Artys Fahrrad, das an der Poinsettie festgemacht war. Sie sahen das eingerissene Fliegengitter an der Eingangstür. Mark Sutton klopfte. Als sich nichts regte, probierte er den Türknopf. Er drehte sich widerstandslos. Er zögerte nur einen Moment und trat ein. Ben Hawkins horchte kurz auf seine bösen Vorahnungen, dann folgte er ihm ins Wohnzimmer.

Die Agenten hörten nichts, sahen nichts mit Ausnahme des weichen Schimmers der Kerze, die immer noch auf dem Nachtkästchen brannte. Mark Sutton hatte plötzlich eine böse Ahnung, die ihm den Schweiß auf die Stirn trieb: Konnte es sein, daß keiner da war, weil Arty und Debbi in eine Falle gegangen waren?

»Mr. Magnus?« sagte er mit zaghafter Stimme.

Als Antwort kam nur die unverändert hohle Stille. Wieder mutiger, holte er eine Taschenlampe hervor und bewegte sich auf das Schlafzimmer zu. Aus den Schubladen der Kommode quollen Hemdsärmel und Manschetten. Auf dem Boden lagen rosa Stoffetzen, offenbar die Reste eines Frauenschals. Ben Hawkins ging in die Knie, um sich die Stoffreste näher anzusehen. Er sah die Wut, mit der da gearbeitet worden war, und im selben Moment kam ihm der Verdacht, diese Nebensache könnte möglicherweise eine gewalttätige Nebensache sein. Reflexartig tastete er nach seiner Waffe unter der Schulter. Mit einem Mal unter Hochspannung, nahm er die eigene Taschenlampe zur Hand und suchte Wände, Boden und Möbel damit ab. Er ging in das Wohnzimmer zurück, ließ das Licht an den Fußleisten entlangwandern und fand die herausgerissenen Kabel.

Mark Suttons Lichtstrahl entdeckte das von der Feuchtigkeit aufgequollene Notizheft auf dem schäbigen Tisch. »Ich hab' so ein Gefühl, dafür wird einer zurückkommen.«

»Mag sein«, erwiderte Ben Hawkins.

»Ich bin dafür, wir warten ab, was passiert.«

Zum ersten Mal, seit sie nach Florida gekommen waren, waren sich die beiden einig.

Joey raste los, sobald es grün wurde, fuhr Slalom zwischen den Mopeds, den Besoffenen, die aus den Einfahrten der Lokale am Straßenrand kamen, und den hohen Jeeps mit ihren plärrenden Lautsprechern. Er sah nach vorne, suchte nach dem T-Bird und konnte ihn nirgends sehen. Linker Hand glitzerte das Mondlicht auf dem Golf von Mexiko, rechter Hand schmerzten die schäbigen Neonlichter des Key-West-Streifens in den Augen.

Joey nahm die Buckel und Kurven und dann, am östlichen Ende der Insel, unmittelbar vor dem Cow-Key-Kanal, sah er in einer Entfernung von vielleicht fünfzig Metern den Thunderbird. Er holte noch mehr Geschwindigkeit aus dem bellenden Motor seines Wagens heraus, verzweifelt bemüht, seinen Bruder einzuholen, bevor die Straße bei Boca Chica wieder in eine zweispurige Fahrbahn übergehen würde. Um an einem alten Kastenwagen vorbeizukommen, schnitt er in die staubige Nebenfahrbahn. Die riesigen Reifen schlitterten auf dem Kies, Vincente wurde gegen die Wagentür geschleudert.

Als sie die Stelle erreichten, wo die Fahrbahn zweispurig wurde, waren zwischen ihnen und dem T-Bird immer noch fünf oder sechs Autos.

Die schäbigen Lokale am Straßenrand lagen nun hinter ihnen. Zu beiden Seiten der Straße erstreckte sich flaches und im Dunkeln liegendes Terrain. Zwischen den aufgehäuften Kalksteinbergen und den dazwischen hockenden Mangroven schimmerten der Golf und der Ozean hindurch. Geisterhafte Pelikane stießen im Mondlicht herab und tauchten ins Wasser. Joey steuerte den Wagen immer wieder auf die Gegenfahrbahn, um von gleißenden Scheinwerfern und plärrenden Hupen zurück in seine Spur gejagt zu werden.

Drei Autos weiter vorne wurde jemand langsamer, um einen Wohnwagen vorzulassen.

Joey stieg auf die Bremse, fluchte, hämmerte auf das Lenkrad. Vincente, aschgrau, behielt seine geäderte Hand auf dem Armaturenbrett.

Der El Dorado überholte ein Auto, dann noch eines.

Der Wohnwagen, so groß und quadratisch wie ein Zug, türmte sich nun vor ihnen auf.

Das Mondlicht fiel herab, die Landschaft wurde zunehmend öder. Dann sah Joey eine kleine gräuliche Staubwolke, die einen halben Kilometer vor ihnen aufstieg. Der Staub wirbelte und erhob sich am Straßenrand, pulsierte und blies sich auf wie ein Geist.

»Ich glaub', da ist grad einer abgebogen, Pop. Bin nicht sicher.«

Sie näherten sich der Stelle. Vincente schwieg.

»Was soll ich tun, Pop?«

Der Pate sah ihn mit erschöpften, flehenden Augen an. »Du bist hier zu Haus, Joey. Du entscheidest.«

Der jüngerer Sohn schluckte, bremste hart und verriß das Lenkrad nach rechts. Die Reifen quietschten, und der Wagen scherte seitlich aus. Durch die Staubwolke hindurch sahen sie, daß sie sich auf einer unbefestigten, durch nichts gekennzeichneten Straße befanden, die vom Damm des Highways abzweigte und sich durch die Mangroven schlängelte.

Ben Hawkins nahm seine Pistole aus dem Schulterhalfter, suchte sich einen Platz unmittelbar neben dem Türrahmen von Arty Magnus' Schlafzimmer und richtete sich darauf ein zu warten. Die Kerze auf dem Nachtkästchen brannte noch, ihre Flamme wurde von dem leichten Luftzug hin und her bewegt und warf flackernde Schatten an die Wände.

Mark Sutton befand sich in der Küche. Er legte seine Pistole auf die Anrichte, lehnte sich zurück und ließ seinen Trizeps spielen. Ab und zu hörte er Insekten gegen das Fliegengitter stoßen. Die Zeit verging sehr langsam. Er schlug die Beine übereinander, stellte sie wieder nebeneinander, und schließlich kam der Punkt, an dem er beschloß, ins Wohnzimmer zu schlüpfen und Arty Magnus' Notizheft vom Tisch zu nehmen, es sich auszuleihen. Er wußte, daß er das nicht durfte. Es war Privateigentum, die persönlichen Aufzeichnungen eines Journalisten. Er rang kurz mit seinem Gewissen, dann hielt er den Atem an und schlich wie ein Dieb durch die Dunkelheit und griff nach dem fleckigen und aufgedunsenen Heft.

Ben Hawkins sah ihn vorüberschleichen, wußte, was er vorhatte, und sagte milde: »Mark, an Ihrer Stelle würd' ich das lieber seinlassen.«

Sutton achtete nicht auf ihn. Wieder in der Küche, drehte er die Taschenlampe an und spürte die unanständige Aufregung eines Halbwüchsigen, der die Taschen voller obszöner Bilder hat. Er blätterte die feuchten und gewellten, mit Artys Klaue vollgeschriebenen Seiten durch und las zunächst nur die Überschriften, die ihm seltsam vorkamen. Geschichte Siziliens. Mut, ein Urteil zu fallen. Gemüsegärten in Queens. Er zweifelte keine Sekunde, daß diese rätselhaften Sätze ein geheimer Code waren, hinter dem sich in der so gut wie unlesbaren, verschnörkelten und geschwungenen Handschrift Artys alle möglichen Anspielungen verbargen: die Namen von Verbrechern, wann die Verbrechen begangen wurden, die Stellen, wo die Leichen verscharrt waren.

Im dünnen Lichtstrahl der Taschenlampe strengte Sutton seine Augen an, versuchte krampfhaft zu lesen, zu entziffern, auswendig zu lernen. Jetzt verging die Zeit wie im Flug, so vollkommen ging der junge Agent in seiner Arbeit auf. Er war überzeugt, daß er mit den Überlegungen und Klagen des alten Mannes, seiner Suche nach einem Sinn, mit dem gebündelten und verknüpften Geschreibsel des Ghostwriters die Geheimnisse aufdecken konnte und daß ihn das als aufsteigenden

Star bestätigen, keinen Zweifel mehr lassen würde, daß er ein Mann mit großer Zukunft war.

49

Der unmarkierte Weg verwandelte sich nach wenigen Metern in einen Mangroventunnel.

Verflochtene Zweige wuchsen zu einem Bogen zusammen und sperrten den Himmel aus. Ranken wie aus Gummi griffen nach ihnen und hingen zu Boden. Frösche quakten, Moskitos surrten, und auf Steinen und Baumstümpfen hockten Eidechsen mit aufgeblähten roten Hälsen. Die einzigen menschlichen Zeichen waren ab und zu eine verblichene Bierdose oder eine zerbrochene Sodaflasche.

Das Licht der Scheinwerfer wurde von dichtem Laub und Mottenschwärmen verschluckt. Joey fuhr langsam, ließ den Wagen über die Untiefen im Kalkstein und durch abgestandene, nach Schwefel stinkende Pfützen rollen.

Der Boden wurde weicher, schwammiger, und verwandelte sich immer wieder und übergangslos in knöcheltiefe Tümpel. Wasser schmatzte aus dem porösen Gestein und aus dem triefend nassen Moos. Er mußte einem Gitterwerk aus Mangrovenwurzeln ausweichen, das in die Fahrbahn hineinwuchs, und als er den El Dorado wieder auf den Weg zurücklenkte, leuchteten im Licht der Scheinwerfer die roten Rücklichter eines Wagens auf, der sich ungefähr dreißig Meter vor ihnen befand. Joey versuchte zu beschleunigen, doch in dem Morast fanden die Reifen keinen Halt und das Chassis begann einzusinken. Er stieg vom Gas, und sie krochen weiter wie ein Schiff, das im Hafen anlegt.

Sie erreichten den dunklen Wagen. Es war ein Thunderbird. Niemand war zu sehen. Bevor Joey etwas sagen konnte, war Vincente ausgestiegen und stapfte in seinen weichen, glatten Mokassins durch den von Wurzeln durchzogenen, wäßrigen Sumpf.

Mangrovenblätter sperrten das Mondlicht aus, nur hier und da strömten Lichtwellen durch wie Milch und fielen auf kleine Wasserpfützen, die mit Blütenstaub bedeckt waren, oder auf winzige Krabben, die sich seitwärts laufend aus dem Staub machten. Joey heftete sich an die Fersen seines Vaters, der durch das Gestrüpp hastete. Die Spitzen seiner Schuhe waren bereits durchnäßt. Ab und zu riß das Laubdach auf und zeigte den sternenübersäten Himmel.

In einer Entfernung von etwa zehn Metern konnte Vincente, selbst noch außer Sicht- und Hörweite, seinen Erstgeborenen im blassen Licht sehen. Er stand bis zu den Waden im schleimigen Wasser und hielt eine mondbeschienene Pistole auf Debbi Martini und Arty Magnus gerichtet. Das Bild wirkte wie eine makabre Hochzeit. In dem silbrigen Glanz sah Debbi wie eine Braut aus, ihre Haut leuchtete, und ihr Make-up war von Tränen verschmiert. Arty, unmittelbar neben ihr, die Hände abwechselnd zu Fäusten geballt und wieder geöffnet, hatte die typische Haltung des nervösen Bräutigams. Gino hatte sich vor ihnen aufgebaut wie ein Teufelspriester, bereit, ihr Bündnis für alle Ewigkeit zu besiegeln.

Der Pate stapfte weiter, schleppte sich durch den klebrigen Morast. Die schwere, ihn umgebende Luft bewegte sich und pulsierte, bereitete sich vor, und seine Stimme folgte tief und uralt und bestimmt: »Gino, tu die Kanone weg.«

Der Kopf seines Sohns wirbelte herum wie der eines

Boxers, der einen Volltreffer abbekommen hat. Die Augen irrten durch das brüchige Mondlicht und suchten die Stimme. Dann sagte er: »Verfluchte Scheiße, Pop, halt dich da raus. Und komm ja nicht näher.«

Vincente kam näher. Jeder Schritt durch den Schlamm kostete ihn seine ganze Kraft. Einer seiner Schuhe blieb im Morast stecken, er kümmerte sich nicht darum, ging einfach weiter. »Weg damit, hab' ich gesagt.«

Gino fuhr sich mit der Zunge über die Lippen. Er schlug nach den Moskitos, die ihm in den Ohren hockten und um die Augen summten. »Scher dich um deinen eigenen Dreck. Die zwei müssen sterben.«

Der Pate näherte sich unaufhörlich. Krabben liefen in alle Richtungen davon, Kröten flüchteten auf schwimmende Blätter. Er war jetzt etwa drei Meter von seinem Sohn entfernt. »Sie haben nichts getan.«

Gino lachte. Es war ein bitteres und spöttisches Gelächter, das diabolische Lachen eines Verlorenen. »Du glaubst wohl immer noch, daß es so läuft, was?«

Vincente schleppte sich weiter. In seinem Kopf pochte das Blut, hinter seinen Lidern blitzen grüne Funken. »Ja, Gino, ich glaub' dran.«

»Da liegst du falsch, Alter.« Sein Erstgeborener schlug blind nach den Moskitos.

»Gino«, sagte sein Vater. »Bitte.« Er kam unaufhörlich näher. Joey erschien an seiner Schulter. Arty und Debbi wirkten im kühlen Mondlicht so starr und zerbrechlich wie Glas.

»Richtig, falsch – du hast deinen Scheißverstand verloren.«

»Tu ihnen nichts, Gino. Dafür gibt's keinen Grund.«

»Pop, du kapierst einfach nicht.«

Niemand sah, wie Vincente unter den Aufschlag seines Hausrocks griff. Mit teuflischer Geschwindigkeit hielt er seine .38er in der Hand. »Tu die Kanone weg, Gino.«

Blasses Licht leuchtete auf Vincentes Pistole. Es dauerte einen Moment, bis Gino begriff, was er da sah. Seine Stimme nahm einen beschwörenden, wimmernden Tonfall an, mindestens so verzweifelt wie grausam. »Pop, das kann ich nicht.«

»Laß sie fallen, Gino«, sagte Vincente.

Sein Sohn wandte sich ab, er sah nun wieder seine beiden Opfer an. Seine Pistole war erhoben, der dicke Finger lag um den Abzug gekrümmt. Seine Stimme war schneidend, metallisch, in seinem Rachen staute sich das Blut. »So wie's ist, Pop, kratzt hier wer ab: sie oder ich.«

»Gino.«

Diesmal kam keine Antwort. Der Pate sah den Arm seines Sohnes, sah, wie er sich diesen Herzschlag lang anspannte, bevor jemand schießt.

»Dann du, Gino«, flüsterte er.

Er zielte nicht einmal. Er schoß einfach. Der Knall ließ die Welt verstummen. Die Moskitos hörten auf zu surren, den Fröschen stockte der Atem. Die Kugel ging durch Ginos Rippen, durchlöcherte sein Herz und trat durch ein kleines Loch an der Seite wieder aus.

Einen Augenblick lang hing der tote Mann in der Luft. Sein Gesichtsausdruck war voll Überraschung, der Blick verletzt, anklagend, starr wie die Augen eines gefangenen Fisches. Dann fiel er auf steifen Beinen und mit einem Platschen vornüber. Das warme Wasser legte sich über ihn, bedeckte seinen Oberkörper zur Hälfte, und im selben Moment begann er, im Morast zwischen den Mangrovenwurzeln zu versinken.

Das Sternenlicht fiel herab wie Regen. Die Sumpfgeräusche setzten wieder ein. Eine ganze Weile rührte sich niemand. Dann ging Joey Goldman auf seinen hingerichteten Halbbruder zu und berührte die untergehende Gestalt mit einer unerklärlichen Mischung aus Haß und Trauer und Liebe und Entsetzen. Debbis Schultern zuckten und zitterten, doch sie gab keinen Laut von sich. Arty starrte Vincente an. Im Mondlicht wirkte der alte Mann sehr dünn und zerbrechlich, sein langes, aschfahles Gesicht, das einen Ausdruck angenommen hatte, so uralt und archaisch wie der einer Statue, zeigte nicht die geringste Regung. Die Hand, in der er die Pistole hielt, hing schlaff zur Seite, als hätte er sie vergessen, als gehörte sie ihm nicht mehr.

Dann sah Arty, wie sie in Bewegung geriet. Die Bewegung war langsam, beschrieb einen trägen Bogen und brachte die Mündung zum Ohr des Paten.

Der Ghostwriter zerrte seine Füße aus dem Morast, er kämpfte und schleppte und stürzte sich auf Vincente, warf sich gegen den erhobenen Arm des alten Mannes. Der Schuß ging ohrenbetäubend los, während die beiden zu Boden und in den schlammigen Morast fielen.

50

Sie lagen im Dreck, Salz in den Augen, Donner in den Ohren, ihre Gehirne von einer seltsam friedlichen Neugierde erfaßt, wo die Kugel wohl eingedrungen war. Sie warteten auf den Schmerz, hielten innerlich Ausschau nach der Verletzung. Als sie kein Blut fließen spürten, sich keiner Wunde bewußt waren, die ihr Fleisch dem seichten Wasser öffnete, kamen sie langsam aus dem Schlamm hervor und richteten sich erschöpft in ihren durchnäßten Kleidern auf.

Unterdessen befand sich Joey Goldman in einem Zustand, der merkwürdig klar war, der Klarheit, die auf die Katastrophe folgt.

Er hob die .38er seines Vaters auf und warf sie, so weit er konnte, in den Ozean hinaus. Dann ging er zum Thunderbird, stieg hinein, fuhr den Wagen tief ins Wasser und wischte das Lenkrad und die Türklinken mit seinem Taschentuch ab. Der Wagen würde gefunden werden, das war ihm klar, aber er wußte auch, daß das keine Rolle spielte. Gino hatte zeit seines Lebens keinen Wagen unter dem eigenen Namen gemietet. Für ihn war das eine Frage des Stolzes gewesen. Soll er der Grabstein meines Bruders sein, dachte der überlebende Sohn bitter. Gino hatte nie gedacht, daß er mal bezahlen müßte, und bis auf dieses eine Mal hatte er immer recht behalten.

Die Fahrt zurück nach Key West wurde von gedrückter Begräbnisstimmung überschattet. Niemand sprach, bis sie den Highway verlassen hatten und sich in den verschlafenen Straßen der Altstadt befanden. Dann sagte Joey: »Pop, du hattest keine Wahl, wir alle wissen das. Du hast Arty und Debbi das Leben gerettet.«

Der Pate schwieg, saß da, so leer wie der Tod. Die Straßenbeleuchtung ließ ab und zu ihr Licht über sein aschfahles Gesicht flackern, als läge ein Laken über ihm, das gehoben und gesenkt wurde.

In der Nassau Lane hielt Joey den Wagen an. Arty und Debbi stiegen aus. Keiner sagte ein Wort.

Im Haus hörten Ben Hawkins und Mark Sutton, wie sich der Wagen näherte, Türen auf- und zugingen, und wie das Auto wieder losfuhr. Dann, in der folgenden Stille hörten sie Schritte, die näher kamen. Sie nahmen ihre Scharfschützenhaltung an, hielten die Pistolen hoch, die linke Hand umklammerte das rechte Handgelenk.

Ausgelaugt, betäubt drückte Arty die Eingangstür auf,

bedeutete Debbi, als erste einzutreten. Sie waren gerade über die Schwelle gekommen, als Mark Sutton bellte: »Keine Bewegung!«

Arty hatte geglaubt, sein Adrenalin so erschöpft zu haben, daß seine ausgebrannten Nerven keine Panikbotschaften mehr befördern konnten. Und dennoch, als erfaßte ihn die Ausdauer eines gejagten Hirschen, der gegen alle Vernunft nicht totzukriegen ist, schnellte er in die Wachsamkeit zurück, riß die Arme hoch und spürte das Hämmern seines Herzens.

Ben Hawkins drehte das Licht an und ließ sich seine Enttäuschung nicht anmerken, weder Entführer noch einen Eindringling, sondern nur ein zu Tode geängstigtes und erbärmlich aussehendes Paar vorzufinden. Er sah sie sich genauer an. Debbi Martinis rotes Haar war völlig durcheinander, Mascaraspuren zogen sich über die Wangen, die Beine waren grau vom Dreck. Arty Magnus' kurze Hosen und sein Hemd waren naß und schmutzstarrend, über seinen Nacken zogen Schleimspuren. »Sie sehen aus, als hätten Sie eine wilde Nacht hinter sich«, meinte der Agent.

Arty ließ die Arme sinken. »Das geht Sie nichts an. Was zum Teufel tun Sie hier?«

Mark Sutton hielt seine Pistole zu Boden gerichtet und lehnte sich an den Türrahmen der Küche. »Hier ist ein Verbrechen geschehen. Wir haben ein Recht, hier zu sein.«

»Was für ein Verbrechen?« wollte Arty wissen.

Sutton wies vage auf die herausgerissenen Telefonkabel. Ben Hawkins holte ein Stock rosa Seide hervor. »Wer hat das gemacht, Miss Martini? Vielleicht jemand, der eine ganz schöne Wut auf Sie hat?«

Debbi schürzte die Lippen. »Vielleicht bin ich damit in den Ventilator geraten.«

Hawkins runzelte die Stirn. Mark Sutton ließ seine Muskeln gegen den Türrahmen spielen.

»Hören Sie«, sagte der jüngere Agent. »Jemand war heute abend hier. Jemand hat Ihr Telefon außer Betrieb gesetzt. Sie sehen aus, als kämen Sie geradewegs aus dem Krieg zurück. Was in Teufels Namen ist passiert?«

Arty und Debbi schwiegen.

»Es gibt nur eine Person, die Sie beschützen könnten«, versuchte es Ben Hawkins.

»Bloß, Sie können ihn nicht beschützen«, fiel Mark Sutton ein. »Dafür stecken Sie zu tief drin. Sie, Magnus, Sie haben uns die ganze Zeit belogen. Sie arbeiten für Delgatto. Sie sind sein Handlanger. Laut RICO sind Sie ein Partner, noch dazu einer, der lügt. Und Sie, Miss Martini, Sie stecken bis zum Hals im Schlamassel. Sie marschieren ins Gefängnis, wenn Sie mit einem Verbrecher bloß Kaffee trinken. Jemals einen Frauenknast gesehen, Miss Martini? Je die Wachen dort gesehen?«

Sutton hämmerte auf sie ein, und plötzlich fühlte sich Arty über die Maßen und jenseits irgendeiner Verantwortung müde, niedergeschlagen und überdrüssig. Warum – nach welchem Gesetz und zu welchem bitteren Preis – war er so stur entschlossen, Vincente zu schützen? Wer war Vincente, dieser alte Mann, dessen bloße Existenz den Rechtsstaat verspottete? Wer war dieser Pate, der Arty mit seinen Geschichten angefüllt hatte, der ihm, Arty, unter die Haut gegangen, zu einem übermächtigen Parasiten geworden war? Arty achtete das Gesetz, und soeben war er Zeuge eines Mordes geworden. Er wußte, wo die Leiche im Sumpf versunken war, konnte diese beiden Gesetzeshüter jederzeit hinführen. Und möglicherweise ...

Seine Überlegungen und Suttons Tirade wurden von einer plötzlichen und heftigen Bewegung Debbis unterbrochen. Ihr dünner Arm schoß in den Raum und zeigte mit einem langen roten Fingernagel auf den schäbigen Metalltisch. »Dein Notizheft, Arty. Es ist nicht mehr da. Diese Knülche haben es. Wetten, daß sie's genommen haben.«

Arty sah die leere Stelle auf der Tischplatte; dann sah er Sutton an. Der junge Agent versuchte, ein unbeteiligtes Gesicht zu machen, doch seine Haut zuckte und zitterte wie Erde, unter der die Schnecken Hochzeit halten. Arty ging auf die Küche zu. Sutton verstellte ihm mit seinem untersetzten Stahlkörper den Weg.

»Gehen Sie mir bitte aus dem Weg. Ich wohne hier.«

Sutton schoß einen fragenden Blick auf Hawkins ab. Hawkins konnte ihm nicht helfen. Der muskulöse Agent sah auf einmal absurd jung aus, unreif, ein übergroßes Kind mit einem Dienstausweis. Mißmutig machte er schließlich einen Schritt zur Seite. Arty sah das fleckige, aufgequollene Heft auf der Anrichte liegen und konnte ein leises hämisches Grinsen nicht unterdrücken.

»Naja«, nickte er. »Naja, dann.«

Mark Sutton hatte sich zur Mitte des Wohnzimmers bewegt, als fürchtete er, in die Ecke getrieben zu werden. Er wandte sich wieder an Arty: »Denken Sie ja nicht, daß das irgendwas ändert. Sie sind trotzdem . . .«

»Ich denke, daß das sogar einiges ändert«, unterbrach ihn Arty. »Ihre Fingerabdrücke auf den privaten Aufzeichnungen eines Journalisten? In den Zeitungen wird das nicht gut aussehen, Sutton. Verletzung des ersten Zusatzartikels. Verletzung der Privatsphäre. Belästigung. Hausfriedensbruch mit einer extrem fadenscheinigen Begründung. In Washington kommen solche Nachrichten gar nicht gut an.«

Sutton hielt sich an der Sitzecke fest. »Sie wagen, mir zu drohen . . .«

»Darauf können Sie Gift nehmen. Ist doch Ihr bevorzugter Stil? Drohungen? Gegenseitiges Ausspielen? Wer weiß was über wen?«

Suttons Kiefer gerieten in Bewegung, doch er brachte kein Wort heraus. Er sah zu Hawkins, doch das düstere Gesicht seines Partners bot keine Hilfe.

»Du hörst mir jetzt zu, Freundchen«, sagte Arty. »Du behauptest, du kannst uns Schwierigkeiten machen. Ich *weiß*, daß ich dir Schwierigkeiten machen kann. Vorausgesetzt, du läßt uns in Ruhe, vergeß ich das Ganze.«

Sutton biß sich auf die Lippen, spannte die Muskeln. Draußen sangen die Grillen, raschelte das Laub in der Brise. Debbi und Arty sahen einander in die Augen, der Blick war wie eine Umarmung.

»Nehmen Sie an, Mark«, sagte Ben Hawkins schließlich, und fast hätte man meinen können, er klang schadenfroh. »Eines können Sie mir glauben: Wenn das rauskommt, dann landet Ihre große Karriere im Scheißhaus.«

52

Ein paar Wochen später waren Arty und Debbi, beide in kurzen Hosen, T-Shirts und schäbigen Turnschuhen, im üppig wuchernden Garten hinter Artys Haus beschäftigt.

Es war Anfang März. Für den Menschen hatte sich das Klima im Vergleich zu einem Monat vorher kaum verändert, doch für die Pflanzen war eine neue Saison angebrochen. Winterpflanzen zogen sich unter dem heißen Kuß der nun höher stehenden Sonne in den Tod zurück. Zarte Blumen senkten ihre Köpfe, Küchenkräuter wurden holzig und welkten. Es war an der Zeit zu stutzen, auszulauben, all das zu entfernen, dessen Zeit abgelaufen war, und Licht einzulassen für den Oleander, den Allamanda, die dickhäutigen Schönheiten, die in der dampfenden Orgie des subtropischen Sommers ihre volle Pracht entfalteten.

Debbi konnte am Stutzen keinen Gefallen finden. Ihr tat es weh, kleine Stämmchen abzuzwicken, die noch Grünes hervorbrachten, Zweige wegzuschneiden, in denen noch das Harz floß. Sie sah zu Arty, der auf allen vieren in einem Beet hockte und struppige, verblühende Balsaminen entfernte. Ihm schien es nichts auszumachen, die sterbenden Pflanzen samt der Wurzel auszureißen, obwohl sie genau wußte, wie sehr er sie liebte. Warum eigentlich nicht? Es mußte damit zu tun haben, dachte sie, daß man sich mit dem Verlust abfand, ihn akzeptierte und darauf vertraute, daß anderes nachkommen würde, das mindestens so gut, wenn nicht besser war.

Sie beschloß, nicht so verweichlicht zu sein, und fuhr mit der Arbeit fort. Doch als hätte sie einen eigenen Willen, glitt die Gartenschere immer wieder bis zu den äußersten Rändern der Pflanzen, als wollte sie die Blätter und Zweige verschonen. In heimlicher Bestürzung blickte sie auf den ärmlichen Haufen neben sich.

Dann polterte die Luft in ihrem Rücken. Die welken Arme kamen über ihre Schultern, mit Altersflecken übersäte Hände umfaßten ihre Hände, die die Gartenschere hielten, und führten die Klingen an dem hilflosen Stamm nach unten. Vincente sagte: »Ein guter Gärtner kann sich 'n weiches Herz nicht leisten.«

Über ihre Schulter sah sie den alten Mann an. Die Sonne stand hinter ihm und legte gleißend gelbes Licht um die Ränder seines ausgefransten Sonnenhutes. Er trug seine Gärtnerhose aus dickem Stoff, das zerdrückte blaue Arbeitshemd, das an manchen Stellen vom Schweiß fleckig war, und das rote Halstuch, das wie immer lose um den Hals geknüpft war.

Gemeinsam stutzten sie den Zweig, dessen Zeit vorüber war. Dann flüsterte der Pate: »Debbi, willst du nicht eine Pause machen, Eistee trinken oder so? Ich möchte gern ein wenig mit Arty allein sein.«

Sie nickte, schüttelte die Zweige und kleinen Blätter aus ihrer roten Mähne und verschwand im Haus.

Vincente ging langsam zum Blumenbeet und ließ sich neben seinem Freund auf die Knie sinken. Ohne ein Wort zu verlieren, begann er, verblühte Blumen auszureißen, die gute importierte Erde von den fasrigen Wurzeln zu schütteln. »Schau, wie die Sonne sie ausbleicht.« Vincente hielt einen gelben Stamm hoch. »Die meisten Dinge macht die Sonne dunkler, grüner. Das werd' ich nie kapieren.«

Arty nickte nur, lächelte und warf eine erschlaffte Pflanze auf den Haufen. Seit Ginos Tod hatte Vincente sein Zimmer in Joeys Haus kaum verlassen, kaum gegessen und kaum gesprochen. Sogar jetzt schienen seine Augen distanziert, seine Stimme, die er so lange nicht benutzt hatte, klang zäh und schleppend. Arty wollte ihn nicht drängen, wollte, daß er das Tempo für seine Rückkehr in die Welt der Lebenden selbst bestimmte.

Der Pate zupfte an einer malträtierten Blume: »Ich geh' nach New York zurück, Arty, bald. Deshalb bin ich hergekommen. Wollt's dir sagen. Andy weiß es schon. Jetzt sag' ich es dir.«

»Wie geht es ihm?« fragte Arty.

»Viel besser. Hat wieder ein wenig zugenommen.« Vincente schüttelte den Kopf. »Lungenentzündung in dem Alter. Zwei Wochen im Krankenhaus und macht alle verrückt, weil er seinen Hund reingeschmuggelt hat.

Ist wirklich 'n Freund, macht mich ganz beschämt. Alle Menschen sollten sein wie er.«

Arty grub mit bloßen Händen in der Erde. Die Sonne brannte ihm im Nacken, Schweiß lief nach unten in sein Hemd. »New York«, sagte er nach einem Moment. »Willst du wirklich zurück?«

Der alte Mann holte Luft, bevor er antwortete. »Jetzt, wo sie Messina wegen der Carbone-Geschichte anklagen, herrscht da oben das Chaos. Ich hab' das Gefühl, ich muß zurück.«

Der Ghostwriter nickte, wischte sich eine Hand an seinen Shorts ab und kratzte sich am Hals. Er richtete den Blick zur Seite auf den alten Mann: »Vincente, was soll aus unserem Buch werden?«

Der Pate schluckte. Sein Adamsapfel sah beängstigend groß und knochenhart aus, als er sich in seinem sehnigen Hals hob und senkte. Er wollte etwas sagen, doch dann schüttelte er bloß den Kopf. Einen Moment lang wandte er den Blick ab, dann murmelte er: »Hat keinen Sinn, Arty. Viel zu gefährlich.«

»Messina marschiert in den Bau«, meinte der Jüngere. »Sonst weiß keiner davon. Wer sollte sich dafür interessieren?«

Vincente spielte mit der sonnengewärmten Erde. »Nein. Das isses nicht. Es ist nur . . . Arty, wie wir das Ding angefangen haben, du und ich, da dachte ich, ich hätt' was zu sagen, was Wichtiges weiterzugeben. So wie's ausgegangen ist . . .« Er hielt inne, grub geistesabwesend ein kleines Loch in den Boden.

Arty arbeitete ebenfalls weiter, vermied die dunklen, in die Tiefe ziehenden Augen des Paten. »Vincente, ich will dir was sagen. Ich meine, ich bin eine Niete, was das Bücherschreiben angeht. Aber ein paar Dinge versteh' ich schon. Man schreibt kein Buch, weil man erzählen will, was man weiß. Ein Buch schreibt man, weil man herausfinden will, was man weiß.«

Der alte Mann zog den Kopf ein und warf Arty unter dem Rand seines ausgefransten Huts einen scharfen Blick zu. Seine Lippen gerieten in Bewegung, die Hohlräume seiner Wangen arbeiteten wie ein Blasebalg. »Das Reden mit dir wird mir fehlen, Arty. Mit dir kann ich auslüften. Das wird mir fehlen.« Er strich sich mit dem Handrücken über die Stirn. »Aber jetzt will ich dich noch was fragen.«

Arty runzelte die Stirn.

»Debbi«, sagte der Pate.

»Das ist keine Frage«, erwiderte Arty ein wenig nervös.

»O ja, ist es schon.« Vincente ließ nicht locker. »Was is 'n das für eine Geschichte zwischen euch zwei?«

»Was meinst du, Vincente?«

Der Pate grub die fasrigen Enden einer Wurzel aus und packte sie. »Komm schon, Arty. Meinst du, ich hab' keine Augen im Kopf? Vor 'n paar Wochen war Debbi kaum noch bei uns. Sie war hier bei dir. In letzter Zeit ist sie wieder oft bei uns. War irgendwas? Hat da wer auf einmal Bedenken?«

Arty wandte den Blick ab, veränderte die Position seiner Knie. »Wir sind sehr verschieden, Debbi und ich.«

»Sieht jedes Kind. Na und?«

»Na ...« Arty setzte an, erkannte jedoch, daß er nicht wußte, worauf er hinauswollte. Den Paten konnte man nicht anlügen, und Arty wußte, daß der Unterschied nicht das Problem war. Das Problem war sein ewiges Zögern, das in letzter Zeit wiedererwacht war wie eine chronische Krankheit, das ihn sich zurückziehen ließ, ihn nervös, verdrießlich machte und ihm Schuldgefühle verursachte, weil er sich nach Einsamkeit sehnte.

»Arty, kann ich dir was sagen? Sei kein Hornochse. Du liebst diese Frau. Du strahlst, wenn sie da ist, freust dich an den Dingen, und bei allem Respekt, wenn du allein bist, scheint das nicht gerade eine von deinen Stärken zu sein. Glaub mir, wenn du sie gehen läßt, wirst du dich für den Rest deines Lebens in den Hintern beißen.«

Arty holte tief Luft. Die umgegrabene Erde strömte einen schwachen Geruch nach Minze aus, man mußte jedoch ganz nahe sein, um es zu riechen. »Du sagst das, wie jemand, der weiß, wovon er redet, Vincente.«

»Ich weiß es«, meinte der alte Mann. »Ich weiß es.«

»Dann erzähl mir davon«, bat der Ghostwriter.

Der Pate war schon zu lange in der vorgebeugten Hocke, das Scharnier am unteren Ende seines Rückgrats begann sich zu beschweren. Immer noch auf den Knien, richtete er langsam sein Kreuz gerade und drückte mit den Fäusten gegen seine schmächtigen Hinterbacken, um seinen Rücken durchzudrücken. Durch die Fransen seines alten Strohhuts kamen gelbe Sonnenstrahlen. Er nahm das rote Halstuch ab und wischte sich das Gesicht ab. »Eines Tages, irgendwann erzähl' ich's dir.«

»Und von dem Feigenbaum«, sagte Arty. »Den du mit Linoleum und alten Reifen eingepackt hast.«

Vincente zeigte das Echo eines Lächelns, das sechzig Jahre zurücklag.

»Und die Nachtklubs in den vierziger Jahren«, fuhr der Schriftsteller fort. »Und das alte Havana. Und die alten Autos – die Lincolns und Packards. Und den Ehrenkodex, als er noch einer war, die Art zu leben. Wir haben noch viel miteinander zu reden, Vincente.«

Der Pate erwiderte nichts, kniete bloß in der warmen importierten Erde. Die buschigen Brauen rollten herab wie Zeltplanen, der Blick seiner schwarzen Augen wanderte davon, entfernte sich wie die Hoffnungen und

Irrtümer einer verzweifelten Jugend, und er horchte auf das Rascheln der Palmwedel, das ein Inselgeräusch war, so südamerikanisch wie Maracas.

Danksagung

Mein tiefster Dank gebührt Brian DeFiore, einem Lektor von solch untrüglichem Instinkt, daß die Briefe an seine Autoren gesammelt erscheinen sollten. Danken möchte ich ferner meinem Freund und Agenten, Stuart Krichevsky, der mir einen klugen Rat gegeben hat: Nur, weil ich das tue, was ich will, bedeute das noch lange nicht, daß ich nicht dafür bezahlt werden sollte. Und Liebe gebührt Marilyn Staruch, der wahren Verbündeten meines Lebens, die bei einem Abendessen, als der Wein bereits zur Neige gegangen war, plötzlich sagte: *Was, wenn Andy nach New York ginge?*

EUROPAVERLAG München–Wien

Laurence Shames
Tropentief
oder Heiße Nächte in Key West

352 Seiten,
geb./Schutzumschlag
ISBN 3-203-82008-0

Unterwäschenmogul Murray, auf der Flucht vor Midlifecrisis und New Yorker Kälte, trifft Tommy Tarpon, den letzten Indianer von Key West. Ihm gehört eine Insel voll Mücken und Alligatoren. Dort will Murray ein Spielkasino eröffnen. Als die Mafiosi vor Ort davon erfahren, wollen sie mitspielen – und die Nächte von Key West werden verdammt heiß für Murray.

RICHARD NORTH PATTERSON

»Es besteht kein Zweifel:
Richard North Patterson ist der bessere Grisham!«
Peter M. Hetzel, Sat 1

43387

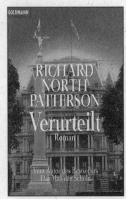

42359

43956

43240

GOLDMANN

MARK CHILDRESS

»Childress ist ein begnadeter Fabulierer mit
Umblättergarantie, ein wunderbarer Geschichtenspinner
mit einem großen Herz für seine Figuren.«
stern

42308

42310

43207

GOLDMANN

ANNA SALTER

Ein brillanter, mitreißender Spannungsroman für alle Leser von Patricia Cornwell, Minette Walters und Elizabeth George

43859

MINETTE WALTERS

Die ungekrönte Königin der britischen Kriminalliteratur –
exklusiv bei Goldmann

Ihr neuester Fall: ein rätselhafter Doppelmord, eine Totschlägerin und ihr schreckliches Geheimnis...

42462

GOLDMANN

*Das Gesamtverzeichnis aller lieferbaren Titel erhalten Sie
im Buchhandel oder direkt beim Verlag.*

Taschenbuch-Bestseller zu Taschenbuchpreisen
– Monat für Monat interessante und fesselnde Titel –

✳

Literatur deutschsprachiger und internationaler Autoren

✳

Unterhaltung, Thriller, Historische Romane
und Anthologien

✳

Aktuelle Sachbücher, Ratgeber, Handbücher
und Nachschlagewerke

✳

Esoterik, Persönliches Wachstum und
Ganzheitliches Heilen

✳

Krimis, Science-Fiction und Fantasy-Literatur

✳

Klassiker mit Anmerkungen, Autoreneditionen
und Werkausgaben

✳

Kalender, Kriminalhörspielkassetten und
Popbiographien

Die ganze Welt des Taschenbuchs

Goldmann Verlag · Neumarkter Str. 18 · 81673 München

Bitte senden Sie mir das neue kostenlose Gesamtverzeichnis

Name: _____

Straße: _____

PLZ/Ort: _____